Mary Robinette Kowal

Für die Sterne bestimmt

Roman

Aus dem amerikanischen Englisch
von Judith C. Vogt

PIPER

Wenn Ihnen dieser Roman gefallen hat, schreiben Sie uns unter Nennung des Titels »Für die Sterne bestimmt« an *empfehlungen@piper.de*, und wir empfehlen Ihnen gerne vergleichbare Bücher.

Von Mary Robinette Kowal liegen im Piper Verlag vor:
Die Berechnung der Sterne (Lady Astronaut 1)
Für die Sterne bestimmt (Lady Astronaut 2)

Deutsche Erstausgabe
ISBN 978-3-492-70734-3

Titel der amerikanischen Originalausgabe:
»The Fated Sky« bei Tor Books, New York, 2018

Satz: Tobias Wantzen, Bremen
Gesetzt aus der Elena Basic
Druck und Bindung: CPI Books GmbH, Leck
Printed in the EU

Für meine Nichte Laura Olafson,
die in unendliche Weiten vorstößt.

Oft ists der eigne Geist, der Rettung schafft,
Die wir beim Himmel suchen. Unsrer Kraft
Verleiht er freien Raum, und nur dem Trägen,
Dem Willenlosen stellt er sich entgegen.
Welch eine Macht hebt meine Lieb so hoch,
Heißt mich erst sehn und macht mein Aug nicht froh?
Des Glückes weitsten Raum vereint Natur,
Dass sich das Fernste küsst wie Gleiches nur.
Unmöglich sei für den ein kühner Plan
Der seine Mühn bei sich erwägt, im Wahn,
Was war kann nicht mehr sein. Die ihren Wert
Zu zeigen rang, hat sie je Lieb entbehrt?
Des Königs Krankheit … täuscht mich nicht, Gedanken;
Ich halte fest und folg euch ohne Wanken.

HELENA IN *ENDE GUT, ALLES GUT,*
WILLIAM SHAKESPEARE

EINS

IAC-Leitung gegen Budgetkürzungen

von *JOHN W. FINNEY*

EXTRABLATT DER NATIONAL TIMES

16. August 1961 – Horace Clemons, Leiter der International Aerospace Coalition, warnte die Vereinten Nationen heute, alle Einschnitte ins bereits »minimale« Raumfahrtbudget würden eine bemannte Landung auf dem Mars noch in diesem Jahrzehnt verhindern. Er rief zudem in Erinnerung, dass jede Verzögerung im Zeitplan der ersten Marsexpedition die Kosten in die Höhe triebe, die bereits auf 20 Milliarden Dollar geschätzt werden. Ein direktes Resultat der in diesem Jahr vom Kongress vorgenommenen Budgetkürzung um 600 Millionen Dollar sei, dass die IAC die »Versicherung« habe opfern müssen, die im Programm als »Schutz gegen unvorhersehbare oder hartnäckige technische Probleme« verankert gewesen sei, sowie die Verschiebung entscheidender experimenteller Flüge mit dem Cygnus-Raumfahrzeug.

Erinnerst du dich daran, wo du warst, als die *Friendship*-Sonde auf dem Mars landete? Ich steckte gerade mitten in den Vorbereitungen für meine Rückreise vom Mond, wo ich eine Dreimonatsschicht in der *Artemis*-Basis absolviert und geologische Angestellte von unserer kleinen Kolonie zu ihren verschiedenen Untersuchungsgebieten geflogen hatte.

Obwohl wir alle Astronautinnen und Astronauten waren, konnte nur eine Handvoll von uns tatsächlich fliegen, was allerdings vor allem dazu führte, dass ich mir wie eine glorifizierte Busfahrerin vorkam.

Der Rest der zweihundert Menschen, die die Basis besiedelten, kam und ging, je nachdem, welche Aufgaben sie auf dem Mond erfüllten. Nur etwa fünfzig waren »Permanente« und wohnten in den Untergrundbunkern, die unser Zuhause darstellten.

Zusammen mit etwa der halben Bevölkerung der Basis bewegte ich mich halb hopsend, halb gehend in schwacher Gravitation durch eine der unterirdischen Fußgängerröhren, die wir »Baker Street« genannt hatten, hinüber in die »Innenstadt«. Da es keine Atmosphäre gab, die uns vor der kosmischen Strahlung auf dem Mond abschirmte, hatten wir die oberste Schicht der Mondoberfläche zusammenscharren und die Gänge unter Regolith begraben müssen. Optisch sah die Basis von außen aus wie eine verwitternde Sandburg. Von innen bestand sie größtenteils aus Gummi, ab und an von Lichtquellen, Aluminiumstreben und Drucktüren unterbrochen.

Eine der Türen öffnete sich mit einem Zischen, und Nicole hopste mit der Klinke in der Hand hindurch. Sie schloss die Tür nachdrücklich hinter sich.

Ich spreizte die Beine, um meinen Vorwärtsdrall zu stoppen, als ich meinen letzten Hüpfer beendete. Nicole war mit dem letzten Schiff gekommen, um ihre Schicht hier anzutreten, und ich freute mich sehr, sie zu sehen. »Guten Morgen!«

»Ich dachte, du wärst auf dem Rückweg zur Erde!« Wie ich trug Nicole einen leichten Druckanzug und den Sicherheitshelm aus Gummi wie eine Gasmaske aus dem Krieg am Gürtel. Beides brachte nicht viel, aber sollten die Röhren brechen, würden wir so zehn Minuten lang mit Sauerstoff versorgt und könnten uns in Sicherheit bringen.

»Bin ich auch, aber ich will auf keinen Fall die erste Sondenlandung auf dem Mars verpassen!« Ich war als Co-Pilotin eines kleinen Shuttles zwischen der Basis und der *Lunetta*, der IAC-Plattform in der Umlaufbahn, eingeteilt. Das war kaum mehr als ein Weltraumbus, doch die großen Schiffe wie die der Solaris-Klasse von der *Lunetta* zur Erde wurden alle von Männern gesteuert – nicht, dass das irgendwie ein Streitthema für mich wäre oder so. Ich tätschelte die Reisetasche, die ich über der Schulter trug. »Danach mach ich mich sofort auf den Weg zur *Lunetta*-Rakete.«

»Bestell einer heißen Dusche schöne Grüße von mir.« Sie hopste mit mir die Baker Street hinab. »Denkst du, wir sehen Marsmännchen?«

»Wahrscheinlich nicht. Es sieht da so öde aus wie auf dem Mond, zumindest den Bildern aus der Umlaufbahn nach zu urteilen.« Wir hatten das Ende der Baker Street erreicht. Das Deltadruckanzeigegerät an der Tür zeigte den normalen Mond-Wert von 0,34 bar an, daher betätigte ich den Ratschengriff, um sie zu öffnen. »Nathaniel sagt, er zieht sich eigenhändig die Eckzähne, wenn es Marsmännchen gibt.«

»Das ist … anschaulich. Aber wo wir gerade von ihm sprechen: Wie geht es ihm?«

»Gut.« Ich öffnete die Tür. »Er hat Sehnsucht nach … nun ja … Raketenstarts.«

Lachend schlüpfte Nicole durchs Schott zwischen Baker Street und der Innenstadt. »Ach, ihr beide seid ja noch immer wie Frischvermählte!«

»Ich bin ja nie zu Hause!«

»Du solltest ihn mal hierher einladen.« Sie zwinkerte mir zu. »Ich meine, jetzt, wo Privatquartiere eine Option sind.«

»Genau … Du und der Senator, ihr solltet vielleicht mal darüber nachdenken, wie gut Geräusche durch die Lüftungsschächte zu hören sind.« Ich begann damit, das Schott zu schließen.

»Wartet!« Eugene Lindholm kam mit langen Sprüngen die

Baker Street herab. Falls du noch nie gesehen hast, wie Leute sich in geringer Schwerkraft bewegen: Es ist ein bisschen, als würde sich die Grazie eines Kleinkinds mit den ausholenden Sprüngen eines Gepards mischen.

Ich öffnete die Tür weiter. Er schätzte die Höhe falsch ein und stieß sich beim Durchhüpfen den Kopf.

»Alles in Ordnung?« Nicole nahm seinen Arm, um ihn zu stabilisieren.

»Danke.« Er stemmte eine Hand an die Decke, während er sein Gleichgewicht wiederfand. In der anderen hielt er einige Unterlagen.

Nicole sah mich an, bevor sie an die Tür zur Innenstadt trat. Ich nickte und schloss die Baker-Street-Tür, aber sie öffnete die andere nicht.

»Also ... Eugene. Als jemand, der mit Parker fliegt ...« Sie wies auf die Zettel in seiner Hand. »Willst du nicht ein paar davon aus Versehen fallen lassen?«

Er grinste. »Wenn du auf Dienstpläne hoffst, das sind nur ausgeschnittene Rezepte für Myrtle.«

»Sch...ade.« Sie öffnete das Schott, und wir betraten die Innenstadt.

Durch die Druckdifferenz wehte ein für den Mond seltener Geruch heran, lehmig und grün mit der weichen Note von Wasser. Über dem Zentrum der Kolonie ließ eine weite Kuppel gefiltertes Licht ein, das die hier wachsenden Pflanzen nährte. Sie stellte unsere erste wirklich dauerhafte Konstruktion dar.

Die Räume entlang der Wände dienten als Wohnquartiere. Manchmal wünschte ich mir, ich wäre immer noch hier untergebracht, aber die Quartiere der neuen Pilotinnen und Piloten befanden sich näher an den Landeplätzen. Andere Alkoven dienten als Büros oder beherbergten unser einziges Restaurant. Es gab zudem einen Friseur, einen Secondhandladen und ein »Kunstmuseum«.

Genau im Zentrum befand sich ein winziger »Park«. Allerdings war er nicht größer als ein übergroßes Doppelbett und hatte gerade mal einen Pfad in der Mitte. Aber er war *grün.*

Was züchteten wir in dieser vorsichtig verbesserten Erde? Löwenzahn. Wie sich herausgestellt hat, sind die Blätter schmackhaft und nährstoffreich, wenn man sie ordentlich zubereitet. Ein weiterer Liebling ist die Kaktusfeige, deren hübsche Blüten sich in süße Samenhülsen verwandeln und deren flache Blätter geröstet oder gebacken werden können. Einiges, was wir als Unkraut kannten, wuchs sehr gut in nährstoffarmer Erde.

»Himmel!« Eugene schlug sich auf den Oberschenkel. »Der Löwenzahn blüht. Myrtle hat angedroht, dass sie ihr Glück mit Löwenzahnwein versuchen will.«

»Mit ›angedroht‹ meinst du ›versprochen‹, oder?« Nicole hüpfte an den Hochbeeten vorbei. »Ach, Elma, trink auch einen trockenen Martini für mich mit, wenn du nach Hause kommst.«

»Mindestens einen doppelten.« Ich war immer davon ausgegangen, Nathaniel und ich wären unter den ersten Siedelnden auf dem Mond, doch nun, da die *Artemis*-Basis etabliert war, hatte die Agency ihre Aufmerksamkeit auf die Besiedelung des Mars gerichtet und er musste auf der Erde bleiben, um die Operationen zu planen.

Der Mars dominierte alle Gespräche innerhalb der IAC. Die der Rechnerinnen, die über den Gleichungen schwitzten. Die der Lochkartenmädels, die endlose Codezeilen einstanzten. Die der Cafeteriadamen, die Stampfkartoffeln und Erbsen ausgaben. Die von Nathaniel, der mit seinen Berechnungen beschäftigt war … Alles sprach vom Mars.

Auf dem Mond sah es nicht viel anders aus. Auf der anderen Seite der Innenstadt hatte man einen riesigen Fernseher aus dem Startkontrollzentrum geholt und auf eine Art Podium gestellt. Es sah so aus, als drängte sich die halbe Kolonie um diesen Fernseher.

Die Hilliards hatten eine Decke mitgebracht und veranstalteten so etwas wie ein Picknick. Sie waren nicht die Einzigen, die ein geselliges Ereignis daraus machten. Die Chans, Bhatramis und Ramirez hatten sich auch vor dem Podium auf den Boden gesetzt. Es befanden sich noch keine Kinder in der Kolonie, aber davon abgesehen herrschte hier schon Kleinstadtflair.

Myrtle hatte ebenfalls eine Decke ausgebreitet und winkte Eugene zu sich. Er winkte lächelnd zurück. »Da ist sie ja. Wollt ihr uns Gesellschaft leisten? Wir haben noch eine Menge Platz auf der Decke.«

»Danke, das wäre wunderbar.«

Ich folgte ihm zur Decke, die aus alten Uniformen zusammengestückelt war, und ließ mich mit Eugene und Myrtle darauf nieder. Sie hatte eine neue Frisur, nicht mehr so bauschig und mondtauglicher – vor allen Dingen, weil im Weltall doch eher von der Verwendung von Haarspray abzusehen war. Eugene und sie hatten sich freiwillig bereit erklärt, zu den ersten permanenten Besiedelnden zu gehören. Ich vermisste sie sehr, wenn ich auf der Erde war.

»Hey!« Eine Stimme von weiter vorn brachte das Gemurmel der Unterhaltungen zum Schweigen. »Es fängt an.«

Ich erhob mich auf die Knie, um über die Köpfe derer zu blicken, die vor mir saßen. In körnigem Schwarz-Weiß zeigte der Fernseher eine Übertragung aus der Mission Control in Kansas, die bei uns mit 1,3 Sekunden Verspätung ankam. Ich studierte jedes Bild und hielt Ausschau nach Nathaniel. Zwar liebte ich meinen Job, aber monatelang von meinem Mann getrennt zu sein, war eine Herausforderung. Ich dachte sogar manchmal darüber nach, zu kündigen und wieder als Computer-Girl zu arbeiten.

Auf der Mattscheibe sah ich Basira, die rasant an Gleichungen arbeitete, während der Fernschreiber Seite um Seite ausspie. Sie zog eine dicke Linie unter eine Zahl und hob den Kopf. »Die Doppler-Signatur zeigt, dass die Zwei-Stufen-Trennung erfolgreich war.«

Mein Herz schlug schneller, denn das bedeutete, dass die Sonde nun in die Marsatmosphäre eintrat. Oder sich vielmehr bereits darin befand. Es fühlte sich seltsam an, dass die Zahlen, die sie vom Mars erhielt, schon zwanzig Minuten alt waren. Die Mission war längst entweder erfolgreich gewesen oder gescheitert.

Zwanzig Minuten alt – ich sah auf die Uhr. Wie viel Zeit hatte ich noch, bevor ich im Hangar erwartet wurde?

Nathaniels Stimme drang aus den Lautsprechern, und ich atmete sehnsüchtig ein. »Atmosphäreneintritt in drei, zwei, eins … Geschwindigkeit 17 000 Kilometer. Abwärtsdistanz zum Landeplatz beträgt 703 Kilometer. Fallschirm sollte sich in fünf Sekunden öffnen. Vier. Drei. Zwei. Eins. Jetzt. Erwarten Bestätigung …«

Die ganze Kuppel schien den Atem anzuhalten, nur das konstante leise Summen der Ventilatoren bewegte die Luft. Ich beugte mich näher zum Gerät, als könnte ich die Zahlen sehen, die aus dem Fernschreiber kamen, oder Basira beim Rechnen helfen. Und das, obwohl es vier Jahre her war, dass ich im Rechenzentrum gearbeitet hatte oder irgendetwas Komplizierteres als die Orbitalmechanik hatte berechnen müssen.

»Fallschirm bestätigt! Der Fallschirm wurde entdeckt.«

Jemand stieß einen Jubellaut aus. Wir waren noch nicht auf der Marsoberfläche, aber schon sehr nah dran! Ich verhakte die Finger in einer Ecke der Flickendecke, als könnte ich die Sonde mit meinen Bewegungen steuern.

»Die Bestätigung des Raumfahrzeugs, dass die Bremsrakete gezündet wurde, steht noch aus.« Nach wie vor redete

Nathaniel über ein Ereignis, das vor zwanzig Minuten geschehen war, während ich seine Stimme mit 1,3 Sekunden Verzögerung hörte. Die Launen des Weltraumlebens!

»Zu diesem Zeitpunkt sollten wir uns am Boden befinden.«

Bitte, o bitte, lass ihn recht haben! Denn wenn diese Sonde nicht landete, würde das die Marsmission zu einem abrupten Stopp bringen. Ich sah wieder auf die Uhr. Er müsste die Landung mittlerweile bestätigen können, aber die Sekunden tickten einfach nur vorbei.

»Einen Augenblick. Wir warten auf Bestätigung vom Deep Space Network und der *Lunetta*-Relaisstation.« Nathaniel war nun nicht mehr zu sehen, aber ich konnte mir lebhaft vorstellen, wie er an seinem Schreibtisch stand und den Bleistift so fest umklammerte, dass er jeden Moment durchbrechen konnte.

Ein Laut drang zu uns herüber.

Neben mir atmete Nicole scharf ein. »Was ist das?«

Er wiederholte sich, und die Mission Control brach in wilden Jubel aus. Nathaniels Stimme kämpfte sich durch den Lärm. »Was Sie da hören, meine Damen und Herren, ist der Bestätigungston unserer Marssonde. Das ist die erste Übertragung von einem anderen Planeten. Wir bestätigen: *Friendship* ist gelandet und ebnet nun den Weg für unsere bemannten Missionen.«

Ich sprang auf die Beine – das taten wir alle – und vergaß die Schwerkraft. Wir lachten, als wir ungelenk in die Höhe schossen, und bejubelten die erfolgreiche Mission der *Friendship*-Sonde und das Team, das sie geplant hatte.

»Du bist spät dran.« Grissom starrte mich nieder, als ich schwungvoll die Pilotenlounge am Hafen betrat. Seine Reisetasche lehnte an der Bank, und er trank Kaffee aus einer Schluckpackung.

Ich warf einen Blick auf die Uhr an der Wand. »Dreißig Sekunden.«

»Das ändert nichts an der Tatsache.«

Er hatte recht, aber es würde niemandem sonst auffallen, zumal wir ohnehin noch zwei Stunden auf den Start warten mussten. »Und du bist nach wie vor hässlich.«

»Ha! Ich vermute, du hast die Landung geschaut?« Er gab mir unsere Flugpläne zur Überprüfung, während wir zum Schiff gingen. Grissom grummelte viel, aber er war genauso süchtig nach dem Weltall wie ich.

Ich nickte, mein Blick glitt über die Seiten voller Zündungszeiten und -spannen, Flugverhalten und -geschwindigkeit. Wir würden drei Tage mit dem Transit zur *Lunetta* verbringen, in denen uns nicht viel anderes zu tun blieb, als die Messgeräte zu überprüfen. Gott, sogar der langsame Druckanstieg vom Druck der Mondbasis zum *Lunetta*-Standard war automatisiert! »Es gab noch nichts zu sehen, aber ich wollte … Ich weiß auch nicht. Da sein.«

Grissom brummte. »So ging es mir bei der Mondlandung.«

Die Stille hing einen Moment lang zwischen uns und erinnerte uns daran, dass ich vor drei Jahren Teil dieser Mission gewesen war. Das hatte mich zu einer Art Berühmtheit gemacht, was vielleicht einer der Gründe war, warum ich das Leben auf dem Mond ein wenig mehr genoss als das auf der Erde. Ich musste mich hier nicht mit Fans herumschlagen – normalerweise zumindest.

»Hast du sie gesehen? Die Marslandung, meine ich.«

»Nee. Hab's im Radio gehört.« Er zuckte mit den Achseln, als wir den Korridor erreichten, der zu unserem Schiff führte. »Hab noch ein bisschen Zeit mit meiner Süßen verbracht, bevor wir losfliegen. Meine nächste Schicht verbringe ich am brasilianischen Raumhafen, wo ich einen Monat für das neue Schiff trainiere.«

»Die Polaris-Klasse?« Ich pfiff leise, als er nickte. »Bestätige meinen Neid.«

Er schnaubte. »Ich werde mindestens eine Woche brauchen, bevor ich überhaupt stehen kann, nachdem ich so lange hier oben war. Das Training selbst wird nur zwei Wochen dauern.«

»Trotzdem! Das hört sich alles großartig an. Außerdem ist Brasilien toller als Kansas.« Ich hielt am Schott zur Pilotenkabine des Taxis und überprüfte die Deltadruckanzeige, die mir 0,34 bar auswies, bevor ich die Luke öffnete. Es bestand immer die Möglichkeit, dass sich auf der anderen Seite kein Schiff befand, selbst wenn wir vor dem richtigen Ausgang standen. »Eine vertikale Landung wird die Heimflüge so viel einfacher machen.«

»So sanft wie mit dem Mondlander wird es nicht.« Er zuckte mit den Schultern. »Ich mag den Gleiter lieber. Man sieht beim Anflug mehr, aber der neue ist nicht so wetterabhängig, und da die Hurrikane schlimmer werden … Andererseits beschwere ich mich nicht, wenn wir noch ein paar Tage im Orbit bleiben müssen, um auf ein Sturmloch zu warten.«

»Sicher, aber auch nur, weil du so ein Weichei bist, was die Schwerkraftakklimatisierung angeht.« Ich schlüpfte geduckt in das kompakte Pilotenabteil. Die schwache Schwerkraft auf dem sich drehenden Teil der *Lunetta* betrug ein Drittel der Erdschwerkraft – genau wie auf dem Mars – und stellte einen guten Übergang für Leute dar, die vom Mond heimkamen. »Hoffentlich haben wir gutes Wetter, wenn wir runtergehen. Ich kann es gar nicht abwarten.«

»Dann hättest du mal pünktlich sein sollen.«

Ich streckte ihm lachend die Zunge raus, und wir machten uns daran, die Vorflugchecks durchzuführen. Zu den angenehmen Dingen beim Start auf dem Mond gehörte, dass wir es mit weniger Variablen zu tun hatten als auf der Erde. Ohne nennenswerte Atmosphäre mussten wir uns nicht mit Wind und Wetter oder irgendetwas in der Art herumschlagen, nur mit diesem bisschen Schwerkraft.

Ins Passagierabteil hinter uns passten zwanzig Personen. Während der meisten Flüge war es voller Spezialkräfte, die zur Erde zurückkehrten, nachdem sie das Projekt, für das sie heraufgekommen waren, abgeschlossen hatten. Entsprechend befanden sich im Frachtraum ihr persönliches Gepäck, wissenschaftliche Experimente und unsere wenigen Exportwaren. Eine Geologin hatte beispielsweise begonnen, Mondgestein zu bearbeiten, und ihre Skulpturen erzielten auf der Erde erstaunliche Preise. Myrtle machte mit ihren »Mond-Quilts« aus recyceltem Material so viel Geld, dass sie ihre drei Söhne damit durch die Graduiertenschule bringen konnte. Die schönen Künste florierten im All auf erstaunliche Weise. Ich hatte mich dem angeschlossen und an Papierskulpturen aus alten Lochkarten versucht, es jedoch noch nicht gewagt, sie zu verkaufen.

Sogar Menschen auf der Erde, die dem Raumfahrtprogramm keine Sympathie entgegenbrachten, waren fasziniert von allem, was vom Mond kam. Ich schätze, wenn man Jahrtausende lang einen Ort durch Mythen und Legenden romantisiert hat, braucht es eine Weile, bis er alltäglich wird.

Grissom und ich waren schon so oft zusammen geflogen, dass unser Vorflugscheck reine Routine war. Das hieß nicht, dass wir Schritte übersprungen hätten. Routine und Wetterbedingungen hin oder her – wir saßen hier immer noch wortwörtlich auf einer Bombe.

Schon witzig ... dass man sich an gewisse Dinge so gewöhnen kann.

Zwei Stunden später hatten wir unsere Checkliste durchgearbeitet, und alle im Passagierabteil waren angeschnallt. Grissom musterte mich und nickte dann. »Lass uns die Kerze anzünden.«

Die Triebwerke erwachten flüsternd zum Leben, beinahe lautlos auf der luftlosen Mondoberfläche. Wir starteten, und aufgrund der Beschleunigung spürte ich endlich wieder ein wenig Gewicht, als der Mond mich an sich reißen wollte. Unter uns blieben die graubraunen Krater zurück und verschwammen in der Hitze unserer Triebwerke.

Sagte ich eben, dass man sich an alles gewöhnen kann? Das war möglicherweise eine Lüge.

Bei der Ankunft in der niedrigen Erdumlaufbahn und beim Andocken an die Orbitalstation war ich eine Raumpilotin: Selbst im Co-Piloten-Sitz, in dem ich mich vor allem mit navigatorischen Berechnungen herumschlug, war ich aufs Engste in alles eingebunden. Grissom und ich übergaben das Schiff unserem Ersatz, der sich nun zu einer Dreimonatsschicht auf dem Mond aufmachte, und schwebten ins Innere der Station.

Beim Verlassen der *Lunetta* und der Erdumlaufbahn hingegen war ich nur eine Passagierin auf dem Weg zur Erde. Bislang hatte die International Aerospace Coalition noch keine Frauen in den großen Orbitalraketen als Pilotinnen eingesetzt. Es gab keine offizielle Bestimmung, die besagte, dass wir sie nicht steuern durften, aber immer, wenn ich nachfragte, antwortete man mir nach dem Motto, man wolle meine Expertise dort einsetzen, »wo sie am wertvollsten ist«. Da man die Lady Astronauts vor allem aufgrund ihrer Rechenkünste ins Korps aufgenommen hatte, war es schwierig, ihnen an anderer Stelle Platz einzuräumen.

Ich schwebte mit den anderen, die sich auf dem Weg zur Erde befanden, ins Passagierabteil. Während der sich drehende äußere Ring der *Lunetta* eine künstliche Schwerkraft besaß, blieb das Zentrum bewegungslos, damit man daran besser andocken konnte. Das machte die Gepäckverladung gleichzeitig einfacher und schwieriger. Die Dinge wogen nichts, hatten jedoch die Tendenz, davonzuwandern, wenn man sie nicht befestigte. Ich klemmte meine Tasche ins kleine Fach unter meinem Sitz und schnallte sie dort fest, bevor ich den Deckel schloss.

»Elma!« Im Gang schwebte Helen Carmouche, geborene Liu. Sie trug das dunkle Haar zu einem Pferdeschwanz gebunden, dessen Spitzen über ihrem Kopf schwebten.

»Ich wusste gar nicht, dass du an Bord dieser Rakete bist!« Grinsend schob ich mich auf sie zu und umarmte sie – dabei schoss ich beinahe an ihr vorbei, weil ich so daran gewöhnt war, zumindest gegen die Mikrogravitation des Mondes anzuarbeiten. Doch Helen hakte einen Fuß unter eine Schiene wie eine Null-*g*-Profi und fing mich auf.

Erinnerst du dich, wie ich sagte, dass man sich an alles gewöhnen kann? Es fühlte sich nicht viel anders an, als wäre ich in einer Straßenbahn oder einem Zug in sie hineingestolpert.

»Wir brauchen ein wenig Erdtraining!« Sie beäugte den Sitz neben mir. »Darf ich?«

»Aber absolut!« Ich schwang mich nach oben, um sie vorbeizulassen. »Wie geht's Reynard?«

Sie stopfte lachend ihre Tasche ins Fach. »Er sagt, er hat das Wohnzimmer neu gestrichen. Ich hab schon Angst.«

Ich zog mich näher an die »Decke«, um andere vorbeizulassen. »Vor seiner Farbwahl oder seinen Fähigkeiten?«

»Ich sage nur ein Wort: Marsrot. Aber woher kennt er den Ton?« Sie schüttelte den Kopf und zog die Gurte mit geübter Leichtigkeit an. »Wir haben ja noch nicht mal Bilder von der Oberfläche.«

»Es könnte schlimmer sein. Stell dir vor, er hätte Regolithgrau genommen.«

»Neutral wäre besser.« Sie schloss das Fach mit einem Klicken. »Wie geht's Nathaniel?«

Ich seufzte unwillkürlich. Es rutschte mir einfach so raus. »Gut?«

Sie straffte sich und hielt sich am Sitz fest. »Das klingt nicht gut.«

»Nein, nein. Es geht ihm gut. Alles in Ordnung.« Ich zog mich auf meinen Sitz herab und widmete mich dem Anschnallen. Während ich mir die Schulterriemen überstreifte, starrte Helen mich an. »Es ist einfach hart, so lange weg zu sein. Du kennst das ja.«

Sie setzte sich neben mich und tätschelte meine Hand. »Wenigstens geht's jetzt nach Hause.«

»Entschuldige – ich sollte mich nicht beschweren, nicht nach einer dreimonatigen Trennung.« Helen gehörte zum Marsmissionsteam, daher hatte sie vierzehn Monate trainiert, und wenn sie nächstes Jahr zur Expedition aufbrach, würden Reynard und sie drei Jahre lang getrennt sein. »Ich weiß ehrlich gesagt nicht, wie du das schaffst.«

»Es wäre vermutlich schlimmer, wenn wir schon länger verheiratet wären.« Sie zwinkerte mir zu. »So dauert das Verliebtsein noch an. Verstehst du? Wenn ich nach Hause komme ...«

»Gibt es eine Zündung?«

»Aller Triebwerke!«

Die Lautsprecher erwachten knisternd zum Leben. »Meine Damen und Herren, hier spricht Captain Cleary. Wir legen nun jeden Moment von der Station ab und sollten in etwa einer Stunde auf der Kansas-Astrolandebahn ankommen.«

Routine. Diesen Trip zwischen Erde und Mond hatte ich nun schon ein Dutzend Mal absolviert. Jedes Mal liefen die Dinge ein bisschen glatter. Ein bisschen ... normaler. Es unterschied sich kaum noch von einer Zugfahrt quer durchs Land. Nur dass selbstverständlich alles anders war.

Eine leichte Erschütterung vibrierte durchs Schiff, als der Haltemechanismus sich von der Station löste. Außerhalb des kleinen Bullauges schienen Glühwürmchen herumzuwirbeln, wann immer gefrorene Kondensflüssigkeit auf dem Raumschiffrumpf aus dem Schatten der Station ins Sonnenlicht kam. Das Frostgestöber um uns herum leuchtete vor dem tintenfarbenen All.

Wem versuche ich hier weiszumachen, dass das alles nur Routine sei? Es ist magisch! Um uns herum drehte sich die gewaltige bogenförmige Station schwindelerregend im Kreis. Wenn ich nicht festgeschnallt gewesen wäre, hätte ich mich vorgebeugt und die Nase gegen das Fenster gedrückt.

»Da!« Helen zeigte auf etwas, das sich vor uns ganz knapp außerhalb meines Sichtbereichs befand. »Die Marsflotte!«

Das Schiff vibrierte und setzte zu einer langsamen Drehung an, um in eine Position zu gelangen, aus der es den Orbit verlassen konnte. Dabei kam die aus drei Schiffen bestehende Flotte in Sicht, die für die erste Marsexpedition entwickelt worden war. Gegen den pechschwarzen Himmel wirkten die beiden Passagierschiffe und das Versorgungsschiff wie unregelmäßige Zylinder. Die Passagierschiffe waren lang und schmal und wie die Raumstation von einem zentrifugalen Ring gegürtet. Jemand hatte den Ring mal mit einem ... Erwachsenenspielzeug verglichen, was mir zweierlei Dinge verriet: zum einen, dass ich offenbar prüder war, als ich dachte, und zum anderen, wie dieses spezielle Spielzeug aussehen und funktionieren musste. Ich hatte Nathaniel noch nicht nach den Details gefragt, weil ich mir nicht sicher war, ob ich wissen wollte, was er darüber wusste.

Wenn man keine Erfahrung mit derlei Dingen hatte, gaben die Schiffe jedenfalls einen wunderschönen Anblick ab. »Weißt du ... es gibt Momente, da bin ich ein bisschen neidisch auf euch.«

»Na ja.« Helen zuckte mit den Schultern. »Ich werde die ganze Zeit mit meiner Nase in Berechnungen stecken, auf dem Hin- wie auf dem Rückweg.«

»Worum, denkst du, beneide ich dich denn?« Ich verdrehte die Augen. »Ich bin praktisch Busfahrerin!«

»Auf dem Mond.«

»Richtig. Und ich liebe es. Aber ... es ist keine große Herausforderung.« Ich hätte mich der Marsmission anschließen können, wenn ich gewollt hätte, aber Nathaniel und ich überlegten, Kinder zu bekommen. »Ich denke darüber nach, mich als Pilotin zur Ruhe zu setzen und wieder ins Rechenzentrum zu gehen.«

Helen schnaubte verächtlich, wie nur sie es vermochte. »Und dann fliegst du nur noch deine Cessna?«

»Oder ich arbeite in der Astronautenausbildung. Ich bin einfach ...« Gelangweilt. »Ich möchte mich auf meine Ehe konzentrieren.«

Helen erwies mir die Ehre ihres patentierten Naserümpfens. Sie ist wirklich eine Meisterin dieser kleinen ungläubigen Laute. Nur die Tatsache, dass der Orbitalsinkflug die Rakete erschütterte, schützte mich vor der vollen Wucht ihrer Verachtung.

Hinter uns stieß jemand einen kleinen Jammerlaut aus. Helen sah über die Schulter und beugte sich dann näher zu mir. »Warte nur auf den Atmosphärenübergang!«

»Vielleicht kehrt die Person zum ersten Mal zur Erde zurück.« Ich drehte mich nicht um. Grandma hatte immer gesagt, dass Starren das Grausamste ist, was man einer beschämten Person antun kann, und ich konnte das Gefühl nachvollziehen. Selbst das Training kam nicht an die Realität heran, und es würde noch sehr viel schlimmer werden, bevor wir unten ankamen.

Helen und ich unterhielten uns in der ersten halben Stunde und tauschten Neuigkeiten über das Leben im Weltall aus. Dann trudelte ein Stück Popcorn langsam aus jemandes Tasche. Dieses erste Anzeichen von Schwerkraft zeigte uns an, dass wir uns nah genug an der Erde befanden und die Atmosphäre verlangsamte.

Draußen erhitzte sich die Umgebung nun allmählich auf 1649 Grad Celsius. Vor dem Fenster glühte die Luft orangefarben, und supererhitzte Atmosphäre peitschte als Plasmasog auf uns ein. Es ist immer wieder faszinierend, wie leise es bei diesem Teil des Sinkflugs wird. Für Vibrationen gibt es noch nicht genug Atmosphäre, außerdem ist das Schiff im Prinzip ein großer Gleiter ohne Triebwerksgeräusche. Aber noch leiser sind die Menschen, die das Spektakel des Wiedereintritts betrachten. Das wird niemals langweilig.

Der Captain schwenkte in die erste einer langen Reihe von S-Kurven, um uns zu verlangsamen. Die *g*-Kräfte packten uns, pressten uns in die Sitze. Es waren nur zwei *g*, aber nach Monaten in einem Sechzehntel davon fühlte es sich an, als würde ich in Schlamm begraben.

Die *g*-Kräfte stiegen weiterhin und pressten mich an die Lehne meines Sitzes. Ich rechnete damit, dass der Captain uns in den nächsten Schwung der S-Kurve ziehen würde, aber wir drehten uns einfach weiter. Das war keine Routine mehr.

Und hier im Passagierabteil konnte ich nichts, aber auch gar nichts daran ändern.

ZWEI

Cygnus 14 landet nach Fehler oder Aussetzer weitab vom Kurs

Von *STEVEN LEE MYERS*

KANSAS CITY, KS, 20. August 1961 – Eine der Raumfähren der Cygnus-Klasse, die Astronauten von der Lunetta-Raumstation der International Aerospace Coalition zurück zur Erde bringen, landete heute mehr als 400 km vom Zielort entfernt. In der IAC wird eine technische Fehlfunktion oder ein Pilotenfehler während des Sinkflugs in Betracht gezogen. Die Cygnus-Klasse wurde seit Aufnahme des Programms kaum verändert, doch die heute gelandete Rakete ist eine neue Variante und machte den ersten Flug mit modifizierten Triebwerken und Lenksystemen, die Abstieg und Landung hätten vereinfachen sollen.

Meine Arme waren bleischwer, und ein Clydesdale-Hengst saß auf meiner Brust und trommelte mit seinen Hufen gegen meine Rippen. Mühsam schlug ich die Augen auf, um herauszufinden, warum ihn niemand verscheuchte, doch ich sah nur Regolithgrau. Nicht den Mond. Nein … den Sitz vor mir. Stöhnend drehte ich den Kopf, doch ich musste innehalten, als mich Übelkeit überkam.

Die *g*-Kräfte mussten irgendwann so in die Höhe geschossen sein, dass ich das Bewusstsein verloren hatte. Ich weiß nicht, wie der Captain es geschafft hatte, die Rakete zu landen – und schon gar nicht, was schiefgelaufen war –, aber wundersamerweise schienen wir überlebt zu haben.

Das Klopfen hielt an, doch der Clydesdale erwies sich als mein eigenes Körpergewicht, da ich zum ersten Mal seit drei Monaten der Erdschwerkraft unterworfen war. Es stank nach Erbrochenem und Urin. Langsam drehte ich den Kopf, um das Telemetriepanel zu überprüfen, das die Lebenserhaltungssysteme anzeigte. Alles stand auf Erdenormalwert, doch bis sie die Tür öffneten, befanden wir uns in einer luftdichten Büchse und mussten das Protokoll einhalten.

Danach wandte ich mich Helen zu. Sie war noch bewusstlos, was mich nicht überraschte, schien aber unverletzt zu sein.

Ich schloss die Augen und atmete kontrolliert und langsam durch den Mund ein und aus, während wir auf die Bergung durch das Rettungsteam warteten. Es brauchte schon außergewöhnlich lange. Andererseits wusste ich natürlich nicht, wie lange wir schon am Boden waren und womit sie es noch zu tun hatten. Vielleicht hatte ein Landerad Feuer gefangen oder etwas in der Art.

Endlich – es ist ein bisschen peinlich, dass ich es so lange nicht begriffen hatte – fiel mir auf, dass das Dröhnen vom Schott kam. Es musste klemmen! Sosehr meine Südstaatenerziehung auch von mir verlangte, dass ich aufstand und half, so sagte mir doch mein Astronautinnentraining, dass ich die Protokollcheckliste einhalten musste, die mir sofort in den Sinn kam.

Roch es nach Rauch? Nein. Sauerstoff? Vorhanden. Verletzungen? Mir ging es gut, Helen offenbar auch ... Ich öffnete die Augen und drehte mich sehr vorsichtig im Sitz, um mich in der Kabine umzusehen. Die anderen waren blass oder grün im Gesicht, aber niemand schien unmittelbar gefährdet zu sein. Ein Schwarzer auf der anderen Seite des Gangs erwiderte meinen Blick. Es war der Geologe mit der schiefen Nase, der fürs Marsteam arbeitete, wie hieß er noch gleich ...? »Sollen wir ihnen mit der Tür helfen?«

Ich schüttelte *nicht* den Kopf. »Sie haben Werkzeug. Wir sind in Sicherheit, also lassen wir sie ihre Arbeit tun.«

Er nickte, wurde sofort graugrün und schluckte vernehmlich. Ich zuckte mitfühlend zusammen. Jedes Mal, wenn man sich von einer Schwerkraft in die andere begibt, verursachen rasche Kopfbewegungen Übelkeit.

Leonard Flannery – so hieß er! Wir hatten uns auf Helens und Reynards Hochzeit nett über das Loire-Tal unterhalten. Er war entsetzt gewesen, weil ich in der Zeit, in der ich dort Flugzeuge überführt hatte, nicht dazu gekommen war, den Wein zu probieren.

Wie um meine Entscheidung, sitzen zu bleiben, zu bestätigen, öffnete sich die Luke mit dem Zischen veränderten Luftdrucks. Das entfernte Donnern der T-38-Begleitflugzeuge dröhnte durch die Kabine. Sonnenlicht und Frischluft folgten, darüber lagen der Geruch von verbranntem Gummi, Erde und frisch gemähtem Gras. Ich schloss die Augen, denn gottverdammt, ich würde jetzt nicht wegen irgendwelchen Grünzeugs weinen.

»Niemand bewegt sich!« Eine Waffe wurde entsichert, Metall klackte auf Metall.

Meine Augen öffneten sich ohne mein Zutun. Gebückt traten sechs Männer in Tarnzeug ein und hielten uns mit Gewehren in Schach. Sie hatten unterschiedliche Hautfarben und verbargen ihre Gesichter hinter bunt zusammengewürfelten Masken. Einer trug eine Sturmhaube, die alles verbarg bis auf die Tatsache, dass er Schwarz war. Ein anderer hatte das sonnengebräunte Gesicht mit einem Tuch maskiert, das ihn wie einen Comicbanditen aussehen ließ. Ein dritter trug eine Gasmaske. Die anderen hatten Staubmasken, wie sie auf Baustellen üblich waren.

Wie waren sie an der IAC-Sicherheit vorbeigekommen? Oh … Moment. Die Begleitflugzeuge kreisten noch. Ich konnte nicht sagen, wo der Captain uns zu Boden gebracht hatte, aber eins ahnte ich: Wir waren nicht in Kansas. Für diesen Fall kannte ich weder Protokoll noch Routine.

Neben mir stöhnte Helen.

»Hey! Schnauze!« Der Mann mit Sturmhaube, Knarre und starkem Brooklyn-Akzent stürmte durch den Gang, um mit der Waffe auf Helen zu zielen. Sie riss den Kopf hoch und übergab sich sofort. Wie ein Profi wandte sie sich so, dass ich nicht getroffen wurde, allerdings bekam ihre Hose ein bisschen ab. Das verursachte ein kollektives Würgen in anderen Teilen der Kabine.

Ich schluckte schwer und biss die Zähne zusammen. Wer hätte gedacht, dass die Jahre, in denen mir meine von der Angstneurose hervorgerufene Übelkeit zu schaffen gemacht hatte, mir noch mal nützlich sein würden? Trotzdem kämpfte mein Herz mit dem Stress und der Schwerkraft, als der Brooklyn-Mann seine Waffe auf jedes neue Geräusch richtete. Hinter der Maske kniff er die braunen Augen zornig zusammen. »Was zum ... Was für eine Krankheit habt ihr?«

Hinter mir würgte jemand. Ein anderer Mann sagte: »Nehmt ja nicht die Masken ab! Nicht, dass wir uns noch anstecken!«

»Weltraumkeime!«

Es war sicher nicht besonders schlau, zu lachen, aber ein winziges »Ha!« entwich mir. Es hallte durch die Kabine und bewirkte, dass sich alle Augen auf mich richteten. Aber ernsthaft – Weltraumkeime? Das klang wie aus einem Radiohörspiel.

»Findest du das lustig?« Brooklyn kam näher und presste mir die Waffe an die Schläfe. »Findest du es lustig, die Erde zu vergiften?«

»Hey, Mann. Mach das nicht!« Leonard stemmte sich gegen den Gurt. »So was kommt gar nicht gut. Mach ...«

»Maul halten!« Brooklyn richtete sein Gewehr auf Leonard. »Ich hab keine Zeit für einen Onkel Tom. Du bist Teil des Problems, und wir werden es lösen.«

»Hey!« Der Mann mit der Gasmaske trat militärisch-zackig vor. Er hielt den Lauf seiner Waffe gesenkt. Selbst durch den Filter klang er nach Drill-Sergeant. »Krank oder nicht, die Uhr tickt. So eine Chance kommt nicht noch mal, also … Heilige Scheiße! Du bist die Lady Astronaut!«

Ich hatte noch nie einen Fan getroffen, der eine Waffe auf mich richtete. Aber immerhin gab mir das gewissermaßen ein Drehbuch vor. Wie ich mit Fans reden konnte, wusste ich schließlich. Selbst mit der Pistole an der Schläfe lächelte ich diesen neuen an. Hinter den Sichtscheiben der Gasmaske konnte ich trübe haselnussbraune Augen erkennen, wobei in einem ein dunkler Fleck zu sehen war. »Sie sind wohl ein Fan von *Mr. Wizard*.«

»Meine Tochter liebt die Sendung.« Kurz wurde sein Blick weich, doch dann schüttelte er den Kopf, und spannte die Schultern an. »Egal. Außer …« Er legte Brooklyn eine Hand auf den Arm. »Sie könnte es tun. Ihr werden sie zuhören.«

»Ich dachte, wir wollen die Piloten.«

»Na ja, wir kommen ja nicht zu ihnen durch, oder? Das Cockpit ist versiegelt. Aber sie ist eine echte Berühmtheit. Ein nationales Kulturgut. Sie werden …«

Ich hörte in der Ferne das Heulen von Sirenen, und es wurde sekündlich lauter. Brooklyn straffte sich und warf einen Blick zur Tür zurück. »Scheiße! Die sind schnell.«

»Was hast du denn erwartet, du Dämlack?« Mein Fan griff nach meinem Arm und versuchte, mich aus dem Sitz zu zerren, ohne die Schultergurte zu lösen.

»Kann ich vielleicht helfen?« Ich hob vorsichtig die Arme, sodass sie sie sehen konnten. »Da sind ziemlich viele Schnallen dran.«

Er trat brummend zurück, um mir Platz zu gewähren. Mit bleiernen Fingern fummelte ich an den Schultergurten herum. Das Gewicht der Erde zog mich nieder, selbst die Gurte schienen unfassbar schwer zu sein. Wie viel Zeit ich auch auf dem Mond im Fitnessraum verbrachte, die erste Woche auf der Erde war immer die Hölle. Und die ganze Zeit über kamen die Sirenen näher und näher.

Von seinem Sitz aus sagte Leonard: »Bitte. Nehmt keine weiße Frau als Geisel. Ihr wisst, was dann passiert.«

Einen Moment lang zögerte mein Fan, dann schüttelte er den Kopf. »Es ist ihnen egal, wenn wir eine Schwarze entführen. Aber die Lady Astronaut? Dann hören sie uns zu!«

Als ich mich aus den Gurten geschält hatte, packte mich mein Fan wieder am Arm und zerrte mich auf die Beine. Ich musste mich schwer auf ihn und die Lehnen vor mir stützen, während mein Gehirn herauszufinden versuchte, was es mit all dem Gewicht anfangen sollte. Nur mit Mühe blieb ich stehen, während sich die Kabine wie wild um mich herum drehte. Erbrechen klang nach einem guten Plan.

»Sie ...« Helens Stimme hinter mir brach. Aber die treue Seele setzte noch mal an. »Ihr wird schummrig sein. Ihr müsst langsam gehen, wenn ihr nicht wollt, dass sie euch vollkotzt.«

Mein Magen war schon leer, weil ich es immer vermeide, vor einem Flug etwas zu essen. Trotzdem hielt ich ganz still, um zur Besinnung zu kommen. »Was wollt ihr von mir?«

»Du wirst in der Tür stehen und unsere Forderungen weitergeben.« Brooklyn schubste mich den Gang hinab, und ich stolperte, weil ich die Füße einfach nicht anheben konnte.

Mein Fan fing mich auf, bevor ich hinfiel. »Mach einfach, was wir sagen, dann geschieht niemandem etwas.«

»Klar. Natürlich.« Ich war außer Atem. Ich wusste nicht, ob die Anstrengung oder die Angst der Grund dafür war. Vielleicht beides. Ich stützte mich auf meinen Fan, während wir uns zur Luke begaben.

Nun schienen alle Mitreisenden wach zu sein. Früher waren mir alle Mitglieder des Astronautenkorps vertraut gewesen, aber mittlerweile kannte ich höchstens die Hälfte von ihnen flüchtig, und andere kamen mir nur entfernt bekannt vor. Aber ich wusste, dass auf Helen, Leonard und Malouf im Notfall Verlass war. In Türnähe fummelte Cecil Marlowe aus der Maschinenbauabteilung an ihren Schultergurten, als wollte sie aufstehen. Ruby Donaldson sah mit ihren blonden Zöpfen aus wie ein Kind, dabei war sie im Krieg Ärztin an vorderster Front gewesen.

Wie mochte es den Piloten ergehen? Vermutlich waren sie bei Bewusstsein und begriffen, was hier geschah, oder sie wussten zumindest, dass jemand anders als das Rettungsteam an Bord gelangt war. Am hinteren Ende gab es eine Gegensprechanlage, aber keine Kamera. An ihrer Stelle hätte ich zugehört, um mehr Informationen zu erhalten. Außerdem hätte ich es an die Mission Control weitergegeben.

Ich räusperte mich. »Was soll ich denn von euch sechs weitergeben?«

Brooklyn hielt mich am Ende des Gangs auf. »Sag ihnen, dass es Probleme hier auf der Erde gibt. Sie sollen das All in Ruhe lassen, bis sie die Erde in Ordnung gebracht haben.«

Ich nickte langsam. Sie gehörten zu Earth First, was ich mir ja hätte denken können. Die meisten von ihnen stammten aus den Regionen, die es in der Zeit nach dem Meteoreinschlag am härtesten erwischt hatte. Der Bursche aus Brooklyn hatte vermutlich alles verloren und war in den Ruinen von Brooklyn zum Verrotten zurückgelassen worden, weil er Schwarz war. »Okay, aber dazu braucht ihr doch die anderen hier drin nicht …«

»Das würde dir gefallen, was?«

»Es wäre nett.« Auf der anderen Seite der Tür hielten Rettungswagen mit Blaulicht – offensichtlich ein örtlicher Krankenwagen und drei Löschfahrzeuge und nicht die IAC. Ein Fahrzeug hielt so, dass ich »Madison County« auf den Türen lesen konnte.

»Wo sind wir?«

»In Alabama.«

»Okay … Nun, dann wird es ein wenig dauern, bis jemand von der IAC hier ist.« Obwohl sie dank Begleitflugzeugen und Radar wissen würden, wo wir runtergegangen waren, mussten sie immer noch hierherfahren. »Einigen Leuten geht es nicht gut; warum überlasst ihr sie nicht den Sanitätern? Dadurch … würdet ihr die Weltraumkeime isolieren.«

Einer der Männer steckte den Kopf nach draußen und zog ihn rasch wieder zurück. »Rettungssanitäter kommen näher!«

»Halt sie auf!« Mein Fan ruckte mit dem Kinn, und die Gasmaskenkanister wackelten bei der Bewegung.

Der Mann an der Tür atmete ein, streckte dann den Gewehrlauf aus der Tür und schoss in die Luft. Der Lärm hallte durch die Kabine und erfüllte sie mit grausamen Echos. Er schrie nach draußen: »Das ist nah genug!«

Brooklyn schob mich vorwärts. Sein Daumen grub sich über meinem Ellbogen ins Fleisch, aber gleichzeitig war sein Griff das Einzige, was mich aufrecht hielt.

Mein Fan warf mir einen Blick zu. »Sag ihnen, dass wir ein Nachrichtenteam hier sehen wollen. Und den Präsidenten. Und Dr. Martin Luther King.«

»Und das Oberhaupt der UN!«, rief einer der Männer mit Dreieckstuch. Er hatte von der Truppe die dunkelste Hautfarbe und einen unerwarteten britischen Akzent. Ich kannte natürlich andere Schwarze Briten, war aber davon ausgegangen, die Earth Firster wären alle aus Amerika.

»Ihr wisst … Ihr wisst, dass das nicht …« Nicht passieren wird, aber ich hielt inne, bevor ich zu unverblümt wurde. »… nicht schnell geht.«

Der Brite hob die Augenbraue. »Der Krankenwagen war ganz schön schnell hier.«

»Der Krankenwagen ist hier aus der Stadt!« Ich war mir nicht sicher, was ich tun sollte. Mein Training hatte mich auf Berechnungen und das Steuern von Raumschiffen vorbereitet. Was ich über Geiselsituationen wusste, kannte ich aus Filmen, und ich war mir ziemlich sicher, dass *Der Attentäter* kein gutes Vorbild darstellte. Keiner dieser Männer würde eine Spielzeugpistole für einen echten Revolver halten. Ich konnte sie nicht unter Strom setzen. Verdammt noch mal, ich konnte ja kaum stehen! Mir blieb nur, dafür zu sorgen, dass sie ruhig und kooperativ waren. »Ich sag es ihnen, aber ihr solltet wissen, dass ihr warten müsst.«

»Du bist nicht in der Position, uns Vorschriften zu machen«, entgegnete der Brite.

»Das ist mir bewusst. Ich will nur sicherstellen, dass ihr alle Informationen habt, die ihr braucht. Der Flug von Kansas hierher dauert fünf Stunden. Okay? Das ist alles, was ich sagen wollte.« Tatsächlich waren es eher zwei Stunden, aber ich dachte mir, dass ein bisschen mehr Zeit nicht schaden würde … Würden sie den Präsidenten in eine T-38 stecken, wäre er in zwanzig Minuten hier, aber das erschien mir doch unwahrscheinlich. Ich drehte mich zur Tür und blinzelte in ungefiltertes Sonnenlicht. »Sie werden fragen, worüber ihr mit ihnen sprechen wollt.«

»Das kann warten, bis sie hier sind. Richtig?« Mein Fan wies zur Tür. »Ein Nachrichtenteam, der Präsident, Dr. King und das Oberhaupt der UN. Du sagst nichts anderes. Kapiert?«

Brooklyn marschierte durch den Gang zurück und zielte mit dem Gewehr auf Helen. »Als Absicherung.«

Nur das Adrenalin und die Tatsache, dass ich Jahrzehnte damit verbracht hatte, meine Angstneurose zu verbergen, hielten mich jetzt noch aufrecht. In meinem Anzug fühlte sich meine Haut zu eng an, und meine Knie bebten mit jedem Schlag meines rasenden Herzens. Irgendwie war ich trotzdem in der Lage, zu nicken und zur Tür zu treten.

Ich legte eine Hand auf den Türrahmen. Meine Finger bebten und untergruben meinen Versuch, Zuversicht auszustrahlen. Die Feuerwehrmänner standen in der Nähe ihrer Wagen und berieten sich offenbar, während der Krankenwagenfahrer über Funk mit jemandem sprach. Einer der Feuerwehrmänner sah mich und tippte seinen Kollegen an.

Ich atmete tief ein, um den Anweisungen unserer Entführer Folge zu leisten, doch die ungefilterte Luft voller Staub, Pollen und Benzindunst bescherte mir einen Hustenanfall. Gekrümmt hielt ich mich am Türrahmen fest, allerdings lag das nicht am Husten, vielmehr versuchte ich, nicht das Bewusstsein zu verlieren. Jemand legte mir eine Hand auf den Rücken und eine weitere auf den Arm, um mich zu stabilisieren.

»Alles in Ordnung?« Mein Fan kauerte sich neben mich und nutzte den Türrahmen als Deckung.

Ich nickte und bereute es sofort. Rasch biss ich die Zähne zusammen, schluckte schwer und wartete, dass die Welt aufhörte, sich zu drehen. »Helfen Sie mir, mich aufzurichten? Ganz langsam?«

Er nickte, wobei die Gasmaske wackelte, und dann half er mir beim Aufstehen. Seine Hand ruhte weiter auf meinem Arm, während er mich mit seinen haselnussbraunen Augen ansah, bis ich einen weiteren vorsichtigen Atemzug wagte. Der Notarzt hatte sich bei meinem Hustenanfall genähert, als könnte er nicht anders.

Ich konzentrierte mich auf ihn, einen weißen jungen Mann von Anfang zwanzig mit zerzaustem blondem Haar, das sich aus der Pomade befreit hatte. »Diese Männer möchten ein Nachrichtenteam, und sie wollen mit dem Präsidenten, dem Oberhaupt der UN und Dr. Martin Luther King Jr., sprechen.«

»Mit wem?« Ein Feuerwehrmann mit Schultern wie ein Bär und Sommersprossen auf den blassen Wangen entfernte sich von der Gruppe. »Was wollen sie?«

Ich sah zur Seite, und mein Fan schüttelte den Kopf. »Sag ihm, dass sie das herausfinden werden, wenn der Präsident hier ist.«

Was gleichbedeutend war mit »niemals«, wie ich die Regierung kannte.

Gangabwärts richtete Brooklyn immer noch das Gewehr auf Helen, also wiederholte ich die Botschaft, bevor ich aus der Sonne trat. »Darf ich mich bitte setzen?«

Ich hatte halb erwartet, dass sie einfach aus Bosheit Nein sagen würden, aber mein Fan führte mich zurück zu meinem Sitz. Brooklyn senkte den Lauf, als ich auf ihn zukam, und Helen sank in sich zusammen, als hätte das Gewehr sie an einem Haken hochgehalten.

Sosehr ich mich auch in meinen Sitz fallen lassen wollte, setzte ich mich doch sehr vorsichtig hin. Mein Fan half mir, als wäre ich eine alte Dame und keine Geisel. Ich räusperte mich und hätte einiges für ein Glas Wasser gegeben. »Wir könnten vielleicht darüber reden, was ich dem Präsidenten sagen soll, wenn er hier ankommt. Sie haben Probleme auf der Erde erwähnt …?«

Mein Fan wechselte einen Blick mit Brooklyn und sah dann an mir vorbei, vermutlich zu einem der anderen Geiselnehmer. Auf der anderen Seite des Gangs beugte sich Leonard ein wenig zu uns herüber und lauschte. Während ich an der Luke gestanden hatte, musste er seine Schultergurte gelöst haben.

Mit verengten Augen musterte mich mein Fan. Ich wusste nicht, was er sah, aber er nickte schließlich. »Die Leute auf der Erde werden im Stich gelassen. Die Gelder fließen alle ins Raumfahrtprogramm, statt dass damit was gegen den Schlamassel getan wird, den der Meteor hinterlassen hat! Menschen drängen sich in Wohnungen. Geflüchtete, die immer noch – zehn Jahre später! – nicht nach Hause können, weil die Versicherungen einfach von höherer Gewalt sprechen und dass die Regierungen die Ressourcen halt so zuteilen, wie sie gebraucht werden.« Er zog wütend die Brauen zusammen. »Als könnten wir nicht sehen, wie die Ressourcen zugeteilt werden! Als würden wir nicht wissen, welche Viertel außen vor bleiben!«

Ich hatte so viel Zeit in der Raumfahrtindustrie verbracht und mit Leuten zusammengearbeitet, die genau verstanden, was mit dem Klima der Erde geschah, und beinahe vergessen, dass Menschen auch viel unmittelbarere Bedürfnisse hatten. »Wenn das Klima sich so erwärmt, wie die Meteorologie voraussagt, dann stecken wir alle in Schwierigkeiten, es sei denn, wir haben Basen auf anderen Planeten errichtet ... Das Raumfahrtprogramm *ist* für alle Menschen auf der Erde!«

»Ach, bitte. Das kennen wir doch schon. Das All ist für die Eliten, und alle anderen werden zurückbleiben.«

Ich schüttelte den Kopf. »Nein! So wird das nicht laufen.«

»Schau dich doch um!«

Ich folgte seiner Aufforderung und drehte den Kopf sehr vorsichtig, damit mir nicht wieder schlecht wurde. Unsere Entführer hatten sich so verteilt, dass zwei am hinteren Ende der Kabine postiert waren und drei an der Tür. Nur mein Fan stand noch neben mir. Alle Passagiere hatten einen grünlichgrauen Teint, aber ich konnte nicht sagen, ob es an der Schwerkraft oder der Situation lag. Vermutlich beides. Helen hatte die Hände im Schoß gefaltet und die Miene so konzentriert verzogen, wie ich es von ihr nur vom Schachspielen und Rechnen kannte. Leonard hatte die Hände unter die Achseln geschoben und saugte an seiner Unterlippe, während er uns beobachtete. Ruby Donaldsons rechtes Knie wackelte, und Vanderbilt De-Beer kaute am Nagelbett seines Daumens herum.

»Keinem von ihnen geht es gut.«

»Sieh noch mal hin. Wie viele sehen aus wie ich?«

Ich warf Leonard einen Blick zu, und er zuckte zusammen. Eines Tages würde ich hoffentlich schneller schalten. In einer Rakete voller Astronautinnen und Astronauten saßen ein Schwarzer Mann, eine Taiwanesin und dreißig Weiße. Oder neunundzwanzig und eine Jüdin, je nachdem, wozu man mich zählte. »Ich kann nicht behaupten, dass Sie falschliegen ...«

»Aber du wirst es trotzdem versuchen.« Er wechselte die Pistole in die andere Hand.

»Das Programm befindet sich noch in einer frühen Phase.« Leute hatten glamouröse Bilder vom Raumfahrtprogramm im Kopf, inspiriert von Serien wie *Buck Rogers*, aber so war es nun mal nicht. »Hören Sie ... Ich lebe sechs Monate im Jahr auf dem Mond. Wir haben kein fließendes Wasser. Mein Bett ist ein Schlafsack. Es gibt keinen Alkohol ...« Überwiegend. Zumindest keinen genießbaren. »Das Essen kommt immer aus der Dose. Und ein Fehler könnte den Tod der ganzen Kolonie bedeuten. Im Moment braucht man eine ganz bestimmte Ausbildung, um im All zu leben. Wahrscheinlich haben hier alle an Bord ein Diplom oder einen Doktortitel.«

Mein Fan lehnte sich vor und kniff hinter der Gasmaske die Augen zusammen. »Und du vermutest, dass Schwarze so was nicht haben.«

Auf der anderen Seite des Ganges räusperte sich Leonard. »Na ja, einige schon ...« Er hielt inne, als mein Fan zu ihm herumfuhr. »Dann lass mal hören, was du zu sagen hast, Onkel Tom.«

Leonard verdrehte die Augen. »Für die akademische Ausbildung, die im Programm benötigt wird, braucht es mehr als harte Arbeit. Ohne Geld und Verbindungen hat man da schlechte Karten. Es ist zwar ein halsbrecherischer Stunt, den ihr hier abzieht, aber ich kann eure Gründe verstehen.«

Raumschiffe sind luftdicht. Selbst mit der offenen Luke, durch die schwüle Luft von draußen hereindrang, gab es nicht viel Zirkulation. Es war August. Wir befanden uns im Süden. Und beim Absturz hatten sich fast alle übergeben.

Nach vier Stunden waren die Hitze und der Gestank einfach unerträglich. Zu dieser Zeit hätten wir eigentlich längst im IAC-Akklimatisierungszentrum in Wasserbetten liegen sollen. Stattdessen mussten wir aufrecht sitzen, der vollständigen Erdanziehungskraft ausgesetzt, in einem Raum, der mit dem üblen Geruch menschlichen Auswurfs erfüllt war.

Helen legte mir eine Hand aufs Bein und tippte mit dem Zeigefinger darauf. Sie war einfach brillant: Morsecode! Ich legte eine Hand auf ihre, als würden wir einander trösten, und tippte eine Bestätigung.

In einer langen Kette aus kurzen und langen Stupsern buchstabierte sie: NUTZ DIE ANGST VOR KEIMEN.

Ich tippte auf ihren Handrücken: WIE?

ICH SPIELE TOT. Sie hielt inne und sah mich aus dem Augenwinkel an. DU REDEST.

Witzigerweise wusste ich, dass sie »tot spielen« konnte. Es gibt im astronautischen Training eine »Todessimulation«, bei der wir üben, was passiert, wenn ein anderer Astronaut stirbt. Normalerweise setzen sich die, die die »Todeskarte« gezogen haben, einfach für den Rest der Simulation hin, aber Helen hatte ihren Tod voll ausgespielt, gekrönt von einem alarmierend rasselnden Atemzug, um danach auf die unheimlichste Weise schlaff herumzuliegen.

Ob das funktionieren würde? Aber andererseits würde der Präsident garantiert nicht herkommen ... und wir wussten nicht, was diese Männer tun würden, wenn ihnen das klar wurde. Ich setzte mich auf und hielt Ausschau nach meinem Fan. Sein Name war Roy, was ich nur wusste, weil Brooklyn ihn gefragt hatte, wo die Toilette war.

Roy war vielleicht der Einzige, dem es dank seiner Gasmaske auf diesem Schiff noch ansatzweise gut ging. Ich hob eine Hand, um seine Aufmerksamkeit zu erregen, und – o Wunder! – er kam sofort herüber. »Ich habe über Ihre Ziele nachgedacht und möchte Ihnen einen Vorschlag machen.«

»Na, da bin ich aber gespannt.«

Helen tat das Heldenhafteste, was ich je gesehen habe, beugte sich vor, warf den Kopf ruckartig in den Nacken und übergab sich auf Roys Schuhe. Alles, was wir bewusst vermieden, seit wir zurück auf der Erde waren, hatte sie rasch hintereinander getan, noch dazu mit brillanter Präzision.

Roy stolperte zurück und prallte gegen Leonards Sitz. Selbst durch die Gasmaske konnte ich erkennen, dass er angewidert das Gesicht verzog.

Die anderen Geiselnehmer waren sofort alarmiert und richteten die Waffen auf uns, während sie noch herauszufinden versuchten, was eigentlich geschehen war. Helen hob die Arme, zitterte und krächzte: »Weltraum...« Sie hustete. »... keime.«

Schon brach sie auf meinem Schoß zusammen. Obwohl ich gewusst hatte, was geschehen würde, schrak ich entsetzt zurück. Dann legte ich ihr einen Finger an den Hals, wo ihr Puls schnell und kräftig ging. Ich blickte zu Roy auf und wünschte mir innig, dass er mir glauben möge. »Es geht ihr ziemlich schlecht.«

Hinter Roy lehnte sich Leonard in seinem Sitz vor. »Denkt ihr, sie hören euch zu, wenn ihr Astronautinnen in einer

Rakete sterben lasst? Denkt ihr, Dr. King wird euch dann unterstützen?«

Mit der Hand an Helens Hals bettelte ich: »Bitte! Lassen Sie bitte die Leute gehen, denen es am schlechtesten geht, um Ihre guten Absichten zu demonstrieren.«

»Wir sollen unsere Druckmittel einfach weggeben?«

»Ein Akt des Mitgefühls, bei dem Sie den Leuten, denen es nicht gut geht, medizinische Hilfe zukommen lassen, kann Ihre Sache nur fördern.« Es machte nicht den Anschein, als würde er nachgeben. Kein bisschen. »Ich bleibe als Vermittlerin hier.«

Dawn Sabados aus der Kommunikationsabteilung würgte trocken, und das ließ die Fassung eines hellhäutigen Mannes mit Dreieckstuch bröckeln. Er schüttelte den Kopf. »Komm schon ... Bevor wir uns das alle einfangen.«

Roy, der durch seine Gasmaske geschützt war, musterte jeden Einzelnen seiner Kameraden. Brooklyn hatte trotz der Sturmhaube eine Hand auf Mund und Nase gepresst. Er hob sie lange genug, um zu sagen: »Mach schon!«

»Okay.« Er packte mich am Arm. »Du musst ihnen sagen, was passieren wird.«

Ich schob Helen zur Seite. Sie blieb so »tot« wie in der Simulation und ließ einen Arm herabhängen. Roy half mir auf die Beine, und der Raum wurde grau und schwankte um mich herum. Ich packte etwas – die Lehne, denke ich –, bis es mir gut genug ging, dass ich den Gang hinabstolpern konnte.

Bevor wir an der Tür ankamen, hielt ich inne und wandte mich Roy zu. »Die Sanitäter werden herkommen müssen, um sie in Empfang zu nehmen. Die meisten sind zu schwach zum Stehen.«

Der Brite, der wachsam mit seinem Gewehr am Türrahmen lehnte, sah auf. »Immer zu zweit?«

Roy nickte. »Und keine Heldentaten.«

»Verstanden.« Ich trat zur Tür. Der Brite musste mich stützen. Die Sonne stand nun deutlich tiefer und tauchte alles in schönes goldenes Licht, das nur von den roten und blauen Lampen der Ersthelfer gebrochen wurde. Draußen standen noch mehr Krankenwagen und nun auch mehrere Streifenwagen. Die Geiselnehmer hatten ihr Nachrichtenteam bekommen. Offenbar waren gleich drei Fernseh- und mehrere Radiosender angerückt.

Allerdings hielten sie Abstand und befanden sich außerhalb der militärischen Absperrung, die um die Rakete herum errichtet worden war. Als ich in den Türrahmen trat, richteten sich alle Waffen auf mich. Ich musste schlucken, bevor ich sprechen konnte. »Sie wollen einige herauslassen, um ihren guten Willen zu zeigen. Immer zwei auf einmal. Die Sanitäter dürfen näher kommen und sie abholen.«

Und dann zerrten sie mich von der Tür zurück. Meine Knie gaben nach, und ich fiel zu Boden. Der Brite packte mich und riss mich wieder auf die Beine, und die plötzliche Bewegung … Tja, ich wurde bewusstlos.

Als ich wieder zu mir kam, war ich mit den Entführern allein in einem Schiff, in dem es nach Erbrochenem und Furcht stank.

DREI

Earth-First-Anhänger lassen 31 von 32 Geiseln als »Geste guten Willens« aus Raumschiff frei

Von *DAVID BIRD*

MONTGOMERY, AL, 21. August 1961 – Die Protestierer von Earth First nutzten die Gunst der Stunde, als das Raumschiff *Cygnus 14* bruchlandete, stürmten es und nahmen 32 Astronautinnen und Astronauten als Geiseln. Heute ließen sie alle bis auf eine Astronautin als »Geste des guten Willens« frei. Die verbleibende Geisel ist Dr. Elma York, die auch als »Lady Astronaut« bekannt ist und an Bord bleiben soll, bis die Forderungen erfüllt sind. Sie dient ihnen zudem als Mittlerin zu den Behörden.

Zehn Stunden. Im Schiff war es dunkel; es wurde nur von den Strahlern erhellt, die das Rettungsteam darauf ausgerichtet hatte. Mein Gleichgewichtssinn war gar nicht glücklich darüber, wieder auf der Erde mit ihrer Schwerkraft zu sein. Mir ging es schlecht, und ich fühlte mich sogar noch schwächer als unmittelbar nach der Landung. Trotz meiner Bemühungen war ich noch zweimal ohnmächtig geworden, nachdem ich zur Tür hatte gehen müssen, um erneut die Forderung nach dem Präsidenten, dem Oberhaupt der UN und Dr. Martin Luther King Jr., weiterzugeben.

Sie würden nicht kommen. Mir war das klar. Es konnte sich nur noch um Stunden handeln, bevor die Earth Firster es auch begriffen. Präsident Denley war berüchtigt dafür, dass er seinen Truppen befohlen hatte, im Koreakrieg auf die Zivilbevölkerung zu schießen. Ich glaubte nicht daran, dass er vor diesen Männern einknicken würde.

Zwischen meinen Ausflügen zur Tür saß ich auf einem der leeren Sitze im vorderen Teil der Rakete und versuchte, mit dem Kopf an der Nackenstütze ein Nickerchen zu machen. Doch selbst um zwei Uhr nachts und im Dunkeln war ich zu angespannt, um Schlaf zu finden. Dass meine Augen geschlossen waren, ermunterte die Geiselnehmer jedoch, freier zu sprechen.

»Verdammte Scheiße! Ich hab Hunger.« Das war der Brite, der Lysander hieß. Er war mit Brooklyns Schwester verheiratet, die Roys Cousine war. Ich wusste inzwischen, dass diese ganze Aktion nicht geplant gewesen war. Die Männer waren auf der Jagd gewesen, hatten den Absturz der Rakete gesehen und waren vom Zorn der vergangenen zehn Jahre hergetrieben worden.

»Denkst du, du kannst uns was zu essen besorgen?« Brooklyn rüttelte mich an der Schulter.

Ich wartete, bis er mich ein zweites Mal schüttelte, bevor ich die Augen öffnete. Abermals nutzte ich Taktiken, die ich aus Filmen kannte, und hoffte, dass es sich auszahlte, wenn ich mich schwächer stellte, als ich war. Nicht, dass ich mich noch viel schwächer hätte stellen können. »Hm?«

Brooklyn wiederholte es und wies auf die Tür: »Sag ihnen, sie sollen uns was zu essen bringen!«

Roy schüttelte den Kopf. »Sei doch kein Idiot. Sie könnten doch alles vergiften, was sie uns reinschicken!«

»Dann bitten wir eben um Konserven.« Brooklyn zuckte mit den Schultern. »Eine Dose Frühstücksfleisch und ein Laib Brot. Dann können wir uns Sandwiches machen.«

Beim Wort »Frühstücksfleisch« machte mein Magen einen verzweifelten Satz, und ich schmeckte Galle, die ich wieder herunterschluckte. »Darf ich auf die Toilette gehen? Ich glaube, ich muss …« Ich presste eine Hand auf den Mund. »Bitte?«

Roy packte mich am Arm und schaffte mich zur Toilettenkabine. Sie war weltalloptimiert und verfügte über eine Vakuumtoilette und einen Handlauf, damit man an Ort und Stelle blieb. Hier auf der Erde reichte die Gefällezuführung natürlich aus.

Ich stolperte hinein, schloss die Tür und lehnte mich einen Moment daran, bevor ich auf die Knie sank und mich elendig übergab. Die Krämpfe ließen mich keuchend und schwach auf dem Boden des kleinen Raums zurück.

Roy hämmerte gegen die Tür. »Bist du fertig?«

»Fast!« Der Gedanke daran, aufzustehen und den ganzen Weg zum Sitz zurückzugehen, fesselte mich schier an den Boden und …

Schüsse.

Ich gebe zu, dass ich aufkreischte. Außerhalb der Toilettenkabine konnte ich die abgehackten Feuerstöße von Schrotflinten und die helleren Einschläge von Sturmgewehren hören. Und Männer, die schrien.

Ja, ich rollte mich zusammen. Ja, ich hatte furchtbare Angst. Ich war im Zweiten Weltkrieg gewesen, und obwohl ich das Kampfgeschehen nie sehen sollte, war ich an manchen Tagen … an manchen Tagen beim Überführen von Flugzeugen zu belagerten Stellungen geschickt worden. Ich wusste, was da draußen geschah, und ich wäre eine Närrin gewesen, hätte ich keine Angst gehabt, wo doch nur die Wände und die Plastiktür der Kabine zwischen mir und dem Tod standen.

Ich kauerte mich zusammen, legte die Arme um den Kopf und versuchte, mich so klein wie möglich zu machen. Das war’s. Heldenhafter wurde es nicht – ich versuchte einfach, nicht erschossen zu werden.

Die Schüsse verhallten.

»Sauber!«, gab eine männliche Stimme nach der anderen weiter, bis sie vor der Toilettentür ankamen. Jemand drückte die Klinke herab. »Dr. York? Ich bin Sergeant Mitchell Ohnemus von der UN.«

»Ja. Einen Moment noch.« Rasch fuhr ich mir über die Augen und stemmte mich an der Wand in die Höhe. Ich mochte auf dem Boden gelegen haben, aber so würde ich mich nicht retten lassen. Es dauerte einen Moment, bis ich mich koordiniert genug bewegen konnte, um aufzuschließen.

Draußen überdeckte der Geruch von Kordit in der Luft den von Erbrochenem und Urin. Ich hätte nicht gedacht, dass der Gestank in der Rakete noch schlimmer werden konnte, aber es war möglich. Der junge UN-Soldat hatte sommersprossenübersäte helle Haut und so blasse Wimpern, dass er unter seinem Helm sicherlich hellblond war. »Ma'am. Geht es Ihnen gut?«

»Danke. Ja.« Ich streckte eine Hand aus. »Aber ich brauche Hilfe beim Gehen.«

Roy wand sich am Boden und blutete aus einer Brustwunde. Zwischen den Sitzen streckte sich ein Arm wie in einer flehenden Geste über den Teppich aus. Jemand stöhnte, und ich dankte Gott – nicht, weil er Schmerzen hatte, sondern weil er am Leben war.

Es hätte nicht so weit kommen müssen. So seltsam es scheinen mag, aber ich denke, wenn der Präsident aufgetaucht wäre, hätten sie mich wirklich laufen lassen. Wenn er es getan hätte, was jedoch absolut unwahrscheinlich gewesen war.

Sie benötigten weitere vier Stunden, um mich medizinisch und militärisch durchzuchecken. Und dann ... Lass mich dir die Freuden einer Dusche nach drei Monaten mit Leinenhandtüchern und Trockenshampoo beschreiben. Menschen, die nie im All waren, können nicht nachvollziehen, wie luxuriös es ist, über fließendes Wasser zu verfügen. Ich saß auf einem Hocker im Wasserstrahl der Dusche, die zu meinem Zimmer im Akklimatisierungszentrum gehörte. Die Tröpfchen prasselten auf meinen Kopf, fanden den Weg durch meine Haare, rannen über mein Gesicht, meinen Nacken. Feuchte Wärme hüllte mich ein, glitt mit sinnlicher Herrlichkeit an meinen Gliedern herab.

Ich würde noch weitere, lange Berichte abliefern müssen, aber vorerst konnte ich einfach nur in der Dusche sitzen. Ich lehnte mich vor, stützte die Ellbogen auf die Knie und ließ mir das Wasser in einer vielfingrigen Massage über den Rücken laufen. Draußen wartete eine Helferin darauf, mich ins Wasserbett zu bringen, das die Schmerzen in meinem Körper heute Nacht lindern würde. Obwohl ich für immer unter der Dusche bleiben wollte, musste ich mich in der Hoffnung auf weitere Duschen von ihr verabschieden. Und Bäder! Oh, mich in die Wanne sinken und mich vom Wasser einhüllen zu lassen!

Währenddessen ließ ich die Helferin warten, was sehr unhöflich war. Seufzend stellte ich das Wasser ab und drückte auf den Rufknopf. Die Tür öffnete sich, als hätte die Frau mit der Hand auf dem Knauf gewartet, und ...

Nathaniel stand in der Tür. Er lächelte, und es war, als würde ich in Sonnenlicht getaucht. »Brauchen Sie Hilfe, Frau Astronautin?«

Ich streckte einen Arm nach ihm aus, der sich anfühlte, als würde er dreißig Kilo wiegen. »Jemand könnte mir helfen, mich abzutrocknen.«

»Das kann ich wohl tun.« Nathaniel kam auf nackten Füßen in die Duschkabine und nahm meine Hand. Er beugte sich zu mir herunter und küsste mich. Wir hatten natürlich schon telefonieren können, nachdem sie mich aus der Rakete geholt hatten, aber bis zu diesem Moment war er nur ein hypothetisches Ideal gewesen.

Seine Hand war warm und vertraut, von der rauen Bleistiftstelle am ersten Glied seines Zeigefingers bis zum leichten Kitzeln des blonden Haars auf dem Handrücken. Seine Lippen waren warm auf meinen und ein bisschen spröde, aber so vertraut, dass ich schier mit ihm verschmolz. Wenn du deinen Geliebten drei Monate lang nicht gesehen hast, ist dieser erste gemeinsame Moment, die Berührung, der Geruch … Allein seine Anwesenheit gab mir die Erdverbundenheit zurück.

Oh, ich war immer noch zu erschöpft, um allein aufzustehen, aber die Welt war wieder in Ordnung. »Ich hab dich so sehr vermisst.«

»Ich hab mir zum ersten Mal wirklich Sorgen gemacht, ich könnte dich nie wiedersehen.« Er streckte eine Hand nach dem Handtuch aus.

»Ich war nie wirklich in Gefahr.« Bei den Erinnerungen verzog ich das Gesicht. »Außer beim Wiedereintritt.«

Ihm klappte der Unterkiefer herab. »Elma. Du wurdest von sechs Bewaffneten als Geisel genommen.«

»Ja … schon. Aber sie hätten mich nicht erschossen.« Vielleicht machte ich mir auch nur etwas vor, aber ihr Zorn hatte sich nie gegen mich gerichtet. »Sie waren auf einem Jagdausflug, haben eine Gelegenheit gesehen und sie ergriffen.«

»Also waren sie impulsiv.«

»Entschlossen.« Ich presste die Lider aufeinander und erinnerte mich an Roys Augen hinter seiner Maske, als er von seiner Tochter gesprochen hatte. »Sie hatten Familien. Sie wollten nur eine bessere Welt für ihre Kinder.«

Ich kenne die Stille, die mir sagt, dass mein Mann anderer Meinung ist. Er holt Luft, als würde er etwas sagen wollen, dann hält er kurz den Atem an. Nathaniel stieß diesen Atemzug wieder aus und fuhr mir mit dem Handtuch über den Rücken. »Ich kann kaum erwarten, dich nach Hause zu bringen.«

Wären wir zu Hause gewesen, hätte ich ihn gefragt, womit er nicht einverstanden war, aber ich war erschöpft, daher ließ ich zu, dass er das Thema wechselte. »Und, was gibt's Neues?«

»Ich habe einen neuen Teppich gekauft.« Das Handtuch wanderte über meine Hüfte zu meinen Schenkeln. »Na ja, eigentlich hat Nicole Wargin ihn ausgesucht, aber ich habe ihn mit meinem hart verdienten Geld bezahlt.«

»Ist es möglich, Geld weich zu verdienen?«

»Ja? Indem man nur rumliegt?« Das Handtuch folgte den Konturen meines Körpers, während er sprach, als müsste er sich davon überzeugen, dass ich wirklich hier war.

»Sie werden mich nicht lange rumliegen lassen.« Mir blieb dieser Tag, um mich auszuruhen, denn morgen würde meine Physiotherapeutin mein Gleichgewichtsorgan wieder auf Vordermann bringen und an die Erdschwerkraft anpassen. Glücklicherweise würde es nicht mehr so lange dauern wie bei den ersten Malen. Der Prozess war nicht schön, aber in einer Woche wäre ich so gut wie neu. »Welche Farbe hat er?«

»Wer? Ach, der Teppich. Er ist … ähm … so rötlich? Mit einem Muster.« Er kaute einen Moment lang auf der Unterlippe. »Er passt zu den Sofakissen.«

Ich verengte die Augen. »Hm … Nicole hat einen ausgezeichneten Geschmack. Wessen Idee war das?«

Er faltete das Handtuch zusammen. »Beim letzten Mal hattest du Schwierigkeiten auf den glatten Böden. Ich dachte, ein bisschen Reibung würde helfen.«

Ach, war er nicht süß? »Ich könnte in der Wohnung einfach Schuhe tragen.«

»Klar, aber du läufst nun mal gern barfuß herum.« Nathaniel hängte das Handtuch auf und zog besorgt die Brauen zusammen. »Es ist ein feiner Teppich. Ehrlich.«

Ich musste lachen, was sich überraschend gut anfühlte. Immerhin war ich gerade zwei verschiedenen potenziell tödlichen Situationen entkommen, ganz zu schweigen von der Tatsache, dass ich im All gelebt hatte, und wir diskutierten über Teppiche. »Das glaube ich dir gern.« Ich nahm seine Hand und sah zur Tür. »Bringst du mich ins Bett?«

Ganz vorsichtig half Nathaniel mir auf. Ich hielt mit den Armen um seinen Hals inne und lehnte mich an ihn. Er schlang die Arme um mich, berührte mich ganz sanft an der schmerzenden Wirbelsäule. Das fühlte sich so gut an. Nur seine Wärme am ganzen Körper zu spüren.

Meine Augen brannten, und ich musste sie schließen, um das Verlangen einzudämmen. Seine Hand folgte dem Schwung meiner Wirbelsäule zu meinen Pobacken und zu meiner Hüfte. Er drückte vorsichtig zu und trat dann zurück, wobei er mich immer noch stabilisierte. Mit einem Seufzer ließ ich zu, dass er mir ins Krankenhaushemdchen half und die kurze Strecke zum Wasserbett führte.

Meine Füße brannten, da sich die Hornhaut zurückgebildet hatte, und es fühlte sich an, als wäre ich die kleine Meerjungfrau und würde auf Messerklingen balancieren. Lustigerweise hatte ich von den Ankersprossen nun auf dem Spann Hornhaut und an den Zehenspitzen vom Abstoßen in den Hopserlauf. Aber meine Fersen? Waren so weich und empfindlich wie die eines Babys.

Ich setzte mich langsam aufs Bett und ließ zu, dass er meine Beine darauf legte. Mit einem Seufzer, der klang, als ginge mir die Luft aus, sank ich hinein. Gott, ich war so müde. Das Wasserbett half, aber auf der Erde ist nach dem Leben in geringer Schwerkraft nichts wirklich bequem. Nathaniel legte sich vorsichtig hin, damit sich das Bett um mich herum nicht zu sehr bewegte, nachdem ich ihn darum gebeten hatte, und kuschelte sich an mich. Er fuhr mir mit den Fingern über das Schlüsselbein, woraufhin sich Wärme in mir ausbreitete.

»Myrtle überlegt, Löwenzahnwein herzustellen.« Das waren nur Laute, um die Lücke zwischen uns zu füllen. Nach so langer Abwesenheit ... gibt es so viele Worte und Gedanken, die eingeschlossen sind, dass ich gar nicht genau weiß, wo ich anfangen soll oder was ich ihm noch nicht erzählt habe. »Und nach dem Rosinenexperiment bin ich mir ziemlich sicher, dass alle ...«

»Warte, das Rosinenexperiment?«

»Ach ja, richtig. Ich konnte dir das nicht erzählen, ohne dass die Bodenkontrolle es mitbekommen hätte. Der große Vorrat an Rosinen, den wir angefordert hatten? Sie hat sie gewässert und gären lassen.«

»Sie hat Wein gekeltert?« Das Wasserbett bebte unter seinem Gelächter. »Auf dem Mond?«

»Alkohol ist ein wichtiger Bestandteil einer überlebensfähigen Gemeinschaft.«

Nathaniel küsste mich auf die Wange. »Aber sicher ist er das. Wie schmeckte er?«

»Nach Hustensaft und Terpentin.«

Das entlockte ihm einen Pfiff. »Wow! Und du weißt, dass man hier auf der Erde Mordspreise dafür zahlen würde.«

»Nun, Henri Lemonte hat ihn zu einem anständigen Brandy destilliert.« Ich kräuselte die Nase. »Und mit anständig meine ich, dass man ihn gut mit Saft mischen konnte. Und mit gut meine ich, dass man ihn dann immer noch kaum runterbekam.«

»Mich wundert, dass sie keinen Apfelsaft fermentiert.«

»Das hatte sie vor. Die Rosinen hatte Olga Baumgartner angefordert, aber sie wurde ja schwanger und musste vor Ablauf ihrer Schicht zur Erde zurück.« Ich zuckte mit den Achseln – so gut das eben im Liegen ging.

»Ja … Ich hörte davon.« Er seufzte. »Irgendjemand wird als Erste oben bleiben müssen, damit wir eine autarke Kolonie bekommen.«

»Aber wer lässt schon zu, dass die eigenen Kinder Teil eines Experiments werden? Es gab schon genug Theater, als wir mit der Kaninchenzucht auf dem Mond begonnen haben.« Der Tierschutz war außer sich vor Zorn gewesen, aber um meine Großmutter zu zitieren: Hasen machen auch satt. »Den Häschen, die wir zurück zur Erde geschickt haben, ging es schlecht. Wer würde sein Kind dazu verdammen, die Erde niemals besuchen zu können?«

»So, wie die Dinge stehen, wollen sie das vielleicht auch gar nicht.«

Ich seufzte und schmiegte mich enger an ihn. Das war genau das, wovor Roy und seine Freunde Angst gehabt hatten – dass es einen Exodus von der Erde geben würde, an dem man sie nicht teilhaben ließ. Und sie hatten recht: Es würden Menschen zurückgelassen werden, entweder aufgrund fehlender Ressourcen, aus politischen Gründen oder einfach aus Sturheit.

Das schien mir jedoch keine gute Lösung zu sein.

Man würde wohl kaum erwarten, dass zu all den Dingen, die ich im All vermisst hatte, auch die Montagsmorgenbesprechung gehörte. Ich habe natürlich nicht wirklich die *Besprechung* vermisst, aber sie stellt immer eine Gelegenheit dar, Neues von Freundinnen und Kollegen zu erfahren. Außerdem gibt es Kaffee und Donuts.

Eine Woche nach meiner Rückkehr zur Erde betrat ich den Besprechungsraum und fühlte mich dabei schon wieder viel sicherer auf den Beinen. Der Lärm von etwa vierzig Personen, die, wie eben erwähnt, bei Kaffee und Donuts plauderten, verlieh mir zusätzlichen Schwung. Das Raumfahrtkorps war riesig geworden, daher stellte das hier nur eine Abteilung dar: die

Piloten und Pilotinnen. Wir sind die »Elite«, was einfach bedeutet, dass wir mehr trainieren und – ich konzentriere mich hier auf das Wichtigste – bessere Donuts bekommen.

Benkoski bemerkte mich als Erster und jubelte: »Die Lady Astronaut ist gelandet!«

Elite bedeutet ja nicht, dass wir Würde im Leib haben. Mein Gesicht musste das Rot eines Signallichts angenommen haben. Ich war nicht die einzige Frau im Raum, aber der Spitzname war hängen geblieben. Leute scharten sich um mich und klopften mir grinsend auf den Rücken.

Malouf reichte mir eine dampfende Kaffeetasse. »Du. Warst. Großartig. Weltraumkeime ... Ha!«

»*Helen* war großartig. Das war ihre Idee.«

»Stimmt.« Er toastete mir mit seinem Kaffee zu. »Aber ihr hab ich schon Komplimente gemacht, und du bist die Einzige, die in der Rakete geblieben ist.«

Clemons betrat den Raum, womit ich nicht länger im Zentrum der Aufmerksamkeit stand, da alle zu ihren Stühlen eilten. Leonard und Helen standen in ihren Montagsbesprechungen mit dem Rest der Marsgruppe sicherlich ähnlich im Mittelpunkt. Andererseits hatten sich viele von ihnen an Bord der Rakete befunden und sich vermutlich schon längst mit ihnen ausgetauscht. Ich war nur froh, mich wieder der Raumfahrt widmen zu können.

Bevor ich mich zwischen Sabiha und Imogene hinsetzte, schnappte ich mir noch einen Donut. Was auch immer Clemons sagte, es ging im ersten Donut-Happen unter. Eins kann ich euch verraten ... Frittieren ist keine weltraumtaugliche Unternehmung. Ein Donut kommt einem selbstverständlich vor, bis man mal wirklich darüber nachdenkt. Die Glasur kristallisierte, wenn der Donut die Feuchtigkeit aus dem Zucker gezogen hatte, und blieb als süße Hülle zurück, die unter meinen Zähnen zersplitterte, um mir das köstliche Innere zu offenbaren. Zucker und Hefe und Butter und Gott … Gott steckte in diesem Donut.

Imogene beugte sich zu mir herüber und murmelte: »Weiß Nathaniel, dass du so ein Gesicht auch außerhalb des Schlafzimmers machst?«

Ich schnaubte und verschluckte mich. Die Besprechung stockte abrupt, als Clemons mich anstarrte und ich mich räusperte. Mit brennenden Wangen nahm ich einen Schluck Kaffee und räusperte mich noch einmal. »Entschuldigung! Schwerkraft.«

Als wäre das eine valide Ausrede, nickte Clemons und redete weiter. Witzig ist: Der Director der IAC ist nie ins All geflogen. Er hat Probleme mit einer Herzklappe und würde den Start vermutlich nicht überleben. Was das Argument von Roy und seinen Freunden tatsächlich untermauerte: Das All würde immer nur einem bestimmten Teil der Bevölkerung offenstehen. Viele Menschen würden rein aus Notwendigkeit zurückbleiben müssen. Es glich einem selbst selektierenden Eugenikprogramm, das … um ehrlich zu sein, wurde mir das volle Ausmaß dieses Schreckens jetzt erst bewusst.

Aber welche Wahl blieb uns denn? Natürlich versuchten viele Menschen, den galoppierenden Treibhauseffekt abzumildern, aber zu dem Zeitpunkt, ab dem erkennbar wäre, ob diese Anstrengungen erfolgreich waren, wäre es bereits zu spät, um noch Kolonien zu gründen. Ich seufzte erneut, legte den Donut ab, zog die Mappe heran und blätterte darin, um herauszufinden, was heute anstand.

Clemons fuhr fort, ging die Tagesordnungspunkte durch und sprach mit jeder Gruppe über ihre Aufgaben. Während ich blätterte, runzelte sich meine Stirn wie von allein, und als ich auf der letzten Seite ankam, schien dieses Stirnrunzeln schier meinen Kopf spalten zu wollen. Auf keiner Seite stand mein Name.

Eine meiner Aufgaben auf der Erde ist, Leute für die Mondkolonie zu trainieren. Darin wechseln wir uns ab. Jeder »Klasse« von Kolonisten werden zwei Verantwortliche vorangestellt, die sie mit allem vertraut machen, was sie wissen müssen, um auf dem Mond zu überleben. Ich hatte erwartet, eine neue Klasse zu erhalten, aber ...

»York. Gute Arbeit mit den Protestlern. Wir geben Ihnen und den anderen auf diesem Flug eine weitere Woche für die Pressearbeit frei.« Das war nicht die Belohnung, die es seiner Meinung nach darstellte. Mit einem Zug an seiner Zigarre klappte er seine Mappe zu. »Das war's, Leute. An die Arbeit. York – einen Moment noch, bitte.«

Ich nickte lächelnd und konnte ein Stöhnen gerade noch unterdrücken. Pressetouren mochte ich überhaupt nicht. Sabiha klopfte mir mitfühlend auf die Schulter. »Sag ihm, dass du mir bei der Mondbus-Simulation helfen musst.«

»Danke.« Ich schob den Stuhl zurück und stand auf. »Aber ich bezweifle, dass er mich so einfach vom Haken lässt.«

»Einen Versuch ist es wert. Und es ist außerdem wahr.«

Ich lachte zwar, bezweifelte das jedoch. Sabiha hatte mehr Flugstunden auf dem Buckel als ich, aber ich schätzte ihre Bemühungen, mich vor der Aufmerksamkeit der Öffentlichkeit zu schützen. Nachdem ich meine Mappe zusammengerafft hatte, trat ich nach vorn. »Sie wollten mich sprechen, Sir?«

»Jawohl.« Er zog an seiner omnipräsenten Zigarre, und die Rauchwolken umlagerten sein Gesicht wie Wasser in der Schwerelosigkeit. »Malouf! Machen Sie auf dem Weg raus die Tür zu!«

Scheiße. Das ... das klang, als wäre ich in Schwierigkeiten. *2, 3, 5, 7, 11* ... Es war sicher nur eine Kleinigkeit.

»York ... Sie haben während der Geiselnahme eine Menge Leute sehr beeindruckt.« Clemons ließ die Zigarre sinken. »Eine Menge Leute. Die PR-Abteilung belagert mich, damit ich Sie für Interviews freigebe. Sind Sie bereit dazu? Ich will Sie nicht da rausschicken, wenn Sie noch Zeit zur Akklimatisierung brauchen.«

»Danke, Sir.« Kein Astronaut und keine Pilotin gibt freiwillig eine Schwäche zu, wenn es nicht unbedingt nötig ist. Sosehr ich den Presserummel auch hasste, wusste ich auch, wie wichtig er für das Raumfahrtprogramm war. »Ich helfe gern.«

»Gut ... gut ...« Er aschte in den Aschenbecher auf dem Tisch. »Also, die Sache ist folgendermaßen: Das Raumfahrtprogramm hat einige Schwierigkeiten, und die Männer, die Sie als Geisel genommen haben, sind ein Sinnbild dafür. Menschen, die die Bedeutung des Programms nicht nachvollziehen können, setzen die Regierung unter Druck, damit sie uns die Förderung entzieht.«

»Das ist mir bewusst.«

Er nickte. »Also brauchen wir gute Publicity. Jemanden, zu dem die Leute aufsehen. Sie ...« Er seufzte. »Erinnern Sie sich, wie Sie mir vor Jahren sagten, dass wir Frauen im Raumfahrtprogramm brauchen, um zu betonen, wie sicher es ist?«

Worauf in aller Welt wollte er hinaus? Clemons sah besorgter aus, als ich ihn seit Jahren gesehen hatte. »Ja, Sir.«

»Sie hatten recht. Ich lag komplett falsch.«

Worte drangen aus meinem Mund wie Luft aus einer sich öffnenden Luftschleuse. »Ähm, danke?«

Er schnaubte, und ein Lächeln hellte sein breites Gesicht auf. »Menschen wie Sie. Man vertraut Ihnen. Also ... um des Raumfahrtprogramms willen möchte ich Sie hiermit bitten, das Gesicht der IAC zu sein und sich der ersten Marsmission anzuschließen.«

VIER

Hurrikan Carla verwüstet Texas

GALVESTON, TX, 28. August 1961 – Hurrikan Carla zählt mit Windstärken von bis zu 280 km/h zu den acht schlimmsten Wirbelstürmen, die seit 1875 auf die texanische Küste trafen. Männer, Frauen und Kinder flohen bei einer Massenevakuierung, einer der größten Fluchtbewegungen seit dem Meteoreinschlag im Jahre 1952, vor diesem schrecklichen Sturm.

All dies ruft uns in Erinnerung, dass der Mensch zwar die Hand nach dem Mars ausstrecken kann, es jedoch nach wie vor Naturgewalten auf dieser Erde gibt, die er weder versteht noch verhindern oder kontrollieren kann. In einer Sekunde setzt ein Hurrikan die Wucht frei, die beim Meteoreinschlag über Washington, D. C., fegte. Oder, um einen anderen Vergleich zu bemühen: Ein Hurrikan entfesselt in seinem Lebenszyklus so viel Energie wie zehn Millionen Atombomben. Diese erstaunliche Tatsache sollte uns ein gewisses Maß an Demut vor der Natur lehren.

Ich antwortete Clemons mit fester Stimme »Ich denke darüber nach«, verließ den Konferenzraum, ging den Korridor und die Treppen hinab, durch den Ingenieursflügel und direkt in Nathaniels Büro. Er sah lächelnd von Plänen auf dem Zeichentisch auf.

Das Lächeln fiel ihm aus dem Gesicht wie der Bleistift aus der Hand. »Was ist passiert?«

37, 41, 43 … Ich schloss vorsichtig die Tür … *47, 53, 59* … Vorsichtig, wie meine Mutter es mich gelehrt hatte, atmete ich ein und faltete artig die Hände. »Clemons hat mich gebeten, zum Mars zu fliegen.«

»Was?«

»Er sagte, es gibt Probleme mit den Fördermitteln.« Mein Körper schien zwei Meter vor mir in einem langen Tunnel zu stehen. »Nicole hat auf dem Mond auch so was erwähnt.«

»Ja …« Nathaniel zog den abgewetzten Eames-Schalenstuhl aus der Ecke und bat mich, am Schreibtisch Platz zu nehmen. »Präsident Denley ist … Er hat noch keine öffentliche Ankündigung gemacht, aber Clemons glaubt, dass er das Raumfahrtprogramm praktisch ausweiden will, trotz unserer Abmachungen mit der UN.«

Ich sank auf den Lederstuhl, der unter meinem Gewicht quietschte. »Das passt … Clemons sagte, er wolle mich als ›Gesicht der IAC‹, damit wir in der Öffentlichkeit wieder besser dastehen.« Ich starrte meine Hände an, die sich vor Angst verkrampften. »Er sagte sogar, dass es falsch war, Frauen aus dem Programm herauszuhalten, und stimmte mir zu, dass wir die Sicherheit des Raumfahrtprogramms beweisen müssen.«

Nathaniel stieß einen Pfiff aus. »Ich wusste nicht, dass es so schlimm um uns steht.«

»Das dachte ich auch.«

Er beugte sich herab und öffnete eine Schublade. Darin befand sich ein Adler, den ich aus Lochkarten gebastelt hatte, als ich zuletzt zu Hause gewesen war. Er holte ihn heraus, und ich konnte sein Gesicht nicht sehen, als er fragte: »Möchtest du das denn?«

»Ich weiß nicht.« Neben Nathaniel stand ein Ventilator auf dem Schreibtisch und drehte sich von links nach rechts, um den Raum zu kühlen. »Ich meine … der Mars. Aber es wären auch drei Jahre.«

»Mindestens.« Er legte den Adler, meine kleine Nähschere

und eine Tube Kleister in ordentlicher Reihe vor mich. »Und würdest du es wollen, wenn es nur drei Monate wären?«

»Ja. Klar.«

Er hob den Blick. »Und was wäre, wenn es mich in dieser Gleichung nicht gäbe? Und es dennoch drei Jahre wären?«

Ich atmete langsam ein und wieder aus. »Ja. Vermutlich. Ich weiß nicht. Ich würde Tommys Abschluss verpassen. Und Tante Esthers hundertsten Geburtstag!« Ich musste etwas mit meinen Händen anfangen, bevor ich sie schier zerwrang. Genau deshalb hatte Nathaniel den Adler herausgeholt. Ich zog weggeworfene Lochkarten aus dem Müll und zitterte dabei ein bisschen. »Es ist nur so ... dass Clemons mich in die vorderste Reihe stellen will.«

»Das bedeutet eine Menge Pressekonferenzen.« Er zuckte zusammen, denn er kannte meine ... Absonderlichkeiten.

»Ja ... *Und* ich müsste außerdem doppelt und dreifach arbeiten, um die anderen einzuholen. Sie trainieren ja schon seit vierzehn Monaten.« Es war ein bisschen verrückt, aber dasselbe Verlangen, das mich ins Raumfahrtprogramm befördert hatte, hüpfte gerade von einem Bein aufs andere und zerrte an meinem Herzen wie eine Fünfjährige, die um einen Zirkusbesuch bettelte. Es stand mir offen, zu gehen, zu erkunden und an einem fremden Himmel zu fliegen und ... »Würdest *du* gehen?«

»Ja. Wenn ich das hier alles ...« Er deutete auf seinen Schreibtisch, auf dem sich Unterlagen stapelten und signalisierten, dass er sich gedanklich mitten in einem Projekt befand. Das Modell eines der Schiffe der zweiten Mars-Expedition stand in der Ecke. »... vom All aus erledigen könnte. Aber ich bin noch nicht bereit zu gehen.«

»Es ist ja kein permanenter Umzug.«

»Und ich möchte warten, bis es ...« Er beugte sich wieder vor und musterte mich mit seinen blauen Augen konzentriert. »Das ist der Unterschied zwischen uns beiden. Eine Reise dorthin und wieder zurück würde für mich bedeuten, dass ich drei Jahre lang nicht tun kann, was ich liebe. Und für dich wären es drei Jahre, in denen du genau das tust, was du liebst.«

»Aber es wären drei Jahre ohne dich.«

»Aber wenn ich nicht in der Gleichung wäre ... würdest du gehen.«

»Du bist doch keine Variable, die man einfach so herauskürzen kann.« Ich passte die Lochkarte an den Rest des Adlers an, und in den kleinen Löchern blitzte es auf, als ich sie an Ort und Stelle schob. Wenn Worte doch ebenso einfach ihren Platz finden würden. Es musste einen Pfad durch dieses Gespräch geben, der nicht im Kreis führte. »Es war auf dem Mond schon schwer genug, und da war ich nur drei Monate von dir getrennt. Und wir konnten immerhin ab und zu miteinander sprechen und uns Briefe schreiben.«

Er wedelte mit der Hand, als wäre das unbedeutend. »Das Programm stellt Paaren Fernschreiber zur Verfügung und einen eigenen Funkkanal. Gut, die Verzögerung würde immer größer, aber wir könnten miteinander sprechen. Aber ... du hattest doch überlegt, dich zur Ruhe zu setzen. Sag mir noch mal, warum.«

Ich seufzte, aber aus diesem Grund war ich schließlich zu ihm gekommen. Abgesehen von der Tatsache, dass er mein Mann war und diese Entscheidung ihn unmittelbar betreffen würde. Nathaniel half mir, mich selbst besser zu verstehen, manchmal allein dadurch, dass er Fragen stellte. »Aus einer Menge Gründen! Diese Fährtouren ... Das ist im Prinzip wie Busfahren. Zwar reden wir hier von einem Weltallbus, aber es ist trotzdem ... es ist ... Ich möchte etwas Wichtiges tun. Das ist total eitel und egozentrisch, und ich weiß, dass ich für den Job dankbar sein sollte, und ...«

Nathaniel räusperte sich und sah mich mit hochgezogenen Brauen an.

Ich hielt inne und schloss die Augen. Gottverdammt! Ich würde niemals das Gefühl loswerden, dass ich mich dafür zu entschuldigen hatte, weil ich brillieren wollte. *2, 3, 5, 7, 11, 13 ...* »Ich möchte etwas bewegen.« Ich wurde nicht vom Blitz getroffen. Ich öffnete die Augen wieder und fokussierte meinen Blick auf die Klauen des Adlers. Trotzdem stieg ich hinab zu dem harten Kern, der im Herzen dieser Unterhaltung begraben lag. »Aber ... wenn wir eine Familie gründen wollen ...«

Er zupfte einen losen Faden von seiner Hose. »Das hat Zeit, bist du zurückkommst.«

»Ach ja?« Ich seufzte und schnipste die überflüssige Karte fort, die auf die Schreibtischplatte flatterte. Wir verschoben das Kinderkriegen immer weiter, und es gab solide Gründe dafür, aber wenn ich ging ... »Die Strahlung. Die Zeit im All und was sie mit meinen Knochen anstellt, trotz der Rehamaßnahmen. Ich kann vielleicht keine Kinder mehr bekommen, wenn ich zurück bin.«

»Wenn das so ist – und wir dieses Problem nicht lösen können, dann steckt die ganze Menschheit in einer Sackgasse.« Nathaniel rieb sich den Nacken und starrte zu Boden. »Entschuldige. Das war ein bisschen unverblümt. Aber ... in Ordnung: Nehmen wir mal an, du ziehst dich aus dem Raumfahrtprogramm zurück. Was machst du stattdessen?«

Ich öffnete den Mund, und es war, als ob ich beim Einatmen einen Blick in die Zukunft warf: Ich würde im Rechenzentrum arbeiten, bis ich schwanger wurde. Dann würden sie mich feuern. Ich würde kochen, putzen und unser Kind erziehen, bis es ein unbestimmtes Alter erreichte, und danach würde ich freiwillige Arbeit für Wohltätigkeitsorganisationen leisten, genau wie meine Mutter. Dadurch würde ich auch etwas bewegen, aber in einem viel, viel kleineren Kontext.

Mathematik. Fliegen. Weltall – diese Türen blieben mir dann verschlossen. »Ach, verdammt!«

Nathaniel schnaubte. Er beugte sich vor und legte mir eine Hand auf den Arm. »Wärst du glücklich?«

Ich wollte beides. Warum konnte ich nicht beides haben? Aber er hatte recht. Ich wollte die Raumfahrt nicht aufgeben. Auch wenn ich nur eine glorifizierte Busfahrerin war, umgab mich dabei eine Schönheit, die ich auf der Erde niemals finden könnte. Der Mars stand immer noch zur Debatte, aber ... »Nein.« Ich nahm mir eine weitere Lochkarte, damit ich sein Gesicht nicht sehen musste, während ich meiner Selbstsucht frönte. »Ich will Kinder, aber das Leben, das ich mir ersehne, wäre ihnen gegenüber nicht fair. Wenn es nicht der Mars ist, dann wird etwas anderes meine Aufmerksamkeit und meine Zeit fesseln.«

Er atmete ein, als wollte er etwas sagen, und hielt dann inne. Ich wollte ihn nicht drängen, das auszusprechen, was er zurückhielt, und konzentrierte mich stattdessen auf mein papiernes Werk. Allerdings beantwortete der Vogel in meinen Händen, der weiter Form annahm, sein Schweigen, denn ich stapelte Lochkarten, bis ich ein Ei geschaffen hatte, das der Adler in den Klauen hielt.

Sein Stuhl ächzte, als er sich schließlich zurücklehnte. »Okay. Also sind Kinder aus der Gleichung gestrichen. Das macht die Sache einfacher. Möchtest du gehen?«

»Ich weiß es nicht.« Drei Jahre. Drei Jahre von diesem Mann getrennt, der mich so gut kannte, dass er mich nicht infrage stellte und mich nicht umzustimmen versuchte. Anders als im All konnten meine Tränen hier zu Boden fallen, aber der Adler in meinen Händen blieb verschwommen.

Nathaniel nahm ihn mir sanft ab, dann zog er mich in eine Umarmung. Rückblickend denke ich, dass ihm vielleicht der Adler schon alle Fragen beantwortet hatte.

Er flog, drehte jedoch den Kopf, als blickte er zurück. In den Klauen hielt er ein Ei. Das Symbol war ein bisschen plump, aber unmissverständlich.

Auch nach dem Gespräch mit Nathaniel war ich weiterhin aufgebracht und hatte keine Ahnung, welche Antwort ich Clemons geben sollte. Da mein Mann noch arbeiten musste, täuschte ich vor, dass es mir gut ging, was er mir zwar durchgehen ließ, aber offensichtlich nicht glaubte. Ich trat in den Korridor, um in den astronautischen Flügel zurückzukehren, und hielt inne.

Clemons hatte mich deshalb nirgends eingeteilt, weil er davon ausging, dass ich die Zeit brauchte, um mich auf den Mars vorzubereiten. Er ging davon aus, dass ich »Ja« sagen würde. Ich konnte es natürlich auch so interpretieren, dass er mir Raum für meine Entscheidung geben wollte, aber warum sollte ich aus meinen vergangenen Erfahrungen keine Schlüsse ziehen?

Mit dem neuen Lochkartenadler in einer Hand ging ich zum astronautischen Flügel, um meine Handtasche zu holen. Wenn ich nicht arbeiten sollte, konnte ich genauso gut verschwinden. Vielleicht würde ich einen Zwischenstopp bei einer Buchhandlung machen, dann nach Hause gehen und die Zehen in unseren neuen Teppich versenken.

Auf dem Weg begegneten mir Jacira, Parker und Betty, die ihre Tätigkeit als Astronautin gegen einen Job in der PR-Abteilung getauscht hatte. Nach der Vergrößerung des Korps waren auch die Zuständigkeitsbereiche spezialisierter geworden, und Clemons hatte erkannt, dass Betty in der Öffentlichkeitsarbeit besser aufgehoben war. Sie schien dort auch glücklicher zu sein und führte mittlerweile Interviews auf der Erde und im All. Ich nickte Parker beiläufig zu, aber er lächelte breit. Ich hatte diesem Lächeln noch nie getraut. »York. Wir sind gerade auf dem Weg zum Tor, um ein paar Autogramme zu geben. Kommst du mit?«

Er wusste, dass ich den Autogrammrummel hasste. Betty strahlte und wurde ein Stück größer. Hinter ihnen warf Jacira mir einen bettelnden Blick zu und presste flehend die Hände aneinander. Ich konnte sie unmöglich enttäuschen, wenn sie aussah wie ein verzweifelter Welpe.

»Klar. Aber ich brauche noch eine Minute, um meine Tasche zu holen.« Ich schob mich an ihnen vorbei in mein winziges Büro und raffte meine Tasche vom Schreibtisch. Vorsichtig legte ich den Adler hinein, um ihn mit nach Hause zu nehmen. Als ich zu ihnen zurückkehrte, hatte Parker die Hände in die Hüften gestemmt und das Kinn vorgereckt. *»No lo hiciste.«*

»Mach quatro. Honesto.« Jacira hob die Hände. *»Você pode verificar os logs do computador da minha trajetória, mas isso vai mudar a maneira como viajamos.«*

Er runzelte die Stirn, und eine steile Linie entstand zwischen seinen Brauen, als er ein Wort stumm nachsprach. Dann nickte er entschieden und sagte: *»De que maneira?«*

Ich hob eine Augenbraue. »Sprichst du jetzt etwa Portugiesisch?«

»Ich versuch's.« Er zuckte mit den Achseln und wandte sich der Vorderfront des Gebäudes zu. »Das könnte nützlich sein, wenn wir mit dem brasilianischen Kontingent zum Mars fliegen. Aber ehrlich: Mach vier?«

»Jepp.« Jacira nickte.

»Geht es um die Tiberius-47?« Ich schob die Tasche in die Armbeuge und war mehr als nur ein bisschen neidisch darauf, dass Jacira den Flieger schon getestet hatte.

»Sie ist eine Schönheit.« Sie hielt inne, damit Parker uns die Vordertür öffnen konnte. »Wir versuchen uns an Parabelbögen, um mit weniger Treibstoff auf die andere Seite des Planeten zu kommen.«

Parker folgte uns nach draußen, und die schwere Glas- und Stahltür schwang hinter uns zu. »Auf welcher Landebahn kann man denn mit der Geschwindigkeit aufsetzen?«

»Ich brauchte die komplette Bahn in ... Ach, verdammt!« Jacira schüttelte seufzend den Kopf. »Das kleine Mädchen von der Williams-Farm ist schon wieder da.«

Ich dachte einen Moment lang nach, bevor mir einfiel, was sie mit »Williams-Farm« meinte. Uns war eine Rakete auf diesem Hof abgestürzt, die fast alle Menschen dort getötet hatte. Jacira starrte ein kleines Mädchen mit kurzen braunen Zöpfen an, das einen zerlumpten Overall trug und zu einer Gruppe ähnlich aussehender Kinder gehörte.

Ich hatte sie schon mehrmals bemerkt, aber auf die gleiche Weise, wie man dieselben Leute täglich sieht, ohne sie wirklich wahrzunehmen. Selbst jetzt, als Jacira auf sie wies, fand ich nichts Bemerkenswertes an ihr, nichts, das darauf hindeutete, dass sie eine Tragödie überlebt hatte. Armes Mädchen.

Betty wandte sich zu uns um und lächelte, als wäre alles in Ordnung. »Wir müssen vorsichtig mit ihr umgehen. Jemand von der Presse hat sie vielleicht als Köder mitgebracht, und ...«

Ich setzte mich von unserer kleinen Gruppe ab und ging zum Zaun. Die Vorstellung, dieses Mädchen, dessen Familie wir getötet hatten, könnte derart ausgenutzt werden, war für mich kaum zu ertragen. Sie war ein Kind. »Vorsichtig mit ihr umgehen«, mein lieber Herr Gesangsverein! Ich schlüpfte durchs Tor und schob mich durch die Pressemeute und ihr Gefolge. Alle riefen mir zu: »Dr. York! Was wollten die Protestler von Ihnen?« »Elma! Hatten Sie Angst?« »Wie schlimm sind Weltraumkeime wirklich?«

Ich hatte Übung darin, diese Fragen zu überhören, und ging weiter – ich überließ es ihnen, mir aus dem Weg zu gehen –, um direkt zum Williams-Mädchen zu treten. Sie sah zu mir auf.

Sie hatte die Piepsstimme eines sehr kleinen Kindes. »Fliegst du trotzdem zum Mars?«

Ich nickte, obwohl ich mich doch gar nicht im Kader dieser Mission befand. »Vielleicht kannst du eines Tages auch dorthinfliegen. Wie heißt du?«

»Dorothy.« Sie spielte mit dem Ende eines Zöpfchens, während Kameraleute um uns herum Fotos schossen. Jemand filmte uns, doch von mir aus konnte er sich zum Teufel scheren. Dorothy legte den Kopf schief, als überlegte sie. »Wirst du auf dem Mars Kinder kriegen?«

Und das aus dem Mund eines Kindes! Mein Brustkorb zog sich zusammen, als würde die Luft aus einer Luftschleuse gesaugt. Sie konnte doch nichts von meiner Unterhaltung mit Nathaniel wissen. Es war ja auch nicht nur ein Gespräch gewesen, sondern eine ganze Diskussion, die nun bereits zwei Jahre lang andauerte, und auch wenn wir sie nun beigelegt hatten, lag mir die Sache noch auf der Seele. Aber ich setzte das standardisierte Lächeln auf, das ich mir in einem dreiundsiebzig Kilo schweren Raumanzug in Erdgravitation antrainiert hatte, während die Fotografen nur noch ein einziges Foto brauchten.

Ich habe gelernt, trotz Schmerzen zu lächeln. »Ja, Schätzchen. Jedes Kind, das auf dem Mars geboren wird, wird meinetwegen dort sein.«

»Und was ist mit denen, die hier geboren werden?«

Was würde mit Waisen wie ihr sein und all den Leuten, die unsere Regierung für unwichtig hielt? Und, noch schlimmer, was würde sein, wenn das Raumfahrtprogramm eingestellt wurde und Kinder wie sie nur noch auf einer sterbenden Erde aufwachsen konnten? Ich kniete mich vor Dorothy, die die Entscheidung für mich getroffen hatte, und zog den Adler aus der Tasche. »Die sind mir besonders wichtig.«

Nachdem ich mit Dorothy und den anderen Kindern geredet hatte, ging ich auf direktem Weg in Clemons' Büro. Mrs Kare, seine Sekretärin, sah lächelnd von ihrer Schreibmaschine auf. »Oh, Dr. York, was für eine Freude, Sie wieder auf der Erde zu haben!«

»Danke.« Ich nickte Richtung Büro. »Ist er da?«

»Ja, aber es sieht so aus, als wäre er am Telefon. Ich frage mal nach ...« Sie drückte auf den Knopf der Gegensprechanlage. »Sir? Dr. York möchte Sie sprechen?«

»Welcher?«

»Die Astronautin.«

Ich konnte ihn durch die Tür und durch die Gegensprechanlage ächzen hören. »Schicken Sie sie rein.«

Selbst nach all den Jahren wurden meine Handflächen noch manchmal feucht, wenn ich mit Clemons sprechen musste. Dafür gab es keinen guten Grund, aber das Gehirn macht manchmal seltsame Dinge. Jedenfalls wischte ich sie an meiner Hose ab, bevor ich die Tür zum mit Tabakrauch gefüllten Büro öffnete.

Clemons hielt eine Zigarre in der Hand. Er lehnte sich auf dem Stuhl zurück und musterte mich beim Eintreten. Sein Bauch war in den letzten Jahren deutlich größer geworden, aber sein Gesicht hatte nichts von seiner Strenge verloren. »Setzen Sie sich.«

»Ich werde nicht viel Ihrer Zeit beanspruchen ...« Ich setzte mich ihm gegenüber und ärgerte mich darüber, dass ich mich bereits dafür entschuldigte, eingetreten zu sein. »Ich mach's. Ich fliege zum Mars.«

Er drückte die Zigarre aus und klatschte dann mit freudigem Grinsen in die Hände. »Mein liebes Mädchen, Sie haben ja keine Ahnung, wie wichtig das ist.«

Ich hatte gerade Kinder gesehen, die von unserem Erfolg oder Misserfolg direkt betroffen sein würden, daher ging ich davon aus, dass ich besser wusste, wie wichtig es war, als Clemons in seinem abgeschotteten Büro. »Ich tue alles, was die Sache voranbringt.«

»Großartig.« Er nahm eine Mappe aus der Schreibtischschublade. »Ich habe Mrs Kare schon ein Päckchen für Sie schnüren lassen, weil ich darauf hoffte, dass Sie Ja sagen. Hier ist der allgemeine Zeitplan – und Ihr Zeitplan, um zum Rest der Gruppe aufzuschließen.«

Wir gingen alles durch, und er gab mir einen kurzen Überblick. Ich sah mir die Parameter an, begriff, was ich alles aufholen musste, und wurde immer aufgeregter. Nachdem ich mich so lange nicht mehr beweisen musste, schlug mein Herz vor lauter Vorfreude schneller.

Erst als ich mit dem Päckchen unter dem Arm sein Büro verließ; erst als ich das Gebäude verlassen und die Straßenbahn in die Innenstadt genommen hatte; erst als ich das Päckchen geöffnet und noch mal zu lesen begonnen hatte; erst da fiel mir auf, dass ich Nathaniel meine endgültige Entscheidung noch nicht mitgeteilt hatte.

Allein im All zu leben hatte mich vergessen lassen, dass ich Teil eines Paars war.

FÜNF

Geistliche bringen Frieden nach Chicago

Andächtige Stille beim Marsch durch die afroamerikanischen Viertel

EXTRABLATT DER NATIONAL TIMES

CHICAGO, IL, 28. August 1961 – Die von Unruhen geplagte Chicagoer West Side war heute ruhig, doch die Nationalgarde hielt fünf Basen in der Stadt in Bereitschaft. Bewaffnete Polizeitrupps patrouillierten im Gebiet, um ein Wiederaufflammen der Gewalt zu unterbinden, bei der Freitag Nacht 60 Menschen verletzt wurden. Gaststätten bleiben bis auf Weiteres geschlossen.

Die Bürgerrechtsaktivisten erklärten, dass die meisten Stellen in der Region bei der Raumfahrtindustrie zu finden wären, der durchschnittliche Bildungsgrad der Bevölkerung jedoch nur bis zur achten Klasse gehe, was an der hohen Zahl an Geflüchteten von der Ostküste liege, deren Schulbildung abrupt vom Meteor beendet wurde. Viele junge Männer sind daher für die Hightechindustrie ungeeignet, und die Arbeitslosenrate im Bezirk liegt bei 18 Prozent. Den Gemeindeorganisationen fehle es an Führungspersönlichkeiten, und so versuchen militante Randgruppen wie Earth First mit einigem Erfolg, dieses Vakuum zu füllen.

Auf dem Mond esse ich mit dem Rest der Kolonie in der Kantine, doch zu Hause koche ich. Manchmal koche ich, um Stress zu kompensieren. Manchmal koche ich deswegen sogar ein ganzes koscheres Festmahl. Nach dem Gespräch mit Clemons backte ich außerdem einen Kuchen. Als Nathaniel nach Hause kam, war es sehr stickig in der Wohnung und roch nach Schokolade, Rosmarin, Rindfleisch und Rotwein. Ich saß vorgebeugt vor dem Ventilator, damit die Luft mir in den Ausschnitt wehen konnte, und bereute meine Entscheidung zu kochen, während ich mich gleichzeitig fragte, ob ich noch einen weiteren Gang hätte vorbereiten sollen.

Mein Bedauern schwand dahin, als Nathaniel im Türrahmen innehielt und den Kopf in den Nacken legte. Er atmete tief ein und lächelte. »Ist das dein Bœuf Bourguignon?«

»Mit Ofenkartoffeln. Und Salat.« Ich stand auf und schaltete den Ventilator wieder um, sodass er sich hin und her drehte. »Und Brötchen.«

Er stellte seinen Aktenkoffer neben der Tür ab und legte den Hut auf die Ablage. »Habe ich schon erwähnt, wie sehr ich dich vermisst habe?«

»Ich hab Clemons zugesagt.« Ich biss mir auf die Lippen. Ach, verdammt! Ich hatte es ihm doch beim Essen sagen wollen. »Entschuldige!«

Nathaniel durchquerte den Raum und nahm meine Hände in seine. Er drückte sie vorsichtig und betrachtete sie, als wären sie etwas Seltenes. Dann seufzte er und lächelte leise. »Ach ... Ich wusste, dass du gehen würdest.«

»Es tut mir leid. Ich kann noch einen Rückzieher machen.«

»Nein. Elma ...« Er blickte auf und hatte Tränen in den Augen. Ich fing an zu zittern. Er nahm meine Linke und küsste den Ringfinger. »Ich war mir ziemlich sicher, dass du gehen möchtest, aber ich wollte darauf warten, bis du von selbst draufkommst. Falls ich falschliege.«

»Aber ...«

Er schüttelte den Kopf und lächelte mich immer noch an, wenngleich mit geröteten Augen. »Ich möchte nicht, dass du auf der Erde feststeckst und dir wünschst, du wärst zwischen den Sternen. Das wäre doch keine Ehe.«

Meine Zeit fern von Nathaniel begann nahezu sofort. Das Training, auf das Helen sich bezogen hatte, fand im Adler-Planetarium statt. Ich hoffte, dass bald irgendetwas erfunden würde, mit dem es sich besser im All navigieren ließ als mit einem Sextanten, aber ohne Magnetfeld mussten wir uns auf die Sterne verlassen. Wir haben natürlich die IMU – die Inertiale Messeinheit –, aber wir müssen die Sterne als Referenz benutzen, und da die IMU im Prinzip aus einem Haufen Gyroskopen besteht, muss sich ohnehin erst ein Mensch die Sterne anschauen. Mit einem Sextanten.

Und ... die IMU muss auf einer solch langen Reise in regelmäßigen Abständen neu kalibriert werden, denn Gyroskope kommen vom Kurs ab, und um es wieder mit den Sternen in Übereinkunft zu bringen, muss die Astronautin wiederum in die Sterne schauen. Mit einem Sextanten.

Ich wusste natürlich, wie ein Sextant zu benutzen war, denn ich hatte ihn bei jedem Mond-*Lunetta*-Transit gebraucht, aber auf dem Weg zum Mars würde ich mich an anderen Sternen orientieren müssen. Daher schloss ich mich den Navigationsrechnerinnen – den NavComps – und den Piloten an, um mich mit den Mars-Transit-Sternen vertraut zu machen. Mit einem Sextanten.

Der Rest der NavComps und Piloten befand sich bereits im Adler-Planetarium in Chicago, und nach nur zwei Wochen mit Nathaniel zu Hause reiste ich dorthin. Ich wäre am liebsten mit einer T-38 hingeflogen, doch auf einem Passagierflug konnte ich die Zeit nutzen, um Unmengen an Unterlagen zu studieren, die ich aufholen musste. Obwohl ich nicht annähernd durch war, wusste ich zum Zeitpunkt, an dem ich die windgebeutelten Stufen des Adler-Planetariums erklomm, zumindest, welche Fragen ich stellen musste.

Lass dich nicht vom altmodischen Art-déco-Stil des Planetariums in die Irre führen. Der Marmor ist sicher schon seit dreißig Jahren aus der Mode, aber das Planetarium selbst ist die Crème de la Crème. Oh, und außerdem liebe ich Planetarien!

Das ist zwar lächerlich angesichts der Tatsache, dass ich momentan die Hälfte meines Lebens im Weltall verbringe, aber … wir sehen auf dem Mond selten Sterne. Wir stecken dort in Röhren, und wenn wir das mal nicht tun, müssen wir uns schon im Erdschatten befinden, damit der Himmel dunkel genug ist. Außerdem können Planetarien die Zeit vorspulen und den Himmel in jede beliebige Richtung drehen.

Ich drückte die Tür zum Planetarium mit einem Lächeln und einem riesigen Ordner in den Armen auf. Betty sprang mit einem Grinsen vom Stuhl. »Elma! Ich dachte schon, sie machen Witze, als es hieß, du kommst ins Team!«

Ich umarmte sie rasch. »Clemons hat dich hergeschickt, was?«

Betty nickte und wies auf einen Fotografen hinter ihr. »Ist es okay, dass Phil hier ist?«

»Klar.« Ich nickte dem Mann zu und schwor innerlich, ihn zu ignorieren, bevor ich mich dem Rest des Teams zuwandte.

Oder der Teams. Die Marsmission verfügte über ein unbemanntes Frachtschiff namens *Santa Maria* und die beiden Schiffe, auf denen sich die Besatzungen befinden würden. Sie waren Duplikate und wurden liebevoll *Niña* und *Pinta* genannt. Auf beiden flogen zwei Piloten und zwei NavComps mit, denn die IAC liebt Redundanz. All diese Leute hatten die Nasen in die dicken Ordner gesteckt, die die IAC uns aufbürdete. Sie sahen kaum auf, als ich sie begrüßte.

Die Piloten des *Pinta*-Teams waren Derek Benkoski und Vanderbilt DeBeer. Die beiden Männer hätten Zwillinge sein können und sahen mit ihren Kanten und markanten Kiefern aus, als wären sie beide aus derselben militärischen Kuchenform gestürzt worden. Dass der eine ein polnischstämmiger

Amerikaner und der andere Südafrikaner war? Trivial. Auch die NavComps waren weiß. Es ging das Gerücht, dass Südafrika angedroht hatte, Fördermittel zurückzuhalten, wenn ihre Landsleute nicht in einer komplett weißen Crew flögen.

Ob nun aus diesem Grund oder einem anderen: Die einzigen Schwarzen Mitglieder der Marsmission befanden sich im *Niña*-Team, wenn auch nicht als Piloten. Als Pilot würde Stetson Parker an Bord sein, der sich mit ausgestreckten Beinen auf dem Stuhl zurücklehnte. Er hielt einen Sextanten in der Hand und versuchte, das Messinginstrument auf seiner Handfläche auszubalancieren.

Unser Co-Pilot Estevan Terrazas stand auf, aber das Lächeln breitete sich nur langsam und etwas steif auf seinem Gesicht aus. Wir waren zusammen auf dem Mond gewesen, und ich erkannte den Blick. Er versuchte, fröhlich zu wirken, während er eigentlich wütend war. »Hey, York!«

Ich schüttelte ihm die Hand, wir tauschten ein paar Höflichkeiten aus, doch ich konnte ihn nicht fragen, was eigentlich los war, weil der Fotograf Phil in der Nähe herumlungerte. Wir mussten uns alle von unserer Schokoladenseite zeigen, wenn die Presse in der Nähe war, selbst wenn es sich um unsere eigene Presse handelte.

Florence Grey gehörte ebenfalls zum Team. Wir hatten uns im Jahr zuvor auf einem Betriebsfest kennengelernt und waren beide mit Helen befreundet. Florence war eine zierliche Schwarze Frau, die im Krieg zahlreiche Codes geknackt hatte und für ihre rasanten Rechenkünste berüchtigt war.

»Florence. Wie geht es dir?« Ich streckte die Hand aus.

Sie sah sie einen Moment an, bevor sie seufzte und mir die Hand schüttelte. »Gut.« Damit wandte sie sich wieder ihrem Ordner zu. Das war … unhöflich.

Ich ließ den Blick durch den Raum wandern. »Wo ist Helen?«

Florence knallte den Ordner zu. »Ernsthaft?« Sie sprang auf und marschierte aus dem Raum.

Ich starrte ihr mit offenem Mund hinterher, während Phil Fotos schoss. Während ich mich dem Rest des Teams zuwandte, verkniff ich mir eine Grimasse. Einen kurzen Moment lang starrten sie mich alle an, dann hefteten sie ihre Blicke wieder auf die Handbücher.

Außer Parker, der schief grinste, während er den Sextanten balancierte. Er starrte mich an, holte Luft, um etwas zu sagen, und …

Betty trat zwischen uns. Sie gab Phil einen Wink, der die Kamera sinken ließ, lehnte sich vor und flüsterte: »Helen ist raus, damit du dabei sein kannst.«

Der ganze Raum wurde rot, und Hitze perlte mir aus den Poren. *Was. Zum. Henker!*

Offenbar hatte ich das laut gesagt, denn Parker lachte.

»Jetzt hab dich nicht so, York. Du weißt, dass wir nur wenig Spielraum beim Gewicht haben. Dachtest du, du kannst einfach so *zusätzlich* mit?«

»Ich weiß wirklich nicht, warum ich dachte, Clemons würde mit offenen Karten spielen.« Das hatte ich nun davon, dass ich ihm geglaubt hatte. »Na gut. Ich überlasse euch dann mal eurer Arbeit.«

Mein Gesicht brannte, aber ich konnte nicht sagen, ob vor Wut oder Scham. Ich hätte es wissen müssen! Ich hätte *wissen* müssen, dass sie mich nicht einfach dazuholen konnten. Auf beiden Schiffen gab es Platz für je sieben Leute. Natürlich konnten sie nicht mich und all die Vorräte für eine weitere Person hinzufügen, ohne dafür jemand anders abzuziehen. Und wenn sie eine neue NavComp aufnahmen, hieß das natürlich, dass eine bisherige NavComp gehen musste, damit die Gleichung aufging.

Ich trat zitternd einen Schritt zurück, bevor ich mich umdrehte. Gottverdammt, Clemons! Er hätte es mir wirklich sagen müssen.

»Wo gehst du denn hin, York?« Metall quietschte auf Metall, als Parker aufstand.

»Ich schmeiße hin, damit Helen wieder ins Team kann.«

»Gut. Richtig so.« Seine Fußtritte folgten mir den mit Teppich ausgelegten Mittelgang des Planetariums herab. »Soll ich dich zurückfliegen, damit das Team schneller wieder komplett ist?«

Er wollte mich nur ärgern, aber ich fuhr im Gang zu ihm herum. »Ja. Ja, das kannst du tun.«

Parker und ich ... Wir kommen nicht wirklich gut miteinander klar, aber da wir jetzt seit vier Jahren zusammenarbeiten, haben wir einen professionellen Respekt füreinander entwickelt. Nachdem wir zusammen den Vorflugscheck erledigt hatten und gestartet waren, war ich wieder ruhig genug, um meine grundlegende Höflichkeit zurückzuerlangen.

Auf dem hinteren Sitz der T-38 hatte ich Parkers Helm vor mir und das Geräusch des Windes um mich herum. Er hatte uns hoch über die Wolken in den glorreich blauen Himmel geflogen. Ich seufzte laut genug, um das Vox damit zu aktivieren, das meine Stimme in seine Kopfhörer schickte. »Es tut mir leid. Ich hätte es wissen müssen.«

»Ja, hättest du.« Arschloch. Zugegeben, er hatte ja recht, aber er musste es mir auch nicht auf die Nase binden! Sein Helm drehte sich ein Stück, als wollte er mich über die Schulter hinweg ansehen. »Aber Clemons hätte etwas sagen müssen. Das war eine Scheißaktion.«

»Ich hätte nie Ja gesagt, wenn ich es gewusst hätte.«

»Das bezweifle ich nicht.« Unter uns flogen die Wolken wie ein sanft wogendes Meer dahin. »Ich war ehrlich erstaunt, dass du überhaupt zugesagt hast.«

»Beim Mars?«

»Du hast es schon mal abgelehnt.«

Das hatte ich. Damals, als das Programm ins Leben gerufen wurde, hatte ich beschlossen, mich mit dem Mond zufriedenzugeben. Ich hatte nicht so lange fortgewollt. »Die Förderungskürzungen … Clemons will mich wieder mal ausnutzen.«

Parker schüttelte seufzend den Kopf. »Es wäre schon schön, wenn das Raumfahrtprogramm von einem Wissenschaftler geleitet würde statt von PR-Fuzzis und der Politik.«

»Da sind wir uns einig.« Ich hatte keine Ahnung, was mein Rückzug anrichten würde. Nichts Gutes, vermutete ich, aber ich wollte keiner anderen Frau diese Gelegenheit wegnehmen, für die sie so lange und so hart gearbeitet hatte. Reynard würde mich vermutlich verfluchen, denn wenn ich aus dem Team austrat, hieß das, dass Helen und er lange getrennt sein würden. »Was hält deine Frau davon, dass du drei Jahre lang weg sein wirst?«

Vor mir blitzte das Sonnenlicht auf Parkers Helm. Er bewegte sich nur leicht von einer Seite zur anderen. Die zischende Luft um uns herum unterstrich sein Schweigen.

Warum hatte ich nur gedacht, es könnte eine gute Idee sein, ihm eine persönliche Frage zu stellen? Wir hielten einen professionellen, respektvollen Abstand zueinander. Diese Frage passte da nicht rein. »Vergiss es. Entschuldigung! Das hätte ich nicht fragen sollen.«

Parker räusperte sich, und sein Helm bewegte sich, sodass Sonnenstrahlen auf der Krümmung tanzten. »Sie …« Seine Stimme. »Sie hat mich ermutigt zu gehen.«

Ich hörte Liebe und Schmerz in seiner Stimme mitschwingen. Das verblüffte mich, denn er hatte schließlich seit vier Jahren eine Affäre mit Betty.

Ich hätte beinahe erwartet, dass Parker mir in Clemons' Büro folgte, um sich das Geschehen anzuschauen, aber er bog ab und ging in den astronautischen Flügel der IAC. Währenddessen rief ich mir die Haltung meiner Mutter und ihre kalte Südstaatlerinnenwut in Erinnerung und trat in Clemons' Vorzimmer, als balancierte ich ein Buch auf dem Kopf.

Mrs Kare blickte lächelnd auf. »Dr. York! Ich dachte, Sie sind in Chicago!« Hinter ihr stand die Tür zum Büro offen. Clemons' Füße lagen auf dem Schreibtisch, und er las ein Magazin.

Ich sprach ein bisschen lauter, als nötig war, damit er mich auch hörte. »Das war ich auch, aber es gibt etwas zu klären. Ist der Director anwesend?«

Er senkte das Magazin und nahm die Füße vom Tisch. »Kommen Sie rein.«

Das tat ich und schloss die Tür hinter mir für den Fall, dass ich laut werden würde. Clemons hob die Augenbrauen und nahm die Zigarre aus dem Aschenbecher. »Macht Parker Ihnen Schwierigkeiten?«

»Nein, Sir.« Ich schob die Hände hinter den Rücken statt in die Taschen meines Fluganzugs. »Ich bin hier, um meine Kündigung zu überbringen.«

Clemons verlor die Zigarre aus den Fingern, die mit einer Rauchfahne und von Aschebröseln umwölkt wie eine abstürzende Rakete zu Boden trudelte. »Was zum ...« Er hob sie rasch auf. »Was hat Parker angestellt?«

»Gar nichts.« Aber dass das Clemons' erster Gedanke war, ließ für die Mission nichts Gutes erahnen! »Tatsächlich hat er sogar angeboten, mich von Chicago herzufliegen, was sehr nett von ihm war. Ich möchte aussteigen, damit Helen Carmouche wieder an der Marsmission teilnehmen kann.«

Wenn Clemons mich auch nur ein wenig kannte, musste er wissen, dass meine formelle und höfliche Art lediglich das Ausmaß meiner Wut widerspiegelte.

»Machen Sie sich doch nicht lächerlich!« Er kannte mich offenbar nicht.

»Lächerlich?« Ich trat vor und stützte mich mit den Händen auf seinem Schreibtisch ab. Das Schöne an meinen Kündigungsplänen war, dass es mir nun egal sein konnte, was er von mir hielt. »Helen Carmouche trainiert seit über einem Jahr für diese Mission. Sie ist eine ebenso gute Rechnerin wie ich. Lächerlich ist, sie von einer Mission abzuziehen und durch mich zu ersetzen, die den Leistungsstand der anderen erst einmal aufholen muss.«

Clemons drückte die Zigarre aus und hob besänftigend beide Hände. »Ich möchte Sie inständig bitten, sich das noch mal zu überlegen.«

»Nein. Das können Sie vergessen.«

»Carmouche war mit dem Wechsel einverstanden.« Er stand auf und kam um den Tisch herum, um mich von oben herab anstarren zu können. »Wir haben die Vereinbarung getroffen, dass sie zusammen mit ihrem Mann der nächsten Koloniegruppe angehören wird, wenn sie das dann noch will. Wir brauchen Sie für diese Mission!«

»Für die Publicity! In jeder anderen Hinsicht bin ich ein Unsicherheitsfaktor, weil ich eine ausgebildete Spezialistin auf dieser Mission ersetze!«

»Ja.« Clemons knöpfte sich das Jackett zu, knöpfte es sofort wieder auf und zuckte mit den Schultern. »Mir sind die Risiken bewusst, und ja, es wird einen Unterschied machen. Es macht bereits in der Hinsicht einen Unterschied, dass die Senatoren bereit sind, sich hinter die Mission zu stellen. Wissen Sie, wie viele von denen Töchter haben, die Mitglied in einem Lady-Astronaut-Club sind? Ihretwegen?«

Der altbekannte Abgrund des Schreckens tat sich wieder in meiner Magengrube auf. »Ist das wirklich Grund genug, um die Expedition und alle, die daran teilnehmen, zu gefährden?«

»Sie haben schon zugesagt. Sie waren doch bereits einverstanden, die Arbeit aufzuholen!«

»Weil Sie versäumt hatten, mich darüber zu informieren, dass ich jemanden ersetzen soll!« Ich schüttelte den Kopf, aber es war unmöglich, die Erinnerung daran abzuschütteln, wie sehr sich Helen auf diese Mission gefreut hatte. »Damit war ich nie einverstanden!«

»Wenn Sie jetzt einen Rückzieher machen, wird uns das in schlechtem, sehr schlechtem Licht dastehen lassen. Die Ankündigungen sind schon raus.« Clemons stemmte die Hände in die Hüften und ragte wie ein rauchgekrönter Gipfel über mir auf. »Denken Sie nur daran, was die Presse sagen wird, wenn die erste Frau im All die Mission hinschmeißt!«

»Jacira war die erste Frau im All!«

»Sie sind die erste *amerikanische* Frau, und Jacira verlässt uns, um zu heiraten.« Er schüttelte den Kopf. »Ich muss den amerikanischen Kongress von diesem Programm überzeugen. Wenn er die Förderung zurückzieht, wird es keine Marsmission geben. Punkt.«

Ich biss die Zähne zusammen, als könnte ich mich bis zu meinem Herzen durchbeißen und den Trommelwirbel zum Erliegen bringen. »Es ist falsch.«

»Es ist nötig.«

Ich hasste ihn in diesem Moment, denn es ergab natürlich Sinn. Vielleicht hätte ich die Sache anders gesehen, wenn mein Bruder nicht Meteorologe gewesen wäre, der mir die neusten Nachrichten zum galoppierenden Treibhauseffekt weitergab. Vielleicht wäre es anders gewesen, wenn ich nicht schon im All gelebt und von dort aus die Wolken und die heftigen Unwetter gesehen hätte, die unsere Küsten heimsuchten. »Ich bin bereit zu Folgendem: Ich vertage meine Entscheidung, bis ich mit Helen gesprochen habe.«

SECHS

Italien leidet unter Hitzewelle

ROM, Italien, 4. September 1961 – (AP) – In Rom muss aufgrund der schlimmsten Hitzewelle und Trockenheit seit 70 Jahren das Wasser rationiert werden. Mindestens 21 Todesfälle sind bislang der Hitze, den begleitenden Stürmen und dem Ertrinken von Menschen, die Abkühlung suchten, zuzuschreiben.

Vereinzelte Gewitter verschafften einigen Regionen gestern kurzzeitige Linderung, doch in Rom blieb es trocken. Blitze töteten mehrere Menschen und Dutzende Nutztiere und lösten Brände aus. Roms Trinkwassergesellschaft kündigte ein rotierendes Rationierungsprogramm an, durch das jeder Haushalt innerhalb der nächsten Woche maximal einen Tag lang ohne Frischwasserzufuhr sein wird.

Clemons starrte zu Boden, und sein Hals lief an den Stellen, an denen er sich über den Kragen wölbte, rot an. Er nickte entschlossen und schnappte sich Zigarre und Magazin vom Tisch. »Sie können mein Telefon benutzen.«

»Ich gehe zu ihr nach Hause und …«

»Bitte!« Mir verschlug es vor Verblüffung die Sprache. Clemons drehte das Magazin herum und ließ mich das Cover sehen. Das *Time*-Magazine zierte eine künstlerische Darstellung des Mars mit dem Wort *WARUM?* darauf. »Wenn Sie sich entscheiden, nicht an der Mission teilzunehmen, muss ich es sofort wissen, damit die Agency alle Hebel in Bewegung setzen kann, um eine Katastrophe zu verhindern.«

Ich schluckte schwer und nickte, wollte jedoch nicht nachgeben. Sobald er das Zimmer verlassen hatte, nahm ich den Telefonhörer von der Gabel und rief Helen zu Hause an. Ich wickelte mir die Schnur um die Hand und lehnte mich gegen Clemons' Tisch, war allerdings nicht in der Lage, mich auf seinen Stuhl zu setzen. Mein Anstandsgefühl ist manchmal wirklich seltsam.

Es klingelte dreimal, bevor Helen dranging. »Carmouche, Helen Carmouche am Apparat.«

»Hallo ... Hier ist Elma.« Ich räusperte mich, und Stille dehnte sich aus. Das statische Knacken beantwortete mir einige Fragen. »Ich habe gerade herausgefunden, dass sie dich aus dem Programm befördert haben ... aber Clemons sagt, du warst damit einverstanden? Stimmt ... stimmt das wirklich?«

»Ich kann auf diese Weise mehr Zeit mit Reynard verbringen.«

»Aber du hast so hart dafür gearbeitet!« Ich wartete darauf, dass sie etwas erwidern würde, doch nur ihr leises Atemgeräusch verriet mir, dass sie noch nicht aufgelegt hatte. »Ich habe Clemons gesagt, dass ich nicht gehe, es sei denn, du wärst wirklich damit einverstanden, das Programm zu verlassen.«

»Ja. Natürlich, Elma. Du hast meine Erlaubnis, auf die Marsmission zu gehen.« Wenn Helen aufgeregt ist, kehrt ihr taiwanesischer Akzent zurück. Wenn sie wütend ist, klingt sie wie der reinste Hollywood-Adel. Gerade sprach ich mit der Katharine Hepburn des heiligen Zorns.

»Hör mal – wenn das nicht okay für dich ist, dann bin ich raus. Ich habe ihm das schon gesagt.«

»Um Himmels willen! Ich hab dir doch gesagt, dass es okay ist. Ich habe dir die Erlaubnis gegeben, zum Mars zu fliegen. Soll ich jetzt etwa auch noch behaupten, dass ich glücklich darüber bin? Denn das bin ich nicht. Du bist meine Freundin, aber du kannst nicht von mir verlangen, dass ich dich anlüge, damit es dir besser geht.«

»Es … es tut mir leid! Ich wollte nicht … Ich sage ihm, dass ich nicht gehe.«

»Das würde alles grundlos aufs Spiel setzen.« Helen seufzte, und ein wenig Zorn verließ ihre Stimme. »Du warst doch schon in allen Zeitungen. Wenn du jetzt aussteigst und schlechte Stimmung machst, verliert das Programm die letzte Unterstützung. Ich verstehe diese Situation, aber es ist trotzdem nicht ›okay‹ für mich.«

»Wir können das bestimmt erklären. Wir lassen alle wissen, wie viel länger du trainierst hast und dass du deutlich qualifizierter bist.«

»Sei doch realistisch! Hier geht es nicht ums Training.« Ich hörte Roy und die Earth Firster in ihren Worten widerhallen. »Ich weiß, wo mein Platz ist. In Amerika und in der Raumfahrt. Wenn ich mich füge, schicken sie mich bei der zweiten Mission mit. Wenn ich mich geweigert hätte? Dann hätten sie eine Ausrede gefunden, warum ich nie wieder starten darf, und mich trotzdem ersetzt. Natürlich habe ich Ja gesagt, und ich habe dabei auch noch gelächelt. Das war der einzige kluge Schachzug, der mir blieb.«

»Dann lass uns doch die Tatsache nutzen, dass ich offenbar von großem Wert für sie bin … Ich sage Clemons, dass ich nur gehe, wenn du mitkommst.«

Sobald die Worte meinen Mund verlassen hatten, wusste ich, dass aus dieser Idee nichts werden würde – wir kannten beide die Gewichtsrestriktionen der Schiffe –, aber Helen sprach es noch mal aus und schniefte dabei herablassend. »Sie können wegen des Maximalgewichts keine weitere Person mitsamt zusätzlichen Ressourcen an Bord nehmen.«

»Aber …« Ich hielt inne, unsicher, was ich dazu sagen sollte. Es musste eine Möglichkeit geben.

»Dann müssten sie jemand anders rauswerfen, und das kannst du gleich wieder vergessen. Ich möchte nicht der Grund dafür sein, dass jemand gehen muss. Dann würde das Team uns beide hassen.«

Das Telefon zog mir den Kopf auf die Brust, so schwer wogen die Worte, die aus dem Hörer drangen. »Es tut mir leid.«

»Ich weiß.« Helen lud das mit so vielem auf. *Ich weiß, dass es dir leidtut. Ich weiß, dass ich dir nicht die Schuld geben soll. Ich weiß, dass sich nichts ändern wird.* »Ich werde warten. Es ist nicht fair, aber diese Taktik kennen wir ja schon.«

Ihre Worte bewirkten, dass ich mich noch schlechter fühlte.

Sobald ich zum zweiten Mal Ja gesagt hatte, schaltete die PR-Abteilung der IAC einen Gang höher. Vielleicht hatten sie all das bereits geplant gehabt, oder es lag am Magazin. Denn der *Times*-Artikel war nicht die einzige negative Presse gewesen. Vom Mond aus hatte ich den Widerstand gegen das Raumfahrtprogramm nicht so deutlich mitbekommen, denn dort konnten wir nicht regelmäßig Zeitung lesen.

Was auch immer der Grund war, zwei Wochen später stand ich mit Stetson Parker in Los Angeles im Backstage-Bereich der *The Tonight Show.*

Ich hatte im Hotelzimmer eine Miltown genommen. Nun wartete ich mit dem Gesicht zur Wand und ließ mir die Fibonacci-Folge durch den Kopf gehen, um ruhiger zu werden. Immerhin musste ich mich nicht mehr übergeben. Zumindest meistens nicht.

1, 1, 2, 3, 5, 8, 13, 21, 34, 55, 89, 144 …

Hinter mir zog Parker kleine Kreise und schüttelte die Hände, als wäre die Blutzufuhr unterbrochen. Ein Assistent stand mit einem Klemmbrett und einem Ohr unter einem riesigen Kopfhörer in der Nähe, als wäre er in der Mission Control.

… 233, 377, 610, 987, 1597, 2584, 4181, 6765 …

Der Mann mit dem Klemmbrett beugte sich zu mir herüber und flüsterte: »Sie sind dran.«

Auf der Bühne sagte Jack Paar: »Bitte heißen Sie mit mir meine nächsten Gäste willkommen, Colonel Stetson Parker und Dr. Elma York!«

Ich wandte mich gerade rechtzeitig von der Wand ab, um zu sehen, wie Parker sein herzlichstes Lächeln aufsetzte. Er winkte, damit ich voranging. »Ladys first.«

Mein Lächeln fühlte sich brüchig und aufgeklebt an. Der Reifrock raschelte um meine Beine, als ich ins Licht und in eine Wand aus Applaus trat. Hinter der Barriere von Scheinwerfern und Kameras saßen echte Menschen in den Rängen. Und jenseits davon Millionen vor ihren Fernsehern.

… 10 946, 17 711, 28 657 …

Mr Paar schüttelte erst mir und dann Parker die Hand, und wir vollzogen das Ritual aus Lächeln und Winken in Richtung des Publikums, bevor wir uns in zueinander passende Ledersessel neben Paar setzten. Ein silbernes Mikrofon stand auf dem Boden zwischen Parker und mir, und ich musste vorsichtig die Beine überkreuzen, um es nicht mit meinen Stöckelschuhen zu treffen.

Mit einem Zupfen an einer seiner charakteristischen Krawatten lehnte sich Jack Paar zu uns herüber, als wären wir die einzigen Menschen im Raum. »Herzlichen Dank an Sie beide, dass Sie mich beehren. Ich muss Ihnen gestehen, dass ich innerlich vermutlich immer noch fünf Jahre alt bin. Es ist zwar offensichtlich, aber ich muss es noch mal aussprechen … Sie waren also beide auf dem Mond?«

Parker lachte auf, was wie immer sehr sympathisch klang. »Ich kann es auch nicht so recht glauben. An manchen Tagen muss ich mich zwicken.«

»Und, Dr. York … Sie leben auf dem Mond, richtig?«

»Ich lebe circa sechs Monate im Jahr in der Mondkolonie.«

»Das muss faszinierend sein.« Jack Paar beugte sich noch weiter herüber und strahlte die zappelige Unruhe eines Kindes aus. »Wie ist das denn so?«

»Die Ähnlichkeiten zur Erde sind größer, als man denken mag. Ich fliege eines der Transportschiffe und bringe Leute zu den verschiedenen geologischen Ausgrabungen. Ich habe da meine übliche Tour, es ist also nicht viel anders als die Arbeit als Busfahrerin.«

Neben mir schmunzelte Parker. »Lassen Sie bloß nicht zu, dass Dr. York sich unter Wert verkauft. Um diese Schiffe zu steuern, muss man wegen der Mascon auf Zack sein.«

Jack Paar hob die Augenbrauen fast bis zum Haaransatz. »Mastcon? Züchten Sie da oben schon Vieh? Aber was ist dann ein ›Con‹?«

Zum Glück brachte er mich selbst mit diesem bescheidenen Witz zum Lachen, denn ansonsten hätte mir bei Parkers Kompliment nur der Mund offen gestanden. »Mascon ist die Abkürzung für Massekonzentration. Es gibt auf dem Mond lokal begrenzte Stellen mit höherer Gesteinsdichte an denen Schiffe unerwartet absacken können.«

»Moment – es gibt wirklich Stellen mit höherer Schwerkraft auf dem Mond?«

Ich nickte. »Hier auf der Erde auch, allerdings fällt der Unterschied kaum auf. Aber das ist einer der Gründe, warum wir den Transport auf dem Mond nicht automatisieren können. Die Berechnungen sind zu kompliziert für einen mechanischen Computer, der gleichzeitig klein genug ist, um in ein Raumschiff zu passen.« Nicht, dass irgendwer nach Mathematik gefragt hätte. Ich sollte hier doch die Vorzüge des Marsprogramms anpreisen! »Aber die Mondkolonie gibt einen Vorgeschmack auf unsere zukünftige Marskolonie: So muss es sich angefühlt haben, als Amerika besiedelt wurde.«

»Stimmt es, dass es ein Kunstmuseum in der Mondkolonie gibt?«

»Das ist korrekt.« Ich lächelte noch breiter, bis es sich anfühlte, als bekäme mein Gesicht Risse. »Aber es handelt sich alles in allem nur um einen etwa anderthalb Meter großen Schrank. Es gibt eine winzige Ausstellung wechselnder Stücke, die in der Kolonie geschaffen wurden – Skulpturen, Textilien, Zeichnungen.«

Parker grinste wie ein Honigkuchenpferd. »So ist es! Ich gehe jedes Mal hin, wenn ich auf dem Mond bin. Es hilft mir zu verstehen, dass es der Menschheit auch im Weltall gut gehen wird. Unser Drang, Kunst zu schaffen, ist einer unserer wichtigsten Charakterzüge.«

»Ich bin sehr gespannt, wie der Mars die Kunstschaffenden inspirieren wird!« Konnte ich noch vorwitziger sein? Aber ich war um genau das hier gebeten worden. Mir drehte sich der Magen bei jedem Lächeln um, und zum ersten Mal in meinem Leben war nicht nur die Aufregung daran schuld, sondern auch die Tatsache, dass ich von anderen ausgenutzt wurde.

»Nun möchte ich Ihnen eine ernstere Frage stellen, wenn ich darf. Dr. York, bei Ihrer Rückkehr zur Erde wurde Ihr Schiff von einer Gruppe Terroristen besetzt. Wie war das für Sie?«

»Es waren nicht wirklich Terroristen. Sie waren auf einem Jagdausflug und …« – hatten ihre Gewehre auf mich gerichtet – »… und sie machten sich Sorgen, dass sie auf der Erde zurückgelassen würden.«

Parker hakte ein, beugte sich mit den Ellbogen auf den Knien und legte die Finger aneinander wie ein in Gedanken versunkener Rabbi. »Das liebe ich an unserem Job bei der IAC. Wir fliegen ins All, um den Weg für andere zu bereiten. Bei der Besiedelung Amerikas wagte niemand, davon zu träumen, mit seiner Familie in einem Planwagen durchs Land zu fahren, aber heute? Heute ist jeder Ort im Land für jeden erreichbar. Und dasselbe wird dereinst auch fürs All gelten.«

»Genau. Wir bereiten Familien den Weg ins All.« Wenn ich so ein Gefasel von mir gebe, hält man es kaum für möglich, dass ich einen Doktortitel in Physik und Mathe habe. Aber das war die Gelegenheit, direkt zu Menschen wie Roy zu sprechen, die Angst davor hatten, zurückgelassen zu werden. »Es ist eine gemeinschaftliche Anstrengung. Im Raumfahrtprogramm arbeiten Menschen aus der ganzen Welt. Zum Beispiel Helen Carmouche! Sie ist eine NavComp – eine Navigationsrechnerin – und stammt ursprünglich aus Taiwan. Ihr verdanken wir die Idee, die es uns allen ermöglicht hat, *Cygnus 14* sicher zu verlassen.«

»Und du hast diese Idee umgesetzt.« Parkers Grinsen blendete mich. »Deshalb haben wir großes Glück, dass du beim Marsflug dabei bist.«

Arschloch.

»Ach was, ich bin nur Teil eines größeren Ganzen. Wir haben Kamilah Shamoun aus Algerien dabei, Estevan Terrazas aus Spanien und Rafael Avelino aus Brasilien ... Um nur ein paar zu nennen.«

Am liebsten hätte ich mich direkt zur Kamera gewandt und Roy angesprochen, der vielleicht irgendwo aus einem Gefängnis zusah: *Siehst du, wir sind nicht alle weiß! Wir arbeiten alle zusammen.* Stattdessen sagte ich: »Es ist fast so etwas wie eine fliegende Weltausstellung da oben!«

Damit erntete ich Lacher aus dem Publikum. Juhu, ein Gummipunkt für mich. Parker lachte mit ihnen und lehnte sich in Jack Paars Richtung. »Und natürlich haben wir alle mehr als eine Expertise.«

Jack Paar hob die Augenbrauen. »Ach, und was sind Ihre?«

»Ich bin Mission Commander – und dazu Pilot und Linguist.« Parker wies mit dem Daumen auf mich. »Dr. York ist

Physikerin, Rechnerin und Pilotin. Sie ist also ein dreifacher Segen. Wenn sie nur auch noch Schach spielen würde, dann hätten wir das Komplettpaket.«

Ich lächelte weiterhin, bekam sogar ein Lachen im Chor mit den anderen zustande. Denn es war natürlich Helen, die Schach spielte. Ich konnte es nicht.

Nachdem der Auftritt in der *The Tonight Show* beendet war, hätte ich wirklich zurück ins Hotel gehen und lernen müssen, aber wenn ich schon mal in der Nähe war, musste ich mich auch mit meinem Bruder treffen.

Als der Fahrdienst Parker und mich am Hotel absetzte, wartete Hershel schon mit Tommy auf einem der samtigen Plüschsofas in der Lobby. Mein Bruder hatte sich seit unserem letzten Treffen zu Rosch Haschana nicht groß verändert, aber Tommy schien mir einen Kopf größer zu sein. Vermutlich lag das am Sprung zwischen sechzehn und siebzehn. Sein Gesicht besaß noch ein wenig von der kindlichen Weichheit, aber sein Kiefer näherte sich der Kinnpartie meines Vaters an.

Mein Neffe sprang mit einem Strahlen im Gesicht auf. Er hatte den Raum bereits durchquert, um mich zu umarmen, während Hershel noch mit seinen Gehhilfen rang.

»Tante Elma!« Tommy schaukelte mich enthusiastisch vor und zurück. Bitte, Gott, lass niemals zu, dass mein Herzenskind seine Lebensfreude verliert.

Herzenskind. Einen Moment lang wurde mir mit blendender Klarheit bewusst, dass ich nie ein leibliches Kind haben würde, und ich drückte Tommy unnötig heftig an mich.

»Hey, Tiger!« Ich ließ ihn los und drehte mich zu Parker um, der neben mir stehen geblieben war. »Darf ich vorstellen …«

»Wow, Sie sind Stetson Parker!«

Parker schenkte ihm sein bestes geschmeicheltes Grinsen und gab ihm einen männlichen Händedruck. »Ja, der bin ich. Du musst Tommy sein.«

Das hätte mich beinahe umgeblasen. Ich hatte doch niemals meinen Neffen in seiner Gegenwart ... Doch, hatte ich! Bei der Todessimulation! Alle Teilnehmenden hatten festgelegt, was geschehen sollte, falls wir bei der Mondmission starben. Wir hatten alle detailreich geschildert, wer in welcher Reihenfolge benachrichtigt werden sollte, daher wusste Parker von Tommy, so wie ich von seinen Zwillingen Elmer und Watson wusste.

»Ja, Sir, das ist richtig!« Tommy schüttelte immer noch Parkers Hand, aber er schien um drei Kleidergrößen zu wachsen beim Gedanken, dass ich von ihm erzählt hatte.

Hershel schwang sich mit dem leisen Klacken seiner Beinschienen heran. »Tommy, Colonel Parker hat bestimmt noch etwas anderes zu erledigen.«

»Das stimmt leider.« Parker zog die Hand zurück und setzte ein sehr überzeugendes, aber falsches reumütiges Lächeln auf. »Und du willst sicher Zeit mit deiner Tante verbringen.«

Durch mein Leben an der Seite eines Bruders, der Polio überlebt hat, fallen mir gewisse Dinge auf: Parker beachtete weder Hershels Gehstützen noch seine Beinschienen. Die meisten Leute tun das und verziehen dann mitfühlend das Gesicht. Parker – das musste ich ihm lassen – schenkte Hershel einen Hauch von Normalität.

Mit einem Augenzwinkern zu Tommy wanderte Parker mit einem Gang wie ein großer amerikanischer Held davon. Er rief uns noch über die Schulter zu: »Haltet sie nicht zu lange wach! Sie muss noch Hausaufgaben machen, morgen ist Schule!«

Blödmann. Er hatte recht, aber es war unnötig. Ich wandte

mich Tommy und Hershel zu. »Sollen wir ins Restaurant gehen? Ich bin ausgehungert.« Und ich konnte einen Drink brauchen. Zum Glück hatte das Restaurant Hollywood-Öffnungszeiten.

»Das klingt gut.« Hershel schwang sich neben mir her zur Kellnerin, die am Rand der Lobby auf Gäste wartete. »Tante Esther lässt ganz lieb grüßen. Und Doris auch.«

»Mom konnte nicht kommen, weil Rachel Hausarrest hat.« Tommy schüttelte den Kopf, als wäre er ein Erwachsener. »Sie hat geraucht.«

»Was?!« Meine dreizehnjährige Nichte hatte geraucht?

»Tommy«, brummte Hershel mit über der Brille gerunzelter Stirn. »Das geht niemanden etwas an.«

»Das ist doch nur Tante Elma!«

Hershel räusperte sich. »Ich bin mir nicht sicher, ob deine Schwester das auch so sehen würde.«

Während wir an unseren Platz geführt wurden, musste die Liste der Fragen, die ich stellen wollte, leider noch warten. Ich konnte mir meine Nichte nicht mit einer Zigarette vorstellen. Sie war dreizehn! Nein, vierzehn. Trotzdem. Meine Güte ... Sie würde fünfzehn sein, wenn ich zum Mars flog, und achtzehn, wenn ich wieder nach Hause kam. Tommy würde auf dem College sein.

»Elma ...« Hershel legte mir eine Hand auf den Arm. »Stimmt was nicht?«

»Hm?« Ich blinzelte mich wieder ins Hier und Jetzt zurück. Meine Augen brannten. »Es war nur ein langer Tag.«

Er warf meinem Neffen einen Blick zu. Ich war mir nicht sicher, ob ich erleichtert über Tommys Anwesenheit sein sollte, weil Hershel mir dann keine bohrenden Fragen stellen konnte, oder enttäuscht, weil ich nicht offen mit meinem Bruder reden konnte. Aber was hätte ich ihm auch sagen sollen? Nathaniel und ich würden keine Kinder bekommen, und ich bezweifelte, dass diese Entscheidung irgendwen überraschte. Am allerwenigsten meinen Bruder.

Hershel kramte in seiner Hosentasche. »Sieht so aus, als hätten sie hier eine Jukebox! Tommy, warum suchst du uns nicht Musik aus?«

Flink wie ein Hase schnappte sich mein Neffe die Münzen und huschte aus der Nische. Hershel wandte sich mir sofort zu. »Und?«

Ich seufzte und schüttelte den Kopf. »Du kennst mich zu gut.«

»Und ich weiß, dass du nur Zeit schindest. Er kommt gleich wieder zurück.«

»Mir ist nur bewusst geworden, wie alt sie sein werden, wenn ich zurückkomme.« Ich zuckte mit den Achseln und drehte mein Wasserglas auf dem Tisch. »Anscheinend wollte ich das nicht so genau ausrechnen.«

»Das ist das erste Mal, dass ich dich so etwas sagen höre.«

Ich streckte ihm die Zunge heraus. Ganz die Erwachsene. »Es ist schon schwer genug, dass sie so schnell groß werden, ohne dass ich drei Jahre verpasse. Und was ist denn jetzt mit Rachel?«

Er sah über die Schulter zu Tommy, der sich offenbar jeden Song auf der Jukebox durchlas. »Er kennt nicht die ganze Wahrheit. Sie hat Gras geraucht.«

»Und das hast du mir nicht erzählt?«

»Es ist erst gestern passiert.« Er nahm die Brille ab und rieb sich den Nasenrücken. »Es gibt da diesen Jungen, und ich hab ihn noch nicht umgebracht.«

»Das könnte ich übernehmen!«

Er kicherte. »Dann müsstest du schneller sein als Doris! Na ja, egal. Er ist schon in der Oberstufe und sieht offenbar sehr gut aus, und er hat ein Auto. Hat ihr gesagt, er kann sie nach der Bandprobe nach Hause fahren.«

Mir wurde kalt. »Aber sie hat doch nicht … Ich meine …«

»Nein. Nur deshalb ist er noch am Leben.« Die Musik setzte ein, und Hershel sah über die Schulter. »Das war's. Aber geh einfach davon aus, dass Rachel die ganze Zeit, in der du weg bist, Hausarrest hat.«

Ich nickte und schluckte meine Übelkeit herunter, als Tommy im Takt der Musik zu uns herüberhüpfte. Er hatte »Sixty-Minute Man« ausgesucht. Ich hasse dieses Lied.

SIEBEN

Erhebliche Ausgaben für die Raumfahrt

Clemons eröffnet den Kampf ums Budget; haben Steuererleichterungen Priorität vor der Raumfahrt?

Von *JOHN W. FINNEY*

EXTRABLATT DER THE NATIONAL TIMES

KANSAS CITY, KS, 4. Dezember 1961 – Die International Aerospace Coalition hat heute den Kampf gegen einen skeptischen Kongress eröffnet und um einen Beitrag von 5,7 Milliarden Dollar für das Raumfahrtprojekt der Vereinten Nationen gebeten. Zudem warnten sie, dass merkliche Kürzungen die geplante bemannte Marsexpedition gefährden würden.

Es gibt an Widerstand grenzende Unstimmigkeiten bezüglich der Budgeterhöhung der Agency. Zahlreiche Kongressmitglieder sind der Ansicht, die Vereinigten Staaten würden einen unverhältnismäßig hohen Anteil an den Kosten des Raumfahrtprogramms tragen. Diese Skepsis beruht auf mehreren Faktoren derart irdischer Wünsche wie Steuererleichterungen bis hin zu Bedenken hinsichtlich nationaler Ziele im All.

Anscheinend war es zu viel verlangt, mich ganz und gar aufs Training konzentrieren zu können. Stattdessen hatte ich mir in den vergangenen drei Monaten eine leichte Kost aus schweren IAC-Aktenordnern auf den Flugreisen zwischen dem Training und der Pressetour einverleiben müssen.

Ich saß gerade mit dem Rest des Teams in einer Geologie-Stunde, vor mir einen Kasten mit nummerierten Steinen. Wir würden Mission Control nicht einfach durchgeben können, dass wir auf dem Mars rote Krümel gefunden hatten, sondern mussten bestimmen können, dass es sich um eine hypidiomorphe, granular porphyristische Textur mit mittelgroßen roten Einsprenglingen handelte.

Leonard war ganz in seinem Element. Grinsend ging er den Kasten mit den Mineralen durch, den der Dozent ihm gegeben hatte. Er beugte sich zu mir und wog einen roten Stein in der Hand. »Läuft's gut?«

»Geht so.« Ich verzog das Gesicht über dem Auswertungsbogen, den ich ausfüllen sollte. Für diesen Flug mussten wir in jeder Hinsicht viel auswendig lernen.

»Also …« Er zeigte auf eine Linie aus tieferem Rot in dem Stein, den ich anstarrte. »Das hier ist Pyroxen, den wir vielleicht sehen, wenn wir …«

Ein rasches Klopfen an der Tür unterbrach ihn. Betty steckte den Kopf herein. »Hallo! Entschuldigt die Störung, aber ich muss mir Elma mal ganz schnell ausleihen.«

»Na, immerhin kann irgendwer sie brauchen«, murmelte Florence ihrem Notizblock zu.

Ich seufzte und umklammerte den Stein. »Kann das nicht warten?«

»Leider nein, die BBC verlangt nach dir … Es dauert nicht lange, ich versprech's!« Sie beugte sich weiter in den Raum hinein und machte Parker auf sich aufmerksam. »Du kannst ihr doch später Nachhilfe geben, oder?«

Er zuckte mit den Schultern. Ich war mir nicht sicher, ob das eine Zusage war oder ein Ausdruck von Gleichgültigkeit.

»Wollen sie nicht mal jemand anders? Warum immer ich? Leonard … Du kennst dich doch mit dem Zeug schon aus.«

»Sie wollen Fotos mit dir und Nathaniel.« Betty schrumpfte vor Unbehagen in sich zusammen. »Tut mir echt leid. Aber wir wollen den Ehepaar-Faktor ausnutzen.«

Florence beugte sich zu Leonard hinüber. Vermutlich dachte sie, dass sie für mich zu leise sprach, aber ich hörte sie dennoch. »Wenigstens kann sie uns diesmal nicht als Schild missbrauchen …«

Ich ließ den Stein sinken. »Was soll das heißen?«

Sie schürzte die Lippen und sah mich mit ihren haselnussbraunen Augen über der langen Adelsnase hinweg an. Ihr dunkles Haar war geglättet und rahmte ihre missbilligende Miene als ordentlicher Bob ein. »Sollen wir diese Unterhaltung wirklich jetzt führen?«

»Jetzt oder auf der Marsmission, also besser jetzt.« *2, 3, 5, 7, 11 …*

»Alles klar … Eine ›Weltausstellung im All‹? Ach bitte. Es gibt genau sechs Schwarze Astronauten im ganzen Programm!«

»Ja. Und ich versuche, das zu betonen. Die IAC war früher sehr diskriminierend, und ich habe hart dafür gearbeitet, dass …«

»Du hast hart gearbeitet.« Sie schnaubte und sah Leonard an. »Und ich nicht? Leonard und Ida und Imogene und Eugene und Myrtle nicht? Helen hat nicht hart gearbeitet?«

»Natürlich habt ihr das alle!« *… 13, 17, 23 …* Ich atmete langsam ein und versuchte zu ignorieren, dass uns alle anstarrten. »Deshalb versuche ich ja, darüber zu reden, dass ihr hier seid, damit ihr nicht wieder in den Hintergrund geschoben werdet. Ich versuche doch zu helfen!«

»Hm. Weißt du, was helfen würde? Wenn du lernst, deinen verdammten Job zu machen.« Sie wandte sich wieder den Steinen auf ihrem Tisch zu. »Aber jetzt husch, lauf. Du willst doch die Fotografen nicht warten lassen.«

Mir lagen ein halbes Dutzend Antworten auf der Zunge, aber ich schluckte sie herunter und schob den Stuhl zurück.

Die Sache ist die: Man muss die Leute, mit denen man gut zusammenarbeitet, nicht mögen. Tatsächlich ist es in mancherlei Hinsicht effizienter, nicht mit einer Person zusammenzuarbeiten, deren Gegenwart man genießt, weil dann beide Seiten ein gesteigertes Interesse daran haben, Aufgaben so schnell wie möglich fertigzustellen, um den Kontakt kurz zu halten. Mit einem Freund scherzt und trödelt man herum.

Demzufolge hätte ich mit dem halben Marsteam effektiv zusammenarbeiten können. Na gut, ich übertreibe, aber es fühlte sich einfach an, als wären alle wütend auf mich. Und ich konnte ihnen nicht mal einen Vorwurf machen. Es war schlimm genug, dass ich später dazugekommen war und eine ganze Menge aufholen musste, aber dass ich auch noch für den ganzen Werbezirkus ausgenutzt wurde … So etwas sollte eine Astronautin, der man eine Mission zugewiesen hatte, einfach nicht tun. Es bedeutete, dass alle anderen für mich einspringen mussten. Mehr, als sie es ohnehin schon taten.

Als wir den Flur hinabgingen, sah Betty mich an. »Alles okay?«

»Klar!«, zirpte ich.

»Ich hab versucht, es zu verschieben. Wirklich.«

»Ich weiß. Es ist nur … Ich hab eh schon Schwierigkeiten aufzuholen.«

Betty nickte mitfühlend. »Ob du es glaubst oder nicht: Ich lehne die meisten Interviewanfragen ab. Es ist nur so …«

»Ich weiß. Das ist der Grund, weshalb ich im Team bin.«

Sie führte mich in den Raum, den das PR-Team als Garderobe zweckentfremdete. Mit einem Seufzen setzte ich mich vor den Spiegel und ließ zu, dass andere sich mit meinem Make-up und meiner Frisur beschäftigten, während ich mich in den Ordner vertiefte, ohne dabei die Steine vor mir zu haben.

Auf dem Mars mussten wir wissen, wo es Sinn ergab, nach Wasser zu suchen. Rippelmarken mit deutlicher Feinschichtung oder girlandenförmiger Kreuzschichtung würden uns dabei helfen.

Ich rieb mir die Stirn, doch die Frau, die mich schminkte, zog meine Hand sanft zurück. »Nicht verwischen.«

»Ach ja.« Meine Prioritäten waren komplett durcheinander. Im Spiegel sah ich so aus, als ginge ich im Fliegeranzug zu einer Festgesellschaft. Mein Haar lag in perfekten, weichen Wellen, die einen normalen Arbeitstag niemals überlebt hätten. In Simulationen und auf dem Mond band ich es mir meistens mit einem Tuch zusammen, aber Akkuratesse war nicht das Bild, das die Öffentlichkeit erwartete.

Die Frau, die mein Make-up aufgetragen hatte, entließ mich, und ich folgte Betty brav den Gang hinunter in den Ingenieursflügel. Obwohl ich furchtbar genervt war, fühlte ich mich leichter, als ich in Nathaniels Büro trat.

Jemand hatte es aufgeräumt. Eine Orchidee stand auf dem Tisch, und eine Lampe wärmte die Ecke mit dem Zeichentisch. Er hatte sich nicht umziehen müssen und trug sein Tweedjackett und eine schlichte blaue Krawatte, die …

Moment – die Krawatte erkannte ich nicht, aber sie passte gut zu seinen Augen. Diese blitzten auf, als er mich sah. »Hallo, Dr. York!«

»Guten Morgen, Dr. York!« Ich unterdrückte den Drang, ihn auf die Wange zu küssen, weniger wegen des Fotografen und des Reporters, sondern vielmehr, weil ich keinen riesigen roten Fleck in seinem Gesicht hinterlassen wollte.

Der Reporter war ein weißer Mann Mitte fünfzig, der den Notizblock beim Schreiben auf dem Schmerbauch abgelegt hatte. »Ich versuche, das hier möglichst kurz zu halten … Jerry – wie willst du sie denn?«

»Ganz natürlich. Wie arbeiten Sie denn normalerweise zusammen?«

Gar nicht. Nicht im Moment zumindest. Ich sah Nathaniel an und zuckte mit den Schultern. »Woran arbeitest du gerade?«

»Ähm …« Er ging um den Schreibtisch herum und setzte sich hin. Die Schublade quietschte, als er sie aufzog. »Ich habe mir gerade die Flugpläne für die Versorgungsschiffe zum Mars angesehen.«

Als er den Ordner auf den Tisch legte, stellte ich mich hinter ihn. Ich beugte mich über seine Schulter und fühlte mich beim Anblick der Gleichungen erneut überfordert. Ich legte ihm eine Hand auf den Rücken und runzelte die Stirn, während ich herauszufinden versuchte, worauf sich »AMz zum Quadrat« bezog.

Es blitzte.

»Machen Sie ein fröhliches Gesicht.« Jerry, der Fotograf, kam näher. Hinter der Kamera fiel ihm das glatte schwarze Haar ins Gesicht.

Ich lächelte. Dieses verdammte Standardlächeln. Alles ist ganz toll, und ich liebe das All. Sie etwa nicht?

Blitzlicht. Ich konnte die Zahlen auf der Seite gar nicht sehen, weil lila Flecken in meinem Sichtfeld tanzten. Blitzlicht. 2, 3, 5, 7 …

»Dr. York – Elma. Darf ich Sie Elma nennen?« Der Fotograf wartete nicht auf eine Antwort, er trat einfach noch näher und tätschelte die Schreibtischkante. »Können Sie sich hier auf den Schreibtisch setzen? Ich liebe Ihr Outfit, und ich kann es hinter Ihrem Mann kaum sehen. Nathaniel, richtig? Großartig, genau hier. Gut. Perfekt.«

Ich setzte mich auf den Tisch, wodurch ich kaum noch auf die Gleichungen blicken konnte, aber ich musste mich nicht mehr verrenken als in einer der frühen Raumkapseln.

»Können Sie auch irgendetwas Wissenschaftliches tun?« Der Reporter trat vor und tippte mit dem Stift auf seinen Block. »Das da könnte ja auch Ihre Steuererklärung sein.«

Nathaniel blickte auf die Gleichungen, die wissenschaftlicher kaum sein konnten, und rieb sich den Nacken. »Ähm …

Ich hab alle Modelle zum Windtunneltest geschickt. Blaupausen vielleicht?«

»Was ist denn hiermit?« Betty zog eine Lochkarte aus einer Box an der Schreibtischkante.

»Nicht!« Nathaniel nahm sie ihr aus der Hand. »Bitte verändern Sie nicht die Reihenfolge.«

Die Augen des Reporters wurden beim Anblick der Karte runder, als hätte Nathaniel gar nichts gesagt. »Oooh! Das ist ja perfekt! Besser als ein Modell, so was könnte ja jedes Kind bauen. Aber einen elektronischen Computer programmieren? Das ist wirkliche Wissenschaft!«

Jerry fokussierte die Kamera auf uns. »Warum zeigen Sie das nicht Ihrer Frau, Nate? Als würden Sie es ihr erklären.«

Nathaniel warf mir mit hochgezogenen Brauen einen Blick zu, als müsste ich ihm bestätigen, dass es sich dabei um eine ernst gemeinte Frage handelte. Das war jedoch nicht viel schlimmer, als mir die Nase in einer T-38 zu pudern.

Ich lehnte mich zu ihm herüber und musste mir das Lachen verkneifen. »Nur zu, mein Herz. Zeig doch mal her, was für ein wichtiges Stück Programmierkunst du hier hast.« Ich bedachte ihn mit einem Augenaufschlag.

Nathaniel hielt lachend die Karte hoch, als hätte sie für sich irgendeine Bedeutung. Sie war der winzige Bestandteil eines größeren Programms und in etwa so relevant wie ein einzelner Bolzen. Ohne ihn mochte das Raumschiff auseinanderfallen, aber er machte es nicht aus.

Die Kamera surrte und blitzte und fing mein ganz ehrliches, nicht standardisiertes Lächeln ein. Das ist das Foto, das sie später mit der Unterschrift »Die Freuden der Raumfahrt« genutzt haben.

Dabei lachten wir darüber, wie unwissenschaftlich das alles war, während im Klassenraum gerade tatsächliche Wissenschaft gepaukt wurde. Wenn sie wirklich auf mehr »Wissenschaftliches« aus waren, hätten sie dort Fotos machen sollen! Stattdessen hatten sie mich aus der Box gezogen und in etwas verwandelt, das einzeln so nützlich war wie eine Lochkarte.

Der Clou an einem Raumanzug ist, dass er für eine geringere als die Erdschwerkraft entwickelt wurde. Selbst der Pool des Neutral Buoyancy Labs änderte nichts daran, dass die Schwerkraft an mir zog. Natürlich zog sie nicht am Anzug, aber im Anzug rutschte ich jedes Mal herum, wenn ich die Ausrichtung änderte. Als Frau war ich einfach kleiner als die Männer, für die der Anzug entwickelt worden war, daher musste ich eine Polsterung um die Hüften tragen, um mich gewissermaßen darin zu verkeilen. Das sorgte dafür, dass die Luftblase, die mich im Anzug umgab, gleichverteilt blieb, sodass ich mich in der NBL-Simulation von der Horizontalen in die Vertikale bewegen konnte, ohne mit der Schwerkraft zu kämpfen. Ohne die Polsterung hätte sich die Luft hingegen wie ein riesiger Wasserball verhalten, der mir vor den Bauch geschnallt war und immer dafür sorgte, dass meine Mitte nach oben trieb, was es enorm erschwerte, sich irgendwie anders auszurichten.

Im All würde Luft im Anzug natürlich kein Problem darstellen, doch im NBL entschied sich, wer von uns das Zeug für einen Weltraumspaziergang hatte. Also würde ich mich ebenso wenig beschweren wie die anderen Frauen. Nein, Sir! Alles war fabelhaft, und wir waren so glücklich im Pool!

Ich hing schief im Wasser, die Glasfaserhülle des Anzugs schnitt mir in die Achseln. Mein Nacken brannte davon, dass ich im Helm den Kopf hochhalten musste. Meine Finger schmerzten, weil ich die steifen Handschuhe zwingen musste, sich um den Rand des Solarpanels zu schließen, dessen »Reparatur« wir übten. Der Druck in den Raumanzügen war 0,34 bar höher als der Umgebungsdruck, sodass sich jede Bewegung anfühlte, als würden wir gegen einen Wasserwerfer ankämpfen. Auch das war bei der Arbeit im Vakuum anders, aber es vermittelte uns einen Eindruck von der Anstrengung, die auf uns zukam. Ein Knick in meinem Handschuh fühlte sich an, als drückte ein Metalldraht in meinen Knöchel, so starr wurde er durch den Druck. Aber wenn mich jemand gefragt hätte, wie es mir ging, wäre ich voller Begeisterung gewesen.

Auf der anderen Seite des Panels fluchte Rafael Avelino auf Portugiesisch, als seine Handschuhe vom Schraubenschlüssel abrutschten. Die unterstützenden Taucher, die sich in einer Kapsel in der Nähe aufhielten, ließen ihn davontreiben. Ihr Job war es, für unsere Sicherheit zu sorgen, und unserer war es, Reparaturen in der Schwerelosigkeit zu erlernen. Der Schraubenschlüssel war am MWS – der »Miniwerkbank« auf der Brust des Raumanzugs – befestigt und kam nicht weit, aber ihn zurückzuholen war dennoch eine Qual.

Rafaels Flüche brummten durch die Comm, und ich grinste in meinen Helm. »Jetzt weiß ich, warum Parker Portugiesisch lernt.«

Links und leicht unter mir hielt Leonard das Panel stabil, damit Rafael den Schraubenschlüssel wieder ansetzen konnte.

»Wir brauchen alle mehr Sprachen, in denen wir schimpfen können. Ich habe nur Latein und Griechisch zu bieten, und damit kommt man nicht weit.«

»Echt? Wie sind lateinische Schimpfwörter denn so?« Rafael brachte den Schlüssel an und stemmte den Fuß wieder in die Schlaufe, die in einem WIF-Mechanorezeptor am Modell der Außenhülle angebracht war, an der wir arbeiteten. Wofür WIF steht? Ich hab nicht die geringste Ahnung. Irgendwann werden diese Akronyme einfach zum Namen. WIF war … Werkzeug-Interface-FragmichwasLeichteres.

Einer der vielen Vorteile daran, dass wir die Schiffe im All zusammenbauten, war, dass wir uns keine Gedanken über die Aerodynamik machen mussten. WIFs und Griffe bedeckten die Oberflächen des Schiffs. Rafaels Schlüssel rutschte schon wieder ab, aber diesmal verlor er ihn nicht aus der Hand. »Denn ich könnte gerade noch ein paar mehr brauchen.«

Leonard zögerte und kicherte dann. »Ehrlich gesagt … kann ich die meisten davon nicht in Anwesenheit von Damen sagen.«

»Also bitte …« Ich stemmte den Fuß gegen den Halter, als Rafael endlich den Schlüssel angesetzt bekam. »Gib uns ein bisschen verficktes Latein!«

Das brachte beide Männer zum Lachen, obwohl ich bei diesem Wort knallrot im Gesicht wurde. Zum Glück konnten sie mich durch den Helm nicht richtig sehen. Eine derartige Ausdrucksweise befand sich normalerweise nicht mal in meinem Vokabular, wenn es darum ging, lustig zu sein.

Da kam auch schon die Stimme von Jason Tsao, unserem heutigen Sim Sup – Simulationssupervisor – über Funk: »Also bitte!«

»Vae me, puto, concacavi me«, intonierte Leonard feierlich.

Rafael hob in seinem Helm den Kopf. »Ach. Das ist so nah am Portugiesischen, dass ich es tatsächlich verstehen kann. Zum größten Teil.«

»Die Herren, die Dame.« Für einen Kerl aus Chicago konnte sich Tsao manchmal wirklich zieren. »Wir haben Besuch, der zuhört.«

Wir tauschten Blicke, und Rafael verdrehte die Augen. »Welche Sprache spricht der Besuch?«

»Englisch.« Durchs Mikrofon konnten wir nur hören, dass jemand im Hintergrund redete, jedoch nicht, worüber. Die Antwort des Sim Sups war klar und deutlich zu verstehen. »Nein. Sie hochzuholen steht gar nicht zur …« Der Rest wurde abgeschnitten.

Was war denn da los? Durchs Wasser konnte ich nicht erahnen, was die beiden anderen dachten, also stand ich einfach weiter da und hielt das Panel fest. Es sah dem Sim Sup gar nicht ähnlich, das Mikro versehentlich offen zu lassen, was wiederum dafür sprach, dass es eine Art von Besuch war, die ihn ganz schön ablenkte. Darüber hinaus war mir völlig schleierhaft, wer darum bitten würde, uns die NBL-Übung abbrechen zu lassen.

Rafael zog den Bolzen fest, und wir bewegten uns wie eine Einheit weiter, um das nächste Stück des Panels hervorzuziehen. Wir machten diesen speziellen NBL-Versuch jetzt schon zum vierten Mal, und jedes Mal ging es ein wenig schneller. Natürlich war es nicht sehr wahrscheinlich, dass ich an einem Außenbordeinsatz teilnehmen würde, aber die IAC glaubte an eine gründliche Vorbereitung, und da ich ohnehin schon spät dazugekommen war, unterstützte ich dieses Ansinnen. Außerdem machte es den Job der IV-Person – der Person im Raumfahrzeug – leichter, wenn sie wusste, worum es ging. Da die Kommunikation mit großer Verzögerung erfolgen würde, konnten wir uns nicht darauf verlassen, dass die Bodenkontrolle das EV-Team bei jedem denkbaren Szenario während der Mission zu unterstützen vermochte.

»Leute – keine weiteren Panels mehr bearbeiten, bitte.« Die Stimme des Sim Sups knisterte, dann raschelte es, als würde er das Mikrofon weitergeben.

Wir schwebten unter Wasser mit dem konstanten Summen der Ventilatoren und unserem eigenen Atemgeräusch als Gesellschaft. Dann hörten wir Director Clemons' Stimme über Funk. »Wir müssen Dr. Flannery rausholen – aber Dr. York und Captain Avelino bleiben unten und räumen auf. Dr. Flannery, raus aus dem Tank, und zwar pronto.«

Leonard sog die Luft ein, als wollte er widersprechen, dann schloss er den Mund so abrupt, dass ich seine Zähne aufeinanderschlagen hörte. »Jawohl, Sir. Bis gleich!«

Ich schäme mich ein bisschen, das zuzugeben, aber das

erste Gefühl, das mich überkam, war weder Neugierde noch Verdruss über die Unterbrechung des Trainings, sondern Erleichterung, weil es zur Abwechslung mal nicht an mir lag. Leonard drehte sich um und ließ sich von den Tauchern durchs Wasser zur Plattform bringen, auf der er zur Oberfläche fahren würde.

Rafael und ich trieben im Pool. Ich legte den Kopf an die Seite des Helms und schloss einen Moment lang die Augen, während die Taucher das Modell der Schiffsoberfläche rekonfigurierten, damit wir den Versuch beenden konnten. Es war so aufwendig, uns in die Anzüge zu stecken, dass es durchaus Sinn ergab, uns das Versuchsende ebenfalls üben zu lassen, während wir ohnehin hier unten waren. Ich horchte, ob Tsao uns über Funk noch irgendetwas zu Leonard sagen würde.

Als die Taucher so weit waren, nahmen wir den Versuch wieder auf, aber wir unterhielten uns so wenig wie möglich. Nachdem ich meine Erleichterung überwunden hatte, kreisten meine Gedanken nur noch um »Was zum Teufel ist hier los?«. Man hatte mich zuvor schon mal aus dem Training geholt, aber noch nie aus einem NBL-Versuch. Das bedeutete, dass alles neu gestartet werden musste, was teuer war und einen enormen Verlust von Trainingszeit bedeutete. Zur Hölle, die Anzüge waren so konfiguriert, dass es zwei Tage dauerte, auch nur ein Teammitglied auszutauschen! *Nichts* außer einem medizinischen Notfall und einer Ausrüstungsfehlfunktion unterbrach ein NBL-Training. Was hielt Clemons für so wichtig, dass es nicht warten konnte?

Und warum sagten sie uns nichts?

Uns aus dem NBL-Pool zu holen, dauerte eine halbe Ewigkeit. Als mein Helm die Wasseroberfläche durchbrach, trug der Ständer, an den ich geschnallt war, die 140 Kilo meines Anzugs. Auf der Erde ist es unmöglich, sich im kompletten Anzug selbst fortzubewegen. Allein der untere Teil fühlt sich schon an … als würde man Windeln in einem Schneeanzug aus Blei tragen. Der Roboter aus *Verschollen zwischen fremden Welten* besaß mehr Anmut als wir.

Ich hing am Ständer, während uns die Leute aus der Anzugtechnik auszogen. Immer, wenn man Antworten braucht, dauert alles doppelt so lange! Ich wartete darauf, dass meine Anzugtechnikerin die Werkzeuge, Gurte und Beingewichte entfernte. Sosehr ich sie auch hetzen wollte: Sie musste die Reihenfolge einhalten. Auf der anderen Seite des Ständers ging Rafael die langsame, vorsichtige Extraktionsprozedur durch.

Es kam mir fast so vor, als würde die Technikerin unter Wasser arbeiten, als sie das Ventil an der Seite öffnete, um den Druck im Raumanzug auszugleichen. Natürlich hätte ich etwas sagen können, doch dann hätte nicht nur sie mich gehört, sondern auch alle, die über Funk lauschten.

Meine Technikerin legte die Hände auf die Verschlüsse der Handschuhe. »Ausatmen.«

Ich atmete aus, und das letzte bisschen Deltadruck verschwand, als sie den Handschuh öffnete. Es war nicht wahrscheinlich, dass ich ohne Ausatmen Lungenschäden davongetragen hätte, aber die IAC bestand auf übertriebenen Vorsichtsmaßnahmen.

Der Anzug fiel um mich herum zusammen, als sie den Handschuh abnahm und sich *endlich* den Helm vorknöpfte. Sobald ich frei war, fragte ich: »Was ist los?«

»FBI.« Sie sah über die Schulter zum Kontrollraum. »Uns wurde gesagt, wir sollen euch ganz schnell fertig machen.«

Ich blinzelte eine Minute lang wie eine Idiotin, bevor mein Gehirn sich meinem Körper auf dieser Seite des Wasserspiegels anschloss. Wenn sie mit Leonard und mir sprechen wollten, musste es etwas mit den Protestierern zu tun haben, aber … die Entführung war doch schon sieben Monate her! Warum um alles in der Welt wollten sie denn jetzt mit uns reden?

ACHT

Idole der rassistischen Diskriminierung angeklagt

Von *FRED POWLEDGE*

KANSAS CITY, KS, 4. Januar 1962 – Ein führender Anwalt der Bürgerrechtsbewegung hat die »Musterbürger unserer Gesellschaft« angeklagt, sich des Widerstands gegen die Bundesverfassung schuldig zu machen. Der Anwalt Jack Greenberg, Ratsdirektor der NAACP Rechtsverteidigungs- und Bildungsfonds, bekundete im Jahresbericht: »Jene, die das rassistische Kastensystem aufrechterhalten, stehen im Widerspruch zur Verfassung und zu den Gerichtsurteilen mittels Gewalt, Täuschung, Alibipolitik, Verzögern von Gerichtsverfahren und solch legislativen Manövern wie der Verschleppungstaktik. Traurigerweise sind jene, die für diese Vergehen verantwortlich sind, unsere gesellschaftlichen Vorbilder: Vorstandsmitglieder und Führungspersonen im Schul- und Universitätswesen, Stabschefs, Astronauten und gewählte Volksvertreter.«

Als man mich *endlich* ins Konferenzzimmer brachte, stand einer der FBI-Agenten auf, um mich zu begrüßen. Er war beinahe schmerzhaft dürr und hatte Wangenknochen, die aussahen, als würden sie gleich durch seine papierne Haut brechen. »Dr. York. Ich bin Agent Boone. Das ist mein Kollege Agent Whitaker.«

Agent Whitaker blieb in seinem Notizbuch kritzelnd sitzen und sah kaum auf. Sein generisches, recht attraktives Weißbrotgesicht wurde von einer hässlichen roten Narbe auf der

Stirn verunstaltet, die sich knapp unter dem Haaransatz befand.

Boone warf seinem Kollegen einen Blick zu und zuckte mit den Schultern, als wäre er an dessen Unhöflichkeit gewöhnt. »Danke, dass Sie sich Zeit für uns nehmen.«

»Hatte ich denn eine Wahl?« Ich lächelte, damit es nicht zu beißend klang, doch ich war mehr als ein bisschen genervt. Nachdem ich so eilig aus der Simulation geholt worden war, hatte man mich anderthalb Stunden warten lassen. »Ehrlich gesagt war es eine Erleichterung, ein wenig da sitzen und lesen zu können.«

»Nun, wir versuchen, das hier so schnell wie möglich hinter uns zu bringen.« Er wies auf die andere Seite des Konferenztisches auf einen Stuhl ihnen gegenüber. »Bitte. Kaffee?«

»Danke, das wäre ganz wunderbar.« Ich kommentierte nicht, dass sie mir gerade Kaffee servierten, der ohnehin der IAC gehörte. »Sahne und Zucker, wenn Sie so freundlich wären.«

»Ich bin ein Süßschnabel, sagen Sie also, wenn ich übertreibe.« Er nahm seine Tasse vom Tisch und ging zur Rückwand des Raumes. »Wir haben ein paar Fragen an Sie bezüglich des Raketenabsturzes und der Männer, die Sie festhielten.«

»Natürlich … auch wenn ich nicht weiß, ob ich Ihnen noch irgendwas sagen kann, was ich nicht bereits zu Protokoll gegeben habe.«

Whitaker zog energisch eine Linie in seinem Notizbuch, sah mich aber immer noch nicht an. »Oh doch, das denke ich schon.«

»Dann bin ich gespannt, was Sie von mir erwarten.« Ich legte die Hände im Schoß leicht aneinander, wie es mich meine Mutter gelehrt hatte. Die Tatsache, dass ich eine Hose statt eines Rockes trug, hätte sie entsetzt, aber eine generell weiblich-tugendhafte Haltung zu bewahren, war immer hilfreich.

Am anderen Ende des Raumes schüttete Boone sehr großzügig Zucker in meine Kaffeetasse. »Am besten fangen wir mit einigen Parametern an.«

»Jetzt klingen Sie wie ein Raketenwissenschaftler.«

Er kicherte, und seine pergamentene Haut faltete sich um seinen Mund herum zu tiefen Furchen. »Ich wünschte, ich wäre so schlau.«

Whitaker warf seinem Partner einen raschen Blick zu. »Dann sind wir ja schon zwei.« Er schob das Notizbuch von sich. »Wie lange kennen Sie Leonard Flannery schon?«

Ich öffnete und schloss den Mund wie ein Fisch. Mit dieser Frage hatte ich nicht gerechnet. Ich hatte erwartet, sie würden alte Aussagen noch einmal durchgehen oder bei einem Detail tiefer bohren. »Ähm … seit zwei Jahren? Circa.« Ich verengte nachdenklich die Augen. In welchem Unterricht hatten wir uns kennengelernt? »Ja … Er wurde '59 rekrutiert. Glaube ich. Die Personalabteilung kann Ihnen dazu sicher mehr sagen.«

»Aber Sie haben ihn erst kennengelernt, als er der IAC beitrat?« Boone stellte die Kaffeetasse vor mir ab. Dampf stieg daraus auf.

»Richtig.« Ich ließ die Hände im Schoß und die Tasse, wo sie war. Selbstverständlich ging ich nicht davon aus, dass er etwas beigemischt hatte, aber aufgrund des Themas fühlte ich mich auf einmal verunsichert. »Warum fragen Sie?«

»Können Sie uns etwas über sein Temperament erzählen?«

»Tut mir leid, ich dachte, wir wären hier, um über den Raketenabsturz zu reden.«

Whitaker ließ seinen Stuhl zurückkippen. »Sein Temperament.«

Was. Zur. Hölle? »Sie waren doch gerade anderthalb Stunden mit ihm hier drin … Wie finden Sie ihn denn so?«

Whitaker ließ den Stuhl wieder nach vorn sinken und stützte die Ellbogen auf den Tisch. »Warum beantworten Sie unsere Frage nicht, Dr. York?«

»John.« Agent Boone zog den Stuhl neben mir zurück und setzte sich. »Entschuldigen Sie. Die Ermittlung dauert schon eine ganze Weile. Wir wissen, dass Sie diese Fragen nicht beantworten müssen, aber wir würden Ihre Hilfe wirklich zu schätzen wissen. Wie sind Sie in der Vergangenheit mit Dr. Flannery klargekommen?«

Dass er nett war, machte die Frage nicht besser. »Es lief alles reibungslos. Vor meinem Beitritt zur Marsmission sind wir einander nicht oft über den Weg gelaufen, aber ich habe nie ein unfreundliches Wort von ihm gehört. Ich habe auch nie irgendeinen Streit mitbekommen.«

Boone nippte anscheinend gelassen am Kaffee. »Keine Anzeichen für Unzufriedenheit?«

»Nein.« Ich nahm die Tasse, eher um mich daran zu wärmen, als um daraus zu trinken. Meine Hände waren kalt, und ich versengte mir am glatten Porzellan fast die Handflächen.

Boone nickte, sah Whitaker an und zuckte mit den Schultern. Was auch immer das bedeutete, es brachte Whitaker dazu, auf seinem Block einige Seiten zurückzublättern. »Flannery hat lange mit den Terroristen gesprochen. Was hat er gesagt?«

Boone lehnte sich vor und stützte eine Hand auf den Tisch. »Wir möchten eine Zeugenaussage bestätigen und werden Ihre bereits getätigte Aussage nicht antasten. Also wiederholen Sie bitte einfach, an was Sie sich erinnern.«

Ich blinzelte ihn an und war unsicher, was er von mir wollte. »Alles? Ich …« Ich schüttelte den Kopf, als könnte ich damit Erinnerungen aus den Nischen fallen lassen. »Ich erinnere mich daran, dass sie direkt nach dem Reinkommen viel miteinander geredet haben. Er versuchte, ihnen die Sache auszureden, sie davon zu überzeugen, ihren Plan nicht durchzuführen.«

»Warum ist es ihm Ihrer Meinung nach leichtgefallen, mit ihnen zu sprechen?«

Ich vermied die Antwort *Weil Roy Schwarz ist* gerade so, was vermutlich die Antwort war, die sie hören wollten. Stattdessen zuckte ich mit den Schultern. »Weil er auf der anderen Seite des Ganges saß und sie stehen geblieben waren, um mit mir zu reden? Und ich würde nicht behaupten, dass es ihm ›leichtgefallen‹ ist.«

Boone trank einen Schluck Kaffee, und ich erwartete beinahe, dass das Gebräu seine leichenblassen Wangen von innen verfärben würde. »Warum liest du Dr. York nicht einfach das Zitat vor?«

Whitaker legte nickend einen Finger auf den Block. »Haben Sie ihn sagen hören: ›Ich stimme mit euren Zielen überein und will nur helfen‹?«

»Was? Nein!« Wollten sie ihn jetzt zum Kollaborateur machen? »Das Einzige, was auch nur in die Nähe kam, war …« Aber er hatte ja tatsächlich gesagt, dass er ihre Beweggründe verstehen könne.

»Ja, Dr. York?«

»Er hat nur versucht, ihnen auszureden, dass sie mich als Geisel nehmen. Er dachte, das würde alles nur schlimmer machen. Mehr Hilfe hat er ihnen wirklich nicht angeboten – und ich habe mich ähnlich verhalten. Er war nicht … Er hat nicht mit ihnen zusammengearbeitet!«

Whitaker machte sich eine Notiz. Sein silberner Füller glänzte wie eine Rakete, als er eine Tintenspur über die Seite zog. Zu meiner Rechten nippte Boone am Kaffee und betrachtete mich über den Rand der Tasse.

»Sie glauben doch nicht wirklich, dass er etwas mit dem Absturz zu tun hatte?« Sie hatten wirklich keine Ahnung von der Funktionsweise der Rakete, wenn sie es für möglich hielten, dass er den Flug vom Passagierabteil aus beeinflussen konnte. »Er ist Geologe!«

»Warum ist das relevant?« Whitaker hob den Kopf.

»Weil er kein Pilot ist.« Ich sah von einem zum anderen im Versuch, ihnen verständlich zu machen, wie abwegig dieser Gedanke war. »Er kennt sich mit Steinen aus, findet Grundwasser, hat noch ein halbes Dutzend weiterer Spezialgebiete, aber es stand ganz sicher nicht in seiner Macht, uns notlanden zu lassen.«

»Das haben wir auch nicht behauptet.« Whitaker sah erneut auf seinen Block. »Themawechsel: Erzählen Sie uns was über den Co-Piloten Willhard Brumwell.«

Ich spie beinahe den Kaffee aus, als sich alle Puzzlestücke zusammenfügten: Brumwell war ebenfalls Schwarz. »Er ist ein guter Mann!«

»Da bin ich mir sicher.« Ein Lächeln ließ Runzeln auf Boones Pergamentwangen entstehen. »Wie lange kennen Sie ihn schon?«

Ich setzte meine Kaffeetasse vorsichtig in die Mitte des Rings aus Kondenswasser, den sie hinterlassen hatte. »Sie sagten, ich muss Ihre Fragen nicht beantworten; wenn Sie mich also entschuldigen würden, meine Herren, denn ich habe noch zu arbeiten.«

Als ich den Stuhl zurückschob, stellte Boone seine Tasse auf dem Tisch ab und ließ den Finger auf dem Rand kreisen. »Director Clemons möchte, dass Sie vollständig mit uns kooperieren.« Er blickte lächelnd auf. »Wir sind bloß auf der Suche nach Antworten. Sie verstehen bestimmt, wie wichtig es für den Kongress ist, dass wir herausfinden, was dort passiert ist, bevor diese Budgetfrage entschieden wird.«

Diese Mistkerle! Alles drehte sich immer um die Budgetfrage! So gern ich auch ihre Umlaufbahn verlassen hätte, gaben sie mir kristallklar zu verstehen, dass es in ihrer Macht stand, uns alle auf der Erde festzusetzen. Ich schob mich im Stuhl wieder an den Tisch, und mir war so mulmig zumute wie am ersten Tag zurück in der Schwerkraft. »In Ordnung. Was wollen Sie noch wissen?«

Ich weiß wirklich nicht, wie Leonard es geschafft hat, nach diesem FBI-Zwischenfall weiterzuarbeiten. Es fiel mir schwer, mich zu konzentrieren, während ich auf die nächste Hiobsbotschaft wartete, aber … es geschah nichts. Wochen zogen ins Land, und wir fuhren einfach mit dem Unterricht und den Simulationen fort.

Im Cockpitmodell der Mars-Kommandomodul-Simulation saß Parker auf dem Sitz des Captains und runzelte die Stirn. »Aha … Wir haben gerade den Kontakt zur Mission Control verloren.«

Wir stöhnten alle über das neuste Problem, das uns unser Simulationssupervisor präsentierte. Aber nicht zu laut, denn der Sim Sup saß natürlich draußen im Kontrollbereich des »White Rooms« und beobachtete unseren Test.

»Der TransMars-Schub steht kurz bevor«, sagte Terrazas vom Co-Piloten-Sitz aus.

Was bedeutete, dass ich an der Reihe war – eine NavComp war für den Fall an Bord, dass wir den Kontakt zur Mission Control verloren. »Ich berechne den Schub.«

»Roger.« Parker nickte und hielt unser Raumfahrzeug weiterhin auf Kurs.

Ich fummelte am Sextanten herum und versuchte, ihn auf die simulierten Sterne außerhalb des simulierten Fensters auszurichten. Wäre meine Unsicherheit doch ebenfalls simuliert gewesen! Diese Prozedur hätte simpel sein sollen. Finde die drei Sterne, die die IAC für diesen Flug benutzt, richte den Sextanten darauf aus, und voilà – schon weißt du, wo »oben«

ist und kannst herausfinden, wie die Rakete in Relation zum Flugplan der IAC positioniert ist. Wenn wir davon abgewichen waren, konnte ich ausrechnen, wie wir das Schiff neu ausrichten mussten.

Aber dazu …

Aber dazu musste ich die »Sterne« finden, die die IAC bei der Übermittlung der letzten Kurskorrekturen ausgewählt hatte und sie mit den Tabellen vergleichen, die die Mission Control für solche Fälle vorbereitet hatte. Also … welcher davon war Alkaid?

»Vom kleinen Wagen zum Arktur wagen und zur Spica spicken« und … okay. Gefunden, was bedeutete, dass Alkaid … wo war? Ich knirschte mit den Zähnen und versuchte, mich zu erinnern. Es ist nun mal so, dass eine Sternkarte in einem Buch ganz anders aussieht als der tatsächliche Sternenhimmel, der sich wiederum von simulierten Sternen unterschied. Wenn ich zum Sextantentraining im Adler geblieben wäre … aber das war ich nicht.

»Die Uhr tickt, York.«

Ich nickte und benannte die Sterne, die ich in dieser Region kannte, in der Hoffnung, Alkaid zu identifizieren. Gienah, Acrux, Spica, Menkent … das bedeutete, *dieser da* musste Alkaid sein! Ich richtete den Sextanten darauf aus und begann mit den Berechnungen.

Nach fünf Minuten wurde mir klar, dass die Zahlen viel zu weit von den Erwartungswerten abwichen, um richtig zu sein. Einer der Sterne, die ich ausgesucht hatte, musste falsch sein. Ich war bei Spica ziemlich sicher, aber Alkaid … Ich konnte es noch mal versuchen, aber die Uhr tickte, und wenn mir das bei der Mission passierte, wäre die Peinlichkeit noch das geringste Übel. Wahrscheinlicher war, dass ich uns aus der schmalen Flugroute herausbeförderte, dass wir den Mars verpassten und alle ums Leben kamen.

Wenn ich mir im All unsicher war, musste ich um Hilfe bitten. Seufzend hob ich den Blick von meinen Berechnungen. »Kann mir bitte jemand Alkaid zeigen?«

»Sofort.« Florence kam herüber und legte ihre Wange an meine, damit unsere Blickwinkel einander so nah wie möglich waren. Mit verengten Augen deutete sie auf einen Stern, der drei Sterne von dem entfernt war, den ich ausgewählt hatte. »Der da. Die Ecke eines rechten Winkels, siehst du?«

Das Bild aus dem Lehrbuch stand mir plötzlich klar vor Augen. »Ja. Danke.«

»Ich tue, was ich kann, damit du uns nicht umbringst.« Sie rutschte wieder auf ihren Sitz und setzte ihre Arbeit fort.

Ich wünschte, sie würde nur scherzen.

Der UN-Sicherheitsbeamte brachte mich an den Fotografen vorbei in unser Haus und sogar die Treppe hinauf bis zu unserer Wohnungstür. Ich war erschöpft, erinnerte mich aber trotzdem an die Manieren, die meine Mutter mich gelehrt hatte. »Danke. Kann ich Ihnen noch etwas zu trinken anbieten?«

»Nein, Ma'am.« Er tätschelte lächelnd die Lehne des Stuhls, den wir in unseren Flur gestellt hatten. »Ich hab ein gutes Buch dabei, und meine Ablösung kommt auch bald.«

»Gut ... Rufen Sie, wenn Sie etwas brauchen.« Mein Leben war so seltsam. Dass ein Mann im Flur saß, trat nie ganz in den Hintergrund meines Bewusstseins, selbst dann nicht, wenn ich die Tür zwischen uns geschlossen hatte.

Nathaniel saß am Küchentisch über einen Stapel Papiere gebeugt und drehte den Bleistift zwischen den Fingern. Unser Schrankbett war schon heruntergezogen, die Decken aufgeschlagen. Es nahm die Hälfte der Dachgeschosswohnung ein. Trotzdem sah alles groß aus im Vergleich zu meinem Quartier auf dem Mond.

Als ich die Tür schloss, sah Nathaniel auf. »Ich habe mich schon gefragt, ob sie dich überhaupt gehen lassen.«

»Na ja ... Ich hab uns umgebracht und dadurch die Sim beendet, ansonsten wären wir immer noch dran.« Dieser verdammte künstliche Sternenhimmel hatte mir immer wieder ein Bein gestellt. »Wir versuchen es morgen noch mal.«

Das Lächeln auf seinem Gesicht gefror einen Moment, bevor er über den Witz lachte, an dem ich mich versucht hatte. Er schob den Stuhl zurück und stand auf. »Hast du was gegessen?«

»Ja, aber nur Rationen als Teil der Simulation.« Ich kam in die Küche und legte die Mappe auf den Tisch. Woran machte ich fest, dass er etwas verbarg? An seiner leicht starren Miene? Der verzögerten Reaktion, als müsste er überlegen, was er tun oder sagen sollte? An der Art und Weise, wie er sich mit dem Rücken zu mir bewegte, während er vorgeblich nur den Kühlschrank öffnete? »Alles in Ordnung?«

Er zog die Kühlschranktür auf. »Ich hab auch noch etwas Suppe, aber ich dachte, du brauchst einen hiervon.«

Als er sich umdrehte, hielt er zwei Martinis in den Händen, wobei die Gläser von der Kälte im Kühlschrank ganz beschlagen waren, und zwinkerte mir zu. »Du kannst dich freuen, denn die Rationierungen sind nicht mehr ganz so rigide, sodass Gin endlich nicht mehr sein Gewicht in Gold wert ist!«

»Vergiss den Gin!« Ich nahm ihm das Glas aus der Hand und seufzte, weil es so schön kühl war. »Woher hast du denn die Oliven?«

»Von Gouverneur Wargin.« Er nippte am Glas, und seine Anspannung ließ ein wenig nach. »Hab sie beim Poker gewonnen.«

Ich hatte irgendwie vergessen, dass er und die Ehemänner der anderen Astronautinnen Poker spielten, während wir oben waren. »Wie geht's Reynard? Ich meine mit ...« Ich wies auf meinen Ordner, als erklärte er das ganze Thema rund um Helen, die unten blieb, und mich, die fliegen durfte.

Nathaniel zuckte mit den Schultern; eine Falte erschien zwischen seinen Brauen und verschwand sofort wieder. »Er ist froh, sie zu Hause zu haben. Es ist … Richtig, Suppe! Ich wollte dir doch gerade Abendessen machen.«

Ich nahm einen Schluck wunderbaren Martini und betrachtete Nathaniel. Mit dem Rücken zu mir holte er einen Topf aus dem Kühlschrank. Mein süßer Mann, wie er versuchte, so zu tun, als wäre alles in Ordnung. Ich senkte das Glas. »Erinnerst du dich noch daran … wie ich zur Therapeutin gegangen bin und dir nichts davon gesagt habe?«

Nathaniel hielt auf dem halben Weg zur Arbeitsplatte inne. »Ja.« Er straffte sich und stellte den Topf mit einem metallischen Klappern auf den Herd.

»Verrätst du mir jetzt, was dich beschäftigt?«

Er schaltete das Gas ein und zündete es mit einem Streichholz an. Mit einem sachten *Wuump* erwachte die blaue Flamme zum Leben und leckte am Topfboden. Nathaniel streckte sich nach einem Holzlöffel aus, der mit anderen Utensilien in einem Krug neben dem Herd stand. »Ehrlich gesagt … ehrlich gesagt würde ich es lieber nicht tun.«

»Okay.« Die Zustimmung kam mir sofort über die Lippen. Er wollte nicht darüber reden? In Ordnung. Dann redeten wir nicht darüber. Ich widmete mich dem Martini und ließ zu, dass der herbe Geruch mich auf meine Landebahn geleitete. Nachdem ich einen Schluck getrunken hatte, setzte ich mich hin und versuchte, mich auf den kalten Kräutergeschmack des Gins und das Salz der Olive zu konzentrieren, aber gottverdammt! Was beschäftigte meinen Mann?

Nathaniel stand mit vornübergebeugten Schultern am Herd und rührte die Suppe um. »Wann musst du morgen dort sein?«

»Um sieben Uhr.« Ich zog die Unterlagen, an denen er gesessen hatte, heran, um mich mit ein wenig Mathe abzulenken. *Ausweichbesetzung bei Abbruch der laufenden Mission.* »Oh!«

»Ausweichbesetzung« war IAC-Sprech für »Was sich ändert, wenn jemand stirbt«.

Ich stellte den Martini ab und stand auf. Dann ging ich zum Herd, umarmte Nathaniel von hinten und lehnte mich an seinen warmen Körper. »Ich möchte dir nur in Erinnerung rufen, dass wir die Simulationen durchführen, um die Fehler hier zu machen. Das, was uns heute umgebracht hat, ist eine Sache weniger, die uns im All passieren kann.«

»Eine weniger.« Er hörte auf zu rühren, und Dampf stieg an den Rändern der tiefroten Brühe auf. Ich spürte durch sein Hemd, wie sein Atem kurz stockte. Nathaniel ließ den Löffel los und legte seine Hände auf meine. »Entschuldige! Ich dachte ...«

Ich legte eine Wange an sein Schulterblatt und wartete.

»Ich dachte, ich hätte mich daran gewöhnt. Mich daran gewöhnt, dich ins All starten zu sehen und dabei die gigantische Liste der Dinge zu kennen, die schiefgehen können.« Seine Hand fand meinen Ehering und drehte ihn. »Aber ich weiß, was da draußen alles schiefgehen kann. Du kommst ... du kommst vielleicht nie mehr nach Hause.«

»Das war doch schon immer so.« Ich drückte ihn fester. »Hier könnte ich genauso gut von einer Straßenbahn überfahren werden.«

»Aber ich würde es wissen.« In meiner Umklammerung richtete er sich ein wenig auf und kicherte humorlos. »Menschenskind, das klingt toll ... ›Ach, Liebling, könntest du sicherstellen, dass ich die Details kenne, falls du sterben solltest? Danke!‹«

Ich schnaubte und stellte mich auf die Zehenspitzen, um seinen Nacken zu küssen. »Du Clown.« Ich zupfte an seiner Hüfte. »Komm her!«

»Wohin?« Nathaniel wischte sich mit der einen Hand übers Gesicht und schaltete mit der anderen den Herd aus.

Ich führte ihn um den Tisch herum zum Bett und ließ ihn im Glauben, ich hätte nicht bemerkt, wie rot seine Augen waren. Eigentlich hatte ich gar keine Ahnung, wie ich ihn trösten konnte. Bei so vielen Flügen war es Nathaniel nicht mehr möglich, sie alle zu betreuen, und Clemons hatte immerhin verfügt, dass er nicht mehr an meinen arbeiten durfte. Aber das schien gleichzeitig auch grausam zu sein, denn so hatte Nathaniel nicht mehr den Eindruck, dass er im Notfall in der Lage sein würde, etwas zu meinen Gunsten zu beeinflussen. Seine Ängste waren sehr real: Lebourgeois war letztes Jahr gestorben, als ein fehlerhafter Schalter die Bremsraketen während eines orbitalen Routinemanövers fehlgezündet hatte. Ich zog Nathaniel herab, bis er auf dem Bett saß, legte die Arme um ihn und hielt ihn einfach fest.

Nach einem Augenblick gab er nach, bis wir beide eng umschlungen auf dem Bett lagen. Sein Gesicht war nah an meinem, und die geröteten blauen Augen musterten mich wie eine Sternkarte. Mit einem Finger fuhr er über meine Brauen und meine Wange und hinterließ eine Spur aus Wärme. »Ich liebe dich und ...« Er hielt inne, schloss die Augen und schluckte schwer. »Und deshalb will ich nicht darüber reden, denn dich unterstützen und gleichzeitig ehrlich sein ... Ich weiß nicht, ob ich das kann.«

Mein Innerstes zog sich mit scharfem Schmerz zusammen. Ich konnte ihn nur fester an mich drücken und versuchen, nicht zu weinen, denn das Letzte, was ich wollte, war, dass er mich tröstete, während ich doch versuchte, ihn zu trösten. Nathaniels Angst hatte sich nie in der Gleichung befunden, über die wir gesprochen hatten, als es darum ging, ob ich zum Mars fliegen oder auf der Erde bleiben solle. Diese versteckte Variable brachte das Ganze aus der Balance.

»Was kann ich tun?«

Er lachte atemlos. »Nicht sterben?«

»Ich versuch's.« Ich hob eine Hand und malte Kreise auf seinen Arm. »Sonst noch was?«

Nathaniel seufzte wieder. »Das Problem, leitender Ingenieur und Astronautinnenehemann zu sein, ist, dass ich weiß, dass ihr in allen Gesundheitsberichten lügt. Ihr gebt das allerbeste Bild ab in allem, was eurer Meinung nach nicht missionskritisch ist.«

Ich zuckte zusammen. Er lag da nicht falsch. »Was ist mit ...?«

Er öffnete die Augen, und seine Pupillen waren groß und tief wie das All. »Was ist womit?«

»Okay, das ist dumm.«

»Ich sehe dich ja nicht oft in dummem Zustand, es sei denn, dabei ist Schub im Spiel.«

Ich ließ die Hand an seiner Hose herabwandern, um nachzuprüfen, ob die Startbedingungen schon erfüllt waren. Noch nicht. Was bedeutete, dass ich die Treibstoffzellen aufladen musste. »Nun ja ... Du hast die Berichte erwähnt. Was wäre, wenn ich dir einen *Privatbericht* erstatte.«

Nathaniel stützte sich auf einen Ellbogen. »Einen Privatbericht?« Dann schüttelte er den Kopf. »Das bringt nichts. Bei der Bandbreite, auf der ihr sendet, werden alle auf der Erde wissen, worum es geht.«

»Nicht, wenn wir einen Code haben.«

»Wenn die Leute einen Code sehen, werden sie versuchen, ihn zu knacken.«

»Ah ...« Ich schob mich auf die Ellbogen, um ihn zu küssen. Nun kam meine Arbeit als Rechnerin ins Spiel, kombiniert damit, wie das Fernschreibersystem bei dieser Mission funktionierte. »Aber wenn sie den Code gar nicht sehen, werden sie gar nicht erst Verdacht schöpfen. Beispielsweise, wenn er sich im Datenmüll am Anfang oder Ende jeder Übertragung verbirgt.«

Nathaniel starrte mich einen Moment lang an – oder vielmehr starrte er in meine Richtung. Aber der Linie zwischen seinen Brauen nach zu urteilen und der Art und Weise, wie seine Augen umherirrten, als folgte er einem Gedanken durch eine dunkle Gasse, war ich mir ziemlich sicher, dass er im Kopf einen Fernschreiber programmierte. Dann fokussierte er sich ruckartig wieder, lächelte und küsste mich. Sein Mund war warm und schmeckte ein wenig nach Gin.

An anderer Stelle setzten nun die Schubdüsen ein, und wir waren startbereit.

NEUN

UN thematisiert rassistische Übergriffe

KANSAS CITY, KS, 24. März 1962 – Mit Taktieren und Versprechungen versuchten Behörden der Vereinigten Staaten, die asiatischen und afrikanischen Delegierten zu beruhigen, die rassistische Missstände in der Stadt anprangern. Zwischenfälle, in die nichtweiße Diplomaten verwickelt waren, hatten zu Beschwerden der internationalen Gemeinschaft geführt. Den jüngsten Zwischenfall stellte der Angriff auf Youssouf Gueye, den ersten Sekretär der mauretanischen Delegation, vor zwei Wochen dar.

Der französischsprachige Diplomat wurde bei einem Abendspaziergang von einer Gruppe weißer Jugendlicher bedroht. Seinen Worten zufolge schrien sie ihn an, bevor er von einer Bierflasche getroffen wurde. Er zog sich Schnitte im Gesicht zu und musste im Krankenhaus behandelt werden.

Helen öffnete mir in einem mintgrünen Tageskleid und mit gequältem Lächeln die Tür. »Danke, dass du vorbeigekommen bist.«

Wir umarmten einander nicht. »Es ist schön, dich zu sehen.« Ich hatte sie natürlich auf der Arbeit gesehen, aber es war zu keiner Unterhaltung mehr gekommen, seit ich sie ersetzt hatte. Die Einladung zum Bridge-Abend war eine willkommene Abwechslung.

»Kann ich dir etwas zu trinken anbieten?« Sie führte mich den kurzen Flur hinab ins Wohnzimmer. Florence Grey saß auf dem Sofa und trank einen Whiskey Soda.

Seltsamerweise waren der Kartentisch und die Stühle noch gar nicht aufgestellt worden.

Helen ging zu einem Sideboard aus Birkenholz, wo ein Eiskübel auf einem Silbertablett schwitzte. »Martini?«

»Wenn dir das nicht zu viel Arbeit macht, wäre das toll.« Ich stellte meine Handtasche auf ein Tischchen. »Guten Abend, Florence!«

»York.« Sie nippte erneut an ihrem Drink und betrachtete mich über den Glasrand hinweg.

Das würde ja ein toller Abend werden. Es klingelte; das musste Ida sein. Dadurch bekam ich die Gelegenheit, kurz zu entfliehen. »Ich mache auf.«

Helen nickte von der Bar aus, wo sie den Vermouth abmaß und in den Krug gab. Ich zog mich in den Flur zurück und öffnete die Tür. Ida stand auf der kleinen Veranda vor dem Haus der Carmouches und hielt mir lächelnd einen Korb mit Erdbeeren hin. »Elma!« Sie umarmte mich rasch. »Wann sehen wir dich denn mal wieder auf dem 99er-Flugplatz und drehen eine Runde? Wir vermissen dich.«

»Du weißt ja, wie die Missionsvorbereitungen aussehen.« Ich lächelte betrübt und warf einen Blick Richtung Wohnzimmer. »Ich möchte aber nicht über die Mission reden … Helen, du weißt schon.«

Sie schnitt eine Grimasse. »Entschuldige, das hatte ich vergessen.« Mit einem Grinsen trat sie an mir vorbei und ging durch den Flur. »Die Damen! Ich habe Erdbeeren dabei und Törtchen!«

»Du bist eine Göttin!« Florence stand vom Sofa auf und begrüßte Ida mit einer Umarmung und einem strahlenden Lächeln.

»Erdbeeren!« Helen rührte den Martini im Kristallglaskrug um, warf Ida aber über die Schulter ein Lächeln zu. »Jetzt wünschte ich mir, wir hätten Champagner dazu!«

»Süße, wenn du uns Martinis machst, sind wir wunschlos glücklich.«

Ich stand am Rand herum, denn plötzlich war mir bewusst geworden, dass ich die einzige Weiße im Raum war. Leicht verunsichert verschränkte ich die Hände hinter dem Rücken, als könnte ich möglichst viel von meiner Haut verstecken. Nur Augenblicke später reichte mir Helen den Martini, und ich musste sie wieder nach vorn nehmen. Immerhin hatten sie jetzt etwas zu tun.

2, 3, 5, 7, 9 … Alles war gut.

»Soll ich schon mal den Kartentisch aufbauen?« Wenn wir einmal im Spiel waren, würde die Spannung ganz schnell verschwinden.

»Um ehrlich zu sein …« Helen gab noch etwas Gin in den Krug. »Ich habe euch unter Vortäuschung falscher Tatsachen eingeladen.«

Oje! Ich schluckte schwer, nippte am Martini und schluckte noch einmal. Die Unruhe in meinen Eingeweiden besänftigte das nicht.

Sie gab Vermouth nach und tauschte Blicke mit Ida und Florence. Immerhin sahen die beiden genauso verwirrt aus, wie ich mich fühlte. »Elma, du hast sicher schon davon gehört«, fuhr Helen fort.

»Noch nicht, aber red weiter.«

»Beim letzten Pokerspiel, bei dem Reynard die Jungs getroffen hat, erwähnte Governor Wargin den Raketenabsturz.« Während wir warteten, gab sie Eiswürfel dazu und rührte mit einem silbernen Löffel um. »Das FBI untersucht, ob Leonard Flannery etwas damit zu tun hat.«

Ich ließ den Martini sinken. »Dazu hat man mich befragt.«

Das Klackern der Eiswürfel im Krug wurde langsamer, als Helen innehielt und mich anstarrte. »Man?«

»Das FBI. Vor einigen Wochen haben sie Leonard und

mich aus einer Simulation im Neutral-Buoyancy-Pool geholt. Sie stellten eine Menge dummer Fragen darüber, ob er die Rakete aus dem Inneren zum Absturz gebracht haben könnte. Ich sagte ihnen, dass das unmöglich ist und dass er nichts damit zu tun haben kann.«

»Tja, offenbar gibt es eine Zeugenaussage, die das Gegenteil behauptet.« Helen klopfte mit dem Löffel auf den Rand des Krugs und legte ihn beiseite.

»Das kann doch nicht wahr sein!« Florence setzte sich auf dem Sofa auf. »Wer war das?«

Helen zuckte mit den Achseln. »Reynard hat nicht nachgefragt.«

Und Nathaniel war gar nicht erst auf die Idee gekommen, mir von dieser Unterhaltung zu erzählen. »Als sie mich befragt haben, sagten sie, jemand hätte das Gespräch wiedergegeben. Ein Zeuge. Also … jemand aus dem Schiff. Richtig?«

Ida fluchte leise und trat an die Bar. »Beeil dich lieber mit diesem Martini, denn mir gefällt die Richtung nicht, die dieses Gespräch einschlägt.«

Ich setzte mich in einen der Sessel. »Was hat Reynard noch gesagt?«

Helen konzentrierte sich darauf, die Martinis einzuschenken, und schnitt eine Grimasse. »Offenbar ist Governor Wargin besorgt, der Kongress könnte Leonard aus dem Programm werfen, wenn das mit dem FBI rauskommt.« Sie stellte den Krug ab und wandte sich uns zu. »Und Florence.«

»Was?!« Wir sagten es alle zur gleichen Zeit und ergänzten es um individuelle Schimpfwörter. Florence verschüttete etwas von ihrem Whiskey Soda.

Während sie die Flecken mit einer Cocktailserviette aufwischte, knurrte sie: »Aus welchem Grund?«

»Ihr seid beide Mitglied der NAACP, genau wie die Männer, die die Rakete besetzt haben.« Helen schüttelte den Kopf und trat zu uns.

Ida folgte ihr. »Das bin ich aber auch, genau wie die meisten Schwarzen Astronauten!«

»Sie haben mich auch nach dem Piloten gefragt.« Ich stellte meinen Martini auf das Tischchen neben meine Tasche. »In Ordnung, lasst uns das Problem angehen.«

Ida nahm einen gesunden Schluck und sprach die Frage aus, die Astronautinnen immer stellen, wenn im All irgendwas schiefläuft. »Okay, was bringt uns als Nächstes um?«

»Ich bring irgendwen um, so viel ist sicher.« Florence lehnte sich auf der Couch zurück. »Aber ich wette, mein Mundwerk ist eins der Probleme.«

»Die öffentliche Meinung.« Helen setzte sich auf die Couch neben Florence. »Die bringt uns um.«

Sie hatte schon Helens Platz bei der Marsmission auf dem Gewissen. Ich griff nach meiner Tasche und nahm meinen Block heraus. »Richtig, die öffentliche Meinung. Was noch?«

»Lügen.« Florence schüttelte den Kopf. »Wir müssen herausfinden, wer Lügen über Leonard verbreitet.«

Ich schrieb eifrig mit, und wir erstellten eine Liste der Dinge, die schiefgehen konnten. Als Helen uns weitere Martinis mixte, fielen uns allmählich sogar Lösungen ein.

Ich kam erst nach Mitternacht nach Hause, aber Nathaniel war noch auf. Oder eher noch wach – er las. Er saß gegen alle Kissen gestützt und mit einer Decke über den Beinen auf dem Schrankbett. Das hellblonde Haar auf seiner Brust fing den Bernsteinglanz der Nachttischlampe wie eine Wolke bei Sonnenuntergang ein. Er blickte auf und lächelte.

»Ich bin sauer auf dich.« Da sprach der dritte Martini aus mir, aber ich stellte die Handtasche auf den Küchentisch, streifte mir die Schuhe ab und stand in Strümpfen auf dem neuen Teppich. Er war wirklich wunderbar weich. Aber das flauschige orientalische Wunderwerk minderte meinen Ärger nicht. »Oder eher verärgert.«

Er setzte sich auf und legte das Buch beiseite. »Warum?«

»Weil du mir nichts vom FBI und Leonard und Florence gesagt hast.«

»Oh.« Er schlug die Decke zur Seite, und ich stellte fest, dass er keine Schlafanzughose trug. Das war interessant, würde mich jedoch nicht vom Thema ablenken. Nathaniel stand in voller nackter Pracht auf. »Hat Helen dich deshalb eingeladen?«

»Wir reden jetzt darüber, warum du mir nichts davon gesagt hast.«

Nathaniel seufzte und zuckte mit den Achseln. »Wann denn?«

»Wann denn was?«

»Wann hätte ich es dir denn sagen sollen?« Er fuhr sich mit der Hand durchs Haar, sodass es hochstand, als verlöre die Schwerkraft in seiner Umlaufbahn an Wirkung. »Du kommst spät nach Hause. Du gehst, bevor ich aufwache. Auf der Arbeit?«

»Ich bin *nicht* gegangen, bevor du heute Morgen aufgewacht bist. Wir waren zusammen in der Synagoge. Und Mittag essen! Wir haben den größten Teil des Tages zusammen verbracht, bevor ich zu Helen gegangen bin.«

»Ja. Vergib mir, dass ich einen Tag mit meiner Frau verbringen wollte, statt über die Arbeit zu reden.«

Ich fuhr ein wenig zurück. »Wir haben aber doch immer über die Arbeit geredet!«

Nathaniel seufzte erneut und bedeckte das Gesicht mit den Händen. »Ich weiß.« Als er sie wieder herabnahm, ließ er die Schultern hängen. »In Wirklichkeit hab ich es einfach vergessen, als wir endlich Wochenende hatten.«

»Du hast es vergessen. Du hast vergessen, dass es eine FBI-Untersuchung über zwei meiner Teamkameraden gibt?«

»Ja.« Er beugte sich vor und schnappte sich den Bademantel von der Lehne des Wohnzimmersessels. »Ob du es glaubst oder nicht, ich habe auch noch anderes im Kopf als eine Unterhaltung beim Pokern.«

»Es ist nicht nur …«

»Ich weiß! Ich hab es nicht ignoriert. Ich hab Clemons davon erzählt. Okay?« Er zog den Bademantel an und den Gürtel so fest, dass es wehtun musste. »Du hast dich schon genug wegen Helen aufgeregt, und ich fand, du brauchst nicht noch einen Grund, um dich schuldig zu fühlen.«

Mir blieb der Mund offen stehen. »Schuldig? Das mit Leonard und Florence ist doch nicht meine Schuld. Warum sollte ich mich schuldig fühlen?«

»Du bist Jüdin. Und Südstaatlerin. Du fühlst dich doch schon schuldig, weil du am Leben bist.«

Ich schnaubte. »Okay, okay. Den einen Punkt gewähre ich dir. Diesen *einen* Punkt.«

Nathaniel ließ sich in den Sessel fallen und stürzte einen Ellbogen auf die Armlehne. »Na, Gott sei Dank.« Er sah zu mir auf und legte den Kopf schief. »Schau mal, Elma, du kannst daran rein gar nichts ändern, also …«

»Ha!«

Er setzte sich abrupt auf. »Was hast du vor?«

Ich zog mit dem Zeh einen Kreis im Teppich. Es war ein wirklich wunderbarer Teppich. Und ich hätte vielleicht nach dem zweiten Martini aufhören sollen. »Vielleicht sollte ich auch mal ein paar Geheimnisse haben.«

»Es war kein … Ach, weißt du was? Super.« Er fuhr mit beiden Händen durch die Luft. »Wer hat beim Bridge gewonnen?«

»Wir haben nicht gespielt.«

Nathaniel starrte mich an. Ich hatte diesen Blick nicht mehr bei ihm gesehen, seit es ein Ingenieur versäumt hatte, den Strömungswiderstandskoeffizienten in einen Entwurf einzukalkulieren. Nur ein einziges Mal war ich mit diesem ausdrucksarmen, leicht bedrückten Blick bedacht worden, und zwar, als ich sein bestes Hemd in der Wäsche rosa verfärbt hatte. (Ja, ich hätte es in die Reinigung bringen sollen, aber als wir frisch verheiratet waren, wollte ich an allen Ecken und Enden sparen.) Der Blick war nicht ganz so gut wie der meiner Mama, aber verdammt nah dran.

Ich räusperte mich. »Willst du es wirklich wissen, oder fragst du nur, damit du mir die Idee dann ausreden kannst?«

Er blinzelte drei- oder viermal. »Was …«

Dann schüttelte er den Kopf, stand auf und tigerte durch den Raum, bis er hinter dem Sessel, in dem er gesessen hatte, zum Stehen kam. Er stützte sich mit beiden Händen schwer auf die Lehne. »Wann habe ich dir jemals – *jemals* – im Weg gestanden?«

Hitze entlud sich in mein Gesicht, als stünde ich neben einer startenden Rakete. So etwas hatte er nie getan. Nicht einmal, als ich entschieden hatte, ihn für drei Jahre zu verlassen, um zum Mars zu fliegen. »Es tut mir leid.«

»Worüber streiten wir eigentlich?«

»Ich …« Ich setzte mich hin. Auf das Tischchen vor dem Sofa, aber das war mir völlig egal. »Ich weiß es nicht. Ich hätte mir einfach gewünscht, dass du es mir sagst.«

Draußen klapperte eine der nächtlichen Straßenbahnen über die Gleise. Ich starrte auf meine Hände und verschränkte sie so fest, dass die Knöchel weiß anliefen. Ich hätte diesen dritten Martini nicht trinken sollen.

»Es tut mir leid, dass ich das nicht getan habe.«

Mir war nicht klar, ob er sich entschuldigte oder ob er bedauerte, etwas getan zu haben, was einen Streit ausgelöst hatte. Aber dem nachzugehen, schien mir nicht ratsam zu sein.

Ich seufzte und versuchte, damit ein wenig Anspannung herauszulassen. »Du hast recht. Ich verbringe nicht genug Zeit mit dir.«

»Ich kenne den Zeitplan.« Stoff raschelte, als er hinter dem Stuhl die Position wechselte. »Und weiß, wie viel du aufholen musst.«

»Was hat Clemons gesagt?«

»Dass es nicht infrage kommt, Leonard zu ersetzen. Er hat wortwörtlich das einzige Buch über die marsianische Geologie und möglichen Landeplätze geschrieben.«

»Aber Florence nicht.«

Er trat wieder von einem Fuß auf den anderen. Diesmal brach keine Straßenbahn die Stille.

Meine Zehen bohrten sich in das komplizierte Muster des Teppichs. »Sie war doch nicht mal an Bord der Rakete.«

»Sie spricht die Ungleichbehandlungen innerhalb der IAC immer sehr unverblümt an.« Nathaniel räusperte sich. »Und es hat Beschwerden gegeben.«

Ich hob den Kopf. Wir kamen nicht miteinander klar, aber das hatte ich nie jemand anderem als Nathaniel erzählt. »Du hast doch nicht …«

Er sah finster drein. »Mit wem, denkst du, bist du verheiratet?«

»Entschuldige!«

Er legte den Kopf in den Nacken, sah an die Decke und sog langsam die Luft ein. Beim Ausatmen schürzte er die Lippen, genau wie Clemons, wenn er Rauchringe blies. »Elma. Ich teile unsere privaten Unterhaltungen mit niemandem.«

»Du hast mit dem Arzt darüber gesprochen.«

»Nein.« Sein Blick heftete sich abermals auf mich. »Das hab ich verdammt noch mal gewollt, habe es aber nicht getan. Erinnerst du dich an die Gelübde, die wir abgelegt haben? Ich habe dem Arzt von deinen körperlichen Symptomen erzählt, mehr nicht. Dass du und Florence nicht miteinander klarkommt? Also bitte!«

»Tut mir leid.« Die ganze Last all dieser Probleme drückte mich nieder, bis mein Kopf auf den Oberschenkeln ruhte. Ich schlang die Arme um die Knie. »Es tut mir leid.«

Außerhalb der Umgrenzung meiner Arme hörte ich Nathaniels Füße auf dem Teppich. Einen Moment später erzeugte seine Hand auf meinem Rücken ein Mascon. Er küsste meinen Scheitel. »Warum bist du böse auf mich?«

Weil ich es konnte. Ich knirschte bei dem Gedanken mit den Zähnen, aber es war schon geschehen. »Weil ... weil ...« *... du hier bist.* »Weil ich mich hilflos fühle.«

Sein Seufzer bewegte die Haare in meinem Nacken. »Ich mich auch.«

»Es tut mir leid.«

»Das hast du schon gesagt.«

Ein Kichern kam mir über die Lippen und half mir, mich aufzusetzen. Ich musste mir über die Augen wischen, aber immerhin lief mir kein Rotz übers Gesicht. »So ist es nun mal. Ich hätte es nicht an dir auslassen sollen.«

»Und ich hätte mir die Zeit nehmen müssen, es dir zu sagen.« Er verzog das Gesicht und sah beiseite. »Ich hab vergessen, wie viel dir diese Dinge bedeuten, was dumm ist – also, nicht dass sie dir etwas ausmachen, sondern dass ich es vergessen habe.«

Ich konnte ihm beinahe folgen. »Welche Dinge?«

»Ungerechtigkeit.« Er setzte sich mit gekreuzten Beinen auf den Teppich und sah zu mir auf. »Also, was habt ihr euch überlegt? Was können wir tun?«

Habe ich schon erwähnt, was für ein Glück ich mit diesem Mann habe? Der Bademantel stand offen und gab den Großteil seiner Brust und seine Waden frei. Ich streckte eine Hand nach seiner Wange aus. »Ich habe eine Idee. Aber – oh!« Mir fiel wieder ein, warum ich sauer war.

Nathaniel hob fragend die Augenbrauen.

»Ich weiß, was mich so wütend macht …« Meine Therapeutin wäre stolz auf mich: Ich hatte es raus, sogar nach dem dritten Martini. »Mich macht sauer, dass ich mich schuldig fühle wegen dem, um das ich dich bitten möchte.«

Er verengte die Augen, verkniff sich jedoch eine Bemerkung und ließ mich weitersprechen.

»Die IAC befindet sich auf amerikanischem Boden.« Ich schluckte schwer. »Aber die *Lunetta* nicht.«

Er starrte mich einen Moment lang an, daher bemerkte ich, wann seine Gedankentrajektorie wieder meinen scheinbaren Gedankensprung kreuzte, denn das Blut wich ihm aus den Wangen. »Verdammt! Ihr alle?«

Ich nickte. Helen hatte es schon herausgehabt, bevor wir angekommen waren. Die einzige Möglichkeit, Florence und Leonard vor diesen endlosen Befragungen durch das FBI und den Kongress zu schützen, bestand darin, sie vor der Jurisdiktion in Sicherheit zu bringen. Wir würden in sechs Monaten starten, daher konnte Clemons es zu einer Budgetangelegenheit erklären, dass wir kein Teammitglied ersetzen konnten, ohne den Start um anderthalb Jahre zu verschieben und damit enorme Kosten zu verursachen. Aber wenn Clemons nur Leonard und Florence zur *Lunetta* schickte, konnten wir nicht länger zusammen als Team trainieren und seine Beweggründe wären zu offensichtlich. Nein, das ganze Team der ersten Marsexpedition musste dorthin aufbrechen.

»Helen glaubt, dass ich als die Lady Astronaut dabei sein muss, damit unser Aufenthalt dort auf öffentliches Wohlwollen stößt.«

Nathaniel ließ sich stöhnend auf den Teppich fallen. Doch

er hatte vergessen, dass das Schrankbett ausgeklappt war, und stieß sich den Kopf am Stahlrahmen. »Argh!«

Er rollte sich auf die Seite und rieb sich den Hinterkopf. »Scheiße!«

Auf einmal kniete ich neben ihm, ohne zu wissen, wie ich dort hingekommen war. »Alles in Ordnung?«

»Ja.« Er betrachtete seine Hand. Kein Blut. »Das war dämlich.«

»Ich hol dir Eis.«

»Es geht mir gut.«

»Ich hole dir Eis!« Ich stand auf und beäugte ihn misstrauisch, als könnte sich plötzlich eine Blutfontäne über den Teppich ergießen. »Du hast da eine Beule.«

Er seufzte und setzte sich auf. Mit gespreizten Beinen, sodass der Bademantel nichts mehr verbarg. Ja, auch in solchen Momenten bemerke ich den Körper dieses Mannes. Nathaniel tastete sich den Hinterkopf ab. »Alles in Ordnung.«

Mein Gatte ist ein brillanter Raketenwissenschaftler und manchmal trotzdem richtig dämlich. Die Wohnung ist so klein, dass ich nach wenigen Sekunden schon vor dem Kühlschrank stand und die Eiswürfelschale herausgeholt hatte. Das kalte Metall brannte auf meiner Haut, als ich den Griff packte und die Würfel herausschlug. Ich nahm mir ein sauberes Küchentuch und legte die Eiswürfel hinein.

»Kommst du nach Hause?«

»Was?« Ich wandte mich um und hielt das gefaltete Handtuch in einer Hand.

»Nichts.« Er schloss die Augen und rieb immer noch über die Stelle am Hinterkopf. Ein tiefer Atemzug. »Nach dem Mars. Kommst du dann heim?«

»Ja.« Was für eine Frage. Dachte er, ich würde für immer auf dem Mars bleiben?

Sein Lächeln war angestrengt. Das konnte auch an der

Beule liegen. Wir täuschten beide vor, dass dem so war. »Gut.«

Ich ging um den Küchentisch herum und kniete mich hin, um ihm das Eis zu reichen. »Hier.«

»Alles in Ordnung.« Aber er nahm es und legte sich das zum Päckchen gefaltete Handtuch an den Kopf.

»Siehst du?« Ich setzte mich auf den Boden und lehnte mich an ihn. »Ich muss nach Hause kommen, damit dich jemand davon abhält, dich total idiotisch zu benehmen.«

Er kicherte, legte mir einen Arm um die Schulter und zog mich an sich. »Hat Helen einen Plan, oder muss ich diese *Lunetta*-Sache regeln?«

Ich nickte und ließ den Kopf über die Seide des Bademantels gleiten. »Tut mir leid.«

»Mir auch.« Er küsste meinen Scheitel. »Aber ich mach's trotzdem.«

ZEHN

Crew der Marsexpedition trainiert im All

KANSAS CITY, KS, 18. Juli 1962 – In drei Monaten werden um 9:32 Uhr CDT die Träume von Jahrhunderten und die Technologien von Jahrzehnten in einem feurigen, donnernden Moment verschmelzen, um vierzehn Astronautinnen und Astronauten der Vereinten Nationen auf den Weg zur ersten Landung der Menschheit auf einem anderen Planeten zu bringen: zum Mars.

Die Vorbereitungen für die epische Drei-Jahres-Reise zum Mars und zurück laufen glatt und plangemäß. Von der Abschussrampe 39-A starten Col. Stetson Parker, der Kommandant der Marsexpedition, und seine Crew, um ihr Training auf der *Lunetta* und an Bord der Marsflotte fortzusetzen, was es ihnen abseits aller weltlichen Ablenkungen ermöglicht, sich ganz auf die Vorbereitungen zur 55-Millionen-Kilometer-Mission einzulassen.

Als wir uns erst einmal auf der Station befanden, fragte ich mich ernsthaft, warum das nicht schon die ganze Zeit über der Plan gewesen war. Warum hatte man uns in den Neutral-Buoyancy-Pool gesteckt, um Schwerelosigkeit zu simulieren, wenn wir auch in richtiger Schwerelosigkeit trainieren konnten? Zugegeben, die Tatsache ließ sich nicht leugnen, dass es sich im All sehr viel leichter starb. Aber davon abgesehen wurde nun alles für uns einfacher.

Ich visierte mit dem Sextanten echte Sterne durchs Observationsfenster an. Die winzigen Farbunterschiede, die auch schon vor dem Meteor auf der Erde praktisch unsichtbar gewesen waren, funkelten in kristalliner Pracht vor der samtigen Schwärze des Alls. Hier waren Tausende – Hunderttausende – Sterne mehr sichtbar als selbst im besten Planetarium auf der Erde, dennoch fiel es mir deutlich leichter, einen davon in diesem Sternenmeer zu finden.

Ich entdeckte Alkaid und Spica, bewegte mich von dort Richtung Erde und hatte in null Komma nichts die Koordinaten, die ich für unseren Zustandsvektor benötigte. Ich schrieb die Antwort auf. *Plus 0 771 145, plus 2 085 346, minus 0 116 167, minus 15 115, plus 04 514, minus 19 587.* »Fertig!«

Hinter mir drückte Parker auf die Stoppuhr. »Bestzeit bisher!«

Ein Schnauben ertönte hinter uns. Noch bevor ich den südafrikanischen Akzent hörte, war mir klar, dass es von Vanderbilt DeBeer kam. »Sie könnte irgendwelche zufälligen auswendig gelernten Koordinaten aufschreiben, und du würdest ihr glauben!«

Heidi Voegeli, die NavComp der *Pinta*, klappte lautstark ihr Notizbuch zu. »Bitte, DeBeer. Mach dich nicht lächerlich.«

Sie wischte mit einem Leinentuch über ihren fein gearbeiteten Schweizer Sextanten. Ich muss gestehen, dass ich ein bisschen neidisch auf dieses perfekt gearbeitete Wunder aus rostfreiem Stahl bin. Es verfügte über ein Fach für einen Bleistift und eine ausklappbare Stoppuhr, die man sich stellen konnte, und es zeigte wirklich schöne, komplett überflüssige Gravuren auf den äußeren Armen.

»Ich sage das nur deshalb, weil niemand eure Arbeit überprüft und ihr deshalb pfuschen könntet, ohne dass wir es merken.«

Ich zog den Fuß aus der Halteschlaufe und drehte mich um, damit ich ihn mit einem der kalten, höflichen Blicke bedenken konnte, die meine Mutter sich hätte patentieren lassen können. »Ich dachte, ich übe gerade eine Fertigkeit, die mein

Team am Leben hält. Mir ist es nicht mal in den Sinn gekommen, dabei zu pfuschen. Ich frage mich, wie *du* auf diese Idee kommst?«

Danach zu urteilen, wie ihm die Röte ins Gesicht stieg, hatte ich das *Du* vielleicht etwas zu stark betont.

Benkoski legte seinem Co-Piloten eine Hand auf die Schulter. »Du kennst York noch nicht so lange wie ich. Es gibt einen verdammt guten Grund, warum wir ihre Zahlen nicht überprüfen.«

»Ja, ja ... Die Lady Astronaut.« DeBeer lächelte und deutete eine Verbeugung an. »Ich weiß. Ich weiß ... Das ist nur mein Sportsgeist. Ich hab mir nichts dabei gedacht.«

Heidi erwiderte meinen Blick mit dem Zucken einer Augenbraue. DeBeer war sicherlich eine wahre Freude bei den Simulationen, wenn er immer alles infrage stellte – und sie sollte drei Jahre mit dem Mann verbringen? Plötzlich lernte ich Parker ganz neu zu schätzen, der meine Expertise niemals anzweifelte.

Ich stieß mich von der Wand ab, um zur *Niña*-Gruppe zu gelangen. »Wer ist jetzt dran?«

»Grey.« Parker nickte Florence zu. »Hau rein.«

Wir mussten alle mit der Benutzung des Sextanten vertraut sein für den Fall, dass mir oder Heidi etwas zustieß.

Aber gerade in diesem Moment brachte Parker Florence damit in DeBeers Fokus, der ihre Existenz im Allgemeinen und ihre Teilnahme an der Mission im Besonderen verabscheute. Nach drei Monaten mit gemischten Teams im All hatte ich das *Pinta*-Team besser kennengelernt als während unserer parallelen Trainingsabläufe auf der Erde.

DeBeer war ganz und gar ein Produkt Südafrikas und glaubte fest an den Sinn der Apartheid. Er hatte sich auch an Bord der bruchgelandeten Rakete befunden, und ich ging fest davon aus, dass er derjenige gewesen war, der dem FBI Lügen erzählt hatte. Dass Parker nun also Florence aufrief, war entweder grausam ihr gegenüber oder eine Stichelei gegen DeBeer ... oder, wie ich ihn kannte, beides.

Florence schwebte an unserer Gruppe vorbei. Leonard und sie hatten von der letzten Reihe aus zugesehen. Sie biss die Zähne zusammen und richtete den Blick auf den Handlauf, an dem ich mich festgemacht hatte. Ich hielt ihr meinen Sextanten hin, und Florence nahm ihn mit einem Nicken entgegen.

Benkoski und Parker tauschten Blicke. Ich konnte nicht erraten, was zwischen ihnen vorging, aber Parker wandte sich an DeBeer.

»Sag mal ... Warum machst du nicht gleich weiter?«

DeBeer nickte und murmelte etwas auf Afrikaans. »*Teen die agterplaas aap?*«

Parker stieß sich mit den Zehen ab, hopste durch den Raum und landete mit militärischer Präzision vor DeBeer. Seine Stimme klang auf militärisch präzise Art abgehackt. »*Ek vind dat offensief. Sê dit weer, en ek kry jy permanent gegrond.*«

DeBeer zuckte zurück, doch die Bewegung katapultierte ihn auf geradezu komische Weise nach hinten. Benkoski streckte eine Hand aus, um seinem Co-Piloten zu helfen, und schüttelte in Parkers Richtung den Kopf. »Großer Gott, sprichst du jetzt auch noch Afrikaans?«

»Ich mag nun mal Sprachen!« Parker zuckte mit den Achseln und war sofort wieder ganz der charmante, amerikanische Astronaut und Held mit dem breiten Grinsen, mit dem er sich der Öffentlichkeit präsentierte.

Heidi lachte und gab ihren Sextanten an DeBeer weiter. »*Wie viele macht das?*«, testete sie sein Deutsch.

Parker legte den Kopf schief, und seine Finger zuckten, als zählte er. »*Elf? Nein – zwölf. Zwölf, aber ich bin wirklich nur Konversation in sechs oder sieben von ihnen*«, antwortete er ebenfalls auf Deutsch.

Heidi lachte wieder, und mir wurde klar, warum die Schweiz sie als Covergirl fürs Weltraumprogramm gewählt hatte: perfekte Zähne, ein Schwanenhals, das Ganze gekrönt von einem geflochtenen goldenen Zopf. »*Nur* sechs oder sieben, sagt er.«

DeBeer hakte sich in die Halterungen neben Florence ein und beschäftigte sich mit Heidis Sextanten. »Wie lange hast du Afrikaans gelernt?«

»Hab damit angefangen, als klar war, dass du bei der Marsmission dabei sein wirst.«

»Ich fühle mich geschmeichelt«, sagte DeBeer.

»Ach, es war die einzige, die mir noch fehlte.« Parker zuckte mit den Achseln. »Ich hab Taiwanesisch jetzt leider umsonst gelernt.«

Ich zuckte bei seinem nicht ganz so subtilen Verweis auf Helen zusammen. »Aber hast du Jiddisch gelernt?«

»Jiddisch, nicht Judenspanisch? Ich dachte, deine Familie käme aus Charleston.«

Ich blinzelte ihn an, während mein Gehirn noch zu entscheiden versuchte, was mich daran am meisten überraschte. Dass Parker wusste, woher meine Familie kam? Dass er wusste, dass die meisten jüdischen Menschen in Charleston Sepharden und keine Aschkenasim waren? Oder dass er wusste, dass nicht alle Jüdinnen und Juden dieselbe Sprache sprechen? »Ähm … ja. Im siebzehnten Jahrhundert aus Deutschland eingewandert. Woher weißt du das?« Ich wusste nicht, welche Frage ich beantwortet haben wollte.

»Meine Schwiegermutter ist Jüdin. Sephardisch, über Holland hergekommen.« Er sah an mir vorbei und verzog kurz das Gesicht, bevor er wieder ein Lächeln aufsetzte. »Achtung.«

Parker stieß sich ab und machte einen angeberischen Salto über meinen Kopf hinweg, um neben der Tür vom Observatorium zu landen, wo Betty die Journalisten hereinführte. Gottverdammt, sie waren früh dran! Parker hakte den Fuß unters Geländer und brachte sich trotz der Schwerelosigkeit in eine annehmbare Rührt-euch-Stellung. Um mich herum setzten zwölf Astronautinnen und Astronauten ihr standardisiertes Lächeln auf.

Man sollte annehmen, die Tatsache, dass wir uns nicht mehr auf der Erde befanden, hätte die Presse ferngehalten. Doch weit gefehlt. Jedes Land, das Geld in die Marsmission gesteckt hatte, wollte auf dem Laufenden bleiben. Trotz der Tricks, mit denen Nathaniel und Clemons uns vom Planeten und aus der Reichweite des Kongresses befördert hatten, mussten wir weiterhin dafür sorgen, dass das Geld auf die Konten der IAC floss. Ich wollte gar nicht wissen, was alles nötig war, um die Pressevertreter aufs All vorzubereiten.

Ich stieß mich ab, um Parker bei der Begrüßung zur Seite zu stehen und damit dem Rest des Teams Freiraum zu geben, damit es weiter mit den Sextanten arbeiten konnte. Immerhin nahm ich vor allem als Aushängeschild an der Mission teil.

Ganz vorn in der Gruppe stand – o Freude – Jerry, der Fotograf der *Times*, neben Betty. Vielleicht konnte ich ihn dazu bringen, Parker mit einer einzelnen Lochkarte zu fotografieren. Betty drehte sich auf der Stelle und lächelte ihren Trupp an. Wir lächelten ja so oft für die Öffentlichkeit. »Na, so was! Was für ein Glück! Darf ich Ihnen den ersten Mann im All vorstellen, Colonel Stetson Parker?« Als sie auf ihn wies, grinste und winkte Parker. »Und natürlich Dr. Elma York – besser bekannt als die Lady Astronaut.«

Lächeln und winken. Lääächeln und winken.

Meine Aufgabe war es, das Weltall so glamourös und aufregend wie möglich aussehen zu lassen. Das war ein Knochenjob, zumal bereits zwei Reporter die grünliche Gesichtsfarbe zeigten, die auf das frühe Stadium der Weltallkrankheit hindeutete. Bei meinem Glück würden sie jegliche Übelkeitsattacken eher auf »Weltraumkeime« schieben als auf ein gutes altes Schwindelgefühl. Ich tätschelte die Tasche meines Raumanzugs und war erleichtert, das zusammengedrückte Papier der Kotztüte zu ertasten. »Willkommen auf der *Lunetta!*«

»Wir sind ja so froh, dass Sie zu uns stoßen konnten.« Parker sah gelassen aus wie eh und je. »Ich hoffe, Sie hatten einen guten Flug.«

»Betty, was hast du denn für diese netten Leute auf der Tagesordnung stehen?«

»Ich hatte eigentlich geplant, dass sie einen Blick in den Observationsraum werfen könnten, bis das Gepäck ausgeladen ist, aber mir war nicht klar, dass ihr alle dort seid.« Das war gelogen, schließlich hatten wir diesen Ausflug bei der Montagmorgenbesprechung geplant. Es sollte einfach so wirken, als gäbe es bei diesem ganzen Zirkus noch irgendeine Art von Spontaneität. Witzig, dass manchen Leuten so was wichtig ist.

»Wir üben gerade an den Sextanten, aber Sie können uns gern zuschauen.« Parker wies auf Florence, die am Fenster beschäftigt war. »Wir peppen unseren Alltag ein bisschen auf, indem wir einen Wettkampf daraus machen.«

Eine Frage: Stellte Parker Florence mit Absicht in den Mittelpunkt, oder war das Zufall? Bei ihm ist so etwas manchmal schwer zu sagen, aber ich freute mich, dass sie zur Abwechslung mal im Rampenlicht stand. Insbesondere nach den Neuigkeiten von der Erde, dass es Sitzstreiks bei den Abschussrampen gegeben hatte.

»Das klingt gut, ist aber natürlich nicht das, was ich Ihnen versprochen habe. Tut mir leid, Leute.« Bettys Locken hüpften um ihren Kopf, als wäre sie unter Wasser. »Wenn jemand zurück zu den Quartieren möchte, kann ich gern ein Besatzungsmitglied als Begleitung abstellen.«

Wenn sie »Sektempfang« gesagt hätte, wären wir vielleicht einige von ihnen losgeworden, aber für einen Aufenthalt in den Quartieren würde niemand riskieren, eine Story zu verlieren. Das wusste sie. Ihre Kameras waren bereits gezückt und klickten munter vor sich hin.

»Na, dann widmen wir uns mal wieder unserem Wettstreit.« Parker stieß sich ab, und ich folgte ihm zurück zum *Niña*-Team. Er hielt inne, diesmal hing er kopfüber an der Decke. Eigentlich hätten »oben« und »unten« hier keine Bedeutung haben sollen, aber wir tendierten dazu, uns alle in dieselbe Richtung zu orientieren, denn unten auf der Erde hätten wir ja auch in Schwerkraft trainiert. Die Ingenieure richten Beschriftungen in eine bestimmte Richtung aus. Außerdem ist es eine Frage der Höflichkeit, um Mimiken besser erkennen zu können. Wir haben demzufolge zwar keine Schwerkraft, aber es gibt »oben« und »unten«.

Ich sah ihn an. »Willst du sie denn noch mehr durcheinanderbringen?«

»Ich versuche, ihnen ein möglichst spektakuläres Bild zu bieten.«

Kamilah Shamoun, unsere Ärztin, verdrehte die Augen. »Wenn du furzt, schwöre ich bei Gott, dass ich den Furz anzünde.«

»Das würde sich aber fatal auf die Triebkraft auswirken.« Parker zog die Stoppuhr aus der Tasche. »In Ordnung. Was müssen sie anvisieren? Benkoski?«

Der Pilot des *Pinta*-Teams schüttelte den Kopf. »York, du hast die letzte Runde gewonnen und kannst das entscheiden.«

»Gute Idee. Dann kann sie danach direkt zurück und es den billigen Plätzen erklären.« Parker nickte und starrte mich erwartungsvoll an, allerdings weiterhin kopfüber.

Ich überlegte kurz. »Berechnet den Zustandsvektor der *Lunetta* mit Deneb und Aldebaran als Leitsternen.«

Während sie arbeiteten, schob ich mich zur Presse durch,

die Fotos schoss. Oder es zumindest versuchte. Die meisten hatten vergessen, sich festzuhaken, und mindestens einer hatte noch nicht gelernt, sich sparsamer zu bewegen, daher schwebte er nicht nur frei, sondern drehte sich auch noch. Ich schnappte mir den hageren blonden Mann und half ihm, einen festen Halt zu finden.

Mit einer Hand auf seinem Arm lächelte ich dem Rest der Gruppe zu. »Kann ich Ihnen schon Fragen beantworten?«

Ein Reporter mit einer Filmstar-würdigen dunklen Mähne hob die Hand. »Justino Coronel vom *Folha de São Paulo.* Worüber befinden wir uns gerade?«

»Gute Frage!« Ich wies auf die Fensterwand zur Rechten der Tür. »Folgen Sie dem Geländer bitte dort hinüber, und wir schauen es uns an. Wir umrunden die Erde einmal alle neunzig Minuten, aber da wir nicht an der Sonnenbahn ausgerichtet sind, bietet sich uns bei jeder Umrundung ein etwas anderer Ausblick.«

Ich stieß mich mit den Zehen ab und flog zum Fenster, wo ich mich erneut abdrückte, um mich wieder herumzudrehen.

»Ist das denn auch sicher?« Der *Times*-Reporter blieb ein wenig zurück.

»Absolut.« Es sei denn, ein Meteor käme vorbei, aber das musste ich ihnen ja nicht sagen. Ich packte den Handlauf, um mich zu stabilisieren. »Jedes Fenster besteht aus vier Glasscheiben von je drei Zentimetern Dicke. Es befinden sich also zwölf Zentimeter zwischen Ihnen und dem All. Ein einundneunzig Kilo schwerer Mann könnte in der Erdschwerkraft auf dieser Glasdicke auf und ab springen, ohne dass es Probleme gäbe. Und in der Schwerelosigkeit wiege ich deutlich weniger.«

Der *Times*-Reporter hob die Kamera, als hätte er seinen Arm nicht unter Kontrolle. »Dient das dem Schutz gegen Meteore?«

»Eher dem Schutz gegen herumfliegende Brotdosen.« Ich lächelte. Abermals. Unter uns drehte sich die Erde strahlend blau und silbergrau. Braune oder grüne Landflächen linsten ab und an verheißungsvoll durch die Wolkendecke. »Wir befinden uns über Afrika.«

Ein schlanker blonder Mann schob sich nach vorn. »Heimat!« Sein breiter Akzent verortete ihn an der unteren Spitze des Kontinents. Er hob die Kamera und schoss Fotos. »Könnte ich Vanderbilt DeBeer vielleicht vor Südafrika fotografieren?«

»Wenn er fertig ist, haben wir uns schon weitergedreht, fürchte ich.« Ich sah über die Schulter zu Florence und DeBeer hinüber. »Unsere nächste Umdrehung führt uns aber erneut über Land.«

»Schade!« Der Reporter straffte sich, was ihn in die Höhe und vom Fenster fortbeförderte.

Ich packte seinen Fuß und zog ihn an den Handlauf zurück. »Vorsicht! Halten Sie sich immer irgendwo fest, bis Sie sich an die Schwerelosigkeit gewöhnt haben.«

»Wie lange hat das bei Ihnen gedauert?« Der brasilianische Reporter klammerte sich mit einer Hand ans Geländer und richtete mit der anderen die Kamera aus.

Ich zuckte mit den Achseln. »Am zweiten oder dritten Tag fand ich es schon recht angenehm, aber das ist bei jedem anders.« Ich wies auf die Astronautenteams. »Graeham Stewman, der Geologe der *Pinta*, war beispielsweise olympischer Taucher, bevor er sich der Geologie zuwandte. Er hat sich hier ans All angepasst, als wäre es Wasser. Derek Benkoski, der Pilot der *Pinta*, war Fallschirmspringer bei der Air Force, und diese Erfahrung lässt sich anscheinend auch auf die Schwerelosigkeit übertragen.«

»Und der andere Geologe?« Der südafrikanische Reporter hob seine Kamera zur Gruppe und passte den Fokus an, ohne zu fotografieren.

»Dr. Flannery gehörte eher zum Durchschnitt. Aber tatsächlich war eine der Kriterien, nach denen die IAC die Mitglieder der Marsexpedition zusammengestellt hat, ihre Widerstandsfähigkeit gegen die Weltraumkrankheit.«

Alle Köpfe wandten sich mir zu. Einer der grünlichen Männer würgte und schluckte hörbar. »Die Weltraumkrankheit? Wie die Krankheit, die alle auf der abgestürzten Rakete befallen hat?«

Es ist manchmal schwierig, andere nicht direkt auszulachen, aber mal im Ernst, hätten diese Reporter es nicht eigentlich besser wissen müssen? »Wenn Sie hier an etwas Mikrobielles denken, kann ich Ihnen versichern, dass es so etwas nicht gibt. Was ich als Astronautin aushalten muss, ist lediglich eine Störung des vestibulären Systems im Innenohr. Das ist lästig, aber nicht gefährlich. Es ist vergleichbar mit der Seekrankheit.«

Beinahe einmütig tauschten die Reporter die Kameras gegen Notizblöcke aus und schrieben etwas nieder, was vermutlich in folgende Richtung ging: »Elma York: Weltraumkrankheit ist wie Seekrankheit.« Es hätte schlimmer sein können.

»Aber wo wir gerade von der abgestürzten Rakete reden, wie fühlen Sie sich dabei, dass Leonard Flannery immer noch zur Mission gehört, obwohl er verdächtigt wird, die Bruchlandung der *Cygnus-14*-Rakete verursacht zu haben?« Erneut der südafrikanische Reporter.

Die Jahre, die ich mit meiner Angstneurose zugebracht habe, hatten mir die Fähigkeit verliehen, trotz rasendem Herzen ruhig zu lächeln. Diesmal jedoch war es Wut, die meinen Herzschlag beschleunigte. »Leonard befand sich wie ich im Inneren der Rakete und konnte unmöglich etwas mit dem Absturz zu tun haben. Aus diesem Grund habe ich nicht das geringste Problem damit, dass er Teil der Crew ist. Darüber hinaus stammt das einzige Buch über die marsianische Landschaft aus seiner Feder.«

»Was ist mit seinem Außenbordeinsatz?«

Ich blinzelte, was ich offenbar tue, wenn ich überrascht bin. Ich blinzelte noch mal. »Wie bitte?«

»Einige Quellen behaupten, Leonard Flannery hätte am Morgen vor der Rückkehr der *Cygnus-14*-Rakete zur Erde einen Außenbordeinsatz gehabt. Könnte er dabei nicht etwas beschädigt haben?«

»Das behaupten ›Quellen‹?« Das einzig Gute an diesem Zirkus war, dass wir unsere Liste an Verdächtigen, die mit dem FBI geredet hatten, weiter einschränken konnten. Wenn dem südafrikanischen Reporter eine Quelle offenbart worden war, dann schien es mir naheliegend, dass der südafrikanische Astronaut etwas damit zu tun hatte.

Vanderbilt DeBeer. Wir beide mussten uns dringend unterhalten, und das würde bestimmt interessant werden.

ELF

Aus welchem Holz geschnitzt?

Die Crew der Marsexpedition

19. Juli 1962 – TIME Magazine – COLONEL STETSON PARKER schlendert mit konservativ kariertem Sportjackett in den Raum. Mit seinen gut gebauten eins achtzig wirkt er darin urban und doch distinguiert. Sein blondes Haar, einst dicht, wird langsam schütter und ist so kurz, dass seine energische Kinnpartie betont wird. Sein schiefes Lächeln erweckt den Eindruck, dass er sich seiner Rolle als historische Figur bewusst ist und anderen einzureden versucht, er wäre nur ein einfacher Mann. Es ist leicht, sich von seiner Rolle als erstem Mann im All blenden zu lassen und zu vergessen, dass unter diesem charmanten Äußeren ein fähiger Kampfpilot steckt, der im Zweiten Weltkrieg mehr als 80 Missionen geflogen ist.

Da ich einen Tag lang vergeblich versucht hatte, DeBeer ohne die anderen abzupassen, blieb mir genug Zeit, um mich abzuregen und mir darüber klar zu werden, dass ich zunächst mit Florence und Leonard reden sollte. Leonard befand sich in seinem Labor und arbeitete an … irgendetwas. Mit Steinen. Und einem Bohrer. Daher machte ich mich auf die Suche nach Florence und fand sie im Fitnessraum, wo sie in der leichten Zentrifugalgravitation der donutförmigen *Lunetta* auf dem Fließband joggte.

Ich ging über den geneigten Boden an Terrazas, an den Gewichten und Rafael auf dem Standrad vorbei. Einige Mitglieder der regulären *Lunetta*-Besatzung trainierten in ihrer UN-Standard-Fitnesskleidung. Ein Reporter lungerte in der Ecke herum und schoss Fotos von DeBeer, der Liegestütze machte.

Florence hatte sich ein Handtuch über die Schultern gelegt und wischte sich beim Laufen übers Gesicht. Trotz der künstlichen Schwerkraft im sich drehenden Bereich der *Lunetta* tropfte der Schweiß nicht so rasch herab wie auf der Erde.

Sie nickte, um mir zu zeigen, dass sie mich gesehen hatte, und lief weiter.

»Kann ich dich kurz ausleihen?« Ich warf den anderen einen Blick zu, aber niemand schien sich um uns zu scheren. »Es gibt da eine Comm-Frage, bei der ich deine Hilfe bräuchte. Für die nächste Simulation.«

Florence wischte sich übers Gesicht. »Ich muss noch zwanzig Minuten laufen.«

Ich nickte und warf DeBeer einen raschen Blick zu, um sicherzugehen, dass er noch immer für den Reporter posierte. »Okay. Ich bin im Labor, um was mit Leonard zu besprechen. Wenn du also Zeit hast …«

Sie folgte meinem Blick und hob die Brauen, um dann mit geschürzten Lippen zu nicken. »Ich komme gleich.«

Dr. Leonard Flannery sah aus wie ein verrückter Wissenschaftler, als ich das Labor betrat. Er trug einen weißen Laborkittel, Sicherheitsbrille und Ohrschützer, dazu noch Vergrößerungslinsen über der Brille, durch deren Wölbung seine Augen kaum noch zu sehen waren. Woran auch immer er arbeitete, es kreischte und sprühte Funken. Das ist übrigens einer der Gründe, weshalb wir aufgehört haben, im All reinen Sauerstoff zu nutzen … das und die Gefahr der Sauerstoffvergiftung, wenn man ihn zu lange in Reinform einatmet.

Leonard blickte auf, als ich das Labor betrat, lächelte und

schaltete seine Vorrichtung aus. »York! Was kann ich für dich tun?«

Ich wartete, bis er die Ohrschützer abgestreift hatte und sie wie eine seltsame Krawatte um seinen Hals lagen. »Es gibt etwas, worüber ich mit dir reden möchte, aber ich würde lieber warten, bis Florence dazustößt.«

»Worum geht es denn?«

»Ums FBI.«

Er wurde grau im Gesicht und schob sich die Schutzbrille auf die Stirn hoch. Dann wischte er sich die Hände an einem Lappen ab, der auf dem Tisch lag. »Ich schalte hier alles aus.«

Ich hob achselzuckend den Ordner hoch. »Bis sie hier ist, kann ich auch noch ein bisschen arbeiten. Sie sagte, dass sie noch etwa zwanzig Minuten braucht.«

»In der kurzen Zeit kann ich auch nichts Vernünftiges mehr erreichen.« Er warf den Lappen auf den Tisch. »Die Sache lässt uns einfach nicht los, was?«

»Sieht ganz danach aus.«

Leonard zog sich die Ohrschützer vom Hals und befestigte sie an ihrem Platz am Werkzeugregal. Beide Brillen folgten, bevor er der Vorrichtung auf dem Tisch wieder seine Aufmerksamkeit schenkte.

»Woran arbeitest du?« Ich setzte mich auf einen der Laborstühle.

»Ich teste einen neuen Kernprobennehmer.« Er zog ihn aus dem Stein heraus, in den er gebohrt hatte. »Aber noch bin ich nicht begeistert. Er hat zu viel Spiel und schneidet kein sauberes Loch. Aber vermutlich verlangt irgendeine Firma, dass wir ihn benutzen, und unterstützt im Gegenzug irgendeinen Aspekt der Mission. Du weißt ja, wie es läuft. ›Unsere Bohrer werden auf dem Mars genutzt!‹«

Ich schnaubte. »Ja. Es gibt Firmen, die wollen, dass ich ihre Lippenstifte mit auf die Expedition nehme.«

»Du machst Witze.« Er hielt mit dem Bohrer in der Hand inne und schüttelte dann den Kopf. »Sag nichts. Ich kenne die Antwort.«

Hinter mir fragte Florence: »Die Antwort worauf?«

Ich wandte mich zu ihr um. »Hat man dich gebeten, Kosmetikartikel mit zum Mars zu nehmen?«

Florence hatte ihren Trainingsanzug ausgezogen, aber ihr Haar war immer noch zu einem kleinen Knoten am Hinterkopf hochgebunden. Sie verdrehte die Augen. »Haarglättungsmittel. Als würde ich im All Natronlauge benutzen. Das Zeug brennt schon genug, wenn es von der Schwerkraft an Ort und Stelle gehalten wird.«

»Moment – du benutzt Natronlauge zum Haareglätten?«

Florence wedelte mit der Hand, als könnte sie meine Frage vertreiben. »Ich hab gerade mein Training unterbrochen. Verrätst du mir jetzt auch, warum?«

»Richtig.« Ich legte meine Mappe auf die Arbeitsfläche und atmete ein. Bevor ich Astronautin wurde, hätte ich vermutlich herumgedruckst und Zeit geschunden oder versucht, meine Aussagen nebulöser zu verpacken. Aber jetzt? Ich würde meine Teammitglieder doch nicht beleidigen, indem ich ihre Zeit mit irgendetwas anderem verschwendete als der Information, die sie benötigten, um das Problem anzugehen. »Der südafrikanische Reporter … Er erwähnte, dass er eine Quelle hat. Die FBI-Agenten haben das auch gesagt. Also … hab ich mich gefragt, ob es DeBeer ist.«

»Natürlich ist er es.« Florence nahm auf einem der Hocker Platz und stellte eine Quetschpackung Wasser auf der Arbeitsfläche ab. »Ist das alles, worüber du reden wolltest?«

»Nun ja … Was unternehmen wir denn deswegen?«

Leonard und Florence tauschten Blicke. Er schüttelte den Kopf. »Genau das, was wir bisher tun. Wir halten uns bedeckt und versuchen, keinen Ärger zu machen.«

»Aber … er denkt sich Dinge aus wie … Der Reporter sagte, du hättest einen Außenbordeinsatz gehabt, bevor wir gestartet sind.«

»Den hatte ich ja auch.«

Mir blieb der Mund offen stehen.

Leonard rieb sich die Stirn. »Hör mal, ich hab mit dem FBI darüber geredet, und sie haben sich von Malouf und der Mission Control bestätigen lassen, dass wir nicht mal in der Nähe der Rakete waren.«

»Gut.« Ich versuchte noch mal, ihnen begreiflich zu machen, was gerade geschah. »Aber DeBeer versucht, euch aus der Mission werfen zu lassen.«

»Das wissen wir.« Florence seufzte. »Aus diesem Grund verbringen wir nicht zu viel Zeit zusammen – oder mit Kamilah und Terrazas. Er soll ja nicht denken, wir stecken die ›zu dunklen‹ Köpfe zusammen.«

»Dann lasst uns mit der Mission Control sprechen und …«

»Nein!« Leonard setzte sich auf. »Bei allem, was dir heilig ist, rede nicht mit der Mission Control! Es war verdammt schwer, Clemons davon zu überzeugen, dass er nach dem Schlamassel mit dem FBI an mir festhält, und ich werde jetzt bestimmt keinen Ärger machen.«

Ich wandte mich nach Unterstützung heischend an Florence, doch auch sie schüttelte den Kopf. »Ich weiß, dass du es gut meinst, aber er hat recht. Du weißt, dass ich offen und ehrlich sage, wenn ich mit etwas unzufrieden bin, aber wir können uns damit einfach auf keinen Fall an die Mission Control wenden.«

Ich sackte auf meinem Hocker zusammen. Wir mussten doch irgendwas unternehmen können! Ihre Argumente klangen wie Helens Gründe, sich aus der Mission zurückzuziehen, weil die IAC mich an ihrer Stelle sehen wollte. Von da aus war es nicht weit bis zu der Erinnerung daran, dass Mama mir stets gesagt hatte, ich solle still und höflich sein. Als junge Jüdin konnte ich es mir nicht erlauben, andere auf mich aufmerksam zu machen. Ich kaute auf der Unterlippe. »Und … und wenn wir es so drehen, dass es nicht um euch geht? Kann ich diese Lady-Astronaut-Geschichte irgendwie nutzen, um das Problem mit DeBeer zu verdeutlichen? Ich meine … ich könnte durchaus etwas Ärger machen. Mir können sie kaum etwas anhaben.«

Leonard legte den Kopf schief und blinzelte wie Superman, wenn er durch Blei schauen will. Dann schüttelte er den Kopf und erhob sich. »Nee. Das wird trotzdem an mir hängen bleiben. Du möchtest helfen, und das weiß ich zu schätzen, aber ich muss dich bitten, die Sache auf sich beruhen zu lassen. Wenn wir erst einmal unterwegs sind, kann uns DeBeer auf dem anderen Schiff egal sein.«

Florence lächelte freudlos. »Da kommt uns die Apartheid zum ersten Mal zugute.« Sie zuckte die Schultern ob meines verwirrten Blicks. »Wusstest du das nicht? Wir sind auf dem Getrennt-aber-gleich-Schiff.«

Zu den unerwarteten Vorzügen des Lebens im Meteorzeitalter gehörte die enorme Verbesserung des Telefonwesens durch Satelliten! Telefonfirmen mussten nicht länger Drähte durch die gesamten Vereinigten Staaten ziehen oder riesige Transatlantikkabel im Ozean verlegen. Stattdessen sandten Satellitenschüsseln die Signale ins All, wo ein Satellit sie auffing und zu einer anderen Schüssel auf einem anderen Teil des Planeten zurückwarf.

Die Technik war entwickelt worden, damit wir auf dem Weg zum Mond mit der Erde kommunizieren konnten, danach war sie für die Kommunikation mit der *Lunetta* verbessert worden, und nun wurde sie für die Marsexpedition abermals ausgebaut. Das bedeutete, dass ich einmal in der Woche mit meinem Mann sprechen konnte, selbst von Bord der Orbitalplattform aus.

Ich befestigte meinen Gurt in einem der Kabäuschen im Comm-Modul der *Lunetta*. Der Raum ragte wie eine Klette aus Antennen aus einer der schwerkraftlosen Gliedmaßen der Station. Ich zog die Kopfhörer vom Clip an der Seite der Kabine und versuchte, nicht den nebenan geführten Unterhaltungen zu lauschen. Die anderen vier »öffentlichen« Telefone wurden von zwei Crewmitgliedern der *Lunetta*, einem Reporter und einem Minenarbeiter auf dem Weg zum Mond benutzt.

Mit den Kopfhörern auf den Ohren wurden die anderen Unterhaltungen vom schwachen statischen Rauschen übertönt. Ich schaltete die Leitung einmal an und aus, um die Telefonistin wissen zu lassen, dass ich da war, und wartete, bis ihre Stimme das Rauschen durchbrach. Diesmal hatte sie einen britischen Akzent. »Welche Nummer bitte?«

»Kansas West 6-5309.« Das war Nathaniels Schreibtischtelefon, da es in Kansas gerade einmal früher Nachmittag war.

»Einen Moment bitte.« Es klickte und summte in der Leitung, als sie die Verbindung herstellte, und dann folgte der Anrufton.

Das Telefon konnte noch kein ganzes Mal geklingelt haben, da nahm er schon ab. »Nathaniel York am Apparat.«

»Hallo, Schöner!«

»Hi!« Wie kann er nur so viel Süße in eine einzige Silbe legen? Wie kann ich beim Klang seiner Stimme nur derart dahinschmelzen? Der Unterschied zwischen der Art, wie er beruflich telefoniert und wie er mit mir spricht, ist so groß wie der zwischen einem Rechenschieber und einem Kätzchen. Was vielleicht die schrägste Analogie meines Lebens ist, aber so ist es nun mal.

Ich zog das Mikrofon näher und lehnte den Kopf gegen

die Wand der Kabine, weil ich mir so vorstellen konnte, es sei seine Schulter. »Ich hab dich vermisst.«

»Ja … ich dich auch.« Sein Tischventilator surrte hinter seiner Stimme. »Wie geht's dir da oben?«

Nun wollte ich ihm eigentlich von DeBeer und meinem Gespräch mit Leonard und Florence erzählen, aber ich befand mich in einem Raum mit anderen Leuten und er saß in seinem Büro. »Okay.«

Mein Mann erkannte das Zögern, glaube ich jedenfalls. »Nur okay?«

»Lange Arbeitstage. Außerdem hat uns gerade eine Horde Reporter überfallen.« Na also, darüber konnte ich doch reden. »Du weißt, wie sehr ich es mag, von Presseleuten umgeben zu sein.«

Er kicherte ein wenig. »Ich weiß. Aber offen gesagt mag ich es, dass ich dadurch immerhin ab und zu ein Foto von dir zu sehen kriege.«

»Immerhin hat mich noch niemand aufgefordert, mit einer Lochkarte zu posieren.«

»Das Bild, auf dem du den Korridor ›hinunterfliegst‹, war ganz süß.« Es raschelte, als er die Position wechselte. »Wie schlägst du dich so?«

»Ich kann es ehrlich gesagt kaum erwarten, dass das Training endlich vorbei ist. Wären da nicht die Orbitaltrajektorien, würde DeBeer sein Team vermutlich zusammentrommeln und zusehen, dass er vor uns auf dem Mars ist.« Ich räusperte mich. »Er ist … interessant.«

»Ach?« An seiner Stimme konnte ich beinahe hören, wie er die Brauen hob und mit dem Bleistift auf den Tisch trommelte, wie er es immer tat, wenn er nachdachte. »Sag mal, Elma … Es tut mir wirklich leid, dass ich dich bei einem privaten Anruf nach etwas Beruflichem fragen muss, aber würdest du vielleicht morgen noch mal den Fernschreiber testen?«

So ein Lieber! Ich hatte mich schon gefragt, ob es eine Möglichkeit gab, das in die Wege zu leiten, aber mir war nichts eingefallen. Doch mit dem leitenden Ingenieur verheiratet zu sein, bedeutete, dass er ab und zu den Plan für mich anpassen konnte. Allerdings … wenn ich ihm von DeBeer erzählte, würde er meinen Worten Taten folgen lassen. Dann hätte ich es auch der Mission Control mitteilen und Florence und Leonard ignorieren können. Ich atmete aus und kaute auf der Innenseite der Wange herum, bevor ich antwortete. »Ich denke, das wird nicht nötig sein.«

»Sicher?«

»Ja.« Das war zwar gelogen, was er genau wusste, doch er konnte das, was mich umtrieb, nicht in Ordnung bringen. »Ich verspreche dir, ich lasse es dich wissen, wenn der Fernschreiber getestet werden muss.«

»Mach das.« O Gott, da lag so viel Widerwille in seiner Stimme, und ich wünschte mir wirklich, ihn überzeugen zu können, dass alles in Ordnung war. Für mich war es das ja auch. Aber nicht für andere Teammitglieder.

Ich versuchte, ein Lächeln in meine Stimme zu legen und das Thema zu wechseln. »Und wie geht es dir? Hast du noch ein paar Oliven beim Poker gewonnen?«

»Leider nein. Ich fürchte, ich habe beim letzten Mal sogar ein Glas eingelegte Zwiebelchen an Reynard verspielt. Er und Helen lassen dich übrigens grüßen.«

»Grüß sie lieb zurück. Alle hier oben vermissen Helen.« Ich hatte im vergangenen Jahr viel aufgeholt, aber das machte die Zeit nicht wett, die die anderen mit ihr trainiert hatten. Oder die Ungerechtigkeit, mit der sie behandelt worden war. Die Leitung rauschte. Manchmal lässt mich das Verlangen, bei ihm zu sein, einfach verstummen. Nicht das Verlangen selbst, sondern dass sich alles, was ich ihm sagen wollte, in einem einzigen Satz verhedderte. »Ich vermisse dich.«

»Ich dich auch.« Er seufzte. »Oh – ich kriege im nächsten Sommer einen Praktikanten.«

»Wirklich? Ich dachte, du hasst Praktikanten! Was hat deine Meinung geändert?«

»Er ist so klug und engagiert. Und seine Tante ist meine Frau.«

Ich hob den Kopf so schnell, dass ich mich langsam drehte, streckte eine Hand aus, um mich zu stabilisieren, und lachte auf. »Du Blödmann. Warum hast du mir das nicht gleich erzählt? Wann? Wie kam es denn dazu?«

Er lachte, und Wärme füllte den Raum zwischen uns wie die aufgehende Sonne. »Tommy hat einen sehr netten, äußerst förmlichen Brief geschrieben – er hat mich darin sogar als Dr. York angeredet.«

»Woher weißt du, dass der Brief nicht an mich gerichtet war?«

»Ha! Guter Punkt. Auf dem Umschlag stand ›Dr. Nathaniel York‹, daher war die Sache recht eindeutig. Wie dem auch sei – er bewirbt sich wohl bald auf einen Studienplatz und will dabei etwas praktische Erfahrung aufweisen. Astronomie, sagt er. Er versucht es in Berkeley, Wyoming und auf Hawaii.«

»Auf Hawaii würde ich ihn besuchen.«

Nathaniel kicherte. »Das hab ich auch gesagt. Er kann jedenfalls bei uns wohnen und auf dem Sofa schlafen.«

Ich pfiff leise, als ich mir das vorstellte. Tommy war nett, aber ein Teenager, und unsere Wohnung war schon für uns beide sehr beengt. Allerdings würde ich während der Zeit nicht dort sein … »Also eine Art Junggesellen-WG.«

»So was Ähnliches, ja.«

»Ich stelle mir gerade vor, wie ihr eure Socken überall liegen lasst. Vor dem Fernseher esst. Bis tief in die Nacht pokert.«

»Also, ich dachte eher an Tänzerinnen und Zigarren.«

»Verdirbst du wohl nicht meinen Neffen, Nathaniel Ezra York!« Ich wickelte mir die Schnur des Kopfhörers um die Hand. Sie war jedoch kein Ersatz für meinen Mann. »Sie haben mit Rachel schon genug zu tun.«

»Ja, da hast du wohl recht. Gibt's da was Neues?«

»In Hershels letztem Brief stand, dass sie sie ins Internat schicken.« Ich wollte den gesamten Inhalt des Briefs nicht mit den Leuten in den anderen Kabinen teilen, obwohl es sicher nicht dieselbe Aufmerksamkeit auf sich gezogen hätte wie ein Gespräch über Mitglieder des Marsexpeditionsteams. »Offenbar hat sie Tante Esther einen Ring geklaut und im Pfandhaus vertickt.«

Nathaniel pfiff mir sein Erstaunen ins Ohr.

»Sie haben ihn zum Glück zurückbekommen. Sie hatte dann wieder Hausarrest, hat sich aber zu diesem Jungen rausgeschlichen. Ich weiß nicht, was mit ihr los ist ... Hershel sagt, Doris steht völlig neben sich und glaubt, sie hat als Mutter versagt.«

»Sie muss sich doch nur Tommy anschauen, um zu wissen, dass das nicht stimmt.« Nathaniels Seufzer in meinem Kopfhörer machte mir bewusst, wie viel Raum uns trennte. »Manchmal treffen Menschen unerklärliche Entscheidungen, und Rachel ist eine eigenständige Person und hat das nun mal so beschlossen. Vielleicht hilft ihr der Aufenthalt im Internat, in Zukunft bessere Entscheidungen zu treffen.«

Er wäre so ein guter Vater gewesen. Ich schloss die Augen, um die plötzlichen Tränen unter Verschluss zu halten. Es war so lästig, in der Schwerelosigkeit zu weinen – die Tränen können nicht fallen und bilden einfach nur salzige Blasen vor deinen Augen, durch die du kaum etwas sehen kannst. »Nun ja. Pass gut auf Tommy auf, wenn er ankommt.«

»Werde ich.« Er lachte leise. »Obwohl ich angewiesen wurde, ihn Thomas zu nennen, wenn er auf seiner Praktikumsstelle ist. Er macht sich Sorgen, dass ›Tommy‹ ein zu kindischer Name ist für einen jungen Mann, der bald studiert.«

Ich drückte mir den Ärmelaufschlag auf die Augen, der die Tränen aufsog, die sich dort bildeten. Drei Jahre. Wo würden sie alle in drei Jahren sein?

ZWÖLF

Schwarze Verschwörung hinter dem Cygnus-14-Absturz?

JOHANNESBURG, Südafrika, 19. September 1962 – In der politischen Mitte der Vereinigten Staaten gewinnt die Vermutung an Rückhalt, dass eine Gruppe von mindestens 20 Personen innerhalb der National Association for the Advancement of Colored People den Absturz der *Cygnus-14*-Rakete geplant hat. Quellen innerhalb der International Aerospace Coalition legen den Verdacht nahe, dass auch Astronauten zur Verschwörung gehören. Unter dem Siegel der Verschwiegenheit berichtet ein IAC-Angestellter, dass die Schwarzen Astronauten bereits seit dem Absturz Gegenstand einer FBI-Ermittlung sind. »Was mich am meisten beunruhigt«, sagte er, »ist der Unwille so vieler Menschen in der IAC, einzusehen, dass die Bruchlandung vorsätzlich herbeigeführt wurde. Das war kein Unfall.«

Ich glitt eine Leiter von den Schlafquartieren im schwerelosen Mittelpunkt der Lunetta hinab in den Ring, der um die Station kreiste. Der Übergang von der Schwerelosigkeit zur Gravitation war nicht annähernd so quälend wie bei der Rückkehr zur Erde. Du wirst einfach schwerer, während du die Leiter hinunterrutschst – als würdest du das Wasser aus der Badewanne lassen, während du noch drinsitzt. Oder bin ich die Einzige, die so etwas tut?

Jedenfalls gönne ich mir meist einen Moment am Ende der Leiter, um mich zu stabilisieren, bevor ich weitergehe. Aber auf meinem Weg zur Montagsbesprechung konnte ich das

Geschrei schon hören, bevor ich unten ankam. Meine Füße prallten auf den Gummiboden, und ich fuhr zum Konferenzraum herum. Zu schnell, sodass ich eine Hand ausstrecken musste, um mich an der Leiter festzuhalten, als mich der Corioliseffekt mitriss. Einer der vielen Gründe, weshalb wir im All das Motto »Langsam ist schnell« predigen.

»... kein Beweis, dass ich es war!«, drang DeBeers Stimme aus dem Konferenzraum und den langen, gekrümmten Korridor entlang.

Parker antwortete laut genug, dass ich ihn hören, aber nicht laut genug, dass ich die Worte verstehen konnte.

Was um alles in der Welt ging da vor sich? Ich sprintete los. Hinter mir hörte ich noch jemanden am unteren Ende der Leiter landen.

»Es ist ein Zeitungsartikel. Bin ich jetzt an allem schuld, was aus Südafrika kommt?«

»Van, beruhige dich.« Benkoskis ruhige Stimme drang mir an der Tür entgegen. »Das hat er doch gar nicht behauptet.«

Einige Mitglieder der Marsmission saßen bereits vor Kaffeetassen und importierten Donuts. Parker stand am Kopfende des Tisches, die Hände rechts und links neben die Tagesordnung gestützt.

Sein Gesicht war rot angelaufen, und eine Ader pochte seitlich an seinem Hals, aber seine Stimme klang kontrolliert. »Ich sage nur, dass das hier ...« Er schob ein Blatt über den Tisch. »... und andere Artikel wie dieser dafür sorgen können, dass die Mission abgebrochen oder verzögert wird, was im aktuellen wirtschaftlichen Klima dasselbe bedeutet.«

»Ich habe nichts damit zu tun.« DeBeer hatte die Arme vor der Brust verschränkt und versuchte, Parker hochnäsig anzublicken.

»Dann hast du auch sicher nichts dagegen, wenn ich verfüge, dass von jetzt an jeder Pressekontakt in Begleitung eines

IAC-Vertreters stattfindet.« Parker ließ den Blick durch den Raum wandern und kurz auf mir ruhen. »Das gilt für euch alle. Und auch für mich selbst.«

»Also darf ich nicht mal mehr mit einem Landsmann reden, ja? Willst du mir das damit sagen?«

»Wenn dieser Landsmann zufällig Reporter ist, dann ja.«

DeBeer sah aus, als wollte er auf den Boden spucken. »Ich werde mich bei der IAC beschweren.«

»Der Befehl kommt von Clemons.« Parker zuckte mit den Achseln. »Also kannst du das gern tun, aber das wird nicht so ausgehen, wie du denkst.«

»Er windet sich also raus, während er sich eigentlich auf die Anschuldigungen in diesem Artikel konzentrieren sollte.« DeBeers schnipste mit den Fingern in Leonards Richtung, der im hinteren Teil des Raums mit den Händen im Schoß und gesenktem Kopf dasaß.

Terrazas und Heidi traten ein, beide mit demselben verdatterten Ausdruck im Gesicht.

Was auch immer hier los war, es hatte nichts mit Nathaniel zu tun. Oder mit mir. Hoffentlich. »Welche Anschuldigungen?«

DeBeer drehte sich mir mit sardonischem Lächeln zu. »Die IAC versucht zu vertuschen, dass ein N…, ein Schwarzer Astronaut in den Absturz der *Cygnus-14*-Rakete verwickelt ist.«

»Sie können schlecht vertuschen, was gar nicht passiert ist.« Ich verschränkte wie er die Arme vor der Brust. »Wir waren beide da, also sollte dir das auch klar sein.«

Sein Lächeln fiel in sich zusammen, als wäre ihm plötzlich eingefallen, wer da vor ihm stand. »Ja. Ja, waren wir. Aber du warst ganz vorn in der Rakete, also erinnerst du dich vermutlich nicht daran, dass Dr. Flannery einige Zeit mit den Terroristen getuschelt hat.«

»Daran erinnert sich niemand, weil es nicht passiert ist.«

Obwohl er recht hatte: Da ich an der Tür der Rakete als Vermittlerin agiert hatte, konnte ich natürlich nicht wissen, was im Innenraum passiert war. Aber ich war mir sicher, dass Leonard keinen Anteil am Absturz gehabt hatte. Ich wandte DeBeer den Rücken zu. »Gibt es noch Donuts?«

Rafael lehnte sich gegen den Plastikschrank und wies auf das vakuumverpackte Gebäck. »Frisch vom letzten Versorgungsschiff. Sie schmecken auch beinahe frisch.«

Terrazas schloss sich dem Versuch an, das Thema zu wechseln, und lachte auf. »Du bist wohl schon zu lang hier oben, wenn du das für frisch hältst!«

Parker setzte sich und tippte auf den Papierstapel vor sich, als wäre er Clemons. »Lasst uns an die Arbeit gehen, Leute. Wir starten in einem Monat, und darauf müssen wir uns voll und ganz konzentrieren.«

Nur noch ein Monat. Und dann blieb uns lediglich ein Sieben-Tage-Fenster für den Start, ansonsten würden wir die Mission um weitere anderthalb Jahre verschieben müssen, bis die Planeten sich einander wieder angenähert hatten. DeBeer war ein Idiot, wenn er jetzt noch versuchte, Leonard aus der Mission werfen zu lassen.

Ich nahm mir einen eingepackten Donut und eine Tasse Kaffee. Eines der frühen Probleme im All war, dass man den Kaffee durch die Verdichtung und die Quetschpackungen nicht riechen konnte, was den Genuss deutlich schmälerte. Denn so trank man einfach nur bitteres Wasser. Zwar bitteres Wasser mit Koffein, aber trotzdem. Der Zentrifugalring machte einen großen Unterschied. Wenn du das für unwichtig hältst, dann unterschätzt du wohl, wie sehr Kaffee den wahren Treibstoff der Raumfahrtindustrie darstellt! Ich atmete den starken Duft ein, dann steuerte ich einen leeren Stuhl zwischen Rafael und Kamilah an.

Meist saß die *Niña*-Besatzung auf der linken Seite des Tisches und die *Pinta* auf der rechten. Es war nicht wirklich so geplant gewesen, aber wir tendierten sogar dazu, mehr oder weniger unserem Gegenpart gegenüberzusitzen, und so nickte ich Heidi Voegeli beim Hinsetzen zu.

Sie erwiderte das Nicken und wies mit dem Kinn auf DeBeer am vorderen Ende des Tisches. Im Seufzen, das folgte, las ich ein gewisses Mitgefühl.

Am Kopfende gewährte Parker allen ein wenig Zeit, indem er an seinem Kaffee nippte. Er stellte die Tasse ab und nickte knapp. »Diese Woche konzentrieren wir uns darauf, ein Inventar der Vorräte zu erstellen und sicherzugehen, dass sie gut verstaut sind. Die *Lunetta*-Besatzungen haben sie hergebracht und beladen die Schiffe, aber wir wollen uns vergewissern, dass alles da ist, wo wir es brauchen.«

»Wir können auf dem Mars nicht mal schnell Milch kaufen gehen.« Benkoski zwinkerte.

Parker ignorierte das und fuhr fort. »Das Team der *Niña* wird aus Terrazas, Avelino und Flannery bestehen. In der Zwischenzeit checkt Shamoun die medizinischen Vorräte. Grey und York, ihr seid in der Küche.«

Ich war ja so überrascht, dass er die Frauen das Inventar der Küche überprüfen ließ. Was hatte ihn nur veranlasst, uns dort einzuteilen?

»Das *Pinta*-Team wird aus DeBeer, Schnöhaus und Stewman bestehen. Donaldson überprüft die Krankenstation und die medizinischen Vorräte. Küchendienst haben Sabados und Voegeli.«

Donaldson, Voegeli und Sabados saßen auf der *Pinta*-Seite nebeneinander, als könnten sie sonst die Männer mit ihrer Weiblichkeit anstecken. Voegeli lehnte sich flüsternd zu Sabados herüber, die die Lippen schürzte, um nicht zu grinsen.

»Benkoski. Wir beide haben BusyBee-Dienst und schippern die Leute zu den Schiffen, und wenn das erledigt ist, inspizieren wir die Bees.« Parker sah von seinen Unterlagen auf. »Die Mission Control glaubt, dass wir das in sechs Stunden schaffen, und wir sollen heute Abend zeitig zurück auf der *Lunetta* sein und an einer Pressekonferenz teilnehmen.«

Am anderen Ende des Tisches schnaubte Rafael. Ich wusste, warum. Hätten wir das alles in Schwerkraft durchführen können, wären sechs Stunden angemessen gewesen. Aber wir würden eine halbe Stunde benötigen, nur um mit den BusyBees von der *Lunetta* zu den Schiffen zu gelangen. Das Anziehen nicht mitgerechnet. Und eine Pressekonferenz nach einem ganzen Tag Inventur? Uff!

Ich biss in den Donut, der aus Styropor zu bestehen schien. Der Zucker auf der Außenseite hatte den Plastikgeschmack der Verpackung angenommen. Hoffentlich bekamen wir auf der Pressekonferenz bessere Snacks!

Parker ließ uns einen Moment lang grummeln, bevor er schief grinste. »Ich hab ihnen gesagt, dass das nicht machbar ist, daher haben wir zwei Tage Zeit bekommen. Trotzdem gibt's heute Abend 'ne Pressekonferenz.«

Ruby Donaldson, die Ärztin der *Pinta*, hob ihren Kaffee. »Gott segne dich, Vater.«

Parker schüttelte den Kopf. »Nur noch mal zur Erinnerung: Niemand spricht mit den Reportern, ohne dass jemand von der IAC dabei ist. Wendet euch an Betty, wenn ihr Unterstützung braucht.«

DeBeer murmelte etwas auf Afrikaans und zog mit dem Stift eine Linie quer über die aufgeschlagene Seite in seinem Ordner.

Parker beugte sich vor. »Ist angekommen. Warum sagst du es den anderen nicht auf Englisch?«

DeBeer wurde rot und knirschte mit den Zähnen, um dann mit den Achseln zu zucken. »Finden wir Betty in deinem Quartier, wenn wir sie suchen?«

Im Raum wurde es ganz still, und das konstante Summen der Ventilatoren trat in den Vordergrund. Wir wussten alle von der Affäre. Wir wussten alle, dass Betty und Parker sie auf der Station fortführten. Doch sie waren diskret. Niemand von uns sagte etwas dazu, denn ehrlich gesagt war Parker netter, wenn er nicht untervögelt war.

Parker hielt den Blick starr auf DeBeer gerichtet. »Danke, dass du es den anderen gesagt hast. Ich merke fürs Protokoll an, dass das Afrikaans-Wort ›hoer‹ genau das bedeutet, wonach es sich anhört. Hure ist ein hartes Wort für die Presseleute, egal, wie sehr dich die Konferenzen nerven. Sie müssen genau wie wir ihren Job machen, und wenn wir kooperieren, werden sie schneller fertig.«

»Ist Kooperation auch dann zutreffend …« Florence hielt inne und räusperte sich. »Nennt man es auch Kooperation, wenn die Journalisten ständig Fragen über die Schwarzen Besatzungsmitglieder stellen?«

»Dieses Thema ist beendet.« Parker richtete seine Aufmerksamkeit wieder auf die Papiere vor sich und ignorierte Florence' verächtliches »Pah«. »Als Vorgeschmack auf die nächste Woche hier die Erinnerung daran, dass uns die Mission Control ein Team hochschickt, das vor dem Start noch einmal alles überprüft. Es gibt eine kleine Änderung im Team: Unser leitender Ingenieur ist dabei.«

Nathaniel.

Es war auf einmal sehr heiß im Raum. Alle drehten sich zu mir um, und ich wäre gern unter dem Tisch im Boden versunken. Keiner der anderen würde seine Familie vor dem Start noch einmal sehen. Nathaniel hätte uns keine Extrawurst braten dürfen, und doch war ich so unendlich glücklich, dass er es getan hatte.

»York, du wirst diese Rakete mit Betty in Empfang nehmen. Die Presse wird da sein, also würde ich empfehlen, dass du vorher mit Betty eine Taktik durchsprichst.« Parker grinste wie ein Hai. »Nur zur Information: Die BusyBees sind schalldicht.«

Ich hasse ihn so sehr. Ich schnappte mir die Fibonacci-Folge und klammerte mich daran, damit ich mich nicht über den Tisch auf ihn stürzte, um ihn zu schlagen. *1, 1, 2, 3, 5, 8, 13 …*

Von der anderen Seite des Tischs starrte mich Heidi mit nackter Wut an. Ach, Nathaniel … Ich hatte sie gerade alle dazu gebracht, mich als Teil des Teams zu akzeptieren und nicht einfach als Eindringling zu sehen, der nur aus PR-Gründen dabei war. Warum um Himmels willen hatte Clemons das bewilligt? Er musste doch wissen, wie sich das auf die Moral auswirkte!

Während die Hitze in meinem Gesicht langsam nachließ, sagte DeBeer leise zu Benkoski: »Hab dir doch gesagt, sie sind das PR-Schiff.«

Benkoski, der mich schon seit Jahren kannte, setzte ein säuerliches Lächeln auf, als wollte er mich nicht finster anstarren. Er lachte. »Ja, nun. York war schon immer gut in der Öffentlichkeitsarbeit.«

»Wir haben alle unser Los zu tragen.« Das Haigrinsen offenbarte immer noch Parkers perfekte Zähne. »York. Du hast den Vormittag frei, um dich richtig hübsch zu machen, bevor du deinen Göttergatten begrüßt. Die Presse wird euch lieben.«

Ich schwebte neben der Luftschleuse in einer der schwerelosen Sektionen der *Lunetta,* als die letzte Rakete von der Erde eintraf. Während des Trainings hatte ich mich den Rhythmen der anderen Teammitglieder angepasst. Als Parker mir gesagt hatte, dass Nathaniel kam, war mir das Datum gar nicht aufgefallen.

Aber Nathaniels Ankunft fiel mit Rosch Haschana zusammen.

Alle bereiteten auf den Schiffen eine Trockenübung des Starts vor. Nun, alle außer mir, Betty und der gesamten Presse. Sie schwebten hinter mir, mittlerweile an die Schwerelosigkeit gewöhnt, nachdem sie bereits mehrere Ausflüge zur Raumstation unternommen und dabei richtigen Astronauten die Plätze weggenommen hatten.

Jemand aus der Stationscrew stieß sich mit den Zehen ab und flog zum Schott, wo er den Druck überprüfte und sich dann durch das Bullauge die visuelle Bestätigung holte. Nur weil die Deltadruckanzeige auf 0,34 stand, hieß das nicht, dass sich notwendigerweise etwas auf der anderen Seite der Tür befand – es konnte sich auch einfach um einen Kurzschluss handeln. Einen Augenblick später betätigte er pumpend den Ratschengriff und öffnete das Schott.

Dahinter ging das Schott des Shuttles auf und gab eine kurze Brise von der Erde frei. Ich habe mir das bestimmt nur eingebildet, denn mein Geruchssinn verkümmert im All, aber es schien mir, als würde die Luft aus einem Gefährt von der Erde anders riechen als die recycelte Luft, die wir hier oben einatmen. Passagiere schwebten der Reihe nach heraus und grüßten, wen immer sie kannten. Die meisten waren auf dem Weg zum Mond oder würden jemanden auf der *Lunetta* ablösen.

Als alle Astronautinnen und Astronauten ausgestiegen waren, schwebte das Team der Mission Control durch die Luftschleuse. Bubbles, Michael Boundy, Ken Harrison und Howard Teng. Alle weiß, außer Teng.

Und dann, ganz hinten, die letzte Person in der Rakete, grinsend, als würde er gleich in Tränen ausbrechen … mein Mann.

Für die Fotografen hinter mir verbarg ich all die Freude und den Kummer meiner Seele hinter meinem standardisierten Lächeln. »Willkommen auf der *Lunetta*, meine Herren!

Die Besatzung wird Ihr persönliches Gepäck verstauen, während ich Sie in einer der BusyBees zur *Niña* und *Pinta* hinüberbringe.«

Hinter mir erklang die vornehme Stimme des britischen Reporters von der *Times.* »Dr. York! Wie fühlt es sich an, Ihre Frau wiederzusehen?«

»Dufte.« Nathaniel beförderte sich näher an die Gruppe heran, bewegte sich dabei aber linkisch. Er war zuvor schon im All gewesen, aber das lag einige Jahre zurück. Daher brauchte er zwei Versuche, um den Fuß unter eines der Geländer zu klemmen.

Bubbles schaffte es, selbst an einem Handlauf auf und ab zu hüpfen. »Ach, jetzt geh schon hin und küss sie! Solange du das nicht getan hast, bist du doch vollkommen nutzlos.«

Zum ersten Mal in meinem Leben widerstrebte es mir, meinen Mann zu küssen. Sobald ich das tat, würden alle Kameras auf einmal klicken und klappern. Ich kannte das System an diesem Punkt schon gut genug, um zu wissen, dass jede große Zeitung auf der Erde unseren Kuss bringen würde. Aber, wie Parker so freundlich angemerkt hatte, mussten wir alle unser Los tragen, und meins war es, den Frauen auf der Erde das All und den Mars schmackhaft zu machen.

Auf dem Papier mochte ich Rechnerin sein, aber ich war auch das weibliche Aushängeschild der Raumfahrt.

Ich behielt mein Lächeln bei, stieß mich mit den Zehen ab und kreuzte zum Handlauf meines Mannes. Nathaniel strahlte Wärme ab, und ich atmete ein, doch der Verdichtungseffekt durch die Schwerelosigkeit verbarg seinen Geruch vor mir. Schüchtern wie eine junge Braut lächelte ich den Mann an, mit dem ich seit zwölf Jahren verheiratet war. »Hallo, Dr. York.«

»Dr. York, wie schön, Sie zu sehen.« Nathaniel nahm meine Hand, und ich berührte die Schwiele an seinem Zeigefinger. Er beugte sich vor und flüsterte: »L'shanah tovah tikatevi v'taihatemi.«

Wir würden kein Festmahl ausrichten und auch nicht das Schofarhorn hören oder auch nur Kerzen anzünden, aber wir konnten einander wenigstens die Neujahrsgrüße aussprechen. Ich flüsterte zurück: »L'shanah tovah tikatev v'taihatem.«

Er lächelte und wies dann mit einem Nicken auf die Meute hinter uns. »Darf ich?«

Ich biss mir auf die Lippe und nickte. *3,141 …*

Er beugte sich vor, und die Reporter und die Ingenieure und Betty und die Erde und alles andere verschwand hinter ihm. Mein Mann schmeckte nach frischer Minze und seinem unnachahmlichen Selbst. Seine Wangen waren babyweich, bis auf die winzige struppige Stelle direkt unter der Lippe, die er immer übersah.

Als ich mich zurückzog, brannten meine Wangen, und die Ingenieure brachen in wilden Jubel und Applaus aus. Blitzlicht flackerte um uns herum. Ich umklammerte Nathaniels Hand noch einen Moment lang und versuchte, zu Atem zu kommen.

3,141 592 …

Wie meine Therapeutin mir einst geraten hatte, stieß ich so lange die Luft aus, bis das Einatmen beinahe unwillkürlich geschah. Nathaniel legte die freie Hand auf meinen Steiß und räusperte sich. »So. Ich glaube, die IAC hat viereinhalb Minuten für die Begrüßung vorgesehen, und wir müssen uns an den Zeitplan halten.«

Das erntete ein Lachen von der Galerie, sogar von einigen Mitgliedern der *Lunetta*-Crew, die gekommen waren, um Nathaniel zu sehen. Ich ließ die Hand meines Mannes los und glitt zurück. »Folgen Sie mir bitte, die BusyBee befindet sich in dieser Richtung. Das Marsexpeditionsteam freut sich darauf, Sie alle wiederzusehen.«

Eigentlich sollte ich ja an Rosch Haschana nicht arbeiten, aber immerhin war ich nicht allein.

Nathaniel teilte sein Team zwischen den Schiffen auf. Ich weiß nicht, wessen Entscheidung es war, aber Nathaniel inspizierte zusammen mit Bubbles die *Pinta* statt meines Schiffs, und der Rest überprüfte die *Niña.* Ich kann wirklich nicht sagen, wer die Entscheidung getroffen hatte, aber es entging mir nicht, dass Teng unserem Getrennt-aber-gleich-Schiff zugewiesen worden war.

Der Tag war lang und so langweilig, wie es von einer Inspektion zu erwarten gewesen war. Das Aufregendste war wohl, dass Teng Rafaels Schokoladenvorrat entdeckte und ihm drohte, diesen zu »inspizieren«. Unser Team war stabil, zumindest was die Arbeit anging.

Erst nach der Inspektion, einem Essen mit den anderen und einer weiteren Pressekonferenz hatte ich Nathaniel für mich allein. Als es endlich so weit war, zog ich ihn in die BusyBee. Das kleine Schiff war nicht mehr als eine abgeschirmte Röhre mit einem Antrieb und Sitzen. Es verfügte natürlich zur Sicherheit über Lebenserhaltungssysteme, war jedoch vor allem entwickelt worden, um Menschen im All hin und her zu transportieren, und würde einen Eintritt in die Atmosphäre niemals überstehen.

Ich aktivierte die Ventilatoren, die für den Luftaustausch mit der Station sorgten, und schloss uns durch das Versiegeln des Schotts ein. Nathaniel schwebte hinter mir und zog mich an seine Brust. Er schloss mich in die Arme und vergrub sein Gesicht an meinem Hals. Mein ganzer Körper schmerzte, so sehr hatte ich ihn vermisst.

Sein Atem wärmte meine Wange und verwirbelte die feinen Härchen an meinem Nacken. »Wie schlimm ist die DeBeer-Situation?«

Ich drehte mich in seinen Armen herum, was uns im Gang der BusyBee zum Rotieren brachte. »*Deshalb* bist du also hier?«

Nathaniel schenkte mir ein vertrautes Grinsen und fand den Reißverschluss meines Anzugs. »Nun … es gibt auch noch andere Gründe.«

Ich verdrehte die Augen, obwohl mein Triebwerk bereits hochfuhr. »Und da dachte ich, du bist wegen Rosch Haschana hier!«

»Das war nur günstiges Timing.« Er fuhr mit dem Daumen über mein Schlüsselbein. »Du weißt doch, dass ich ein schrecklicher Jude bin.«

»Wie willst du nur die drei Jahre überleben?«

»Ich weiß es nicht.« Er seufzte, dann hakte er sich mit dem Fuß unter einem Sitz unter und stoppte seine Drehung. »Erzähl mir von DeBeer.«

Ich drehte mich noch kurz weiter und an ihm vorbei. Mit einer Hand griff ich nach seinem Oberarm und hielt an. »Ich glaube nicht, dass er ein Problem darstellt, wenn wir erst aufgebrochen sind. Dann kann er sich zwar immer noch wie ein Arschloch verhalten, aber nicht mehr solche Schwierigkeiten machen wie im Moment.«

»Ja … ich wünschte, Südafrika hätte uns jemand anderen geschickt.«

Nathaniel zog den Reißverschluss meines Anzugs weiter herunter, und willkommene Kühle empfing mich. »Immerhin ist er nur der Co-Pilot der *Pinta*.«

»Benkoski wird ihn in Schach halten.« Hoffte ich. Ich ließ die freie Hand über Nathaniels Schulter nach vorn gleiten und suchte nach seinen Hemdknöpfen. »Ich hab dir doch gesagt, es ist alles okay.«

»Ja, und dann kam der südafrikanische Zeitungsartikel raus, und alles rund um die Schwarzen Teammitglieder wurde wieder aufgewärmt. Clemons …«

»Sag mir, dass du nicht mit ihm darüber geredet hast!«

Nathaniel beugte sich herab, um an der bloßen Haut unter meinem Schlüsselbein zu knabbern. »Wie, denkst du, bin ich wieder ins Inspektionsteam gekommen?«

»Wenn ich gewollt hätte, dass du … Warte! Was meinst du mit ›wieder‹?«

Er zog den Pilotenanzug herunter und entblößte meine Schultern. Dann ließ er einen Finger unter den BH-Träger wandern und verzog leicht das Gesicht. »Ach. Als du Teil der Marsmission wurdest, gab es Bedenken, dass unsere Beziehung meine Prioritäten bezüglich der Mission beeinflussen könnte.«

»Da kennen sie dich aber schlecht.«

»Nein, sie kennen mich gut. Ich würde alle auf beiden Schiffen opfern, um dich in Sicherheit zu wissen.« Er zog den BH-Träger zur Seite, folgte ihm zum Körbchen und dann hinein, um meine Brüste zu umfangen.

»Es ist wichtig, dass du für mich keine Ausnahmen machst.«

»Ich versuche es, aber es ist mir einfach nicht möglich. Das ist der Grund, weshalb wir Carmouche aus allem abgezogen haben, was Helen betrifft.«

»Bitte …« Ich drückte mich an ihn und küsste seinen Hals. Jetzt, mit dem Gesicht an seiner Haut, konnte ich endlich seinen vertrauten Geruch wahrnehmen. »Es erschwert mir den Umgang mit dem Team, wenn ich bevorzugt werde.«

Nathaniel zog den anderen Ärmel meines Anzugs ohne jegliche Finesse herab. Wir entfernten uns von den Sitzen, trieben den Mittelgang der BusyBee entlang. »Clemons hat nur erlaubt, dass ich herkomme, weil er weiß, dass es *danach* nichts Wichtigeres für mich gibt, als dafür zu sorgen, dass die Teams es zum Mars und wieder zurück schaffen.«

Ich zog die Hände aus den Ärmeln und zitterte leicht in der

kalten Luft. Oder ich bebte, weil mein Mann die Hände über meinen Rücken, meine Hüften, meine Brüste gleiten ließ und dann die Umlaufbahn von Neuem begann. Wie kann jemand gleichzeitig unterkühlt und überhitzt sein?

»Dann haben wir einen Konflikt, denn mir ist die Sicherheit der Teams wichtiger als ich.«

Nathaniel hob den Kopf. »Auch wichtiger als ich?«

Herrgott, ich habe tatsächlich gezögert!

Er riss die Augen auf und lachte. »Na ja. Das hätte ich mir wohl denken können.«

»Nein!« Ich fing seine Hände ein und hob sie an meine Lippen. »So ist es nicht. Ich kann mir einfach keine Situation vorstellen, in der ich mich zwischen ihrem Leben und deinem entscheiden müsste. Du aber schon.«

»Ja.« Er sah mich mit seinen blauen Augen an, und ich fragte mich, was er zu sehen hoffte. »Ich schon. Vergib mir.«

Rosch Haschana ist eine Zeit der Vergebung und Versöhnung. Eine Zeit der Freude und Reflexion. Der Rest unserer Unterhaltung war ganz davon erfüllt und kam ohne Worte aus, verlief jedoch nicht unbedingt lautlos.

Immerhin hatte Parker recht: Die BusyBee war schalldicht.

DREIZEHN

14 Raumfahrende rasen mit 58000 km/h zum Mars

Von *JOHN NOBLE WILFORD*
EXTRABLATT DER NATIONAL TIMES

KANSAS CITY, KS, 19. Oktober 1962 – Die vierzehn Astronautinnen und Astronauten der ersten Marsexpedition fliegen durch die schwarze Leere des Alls, um als erste Menschen einen Fuß auf den Mars zu setzen. Für jene, die auf der Erde zurückblieben, sahen die mächtigen Antriebe wie helle Sterne aus, die in enger Symmetrie über den Nachthimmel zogen. Die Zündung markiert den Beginn der weitesten Reise in der Geschichte der Menschheit. Nachdem sie zweimal um die Erde gekreist waren, um die Geschwindigkeit von atemberaubenden 58 000 km/h aufzubauen, schleuderten die Trägerraketen die Raumfahrzeuge aus dem Erdorbit in Richtung Mars. Den roten Planeten erreichen sie in 320 Tagen.

Erinnerst du dich daran, wo du warst, als die erste Marsexpedition den Erdorbit verlassen hat? Ich habe gehört, ein Viertel der Menschheit hätte am Fernseher oder durch Teleskope zugesehen oder am Radio zugehört, ebenso wie einhundert Prozent der Mondbevölkerung. Im Kommandomodul befanden sich Kameras, um unsere Reise für die Nachwelt aufzuzeichnen. Wir würden uns rasch zu weit draußen befinden, um klare Bilder zu übertragen, aber beim Start konnten die Menschen auf der Erde uns von Walter Cronkite kommentiert bei der Arbeit zuschauen.

Ich hatte zuvor schon im NavComp-Sitz gesessen. Nun starrte ich mit Sextant und Tabelle, Bleistift und Millimeterpapier aus dem Fenster … in die Dunkelheit.

In die Dunkelheit und zur Erde. Dieser sich drehenden Kugel aus leuchtendem Blau und Weiß mit dem Glitzern der Städte wie zu Boden gefallene Sterne. Irgendwo dort unter den Wolken war mein Mann.

Die Comm rauschte, und die Stimme unseres CAPCOMs Malouf erscholl. »*Niña 1*, hier Kansas.«

Parker schaltete die Comm ein. »Wir hören euch, Kansas. Hier *Niña 1*.«

»Okay. Ihr seid genau da, wo der Flugplan euch bei drei Stunden und fünfzehn Minuten haben will; wir geben euch Starterlaubnis.«

»Roger. Startbereit.« Parker grinste und sah sich in der Kabine nach uns um. Klar, wir waren Profis, aber dies hier war der Funkspruch, der unsere Reise von der Erde zum Mars freigab.

»Kalkuliert ein, dass die S-IVB sich auf SEP-Position um zehn Grad neigen wird; trotzdem seid ihr startklar. Das stellt kein Problem dar.«

»Roger.« Er schaltete das Mikro aus und sah zu mir herüber. »Alles mitgekriegt?«

»Jawohl.« Ich ergänzte meine Notizen im Nav-Handbuch. Eine Abweichung von zehn Grad fiel in die Kategorie »mindere, zu erwartende Probleme« – wir hatten schon Simulationen mit größeren Abweichungen absolviert. Aber wenn ich sie nicht von Anfang an in die Berechnungen einbezog, würde der Fehler sämtliche darauf folgende Daten beeinflussen. Allerdings stellte ich nur die Reserve dar, falls wir den Kontakt zur Erde und den Rechnerinnen verloren.

Um mich herum arbeitete der Rest der Besatzung an den zugewiesenen Aufgaben, so wie ich mich mit der Mathematik des Weltraums beschäftigte. Ziffern tanzten unter meinen Fingern wie Sterne am Himmel.

Malouf meldete sich erneut. »*Niña 1*, hier Kansas. Ich wollte euch fragen, ob ihr einen VERB-66-ENTER gemacht habt, um den Zustandsvektor vom MSM- zum MM-Slot zu übertragen. Das haben wir hier unten nicht mitgekriegt.«

Florence sah vom mechanischen Computer auf, an dem sie meine Arbeit spiegelte. »Das hab ich noch nicht gemacht.«

Parker runzelte die Stirn. »Haben wir nicht.«

»Okay.«

Okay? Das war alles? Mein Bleistift schwebte über dem Papier. »Will er, dass wir das jetzt durchführen? Es steht erst auf dem Plan, wenn …«

»Wollt ihr, dass wir das jetzt tun?«

»Wenn es jetzt passt.«

»Roger.« Parker schaltete das Mikro aus. »Gehört, Grey?«

»Bestätige.« Sie kritzelte eine Zahl auf den Notizblock neben den Schaltern des mechanischen Computers.

Wir hatten einen mechanischen Computer als Back-up dabei, falls wir den Kontakt zur Erde verlieren und mir etwas zustoßen sollte, aber er konnte nur etwa dreißig Rechenoperationen speichern. Warum sie also wollten, dass wir ihn jetzt aktualisierten, konnte ich nicht sagen, aber die Wege der Mission Control sind manchmal unergründlich.

Ich beugte mich zu Florence hinüber. »Brauchst du Hilfe?«

Sie schüttelte den Kopf. »Ich hab am Funkgerät gerade eine Verschnaufpause, bis sie das VHF testen wollen, und wie ich mich aus den Simulationen erinnere, müsstest du ganz gut zu tun haben in den nächsten …«

»*Niña 1*, hier Kansas. Wir bräuchten annäherungsweise die GET eures SEP-Manövers, um sie in unser Ephemeridentracking einzubeziehen.«

Ich verdrehte die Augen. Vom Boden aus lässt sich leicht

vergessen, wie lange es dauert, Anweisungen durchzuführen. Wenn sie sich auf den mechanischen Computer verlassen hätten, wäre Florence immer noch damit zugange, die Daten einzugeben. Ich versuchte, nicht allzu selbstgefällig zu klingen, als meine Antwort schneller kam: »Drei Stunden, vierzig Minuten, null Sekunden.«

Parker hob eine Braue. »Das hast du nicht mal nachgeguckt.«

»Deswegen zahlt man mir ja auch so viel Geld.«

Parker wiederholte die GET für Malouf. Unten auf der Erde würde die Mission Control über diesen Daten brüten, um sicherzugehen, dass alles kalibriert und korrekt war.

Währenddessen legte Parker gelegentlich einen Schalter um und behielt dabei alle Pegel im Auge. »Hast du noch was für Kansas, York?«

»Ich habe hier die exakte Position für dich und einen Treibstoffbericht.« Ich nickte, ohne von meinem Blatt aufzusehen. Die arme Florence drüben am mechanischen Gerät hackte immer noch Ziffern ein. Das verdammte Ding konnte schneller rechnen, aber nur, wenn man die Zeit nicht mitzählte, die man brauchte, um es zu programmieren. »DELTA-VX minus 00011, DELTA-VY plus 0002, DELTA-VZ minus 0002, Rollwinkel 0, Nickwinkel 180, Gierwinkel 0.«

Parker wiederholte das alles für die Bodenkontrolle, während ich die Navigationspläne aktualisierte. Natürlich würde man uns die aktualisierten Informationen zusenden, aber ich sollte alles schon vorher parat haben für den Fall, dass die Kommunikation unterbrochen wurde.

»Gottverdammt!« Terrazas lehnte sich zum Fenster und dann zurück in den Sitz. Er schüttelte den Kopf. »Aufgrund der Trägheit haben wir die S-IVB direkt im Schlepptau.«

Das war die Rakete, die uns auf volle Reisegeschwindigkeit gebracht hatte. Ich verzog das Gesicht und tauschte einen Blick mit Terrazas. »Es ist wieder genau wie beim Flug zum Mond. Parker, kannst du uns davon wegsteuern? Wenn sie Druck ablässt, verdeckt uns der Dampf sonst die Sterne.«

»Na super!« Parker schüttelte den Kopf. »Um Distanz zur S-IVB zu bekommen, muss ich ein paar kleine Manöver durchführen.«

»Zu spät.« Vor meinem Fenster schienen sich die Sterne hunderttausendfach zu vervielfältigen. Das Licht fing sich in gefrorenen Treibstoffpartikeln, die wie Glühwürmchen funkelten, und all das machte meine Aufgabe auf einmal hunderttausendmal schwieriger, ganz genau wie bei der Mondmission. Zum Glück hatte ich sehr viel Übung darin, die Sterne zu identifizieren.

Parker seufzte und schaltete die Mission Control wieder in die Leitung. »Kansas, hier *Niña 1*. Die S-IVB lässt Dampf ab und ist direkt hinter uns.«

»Roger. Verstanden; das ist vermutlich ein nicht beschleunigendes Druckablassen. Das große Gleitdruckmanöver startet um 04:44:55 und der Druckablass dann um 05:07:55.«

Terrazas schnaubte. »Vielleicht nicht beschleunigend, aber trotzdem wie ein Geysir!«

Malouf fragte: »Wie weit seid ihr gerade vom S-IVB entfernt?«

»Zwischen hundertfünfzig und dreihundert Meter.«

»Okay, Parker. Wir empfehlen für das Abstandsmanöver eine radiäre Zündung mit zur Erde ausgerichteter X-Achse und Schub von minus X für 0,91 Meter pro Sekunde. Over.«

»Lieber nicht – dann ist die S-IVB nicht mehr in meinem Sichtfeld.«

»Okay. Der Grund für eine radiäre Zündung ist eine Kurskorrektur in der mittleren Phase, bei der wir das SPS benutzen können. Warte kurz.«

Ich hob den Kopf. »Das ist gar nicht notwendig. Im Augenblick sind unsere Kardanwinkel ungefähr … Rollwinkel 190, Nickwinkel 320, Gierwinkel 340. Wir könnten es auch aus dieser Position durchführen.«

»*Niña 1*, hier Kansas. Wie befindet ihr euch relativ zur Trägerrakete?«

Parker musterte mich eine Sekunde lang, bevor er antwortete. »Wir befinden uns direkt über der S-IVB mit der Sonne rechts der Trägerrakete und sichtbar in unserem linken Nummer-1-Fenster.« Noch während er das Mikro ausschaltete, wandte er sich zu mir um. »Mach mir diese Zahlen fertig. Sie werden danach fragen.«

»Verstanden.« Ich nickte und schrieb die Zahlen aufs Blatt, die zum Modellschiff in meinem Kopf passten. Erst als Erwachsene war mir aufgegangen, dass andere Menschen keine solche Beziehung zu Zahlen haben wie ich. Für sie sind es abstrakte Formen auf einem Blatt Papier, die im besten Fall zu den physikalischen Eigenheiten eines Objekts passen. Für mich haben sie Gestalt, Umriss, Masse, Textur, Farbe. Ich konnte das Schiff und die S-IVB und den Mars und die Erde im Kopf behalten, bis all die Unreinheiten abgeschrubbt waren und nur die reine, glatte Berechnung des Alls zurückblieb.

Unten auf der Erde sagte Malouf: »Okay. Verstehe; die Sonne ist auf der rechten Seite der S-IVB und scheint durch euer Fenster Nummer 1. Und ihr seid … mit diesen Winkeln meint ihr, dass eure Plus-X-Achse mit diesen Winkeln darauf zeigt. Könnt ihr das bestätigen?«

»Bestätigt. Aber York denkt, wir können zünden, ohne die Kardanwinkel zu ändern.«

Ich schlug die Referenzseite in meiner Mappe auf, um meine Zahlen nachzuprüfen. »Du kannst eine P52-Wiederausrichtung vornehmen, das sollte das Problem lösen. Die S-IVB neigt sich um … Die Gesamtneigung wird während des Slingshot-Manövers um zehn Grad steigen.«

An ihrer Station drückte Florence einen Schalter am mechanischen Computer, der daraufhin zu rattern begann. Mit schnappenden Geräuschen erwachten die Vakuumröhren zum Leben.

Parker schürzte die Lippen und nickte Terrazas zu. »Zwei Komma vier Meter pro Sekunde, klingt das für dich korrekt?«

»Das bringt uns raus, und wir bleiben auf Kurs.« Terrazas beugte sich vor, um aus seinem Fenster zu schauen. »Sie ist noch in derselben Position.«

Mit einem Nicken wandte sich Parker per Mikro an die Mission Control. »Kansas, wir müssen die cisMars-Navigation bis kurz nach diesem kleinen Manöver unterbrechen.«

»Bestätigt, Parker. Verstehen wir.« Hinter Malouf konnte ich gerade so das Stimmengewirr in der Mission Control ausmachen. Doch selbst wenn ich mich anstrengte, gelang es mir nicht, Nathaniels Stimme herauszuhören. »Könnt ihr uns bitte eure aktuellen Kardanwinkel nennen, sobald sich eure Plus-X-Achse zur Trägerrakete ausgerichtet hat?«

»Moment!« Parker wandte sich mir über die Schulter hinweg zu. »Ist es klar genug, dass du wieder COAS hast?«

»Bestätige.« Ich konnte nicht zum Horizont der Erde zurückblicken, doch wenn ich die Blende vor den Sextanten schob, war die Sonne eine Option.

»*Niña 1*, hier Kansas.«

»Wir hören, Kansas.«

»Könnt ihr uns die Kardanwinkel geben, Parker, falls es gerade passt?«

Parker verdrehte die Augen. Mir ging es ähnlich. Man brauchte im All für alles länger, als die Mission Control dachte. Seine Stimme war sehr ruhig, als er erwiderte: »York hat gerade genau COAS darauf, es wird also akkurat sein.«

Während ich arbeitete, murmelte ich: »Danke.«

»Mach's gleich richtig, oder du bist nur am Ausbessern, hat mein alter Herr immer gesagt.«

Ich maß den letzten Winkel und lehnte mich in den Sitz zurück. »Okay. Mit COAS direkt auf die S-IVB ist der Rollwinkel 105, der Nickwinkel 275 und der Gierwinkel ungefähr 325.«

Parker wiederholte mir das alles, schaltete dann das Mikro an und gab es an Malouf durch, der es wiederum in der endlosen astronautischen Frage-und-Antwort-Litanei weitergab. »Ich beginne die Zündung mit 2,4 Metern pro Sekunde, radiär aufwärts.«

Die Schubdüsen unter uns feuerten, und mein Rumpf wurde in den Sitz gedrückt, als wir plötzlich wieder Eigengewicht hatten. Es war nur der Bruchteil eines Gs, aber nachdem wir nun schon neun Stunden schwerelos waren, fühlte es sich an, als wären wir zurück auf der Erde. Als Parker den Schub zurücknahm, hob mich die Trägheit in die Schultergurte. Deshalb waren wir während der Manöver immer angeschnallt.

»Kansas, wir haben die Zündung bei 7,7 durchgeführt plus X plus 00001 Y, alle Zs sind null. Kardan: Rollwinkel 180, Nickwinkel 310, Gierwinkel 020.«

»Bestätige. Wie sieht die Trägerrakete jetzt aus? Bekommt sie rasch Abstand, was könnt ihr sehen?«

Parker lehnte sich zum Fenster. »Terrazas, siehst du sie?«

»Warte.« Er beugte sich ebenfalls vor. »Hab sie. Wir befinden uns im 90-Grad-Winkel zu ihrer X-Achse und müssten jetzt dreihundert Meter entfernt sein, Entfernung steigend.«

Parker sah an Terrazas vorbei zu mir. »Sind wir weit genug weg, dass du klare Sicht auf die Sterne hast?«

Ich lehnte den Kopf ans Fenster und starrte hinaus ins Dunkel. Der Sprühnebel durch den Druckablass der S-IVB hing als künstliche Sternenwolke um die Trägerrakete herum, aber der Rest des Nachthimmels erstreckte sich dunkel und klar. »Bestätige.«

»Kansas, hier ist *Niña 1*. Ich denke, wir haben Freigabe. Wir hängen unserem P23 ein wenig hinterher, aber ich schlage vor, dass wir das wieder aufholen, indem wir sie jetzt starten.«

»Bestätigt, Parker. Danke. Wenn es euch gerade passt, könntet ihr uns das PRD auslesen? Und was den P23 betrifft, könnt ihr einfach jetzt damit anfangen. Es sieht so aus, als würde euer erster Stern, Nummer einunddreißig, circa um 05:15 GET sichtbar sein. Over.«

Nummer 31. Vom kleinen Wagen zum Arktur wagen, und von da aus einfach weiter bis zum Morgen.

VIERZEHN

Sprecher: Die American Broadcasting Company präsentiert *Headline Edition* mit Taylor Grant am 2. November 1962.

Grant: Die Ansprache von General Bradley heute in Kansas City war eine von gleich mehreren interessanten Entwicklungen bezüglich unserer militärischen Verteidigung. Er wandte sich an den Women's National Press Club und erklärte den versammelten Damen die umfassenden Ausgaben der Vereinigten Staaten für den Militärapparat der Vereinigten Staaten, die bis auf absehbare Zeit einkalkuliert werden müssen. Das Eindämmen der zivilen Unruhen auf nationaler und internationaler Ebene sei von größter Wichtigkeit für ein stabiles Wirtschaftswachstum.

Wir waren gerade erst zwei Wochen unterwegs, als zum ersten Mal ein Teil unserer Ausstattung schlappmachte.

Ich schwebte gerade in die Null-*g*-Toilette in der Nähe des Kommandomoduls, als ich im Türrahmen jäh innehielt. Eine sich drehende Kugel aus Urin hing in der Mitte der kleinen Klokabine, umkreist von dazu passenden Satelliten.

»Ach, das kann doch nicht wahr sein!« Ich schob mich zurück, um die Spindel hinabzuschauen – den langen Korridor, der sich durch die gesamte Länge der *Niña* zog – und herauszufinden, ob der Übeltäter noch in Sicht war, doch wer das auch immer hinterlassen hatte, war einfach gegangen.

Im Zentrifugalring gab es eine Schwerkrafttoilette, aber diese hier wurde immer von den Leuten benutzt, die Dienst im Kommandomodul hatten. Theoretisch. Praktisch war es meist schneller, hinunter in den Ring zu steigen, als sich in der Schwerelosigkeit auf dem Klo einzurichten. Aber das hieß nicht, dass wir das hier so lassen konnten. Sosehr ich das Problem auch ignorieren wollte: Da ich es gefunden hatte, musste ich mich auch damit beschäftigen. Wir waren nur zu siebt auf dem Schiff. Niemand würde sich freiwillig melden, um die Toilette zu reparieren, und wenn ich nichts unternahm, würden die anderen sich über mich ärgern. Noch mehr als ohnehin schon.

Das wäre wirklich die Aufgabe der Person gewesen, die das Schlamassel verursacht hatte, aber mein Zorn konnte warten, bis ich den Urin eingefangen hatte.

Die Exkrementsatelliten waren eklig, aber nicht so problematisch wie die flüssigen Absonderungen. Das Letzte, was wir brauchen konnten, war ein Urinball, der die Spindel hinuntersauste. Zum einen, weil es widerlich war, zum anderen aber, weil derart viel Flüssigkeit eine Menge Unsinn mit den elektrischen Systemen anstellen konnte. Und mit den Luftansaugöffnungen. Und ja, außerdem war es eklig.

Ich versuchte, den Kügelchen auszuweichen, und zog einen Streifen Toilettenpapier ab. Zuallererst musste ich mich um die kleinen Tropfen kümmern, damit ich mich weiter in die Kabine bewegen konnte, ohne mit dem Kopf in Pipi zu geraten. In einem ulkigen kleinen Tanz wedelte ich mit dem Klopapier durch die Luft und fing die kleinen Tröpfchen auf. Das Papier war sofort durchweicht.

Es gibt nichts Ekelhafteres als anderer Leute Ausscheidungen. Ich stopfte das Papier in den Müllbeutel und besorgte mir Nachschub, während ich vor Widerwillen Gänsehaut bekam. Natürlich konnte ich das nicht alles mit Papier aufwischen, denn das hätte unsere Rationen verringert. Die Toilette war so designt, dass sie ein Vakuum nutzte, um alles hinunter in die Tanks zu ziehen, daher verwendeten wir Papier nur ganz am Ende.

Ich glitt weiter in die Kabine und öffnete den kleinen Schrank, um eine saubere Mülltüte herauszuholen. Danach legte ich Klopapier als eine Art Kissen hinein. Mit beiden Händen hielt ich sie auf und stülpte sie über die Hauptkugel.

Es war ein bisschen, als finge ich Schmetterlinge mit einem Netz. Nur in eklig.

Als der Urin auf das Papier traf, brach die Oberflächenspannung, und er sickerte hinein, bis es gesättigt war. Die Überreste drehten sich langsam im Beutel. Ich verschloss die Öffnung und schob die Tüte vorsichtig in eine zweite. Danach nutzte ich Klopapier wie einen Handschuh, um die Satelliten aus der Luft zu schnappen und in den Beutel zu befördern.

Also wirklich. Ist es denn zu viel verlangt, dass die Leute hinter sich aufräumen?

Es war zwar eine widerliche, aber nicht unbedingt langwierige Angelegenheit. Ich schob den Beutel in den Abfallschlitz und beschloss, das in der Montagsbesprechung zur Sprache zu bringen. Zur Hölle, vielleicht würde es sogar beim Abendessen Thema werden! Ich nahm mir ein Desinfektionstuch und begann mir die Hände zu schrubben. Es fühlte sich an, als wären sie mit Schmodder überzogen, besonders unter den Fingernägeln.

Da rülpste die Toilette. Ein Bogen aus Urin erhob sich wie ein langes gelbes Stück Gummi in den Raum und zog sich zu einer zweiten Kugel zusammen.

»Du willst mich ja wohl verarschen!« Ich packte mir einen weiteren Beutel und stopfte noch mehr Klopapier hinein.

Als ich ihn über die Urinosphäre brachte, rülpste die Toilette schon wieder. Ich zuckte zusammen, nur ein wenig, doch genug, um mit dem Rand der Tüte die Oberfläche zu berühren. Sofort klebte Urin an meiner Hand, umhüllte sie wie ein warmer, flüssiger Handschuh. So. Ekelhaft. Ich bewegte mich sehr vorsichtig, streckte die saubere Hand nach Klopapier aus und hob das Stück zum Beutel. Ein Ende steckte ich hinein, das andere hielt ich an das Zeug, das meine Hand bedeckte. Die Oberflächenspannung sank ins Papier und zog eine Menge Urin einfach in den Beutel. Mittlerweile war mir egal, wie viel Papier ich verbrauchte. Ich wollte nur schnell wieder sauber werden.

Außerdem musste ich den Beutel rasch loswerden, um mich danach schnellstmöglich um die Toilette zu kümmern, denn ich würde auf keinen Fall noch mal auf die Jagd nach Urinosphären gehen! Sobald ich halbwegs trockene Hände hatte und die Flüssigkeit eingefangen war, warf ich den Beutel in den Müll. Ich zog mich zur Toilette hinab, während meine Beine in den Korridor ragten.

Ich rang nach Luft und zwang mich, meine Bewegungen zu verlangsamen. »Langsam ist schnell, Elma.« Wenn ich mich zu sehr beeilte, würde ich mir nur wieder die Hände schmutzig machen.

Aus dieser Position konnte ich die Instandhaltungsklappe der Toilette erreichen. Glücklicherweise handelte es sich um eine Friktionspassung, die sich öffnen ließ. Ich zog die Klappe ab und legte sie über die Toilette. Mit dem Gurt, mit dem wir uns normalerweise auf der Toilette festschnallten, befestigte ich den Deckel. Das war keine perfekte Versiegelung, aber es würde den Großteil der Exkremente in der Toilette einschließen. Hoffte ich.

Da ich nun halbwegs in Sicherheit war, griff ich in die Instandhaltungsluke und betätigte den Ausschaltmechanismus. Nichts geschah. Ich drückte noch einmal.

Es ist ein bisschen peinlich, dass mir jetzt erst auffiel, dass der Ventilator gar nicht lief. Der Ausschalter funktionierte deshalb nicht, weil der Ansauger bereits aus war.

Die gute Nachricht: Das Problem war nicht deshalb entstanden, weil jemand sich wie ein *Schlub* verhalten hatte. Die schlechte Nachricht: Da ich niemanden der Nachlässigkeit beschuldigen konnte, war das hier tatsächlich mein Problem.

Ich seufzte und beförderte mich rückwärts aus dem Klo. Mitten in der Luft drehte ich mich zum Kommandomodul um. Ich stieß mich an den Handläufen ab und flog wie Superman hinüber. Mit einem Wedeln der Linken richtete ich meinen Körper so aus, dass ich sauber durch die Tür gelangte, und zog die Knie an, um ein wenig Vorwärtsdrall in den Anfang eines Purzelbaums zu verwandeln. Ich streckte mich, als ich wieder hochkam, und hakte einen Fuß unter eines der Geländer am Boden des Kommandomoduls.

Terrazas saß im Pilotensitz und behielt unsere Entfernung zur *Pinta* und dem Versorgungsschiff *Santa Maria* im Auge. Wenn nichts Dramatisches geschah, sorgte die Trägheit dafür, dass wir gleichmäßig durchs All reisten. Später würden wir auch in der Lage sein, die Brücke komplett unbesetzt zu lassen, aber die Mission Control war bei diesem ersten Teil der Reise sehr besorgt.

Rafael entfernte sich gerade vom Pilotensitz. Er sah über die Schulter und räusperte sich. »York. Was ist los?«

»Das Klo ist verstopft.« Ich zog mich zur Versorgungskiste hinüber. »Ich hole nur ein paar Werkzeuge.«

»Brauchst du Hilfe?« Er zog den Reißverschluss seines Anzugs höher und legte Terrazas eine Hand auf die Schulter, um sich mir ganz zuzuwenden. »Ich bin hier gerade fertig.«

»Ich wünschte, du könntest mir helfen, aber da ist kaum Platz. Ich schaff das schon.«

»Super.« Er fuhr sich grinsend mit der Hand durchs Haar. »Schrei, wenn du mich brauchst.«

Ich hätte einfach Ja sagen sollen. Es gibt Zeiten, in denen mir meine Südstaatenerziehung einfach nur im Weg steht. Rafael war unser Ingenieur und wirklich besser geeignet, um ein Klo zu reparieren als ich, und dennoch ... Und dennoch zauderte ich, weil ich gelernt hatte, keine Welle zu machen.

Ich hatte seine Hilfe abgelehnt, weil er, wenn er ebenfalls Südstaatler gewesen wäre, ein zweites Mal gefragt hätte, und dann hätte ich höflich annehmen können. Aber er stammte nicht aus dem Süden, dies war keine gesellschaftliche Verpflichtung, und er hatte mir keinen Eistee angeboten – es war unsere Arbeit. Manchmal bin ich so dämlich!

Daher nahm ich den Werkzeugkasten aus dem Schrank und beförderte mich zurück in die Spindel und zum Klo. Als ich einmal da war, legte ich den Kasten in eine der Nischen, die in die Wand eingelassen sind, und öffnete den Deckel. Als Erstes holte ich Handschuhe heraus. Wunderbare, fabelhafte Latexhandschuhe!

Ich war nie so glücklich gewesen, Latex zu sehen. Nun. Ich meine ... zumindest nicht auf der Arbeit.

Hüstel. Als ich jedenfalls die Handschuhe anhatte, hob ich eine Ecke des provisorischen Klodeckels an und spähte hinein. Jepp, die Toilette hatte wieder gerülpst.

Mein Ausflug ins CM hatte mir Zeit gegeben, darüber nachzudenken, was passiert sein musste. Ich möchte daran erinnern, dass ich vor dem Training für diese Reise zwar in der Lage gewesen war, ein Flugzeug zu reparieren oder ein Auto kurzzuschließen, aber Klempnerarbeiten gehörten nicht zu meiner Expertise. Die Glaubensgrundsätze der IAC hießen jedoch »Training und Redundanz«, also waren alle an Bord jetzt wie ich Pilotinnen, Klempner und Geologen. Zumindest in Grundzügen.

Ich wettete darauf, dass etwas die Luftzufuhr verstopfte und dass sich daraufhin der Ventilator ausgeschaltet hatte, um nicht durchzubrennen. Das hieß, dass ich das Hindernis lediglich entfernen und den Ventilator neu starten musste, und dann würde alles wieder vernünftig laufen. Theoretisch.

Demzufolge ließ ich den improvisierten Klodeckel an Ort und Stelle und zog mich zur Instandhaltungsluke herab. Ich schob den Kopf hinein und versiegelte den Zugang zum Abfalltank. Glücklicherweise war das Ding so eingebaut, dass wir es sicher entleeren konnten. Mit der Versiegelung aktivierte ich den Mechanismus, der den Abfall in den Komposter schickte. Dadurch würde die Toilette immerhin keine Überreste mehr in die Kabine würgen.

Das hätte ich natürlich schon früher erledigen können. Wie gesagt, ich kann manchmal etwas auf dem Schlauch stehen.

»Wie läuft's?«

Rafaels Stimme ließ mich auf sehr peinliche Weise aufschreien. Das ist auch so was, was dir niemand übers All erzählt: Da die Ventilatoren die ganze Zeit laufen, ist es laut. Wenn du schwebst, machst du keine Schritte. Es ist so hoffnungslos einfach, sich an andere heranzuschleichen, selbst wenn man es nicht beabsichtigt.

Ich hielt mich mit einer Hand an der Wand fest. »Okay. Ich habe gerade den Abfall runtergelassen, damit ich die Ansaugpumpe rausholen kann. Vermutlich steckt da was drin, und das verursacht den Rückstrom.«

»Klingt plausibel.« Er veränderte die Position so, dass sein Kopf in die Kabine und seine Beine wie meine in den Flur ragten. »Hast du den Ventilator schon ausgeschaltet?«

»Der war schon aus.« Ich griff erneut in die Instandhaltungsluke und löste die Pumpe. Innerlich dankte ich der IAC dafür, dass sie alles so modular und reparierbar gehalten hatte. Wir hatten für jedes Teil im Schiff Ersatz und noch mehr auf der *Santa Maria*. »Gibst du mir eine Tüte?«

Da Rafael schon hier war, konnte er sich auch nützlich machen. Und wenn er mir noch einmal Hilfe anbot, würde ich sie definitiv annehmen. Plastik raschelte, und dann hielt er eine geöffnete Tüte in mein Sichtfeld.

Ich nahm sie und wickelte das offene Ende so gut es ging um das Rohr, damit das Schlamassel schon mal ein wenig vermindert wurde, wenn ich die Pumpe herausholte. Das Gute an der Schwerelosigkeit ist, dass man sich keine Gedanken um Tropfen machen muss. Herumschweben und In-Dinge-Hineinfliegen? Das war ein Problem. Aber nichts tropft.

Ich zog die Ansaugpumpe ins Licht, und tatsächlich war sie blockiert. Allerdings nicht mit Kot, was ich eher erwartet hätte. Es durften nur menschliche Exkremente in die Toilette, doch das da war bleich und durchschimmernd wie ein Latexhandschuh – ein Latexhandschuh mit nur einem Finger, für einen ganz bestimmten Zweck entworfen.

Mit behandschuhter Hand zog ich das Kondom hervor.

Parker.

Klar, es gab noch andere Männer auf dem Schiff, aber Parker hatte einen Ruf weg. Ich hatte damals die Tränen von mehr als einer WASP getrocknet, die als Untergeordnete nicht gewagt hatte, Nein zu sagen … Seufzend drehte ich mich um. Ich würde Florence und Kamilah vorsichtig fragen müssen, ob alles in Ordnung war.

Rafael hielt mir bereits einen Beutel hin und ließ mich das Kondom hineinlegen. Er verschloss die Tüte mit einer Drehung. »Mist. So was solltest du nicht sehen müssen … Ich mach weiter und räum hier auf.«

Fast – fast hätte ich es wieder abgelehnt und verkündet, dass mich Kondome nicht schockierten. Herrgott, Nathaniel und ich benutzten die Dinger mittlerweile regelmäßig. Oder hatten sie zumindest benutzt. Oder würden sie benutzen. Egal. Rafael war der Ingenieur an Bord, und es war sinnvoller, wenn er sich dem widmete. Ich atmete ein und nickte. »Danke, das weiß ich sehr zu schätzen.«

Er stopfte die Tüte in den Abfallschlitz. »Es tut mir leid, dass du das …«

»Ich hab schon mal Kondome gesehen.« Ich stieß mich ab und glitt zurück in die Spindel, wo ich mir frei schwebend die Handschuhe auszog. »Würdest du das bitte mal bei den Jungs erwähnen? Es wäre vermutlich peinlich, wenn ich es tue.«

Rafael schnaubte. »Ja. Ich weiß, von wem es ist. Ich rede mit ihm.«

»Danke.« Aber ich würde trotzdem mit Kamilah und Florence sprechen, denn das ordnungsgemäße Entsorgen von Abfall war unser kleinstes Problem.

FÜNFZEHN

Sprecher: Die American Broadcasting Company präsentiert *Headline Edition* mit Taylor Grant am 9. November 1962.

Grant: Tausende Mitglieder der Earth-First-Bewegung versammelten sich vor dem Campus der International Aerospace Coalition in Kansas, um gegen die als verschwenderisch bezeichneten Ausgaben zu protestieren. Sie bildeten eine Sitzblockade an allen Eingängen zum Campus, sodass Angestellte weder kommen noch gehen konnten. Die *UN* war gezwungen, Truppen einzusetzen, um die Demonstration zu zerstreuen.

Kamilah kam mit einer Handvoll frischer Radieschen in die Küche. Mir lief beim Gedanken an Gemüse, das nicht trockengefrostet oder vakuumverpackt und bestrahlt worden war, das Wasser im Mund zusammen. Sie hielt die Radieschen in den Händen, brachte sich in Pose und reckte sie über den Kopf, als hätte sie sie im Krieg erbeutet. »Ich bringe Tribut.«

»Dein Opfer wird wertgeschätzt und angenommen.« In Wahrheit war ich ein bisschen neidisch, dass sie in dieser Woche das Garten-Los gezogen hatte. Das Gartenmodul war mein liebster Ort auf der *Niña*. Aber in dieser Woche schob ich Küchendienst. Anfangs hatten wir den Dienst täglich gewechselt, aber es stellte sich heraus, dass es sich einfacher planen ließ, wenn wir eine ganze Woche lang auf demselben Gebiet arbeiteten. Für mich bedeutete das ganz selbstsüchtig, dass ich eine Woche lang mehr oder weniger koscher leben konnte. »Leg sie einfach auf die Ablage.«

»Brauchst du Hilfe?« Sie legte die kleinen runden Knollen ab. Die Freuden der Schwerkraft, selbst lediglich zentrifugaler Schwerkraft, erschließen sich einem besonders beim Kochen. Und erst recht beim Backen! Brot kann nur in Schwerkraft aufgehen, und heute Abend wollte ich mich an Challah versuchen.

»Ich komme ganz gut voran …« Das war schon wieder ganz schön dämlich. Wir beide waren allein in der Küche, die Männer würden erst zur Abendessenszeit hier aufkreuzen, also bot sich die Gelegenheit, mit ihr über Parker zu reden. »Wobei, doch. Würdest du sie waschen, während ich mich um die Kartoffeln kümmere?«

»Das hab ich im Gartenflügel schon gemacht.« Sie zeigte mir eine. »Damit die Erde dableibt. Soll ich die Blätter abschneiden?«

»Das wäre super. Und sie dann in dünne Scheiben schneiden?« Währenddessen zerstampfte ich die Kartoffeln in einer Schüssel, um einen Kigel zu formen. »Ich bin so froh, dass sich das alles seit den Anfängen des Raumfahrtprogramms geändert hat, denn ich weiß nicht, ob ich drei Jahre lang Essen aus der Tube überlebt hätte.«

Kamilah verzog lachend das Gesicht. »Ich habe mal eine Wette verloren und den ›Hackbraten‹ probiert. Ich hätte nie gedacht, dass es etwas geben könnte, gegen das Krankenhausessen beinahe lecker erscheint.«

»Die Apfelsoße war nicht so schlecht, denn das war einfach Apfelmus.« Ich raspelte eine Kartoffel mit einer Reibe und versuchte, dabei nicht meinen Finger zu erwischen. »Du hast nie das Trockenfutter kosten müssen.«

»Nicht dein Ernst.« Kamilah sah von den Radieschen auf, die sie mit chirurgischer Präzision köpfte. »Trockenfutter?«

»Ein komplettes Mahl in Form einer Tasse Trockenfutter. Leicht – was ein echter Vorteil war, bevor sie den U-MORS erfunden hatten.« Das ist eine Auftankstation für molekularen Sauerstoff in der oberen Atmosphäre. »Irgendjemand ganz Schlaues im UN-Luftfahrtkomitee hat seinen Schwager weiterempfohlen, der Ernährungswissenschaftler beim Militär war. Allerdings von Haus aus Tierarzt.«

Das entlockte Kamilah ein bellendes Gelächter, bei dem sich ihre Nase kräuselte und ihre Augen fast hinter Runzeln verschwanden. Sie war einfach die hübscheste von uns mit ihrem langen, glänzenden Haar, das sie im Nacken zu einem Knoten gebunden hatte. »Was haben sie sich denn dabei gedacht?«

»Männer. Was soll man da noch sagen?«

»Ich weiß nicht. Rafael kocht ganz gut.«

»Das stimmt.« Ich nahm mir noch eine Kartoffel und sann darüber nach, wie ich das Thema wechseln konnte. Mir war nicht ganz wohl dabei, direkt zur Sache zu kommen und sie nach Parker zu fragen, denn sie sollte nicht glauben, ich würde sie für die Art von Frau halten. »Parker hingegen ...«

Kamilah kräuselte erneut die Nase, aber ansonsten schien die Erwähnung seines Namens sie nicht zu berühren. »Denkst du, wir könnten die Mission Control mal fragen, ob sie den Dienstplan so ändert, dass er sich nie wieder in der Küche aufhält?«

»Magst du etwa keine aufgeplatzten Würstchen in deinem Hotdog und keine halb rohen Ofenkartoffeln?«

»Das ist eigentlich ein gutes Argument, die Dienste doch täglich zu wechseln. Denn mal im Ernst ... noch eine Woche mit ihm in der Küche wäre mein Tod.« Sie richtete sich auf und wedelte mit dem Messer. »Tatsächlich könnte ich als Fliegerärztin argumentieren, dass es im Sinn der Gesundheit und Sicherheit der Besatzung ist!«

Ah! Das war eine Gelegenheit, die ich nutzen konnte, während ich die Raspel ganz beiläufig auf der Ablage abstellte.

»Und wo wir gerade bei Gesundheit und Sicherheit sind … Ich musste eine Verstopfung aus dem Null-*g*-Klo am anderen Ende der Spindel entfernen.«

»Uff! Hast du Handschuhe getragen? Dich nirgends geschnitten?«

»Mach dir keine Sorgen, Mutter.« Ich öffnete den Schrank, holte eine Auflaufform heraus und wartete, bis ich mich wieder aufgerichtet hatte, damit ich ihr Gesicht sehen konnte. »Der Grund für die Verstopfung war ein Kondom.«

Kamilah hielt inne, hob den Kopf und ließ den Mund kurz offen stehen. »Nein. Schon?«

»Was … was meinst du mit ›schon‹?«

»Wir sind erst drei Wochen unterwegs, und …« Sie schüttelte den Kopf. »Tut mir leid. Das war immer mal wieder Thema bei den medizinischen Gesprächen. Es gab durchaus Argumente für eine komplett männliche Crew, aber das wurde ja aus PR-Gründen gekippt. Und danke dafür, Lady Astronaut, denn sonst wäre ich auch nicht dabei.«

Mein Gesicht war vermutlich so rot wie die Radieschen. Ja, ich war eine verheiratete Frau, und ja, ich fühle mich mit ehelichen »Raketenstarts« sehr wohl, aber der Gedanke, dass es Besprechungen zu dem Thema gab? Wie meine Mutter immer sagte: Begrabe den Gedanken! »Dann war das ein IAC-Kondom?« Plötzlich fiel mir noch etwas ein: »Sie erwarten aber … Ich meine … sie *erwarten* doch nicht, dass wir …?«

Kamilah lachte los. »O Gott, nein. Allerdings war die inoffizielle Übereinkunft, dass sich vermutlich innerhalb der Besatzung Pärchen bilden werden, und solange niemand darüber spricht und es keine Probleme gibt, ist das auch nichts Schlimmes.« Sie zwinkerte mir zu. »Zu meiner medizinischen Ausrüstung gehört ein Massagestab. Falls du mal, na ja, verspannte Muskeln haben solltest.«

Ich musste mich auf einmal sehr auf die Auflaufform und

den Kigel konzentrieren. Es war ja nicht so, als hätte ich nicht gewusst, was ein Vibrator war. Nicole hatte einen mit zum Mond genommen und mich ausgelacht, weil mich das schockiert hatte. Ich hatte aber noch nie einen benutzt, nicht einmal, wenn ich Nathaniel schmerzhaft vermisste. Ich räusperte mich. »Und was ist die Lösung für die Männer?«

Kamilah wedelte mit der linken Hand. Ich hätte nicht für möglich gehalten, dass mein Gesicht noch röter werden konnte.

Ich bin ja so prüde! »Ich habe ganz vergessen, dass du Militärärztin warst.«

»Oh, die Geste kannte ich schon als Kind.« Sie legte den Kopf schief und schob die Radieschenscheiben zu einem Haufen zusammen. »Wenn du als einziges Mädchen mit zwei älteren und drei jüngeren Brüdern aufwächst, dann schnappst du das ein oder andere auf. Wir haben uns ein Schlafzimmer geteilt, also hab ich alle Unterhaltungen mitbekommen.«

»Wirklich? Ihr wart zu sechs in einem Raum?«

»Plus meine Eltern!« Sie zuckte mit den Schultern. »Wir waren nicht sehr wohlhabend.«

Acht Personen in einem Schlafzimmer. Das kam nach dem Meteor öfter vor, als es zu wenige Wohnungen für zu viele Menschen gab – Geflüchtete mussten sich bei ihren Verwandten und bei Fremden einquartieren, die so freundlich waren, sie bei sich aufzunehmen. Aber Kamilah war so alt wie ich. »Was machen deine Brüder jetzt?«

»Sie werden irgendwo zu marokkanischer Erde.« Sie wischte das Messer ab und legte es auf die Ablage. »Was soll ich mit den Radieschen tun?«

»Da vorn steht eine Schüssel mit Salat. Schmeiß sie rein.« Das ist das Seltsame an einer Mission wie dieser. Du kannst ein Jahr lang jeden Tag mit diesen Leuten verbringen und weißt kaum etwas über sie. Ich wusste, dass Kamilah einen respektlosen Sinn für Humor hatte, dass sie Muslima war und aus Algerien kam. Ich wusste, dass sie gekochte Möhren so wenig mochte wie ich. Doch dass all ihre Brüder im Zweiten Weltkrieg gefallen waren, hatte ich nicht gewusst.

Als sie die Radieschen in die Schüssel warf, gab ich etwas Wasser zum Eipulver. »Also … denkst du, wir sollten mit Florence reden?«

»Warum?« Kamilah zog die Brauen zusammen, als sie die Schüssel auf der Ablage abstellte.

»Nun, ich meine …« Ich presste die Lippen aufeinander und schüttelte dann den Kopf ob meiner Dummheit. Wem würde es nützen, wenn ich es nicht aussprach? »Parker ist berüchtigt, und ich möchte einfach nur sichergehen, dass sie … Ich möchte nicht, dass er sie nötigt.«

Kamilah lehnte sich an den Schrank und legte den Kopf schief. »Hm. Ich bin mir nicht sicher, was ich zuerst fragen soll, also stelle ich einfach beide Fragen. Warum denkst du, dass es Parker und Florence waren? Und was heißt berüchtigt?«

»Wenn es keine von uns beiden war, dann bleibt ja nur noch eine andere Frau übrig.«

Kamilah starrte mich an und schürzte die Lippen. Dann öffnete sie den Mund, als wollte sie etwas sagen, und schüttelte den Kopf. »Und warum berüchtigt?«

»Im Krieg … war ich eine WASP und transportierte Flugzeuge in Parkers Basis. Er war … Es gab dort junge Frauen, die zu große Angst hatten, um Nein zu sagen.« Ich öffnete den Gewürzschrank. Die Gewürze waren alle in kleinen versiegelten Fläschchen in Öl eingelegt und magnetisch am Schrankboden befestigt. Das war eine Konstruktion für den Mond, auf dem wir nicht den Segen der künstlichen Schwerkraft hatten und wo sich Partikel nicht in der Luft verteilen sollten. Ich sog den Atem ein und holte den schwarzen Pfeffer in Öl aus dem Schrank. »Mein Vater war General, also hab ich Parker gemeldet. Dafür wurde er vor Gericht gestellt.«

Kamilah holte tief Luft. »Deshalb hasst er dich also so.«

Ein stechender Schmerz fuhr durch meine Brust, als ich zur Kenntnis nahm, wie offensichtlich das war, doch ich nickte. »Außerdem war er noch nie ein Fan von Frauen im astronautischen Korps.«

»Na ja, das trifft ja auf den größten Teil der IAC zu, oder?« Sie kicherte trocken. »Noch ein Grund, weshalb ich gern als Mann geboren worden wäre.«

»Aber na ja, deshalb bin ich besorgt, er könnte Florence … in eine kompromittierende Situation gebracht haben.«

»Glaubst du wirklich, sie würde das verschweigen? Wenn es gegen ihren Willen passiert wäre?«

Ich runzelte die Stirn und versuchte, es mir vorzustellen, doch dabei traf ich immer wieder auf die Erinnerungen an die Frauen, die ich gekannt hatte und die in der Tat geschwiegen hatten. Offenherzige, tapfere Frauen, die trotzdem nicht geredet hatten, weil die Scham zu groß gewesen war. Oder weil sie Angst gehabt hatten, man könnte ihnen keinen Glauben schenken. Und dann war da noch die Sache zwischen Florence und DeBeer – wie sie versucht hatte, ihn milde zu stimmen, indem sie den Blick gesenkt und einfach gelächelt hatte. »Vielleicht? Ich meine, wenn er der Kommandant der Mission ist, was bleibt ihr denn da anderes übrig? Wir leben hier ja drei Jahre lang auf engstem Raum.«

Kamilah seufzte und schüttelte den Kopf. »Ich werde mal ein Auge auf sie haben, aber es wäre denkbar, dass sie gar nichts damit zu tun hatte.«

Was meinte sie denn … »Oh. Die Männer? Wirklich?«

Ein vielsagendes Schulterzucken. »Nicht unüblich in einem rein männlichen Umfeld. Internate. U-Boote. Schützengräben. Unausgesprochen und missbilligt, aber im Stillen praktiziert.«

»Aber … ein Kondom? Ich meine – es ist ja nicht so, als könnten Männer schwanger werden.«

»Elma, Elma, Elma … Lass mich dir den Sinn eines Gleitmittels er…«

»Mein Gott, hier ist es aber warm!« Es war wirklich warm, aber ich übertrieb meinen Südstaatenakzent und klimperte mit den Wimpern.

Kamilah brach in Lachen aus. Ich fiel ein, dankbar dafür, dass ich der Fortbildung auf diesem speziellen Gebiet gerade so entkommen war. Meine Neugier war zugegebenermaßen geweckt, aber ich brauchte ganz sicher nicht mehr Details, als ich ohnehin schon hatte.

Kamilahs Lächeln schwand, als sie sich über die Stirn rieb. »Aber diese Informationen über Parker beunruhigen mich schon. Das wurde in keiner medizinischen Besprechung erwähnt.«

»Er wurde freigesprochen. Keine der Frauen wollte gegen ihn aussagen.« Ich gab ein wenig Pfeffer in die Ei-Mischung und sah zu, wie die schwarzen Flocken durchs Gelb wirbelten wie Sonnenflecken. »Nur ich.«

Sie pfiff leise. »Verdammt! Entschuldige, aber warum zur Hölle haben sie euch beide denn im selben Schiff stationiert?«

Darauf hatte ich tatsächlich eine Antwort. »Aus PR-Gründen.«

Selbst im All hat es etwas sehr Befriedigendes, den Tisch zu denken. Ich bin nun mal die Tochter meiner Mutter. Ein elegant gedeckter Tisch war ihr größter Stolz, besonders am Sabbat.

Im All gibt es keinen Ruhetag. Einen Tag verstreichen zu lassen, ohne das Schiff in Schuss zu halten, würde unser aller Leben gefährden, also hatten die Rabbis erlaubt, dass jüdische Raumfahrende notwendige Arbeiten auch am Sabbat durchführen durften. Oder zumindest hatte mein Rabbi das getan. Es gab meines Wissens nach wie vor Debatten darüber.

Aber ich versuchte, so viel zu beachten, wie ich konnte. Wenn ich Dienst in der Küche schob, machte ich einen Kartoffel-Kigel. Ich buk Challah – und eins kann ich sagen: Die richtige Konsistenz mit Eipulver hinzubekommen, war eine Herausforderung. Ich genoss die Herausforderung des Sabbats im All.

Oder vielleicht lag es auch daran, dass sogar Parker netter war, wenn ich eine gute Mahlzeit kochte.

Er lachte über etwas, das Leonard gerade auf Latein gesagt hatte. »Das ist mein neuer Lieblingssatz auf Latein. ›*Utinam barbari spatium proprium tuum invadant.*‹«

Leonard grinste. »Meiner auch!« Er warf uns anderen einen Blick zu. »Auf Englisch heißt das: Mögen Barbaren dein persönliches Umfeld einnehmen!«

Parker klatschte mit der Hand auf den Tisch und lehnte sich über den Teller. »Okay, das ist missionskritisch: Wir brauchen eine größere Bandbreite an Schimpfwörtern und Flüchen, um mit der Mission Control zu kommunizieren. Ihr müsst mir aushelfen.«

»Ach, unsere liebe Mission Control.« Terrazas verdrehte die Augen und wedelte mit einer Gabel voller Radieschensalat. »Versuch es mal damit: ›*pollas en vinagre*‹. Essighühnchen.«

»Eingelegtes Federvieh!« Parker klatschte grinsend in die Hände. »Perfekt.«

Gegenüber beugte sich Rafael über den Tisch. »Wie ist es mit: ›*Vai pentear macacos.*‹ Geh Affen kämmen.«

»Nein, nein.« Kamilah wies mit einem Stück Challah auf Rafael. »Das ist noch zu nett für die MC. Ihr habt ja keine Ahnung, vor wie vielen Blutabnahmen ich euch gerettet habe. Die MC ist *kos mak yom el khamees.*«

Ich hatte keine Ahnung, was sie gesagt hatte, also betrachtete ich Parker, der die Wörter im Mund hin und her wendete und dann in Lachen ausbrach.

Kamilah kräuselte die Nase und übersetzte für uns andere. »Die Vagina deiner Mutter an einem Donnerstag.«

»Du solltest dir den Mund auswaschen.«

»Sagte das Mädchen zum Soldaten!« Kamilah zwinkerte, und der Raum füllte sich mit Gelächter wie mit lebensspendendem Sauerstoff.

Parker wandte sich an mich, nachdem er sich die Augen an einer Serviette getrocknet hatte. »Wie sieht es bei dir aus, York? Hast du was auf Jiddisch für mich?«

»Für dich oder für die Mission Control?«

»Was immer mehr zündet.« Er grinste und meinte das vermutlich sogar ernst. »Also, etwas für mich.«

Lachend tippte ich mir mit den Fingern an die Lippen, um eine Sekunde lang nachzudenken. Ich sprach ja nicht mal wirklich Jiddisch – ich hatte nur das kindliche Verständnis davon, weil ich es damals mit meiner Großmutter gesprochen hatte. »Wie wäre es damit … ›Ale tseyn zoln dir aroysfaln, nor eyner zol dir blaybn af tsonveytik.‹«

Parker riss die Augen auf. »Kannst du das noch mal sagen? Langsamer?«

»Ale tseyn zoln dir aroysfaln …« Ich wartete, bis er nickte, und war angespannt wie bei einem Andockmanöver an der *Lunetta*. »Nor eyner zol dir blaybn af tsonveytik.«

»Ich … ich kenne kein einziges Wort.« Er schob den Stuhl zurück. »Terrazas – tausch mit mir die Plätze.«

Lachend schob auch Terrazas den Stuhl zurück und nahm beim Aufstehen seinen Teller mit. »Aber was ist aus ›missionskritisch‹ geworden?«

»Hier gibt es eine Sprache, die ich nicht kenne, Mann! Muss … erobern.« Parker hob mit verknoteten Fingern die Hände wie ein Zauberer, der einen Dämon beschwört. »Muss! Erobern!«

Schweiß bildete sich in meinem Nacken. Ab und zu tat Parker das: Dann wirkte er nett, nur um mich später fertigzumachen. Unabhängig von seinem Faible für Sprachen schien es in manchen Momenten so, als hätte er seinen Hass mir gegenüber überwunden, nur um kurz darauf umso heftiger auszuteilen.

Ich wischte mir die Hände an der Serviette ab, als Parker den Tisch umrundete und sich auf den Stuhl setzte, den Terrazas gerade verlassen hatte. Er grinste wie ein Kind mit einem neuen Spielzeug. »Was heißt das?«

»Mögen dir alle Zähne ausfallen, bis auf einen, der dir Zahnschmerzen bereitet.«

»Oh, das ist gut ... Sag es noch mal. So langsam wie möglich.«

Ich sprach jedes Wort einzeln und mit einer Pause dazwischen aus. »Ale tseyn zoln dir aroysfaln, nor eyner zol dir blaybn af tsonveytik.«

Parker wiederholte die Worte fast so, als würde er sie schmecken. »Tseyn ... Tsonveytik. Zahn und Zahnschmerzen?«

Es hätte mich nicht überraschen sollen. »Genau das.«

»Angeber!« Leonard knüllte die Serviette zusammen und warf sie nach Parker. Sie prallte an seinem Kopf ab und landete auf dem Tisch.

»Ich habe zwei Wörter erkannt! Das ist alles!« Parker schnappte sich die Serviette und warf sie zurück. »*Supprime tuum stultiloquium!*«

Der Hauptlautsprecher knackte, und alle im Raum erstarrten. »*Niña 1,* hier Kansas.«

Parker sprang vom Stuhl und rannte zum Mikrofon, das in die Wand eingebaut war. »Kansas, hier *Niña 1*. Wir hören.«

Die Mission Control konnte die systemweiten Schiffslautsprecher benutzen, hatte das bislang aber nur getan, um das System zu testen. In Simulationen bedeutete das stets, dass etwas im Argen lag. Ich schob den Stuhl zurück und begann die Teller einzusammeln. Falls wir irgendwelche harten Manöver flogen, musste alles gesichert sein.

Fünf Sekunden später kam die Antwort von der Erde bei uns an. Maloufs Stimme klang so ruhig, als würde er darüber reden, welch schöner Tag es doch für ein Picknick war. »*Niña 1*, uns wurde ein Feuer auf der *Pinta* gemeldet.«

SECHZEHN

Sprecher: Die American Broadcasting Company präsentiert *Headline Edition* mit Taylor Grant am 9. November 1962.

Grant: Heute vor fünf Jahren wurde die Mondkolonie der Vereinten Nationen gegründet. Von einem temporären Außenposten mit sechs Einwohnern hat sich die *Artemis*-Basis dank weltweiter gemeinsamer Bemühungen zu einer geschäftigen Kleinstadt mit dreihundert Menschen gemausert. Zum Gedenken an diesen Jahrestag gestalteten die Bewohner einen Steingarten als Denkmal, in dessen Mitte ein Glasobelisk Datum und Uhrzeit des Meteoreinschlags vor beinahe zehn Jahren anzeigt.

Bevor die Mission Control zum zweiten Teil des Satzes kam, war die gesamte Besatzung bereits in Bewegung. Ein Beobachter hätte vermuten können, dass wir einfach nur sehr ordentlich den Tisch abräumten, doch wir schlüpften in die Rollen, die wir in so vielen Simulationen vor dem Start eingeübt hatten. Feuer war ein permanentes Sicherheitsrisiko im All. Um die Kosten zu senken und Außenbordeinsätze zu vereinfachen, herrschte in den Schiffen ein Luftdruck von 0,34 bar bei einer Atmosphäre von 70 Prozent Sauerstoff, um die Lunge mit dem nötigen Sauerstoffteildruck zu versorgen. Das bedeutete jedoch, dass Feuer heißer und schneller brannten als auf der Erde, wo die Atmosphäre nur aus 21 Prozent O_2 bestand.

In den Worten »uns wurde ein Feuer gemeldet« schwang eine Katastrophe mit.

»Mögliches Rendezvous-Manöver vorbereiten. Crew zu

folgenden Stationen: Terrazas und Avelino zu den BusyBees, um Evakuierungsprozedur einzuleiten. Shamoun auf die Krankenstation für den Fall, dass es Verletzte gibt. York und Parker ins CM.«

»Bestätige, Kansas. Alle begeben sich jetzt auf Position.« Wir bewegten uns bereits, als Parker sich von der Wand abwandte. Mein Fuß befand sich schon auf der Leitersprosse hinauf zur Spindel.

Das Seltsame ist, dass mein Herz nun ruhiger schlug als bei Parkers Fragen zu jiddischen Wörtern. Ein Feuer war schlimm, aber ein Problem, das ich bewältigen konnte. Bei ihm sah die Sache hingegen ganz anders aus.

Leonard fragte: »Sollen wir auf die Krankenstation oder in den Hangar?«

Unter mir schüttelte Parker den Kopf, während er in die Leiter zur Spindel griff. »Du und Grey, ihr sichert die Küche. Ich will nicht, dass irgendwas herumfliegt, wenn wir manövrieren müssen. York, soll ich dich die Leiter hochschieben, oder was?«

Ich arbeitete mich aus der Zentrifugalkraft frei, bis ich losfliegen konnte. Als mein Gewicht verschwand, stieß ich mich aufwärts und streckte die Arme aus, um mich von einem Geländer über mir noch höher zu befördern. Als ich in die Spindel trudelte, griff ich nach einem Handlauf, um meinen Vektor zu ändern. Hinter mir kam Parker aus dem Leiterrohr, und wir flogen wie Superhelden in einem von Hershels Comics zum CM.

Sobald wir dort ankamen, legte Parker den Schalter um, mit dem wir den Funk an Bord der *Pinta* hören konnten. Benkoskis ruhige Stimme überbrückte die Leere zwischen uns. »... in den Schlafquartieren. Wir haben die Schotts vier und fünf verriegelt.«

»*Pinta 1*, hier Kansas: Bestätige, Schotts vier und fünf geschlossen. Ihr habt die Genehmigung, den Sauerstoff abzupumpen.« Maloufs Tonfall hätte einem Buchhalter bei einer Buchprüfung gehören können.

Ich glitt in meinen Sitz und beugte mich zum Fenster vor, um zur *Pinta* hinüberzusehen. Die Lichter auf der Außenseite und der Glanz ihrer Fenster hob sie vor dem allgegenwärtigen Nachthimmel hervor. »Optisch geschätzte Entfernung etwa 1,5 Kilometer.«

Über Lautsprecher meldete Benkoski: »Bestätigt. Beginnen mit der Löschsequenz. Achtung, gesamte Crew, bereitet euch auf den Sauerstoffabzug vor.«

Mit dem Sextanten visierte ich die Reihe aus Positionslichtern an, die die *Pinta* gürteten. Der Winkel und ihre bekannte Größe versorgten mich mit der präzisen Entfernung. »1,37 Kilometer.«

»Verstanden. 1,37 Kilometer.« Parker hatte sich im Pilotensitz angeschnallt und überprüfte die Messinstrumente. »Wenn wir näher heranwollen, möchte ich mich von vorn nähern für den Fall, dass wir es mit Trümmern zu tun kriegen.«

»Verstanden. Ich plane eine Route, es sei denn, du willst auf Gefühl flie…, wow!« Vor dem Fenster ließ die *Pinta* Sauerstoff entweichen, der zu einem Sternennebel kristallisierte.

Über Lautsprecher berichtete DeBeer: »Kansas, hier *Pinta 1*. Entlüftung beendet. Die Messgeräte zeigen ein Vakuum im Sportraum an.«

Fünf Sekunden später erwiderte die Mission Control: »Bestätigt, *Pinta 1*. Wir messen dasselbe.«

Hinter Malouf, ganz schwach im Gemurmel der Mission Control, hörte ich die Stimme meines Mannes. »Sag ihnen, sie sollen eine halbe Stunde warten, bevor sie den Druck wieder erhöhen, damit wir ganz sicher sind, dass alles kalt ist. Wir wollen keine Atmosphäre da drin, solange irgendwas sich wieder entzünden könnte.«

Es war, als würde ein Eisenteilchen durch mein Herz schießen und eine flammende Linie zwischen mir und der Erde bilden. Die Sehnsucht presste mir die Luft aus der Lunge.

Parker streckte die Hand aus und drückte ganz kurz meine Schulter, bevor er sich wieder den Instrumenten zuwandte. »Besorg mir die Koordinaten, ja?«

Ich hatte gesehen, wie er so etwas mit anderen Leuten tat, die unter seinem Kommando standen – diese Berührung, dieses sensible Verständnis. Das macht es ja so frustrierend – er besitzt offenbar genug Empathie mit anderen, um genau zu wissen, welche Knöpfe er drücken muss, um zu kriegen, was er will. Und manchmal will er eben einfach grausam sein.

Aber in diesem Moment waren diese Berührung und das Verständnis dafür, dass es schwer für mich war, Nathaniels Stimme zu hören und ihm nicht antworten zu können, genau das, was ich brauchte, um mich zusammenzureißen. Ich zog den NavComp-Block aus dem Fach unter meinem Stuhl und blätterte zu einem leeren Blatt. »Bin dran. Willst du auch die Option, die Schiffe anzudocken, oder geht es nur um die Evakuierung?«

»Nur Evak. Wir ...«

»*Niña 1*, hier Kansas. Der Notfall ist unter Kontrolle, ihr könnt die Bereitschaft aufheben.« Malouf seufzte ins Mikrofon. »Aber ab nächster Woche gibt es ein neues Protokoll, um die Trockner von Fusseln zu reinigen.«

Ich hob den Blick vom Blatt. »Ihr wollt mich veräppeln.«

Parker schüttelte lachend den Kopf. »Wer hatte denn diese Woche Waschdienst?«

»Graeham Stewman«, antwortete Malouf. »Er ist von der Maschine weggegangen, während sie lief. Dieses Protokoll wird sich auch ändern. Ich bin überrascht, dass ihr nicht durchs Vakuum gehört habt, wie Ruby ihn angeschrien hat.«

Ich grinste beim Gedanken. Ruby Donaldson, die Ärztin der *Pinta,* erfüllte gerade so die minimalen Körpergrößenanforderungen für eine Astronautin und trug das blonde Haar in zwei kurzen Zöpfen. Das war, als würde Dorothy aus *Der Zauberer von Oz* dich rundmachen. »Ich beneide ihn nicht.«

»Absolut nicht.« Parker kicherte, womit dies eine der wenigen Gelegenheiten war, bei denen ich ihn zum Lachen gebracht hatte. »Sag Clemons, dass das genau der Grund ist, weshalb die Frauen die Wäsche machen sollten. Wenn wir sie schon mit ins All nehmen, dann sollten wir wenigstens von ihren Kompetenzen profitieren.«

Ach! Er war ja doch ein Arschloch. Ich schloss mein NavComp-Buch und stopfte es wieder an seinen Platz. »Das impliziert wohl, dass ich zurück in die Küche beordert bin? Wo ich hingehöre?«

Parker verdrehte die Augen und schaltete das Mikrofon ab. »Das war ein Witz, York. Mach dich mal locker.«

Ich salutierte. »Lockermachen bestätigt!«

Als ich mich herumdrehte, um das CM zu verlassen, seufzte Parker hinter mir. »Irgendwann ziehst du dir hoffentlich den Stock lang genug aus dem Arsch, um ein einziges Mal keine Zicke zu sein.«

Ich fing mich an der Tür des CM, bevor ich in die Spindel schweben konnte. »Ich? Du bist doch derjenige, der diese erniedrigenden Kommentare macht.«

»Es war ein Witz.«

»Lache ich?«

»Das würde ja Sinn für Humor voraussetzen.« Parker schnallte sich ab. »Solltest du mal probieren – Lachen. Macht alles ein gutes Stück leichter.«

»Es ist leichter zu lachen, wenn der Witz nicht auf die eigenen Kosten geht.«

»›Auf die eigenen …‹ Hörst du dir eigentlich zu?« Er schob

sich aus dem Sitz und nutzte den Drall, um bis zur Tür zu schweben. »Du bist so eine Prinzessin.«

»Nett, jetzt wirfst du mir also auch noch antisemitische Beleidigungen an den Kopf?«

Er hielt sich ebenfalls am Türrahmen fest und wandte sich mir zu, sodass kaum noch eine Armeslänge Abstand zwischen uns war. »Meine Frau ist Jüdin!«

»Das wäre von weitaus größerer Überzeugungskraft, wenn du dich nicht derart offensichtlich für sie schämen würdest.«

Er hob die Faust, und ich dachte kurz, er würde mich schlagen. Doch Parker war zwar vieles, aber nicht gewalttätig. Er mahlte mit den Kiefern, und die Adern pochten an seinem Hals. »Meine Frau ist die tapferste und beste Frau, die ich kenne.«

Ich hätte mich entschuldigen oder zumindest einfach gehen sollen. Doch das tat ich nicht. Ich gebe dem Adrenalinstoß die Schuld daran, der vom Notfall auf der *Pinta* ausgelöst worden war – all diese Energie strömte durch meinen Körper und wusste nun nicht, wohin. Daher legte ich den Kopf schief und erwiderte Parkers Blick. »Und doch versteckst du sie, als wäre sie dir peinlich.«

»Sie liegt in einer beschissenen Eisernen Lunge!« Parker rang mit sich, dann beugte er sich vor, bis er mir ganz nah war. Seine Stimme war kaum hörbar, balancierte auf der Rasiermesserklinge der Selbstkontrolle. »Ich hab dir schon einmal gesagt, dass sie tabu ist. Stich mit deinen Nadeln in alles andere, was dein rachsüchtiges kleines Herz begehrt, aber nicht in meine Ehe, oder ich bringe dich um, so wahr mir Gott helfe.«

Er packte die Seiten des Türrahmens und schleuderte sich hinaus in die Spindel. Ich schwebte wie Treibholz im CM und starrte ihm hinterher, während Dutzende kleiner Puzzleteile aus all den Jahren, in denen ich ihn kannte, an Ort und Stelle rutschten. Dass er Hershels Beinschienen nicht thematisiert hatte. Sein Schmerz, als er gesagt hatte, dass seine Frau ihn ermutigt hatte zu gehen. Gott! So schwierig die Unterhaltung zwischen mir und Nathaniel auch gewesen sein mochte, wie musste es ihr erst ergangen sein? Miriam. Ihren Namen kannte ich aus der Todessimulation.

Die Entschuldigung, die ich hätte aussprechen sollen, steckte mir in der Kehle fest und verursachte mir Übelkeit.

Eine Eiserne Lunge. Die Polioerkrankung meines Bruders war Normalität für mich. Er war schon vor meiner Geburt erkrankt. Hershel war nicht tapfer oder inspirierend, weil er Beinschienen trug. Er war einfach nur Hershel. Aber … aber die Krankheit war dennoch ein Gespenst, das meine Kindheit mit der Ahnung heimgesucht hatte, dass es so viel schlimmer hätte kommen können.

Ich folgte Parker die Spindel hinab, aber langsamer, um ihm Zeit zu geben, sich zu beruhigen, bevor ich ihn einholte. Und auch, um ebenfalls ruhiger zu werden. Rafael und Terrazas kamen mir entgegengeschwebt und scherzten auf Spanisch über irgendetwas.

Terrazas sah mich und grinste. »Ich werde Parker fragen, ob er den Dienstplan so umstellen kann, dass Männer keine Wäsche mehr machen müssen. Das Gelingen der Mission hängt davon ab!«

Rafael schubste Terrazas und driftete dadurch selbst in die Gegenrichtung davon. »Ich bin durchaus in der Lage, meine eigene Wäsche zu waschen.«

»Danke, Rafael. Wenigstens erkennt irgendjemand an, dass Wäschewaschen für wirklich jeden Menschen erlernbar ist. Es braucht nur gutes Training.« Ich drehte mich in der Luft und zielte mit den Füßen Richtung Leiter, um dort die Handläufe zu packen und mich weiterzuziehen, bis mich die künstliche Schwerkraft wie Wasser erfasste, das in einem Badewannenablauf verschwindet.

Kamilah stand nicht weit vom unteren Ende der Leiter entfernt und klappte vor Lachen beinahe zusammen.

Parker hatte sich eine Hand auf die Stirn geschlagen. »Warum? Warum wurde mir diese Crew zugeteilt?«

»Aber warum, Massa, ich haben doch getan, was du wollen!« In der blitzeblanken Küche stand Florence und hatte sich einen gefalteten Kaffeefilter als improvisiertes Häubchen aufgesetzt. »Wir nicht gut gehorchen, Massa?«

Hinter mir landeten Terrazas und Rafael am Boden. Rafael lachte laut. »Was?«

Leonard saß am Tisch und schüttelte den Kopf. »Ich hab nichts damit zu tun!«

»Okay, Grey, was soll das Dienstmädchengetue?« Parker ließ die Hand sinken. »Hab ich dich damit beleidigt, dass ich dich als Frau aufräumen ließ? Flannery war doch auch hier!«

Sie hielt in ihrem Schauspiel inne und stemmte die Hände in die Hüften. »Und was haben wir beide gemeinsam?«

Parker sah von Florence' hellbraunem Gesicht in Leonards dunkleres. »Ach, Herrgott noch mal! Ihr wisst doch, dass es nicht daran liegt! Ihr wisst, dass dieser Raum gesichert werden musste! Ihr wisst, dass alle anderen Posten besetzt waren.«

»Ja. Und ich weiß auch, dass Flannery für Außenbordeinsätze besser geeignet ist als Avelino oder Terrazas, also kannst du dich ja vielleicht mal fragen, warum die Mission Control uns beiden keinen Posten zugewiesen hat.« Sie fischte sich den Kaffeefilter aus dem Haar. »Sir!«

Sie starrten einander eine Weile an, dann drehte sich Parker zu mir um. »York. Gibt es Nachtisch?«

»Schoko-Schachkuchen.« Meine Entschuldigung würde wohl warten müssen, bis wir uns nicht mehr in einem Raum voller Leute befanden. Aber ich war mir relativ sicher, dass wir auf jeden Fall davon erfahren hätten, wenn Parker sich an Florence herangemacht hätte.

Der Code, den Nathaniel und ich uns für den Fernschreiber ausgedacht hatten, war ziemlich simpel. Vor und nach jeder Übertragung durchs All gab es einiges an Datenmüll, der entstand, während die Maschinen die Verbindung aufbauten. Wenn ich also etwas schrieb, das wie Müll aussah, würde die Person am anderen Ende denken, dass die Botschaft einfach noch nicht angefangen hatte, es sei denn, sie wusste, wonach sie suchen musste.

Wir benutzten die Caesar-Verschlüsselung, wechselten aber mit jeder Übertragung vorsichtshalber den Schlüssel. Ich hatte am College mit Verschlüsselungen herumgespielt, und Nathaniel hatte während des Krieges ein Interesse dafür entwickelt. Meines Wissens wäre er im Krieg beinahe beim Nachrichtendienst in der Dechiffrierungsabteilung gelandet.

Ich tippte »78, 14, 3«, was die Seite, die Zeile und das Wort in einer Ausgabe von Rudyard Kiplings *Genau-so-Geschichten* angab. Wenn Nathaniel die Übertragung bekam, würde er das Wort im Buch nachschlagen und hätte somit den »Schlüssel« für die Caesar-Verschlüsselung. Heute war es »Elefant«, was bedeutete, dass ich das Alphabet umgestellt hatte zu: »ELFANTBCDGHIJKMOPQRSUVWXYZ«. Somit wurde »Lieber Nathaniel« zu »Idnlnq Kescekdni«.

Ich tendierte dazu, die Briefe aufzusetzen, bevor ich ins Kommandomodul ging, denn bei Teilen davon war es in Ordnung, wenn die Mission Control sie las. Das sichere Blabla beließ ich also in normalem Text und ergänzte dann den Rest vorn und hinten, bevor ich alles zusammen eintippte. Heute las sich der verschlüsselte Text wie folgt:

Oeqhnq uka dfc cessnk cnusn ndknk rfcidjjnk, cntsdbnk Rsqnds. Nq ces ndknk Wdsz aeqülnq bnjefcs, aerr adn Wärfcn Tqeunkeqlnds rndk rmiisn, uka dfc celn jdfc aeqülnq lnrfcwnqs. Wäcqnka anr Rsqndsr – uka dfc wndß beq kdfcs jncq bnkeu, wdn wdq eut adnrnr Scnje bnhmjjnk rdka – rebsn nq, aerr rndkn Tqeu Omidm ces uka dk ndknq Ndrnqknk Iukbn idnbs. Dfc tücisn jdfc bqärridfc lnd anj Bnaekhnk aeqek, wdn aerr dfc rm iekbn dfc vnqjusns celn, nq wüqan rdn jdrrcekanik manq rdn rnd dcj ndktefc nbei, wndi nq rdn kdn zu ndknj rndknq Rseqsr jdsbnlqefcs ces. Gnszs, wm dfc Znds cessn, aeqülnq kefczuankhnk, wukanqn dfc jdfc rfcmk aeqülnq, aerr dj Lüqm kdn ülnq dcqn Hqekhcnds bnqnans wuqan. Ldssn reb jdq, aerr au aer eufc kdfcs wurrsnrs.

Was übersetzt bedeutet:

Parker und ich hatten heute einen schlimmen, heftigen Streit. Er hat einen Witz darüber gemacht, dass die Wäsche Frauenarbeit sein sollte, und ich habe mich darüber beschwert. Während des Streits – und ich weiß gar nicht mehr genau, wie wir auf dieses Thema gekommen sind – sagte er, dass seine Frau Polio hat und in einer Eisernen Lunge liegt. Ich fühlte mich grässlich bei dem Gedanken, dass ich so lange vermutet habe, er würde sie misshandeln oder sie sei ihm einfach egal, weil er sie nie zu einem seiner Starts mitgebracht hat. Jetzt, wo ich Zeit hatte, darüber nachzudenken, wundere ich mich schon darüber, dass im Büro nie über ihre Krankheit geredet wurde. Bitte sag mir, dass du das auch nicht wusstest.

Lieber Nathaniel,

die Reise geht gemäß Zeitplan weiter. Du weißt ja sicher, dass es hier auch kurz aufregend wurde, als die Pinta in Schwierigkeiten steckte. Es gab einen Moment während der

Übertragung aus der Mission Control, in der ich klar und deutlich deine Stimme hören konnte. Ich hätte nicht gedacht, dass ich dich noch mehr vermissen könnte, aber da bin ich wieder ins Schmachten verfallen. Aber ich will nicht, dass du dir Sorgen um mich machst. Ich habe mich mit einem Stück Schoko-Schachkuchen getröstet.

Er ist nicht ganz so gut wie der echte, aber ich habe herausgefunden, dass ich das Trockeneipulver ein wenig in Form bringen kann, wenn ich es nach dem Wässern kurz aufschlage. Außerdem hilft die Schokolade dabei, den etwas kalkigen Geschmack zu überdecken.

Es wird dich sicher freuen zu hören, dass die Positionslichter auf der Pinta genauso funktioniert haben wie geplant. Ich konnte Parker die exakte Distanz zum Schiff ohne Schwierigkeiten berechnen. Tatsächlich läuft die ganze Mission so glatt, dass wir uns fast schon langweilen. Jetzt, da wir von Ruby wissen, dass es allen auf der Pinta gut geht (abgesehen von der Brandblase an Stewmans Hand, weil er versucht hat, das Feuer auszuschlagen), kann ich wohl zugeben, dass die kurze Aufregung den Verdruss ein wenig vertrieben hat.

Terrazas hat vorgeschlagen, dass wir für die Leute auf dem anderen Schiff ein Hörspiel aufnehmen, um die Monotonie etwas aufzulockern. Oje, ich klinge schon wie eine Salonlöwin, der es fad ist, aber das bedeutet wirklich nur, dass all eure Bemühungen zu unserem Wohlergehen erfolgreich waren, Liebling.

Ich liebe dich über alles.

Elma

Eir Ekswmqs eut andknk inszsnk Lqdnt: Dfc sqebn jndknk Odimsnkekzub, elnq hndknk LC aequksnq. Wnkk au cdnq wäqrs, wüqan dfc adfc jds dkr Beqsnkjmaui kncjnk, jdfc ülnq adn Smjesnklnnsn incknk, rmaerr dfc, wnkk au jdfc vmk cdksnk kdjjrs, vmk gnanj ndkzniknk Rsmß jds anj Bnrdfcs dk adn autsnkank bqüknk Liässnq bnaqüfhs wüqan.

(Übersetzt: Als Antwort auf deinen letzten Brief: Ich trage meinen Pilotenanzug, aber keinen BH darunter. Wenn du hier wärst …)

(Ich habe es mir anders überlegt, ich werde das nicht übersetzen. Nathaniel weiß, was ich geschrieben habe, und das reicht.)

Parker mied mich. Man hätte annehmen können, dass es schwer ist, jemandem aus dem Weg zu gehen, wenn deine ganze Welt nur aus sechs anderen Personen besteht, aber das stimmt nicht. Die *Pinta* und die *Niña* waren für vierzehn Besatzungsmitglieder ausgelegt, falls wir eines der Schiffe evakuieren mussten, es gab also Zeiten, in denen man von Raum zu Raum gehen konnte, ohne jemandem zu begegnen.

Ich schritt den vollen Kreis des Rings ab, teils weil ich etwas Sport brauchen konnte und teils weil ich hoffte, ihn irgendwo allein anzutreffen. Ich ging vom langen gekrümmten Korridor ins Gartenmodul, wo allein der Geruch der feuchten Erde bewirkte, dass ich etwas von meiner Anspannung ausatmen konnte. Ich holte tief Luft und ließ zu, dass sich der Knoten tief unten in meinem Magen ein wenig lockerte.

Terrazas sah von den Tomatenpflanzen auf und zeigte mir eine der roten Früchte. Immerhin freute er sich jedes Mal, mich zu sehen. »Mir geht immer wieder durch den Kopf, wie sehr sich das alles von unserem Ausflug zum Mond unterscheidet.«

Ich schnaubte und trat zwischen den Regalen und den Pflanzgittern hindurch. »Ich glaube, es passen allein zwei der Sardinendosen in die BusyBee.«

»Oh, hey. Ich habe eine Idee, und du könntest mir mal deine Meinung dazu sagen.« Er legte die Tomate zu den anderen in den Korb. »Was hältst du von *Flash Gordon* für unser Hörspiel?«

»*Flash Gordon?*« Ich hatte gedacht, er würde mir nun irgendwas vorschlagen, was die BusyBee betraf, oder irgendetwas anderes, was mit der Arbeit zu tun hatte. »Ist das nicht ein bisschen ... platt?«

»Vielleicht.« Er stellte den Korb ab und lehnte sich gegen das Hydrokulturbeet. »Aber wir sind ja tatsächlich im All, wovon ich immer träumte, als ich als Kind im Radio mit *Flash Gordon* mitgefiebert hab.«

»Es gab in Spanien *Flash Gordon?*«

Seine Zähne blitzten bei seinem strahlenden Lächeln auf. »So hab ich Englisch gelernt. Egal, ich hab nur darüber nachgedacht, dass wir den Funk zwischen den Schiffen dazu nutzen könnten, den anderen auf der *Pinta* ein Hörspiel zu schicken. Eine Seifenoper, jetzt, da sie ihre Wäsche mit der Hand waschen müssen. Das wäre doch lustig.«

»York.« Parkers Stimme erschreckte mich. »Ich wusste nicht, dass du gerade die Aufgabe hast, andere Leute von der Arbeit abzuhalten.«

»Ich habe Pause, um zu trainieren.« Ich bitte darum, zur Kenntnis zu nehmen, dass ich brav blieb und nicht auf seinen Köder ansprang. »Und ich hatte gehofft, dich zu treffen.«

Hinter mir hob Terrazas den Korb hoch. »Ich bringe die in die Küche.«

»Das kann York doch tun. Sie hat frei.« Parker trat an mir vorbei, nahm Terrazas den Korb ab und hielt ihn mir entgegen. »Hopp, hopp!«

»Kann ich vielleicht ganz kurz mit dir reden?« Meine Hände schlossen sich um den Korb, und ich hielt ihn wie eine Art Schild vor meine Brust.

»Tja, ich wünschte, ich hätte Zeit. Tut mir leid.« Damit drehte er mir den Rücken zu und versperrte mir mit den

Schultern den Blick auf Terrazas. Nur für den Fall, dass dieses Signal nicht ausreichte, begann er dann auch noch so schnell auf Spanisch zu reden, dass ich nicht einmal mehr die einzelnen Wörter unterscheiden konnte.

Ich stand da und fühlte mich auf unheimliche Weise, als wäre ich vierzehn und auf dem College: gleichzeitig ignoriert und außenstehend und im Mittelpunkt der Aufmerksamkeit, da Parker so emsig vortäuschte, dass ich nicht da war. Netter Führungsstil. Je länger ich stehen blieb, desto unbehaglicher wurde es, aber ich hoffte immer noch, er würde nachgeben.

Er zog einige Blätter aus der Innentasche seines Overalls und breitete sie auf dem Tisch aus. Auf der anderen Seite warf mir Terrazas einen schmerzlichen Blick zu und zuckte mit den Schultern, weil er daran nun wirklich nichts ändern konnte.

Ich drückte den Korb mit Tomaten an mich und zog los, um meinen Rundweg zu beenden. Parker war schließlich immer noch der Kommandant dieser Mission.

SIEBZEHN

Sprecher: Die American Broadcasting Company präsentiert *Headline Edition* mit Taylor Grant am 23. November 1962.

Grant: Ein gewaltiger Hurrikan hat Haiti durchquert, ohne dabei an Wucht zu verlieren, und durchkreuzt nun das Meer auf dem Weg nach Florida. Dank früher Warnungen durch die *Lunetta*-Station war der Inselstaat in der Lage, sich auf den verheerenden Sturm vorzubereiten und die Küsten rechtzeitig zu evakuieren. Die Regierung berichtet von schweren Sachschäden, doch der Sturm hat nicht so viele Leben gekostet wie befürchtet. Dennoch ist es der früheste Hurrikan seit Beginn der Aufzeichnungen; eine fortschreitende Veränderung des Wetters in der Region.

Florence ließ den Kopfkissenbezug knallen wie eine Peitsche. »Dafür hab ich doch keine zwei Doktortitel gemacht!«

»Wenn die IAC uns Wäschestärke mitgegeben hätte, würde ich jetzt Parkers Unterwäsche damit behandeln.« Ich zog eine Ladung aus der seltsamen Vorderladerwaschmaschine, die für die Mondkolonie entwickelt worden war – wenn man den Zeitschriften glauben konnte, nutzten jetzt auch Hausfrauen auf der Erde die Space-O-Matic-Waschmaschinen. »Ich kann nicht glauben, dass die Mission Control auf dieses ›Frauenarbeit‹-Argument reingefallen ist.«

»Kultivierte Inkompetenz.« Florence schnaubte und griff nach einem weiteren Kissenbezug. »Darin sind Männer besonders gut.«

»Ich gebe zu, dass ich das auch ab und zu tue.« Ich legte

mir eine Hand auf die Brust und ließ die Lider flattern. »Oh, könnten Sie mir armem Mädchen helfen? Sie sind doch so groß und stark.«

Sie belohnte mich mit einem Lachen. »Na ja, wenn Männer uns ständig in den Ohren liegen, dass sie uns ja ›beschützen‹, dann müssen sie sich nicht wundern, wenn wir das ausnutzen. Ist doch nicht mein Problem, dass sie fürs Leben zu dumm sind.«

»Sie sind ja nicht alle schlimm.« Ich warf einen Stapel feuchter Wäsche in den Trockner – nachdem ich das Fusselsieb sauber gemacht hatte, vielen Dank auch. »Rafael kann das mit der Wäsche ziemlich gut.«

»Das ist eine sehr kleine Stichprobengröße.«

»Nathaniel macht einen Cocktail, der es faustdick hinter den Ohren hat. Und er spült.« Sie warf mir einfach nur diesen vage enttäuschten Blick zu, als würde sie über den Rand einer Brille hinwegschauen. Dann schüttelte sie den Kopf, nahm sich ein Hemd und faltete es mit einem ausladenden Seufzer zusammen. »Wie kommt er damit klar, dass du weg bist?«

Jetzt war es an mir zu seufzen. Ich schloss den Trockner mit dem Knie und schlug auf den An-Schalter. »Ganz okay.« Der Trockner begann zu rattern und zu rumpeln, als die Kleider in ihrem eigenen kleinen Orbit umeinander kreisten, und ich ging zu ihr hinüber, um ihr beim Falten zu helfen. »Mein Neffe wohnt während seines Praktikums bei der IAC bei ihm. Nathaniel hat eine regelmäßige Kartenspielrunde. Und die Arbeit. Er arbeitet ja eh immer, auch wenn ich zu Hause bin.«

»Wie lange seid ihr schon verheiratet?«

»Seit dreizehn Jahren.« Ich glättete Terrazas T-Shirts auf dem Tisch. Die weiche Baumwolle gab unter meinen Händen nach. »Und du? Hast du jemanden?«

»Nein. Einer hat mir mal einen Antrag gemacht, aber er wollte, dass ich aufhöre zu arbeiten. ›Entweder der Job oder ich.‹ Na ja, das hat mir die Wahl leicht gemacht. Seitdem …« Florence hat die Angewohnheit, den Kopf beim Schulterzucken schief zu legen – das tat sie auch gerade, während das gefaltete Hemd auf den Stapel wanderte. »Du weißt ja, wie es ist. Es schüchtert Männer ein, wenn du schlau bist.«

Das war die intimste Unterhaltung, die wir je geführt hatten. Ich weiß nicht, was sie dazu brachte, sich mir zu öffnen, selbst wenn es nur ein bisschen war. Vielleicht lag es auch an der geteilten Arbeit und der Erniedrigung, die das Wäschefalten mit sich brachte. Was auch immer es war, ich würde es nicht infrage stellen. »Nun, die Männer, mit denen wir arbeiten, scheinen nicht besonders eingeschüchtert zu sein.«

»Ach, bitte.« Sie schnaubte und verdrehte die Augen. »Warum denkst du denn, dass sie uns die Wäsche machen lassen? Sicher nicht, weil sie inkompetent oder faul sind.«

Die schiffsweiten Lautsprecher knackten, und Parkers Stimme drang in den Wäscheraum. »Grey, hier Parker. Ich brauche dich an der Comm.«

»Na, so was … Mein eigentlicher Job ruft.« Sie straffte sich und trat zum Lautsprecher, um den Antwortknopf zu drücken. »Parker. Hier Grey. Verstanden. Bin auf dem Weg zur Comm.«

Ich salutierte ihr mit einem Hemd. »Genieße es, deinen Doktortitel nutzbringend einzusetzen!«

Ich fand erst beim Abendessen heraus, wozu Parker Florence benötigt hatte. Ich wanderte den Ring entlang zum Küchenmodul und folgte dem Duft von etwas, das mit sämtlichem Knoblauch des Universums zubereitet worden war. Obwohl ich es schon auf dem Dienstplan erspäht hatte, wäre mir spätestens dadurch klar geworden, dass Terrazas Küchendienst hatte.

Als ich eintrat, rührte er in einem Topf. »… müssen wir was tun.«

Florence saß am Küchentisch und spreizte die Hände. »Die Mission Control sagt Nein.«

»Wir können auch nicht wirklich etwas tun, was sie nicht auch selbst erledigen könnten.« Kamilah schnitt an der Arbeitsplatte frische Tomaten. »Und die Chance, dass wir die Infektion mit herbringen, ist ziemlich hoch.«

»Infektion?« Das alte Gespenst der Weltraumkeime kam zu Besuch und tanzte vor mir wie ein Gummimonsteranzug aus einem Autokinofilm. Wir waren so weit von der Erde entfernt, wer wusste da schon, womit wir es zu tun bekamen? »Was ist los?«

Kamilah schob die Tomaten auf einen Teller. »Es gibt eine *E.-coli*-Infektion an Bord der *Pinta*. Ruby denkt, dass es mit einem *Bacillus cereus* im Reis begonnen hat.«

Florence sah zu mir auf. »Siehst du, ich hab doch gesagt, sie sind fürs Leben zu dumm.«

»Warte ... welcher Reis? Müssen wir uns hier auch Sorgen machen? Und wie krank sind sie? Und ... ich sollte aufhören, Fragen zu stellen, und euch antworten lassen.« Ich faltete die Hände vor mir und versuchte mich in Geduld.

»Ich bringe euch auf den neusten Stand und fange ganz vorn an: Parker hat mich in die Comm gerufen, weil die Antenne der *Pinta* nicht richtig ausgerichtet war, daher musste ich den Empfänger frisieren, damit wir ein klares Signal reinbekamen. Laut Ruby haben sie während des Brands das Essen unterbrochen und es später fortgesetzt. Sie glaubt, der Reis war infiziert mit ... Was war es doch gleich, Kam?«

»*Bacillus cereus*. Ein sehr häufiges Bakterium, das oft in Reis gefunden wird. Es hat Stewman und Sabados befallen, und zwar unglücklicherweise in Null-*g*. Zu diesem Zeitpunkt wurde einer von ihnen zum *E.-coli*-Überträger. Da drüben ist es gerade nicht schön.«

Ich zuckte zusammen. Durchfall in der Schwerelosigkeit

dringt in alles ein. Urin ist schon unschön, aber Durchfall ist eine Million Mal schlimmer – das ist einfach eine Tatsache. »Und unternehmen wir etwas?«

Terrazas wies mit dem Löffel auf mich. »Das hab ich gerade gefragt.«

»Nein.« Parker landete am unteren Ende der Leiter. »Die Mission Control und alle Fliegerärzte dort haben bestätigt, dass wir angehalten sind, nichts zu tun. Ruby, die drüben ist und die Situation einschätzen kann, hat auch gesagt, dass wir keinesfalls rüberkommen sollen.«

»Aber …« Ich weiß gar nicht, wogegen ich protestierte. Das war eine gute Entscheidung, und in den Sims hatten wir Ähnliches geübt. Das war der Grund, aus dem wir zwei Schiffe hatten, um eine Redundanz zu gewährleisten. Aber es fiel mir schwer, nicht helfen zu wollen. Vermutlich ist das einfach der Unterschied zwischen der Anonymität der leidenden Massen und der Nähe zu den Menschen, die du kennst. »Es gibt Dinge, die wir tun können, ohne direkt mit ihnen in Kontakt zu kommen.«

Parker hob die Brauen, aber das war alles, was ich als Antwort von ihm erhielt. Er durchquerte die Küche. »Riecht gut, Terrazas.«

Terrazas schlug den Löffel gegen die Topfinnenseite und schüttelte ab, was er gerade Köstliches zubereitete. »York hat recht. Wir könnten ihnen etwas über die Luftschleuse rüberbringen. Oder in Raumanzügen rübergehen und beim Saubermachen helfen. Oder die Crew in eine BusyBee setzen und sie als …«

»Das.« Parker wies mit dem Finger auf ihn. »Genau das ist der Grund, warum wir das nicht tun werden. Denn in nur drei Sätzen bist du ihnen immer näher gekommen. *E. coli* ist hochinfektiös, oder nicht, Shamoun?«

»Ja.«

»Die Mission Control hat mehr Gehirne zur Verfügung, die sich mit dem Problem beschäftigen, als wir stellen könnten, selbst wenn beide Schiffe gesund wären. Wir bleiben auf Kurs.« Parker klatschte in die Hände. »Was gibt es zu essen?«

Terrazas wischte sich die Hände an der Schürze ab. »So was wie Paella. Das … das ist ein Reisgericht.«

Zwei Dinge solltest du über Terrazas wissen: Er ist Amateurfunker mit einer tiefen, unerschütterlichen Liebe zum Theater. Und er ist natürlich auch Astronaut, was bedeutet, dass er, wenn er ein Problem einmal erkannt hat, daran arbeitet, bis er eine Lösung findet. Diese beiden Dinge gepaart mit dem Bedürfnis, der *Pinta* zu helfen, sorgten dafür, dass ich nun ein Paar Schuhe in der Hand hielt und mich mit Leonard, Terrazas, Florence und Rafael im Kommunikationsmodul drängte.

Die Distanz zur Erde war mittlerweile so groß, dass wir Radiosendungen nur noch verstehen konnten, wenn wir viel Zeit in die Einstellung der Geräte investierten. Florence hatte es mir erklärt, doch obwohl ich Wellen und Bandbreiten theoretisch verstand, verfiel sie bald in einen Jargon, der mich nur lächelnd und nickend zurückließ.

In Kurzform: Die Crew der Pinta war zu krank, um sich damit beschäftigen zu können.

Die etwas längere Variante: Wir spielten für sie eine Hörspielserie zur Unterhaltung, solange sie krank waren. Offenbar reichte der Besitz eines Mikrofons im Weltraum schon aus, um auf so eine Idee zu kommen.

Terrazas beugte sich zum Mikrofon vor und beschrieb mit angemessenem Schneid und Pathos die mitreißende Szene. »Hoch über der Erde jagt ein riesiges Flugzeug dahin, in dem es sich der international bekannte Athlet Flash Gordon in seinem Sitz gemütlich gemacht hat. Bewundernd betrachtet er

Dale Arden auf der anderen Seite des Ganges – seine reizende junge Gefährtin auf dieser Luftreise. Doch plötzlich erschüttert etwas Gewaltiges das Flugzeug!«

Als er innehielt, schüttelte Florence einen Ballon – eigentlich meine ich Kondom. Es war aufgeblasen und mit trockenem Reis gefüllt. Das Schütteln neben dem Mikrofon klang für alle Zuhörenden wie eine Explosion.

Terrazas Stimme wurde drängender. »Das Flugzeug gerät außer Kontrolle und in einen trudelnden Sturzflug. Flash Gordons durchtrainierte Muskeln tragen ihn über den Gang hinweg zu der ängstlichen jungen Frau. Er nimmt sie in die Arme und springt mit ihr aus dem abstürzenden Flugzeug. Und dann zieht er die Reißleine seines Fallschirms und gleitet mit ihr zur Erde hinab.«

Leonard nahm seinen Platz am Mikro ein, indem er kopfüber darüber schwebte. Terrazas war nicht unser einziger Amateurfunker. »Hab keine Angst, Dale. Das Flugzeug ist abgestürzt, doch wir sind in Sicherheit.«

Das war mein Stichwort. Ich versuchte, möglichst einfältig zu klingen. »Ja, Gott sei Dank warst du da. Oh, schau mal, Flash! Da ist eine große Stahltür, und sie schließt sich!«

»Na so was! Das ist das Labor des bedeutenden Wissenschaftlers Dr. Hans Zarkov! Er kommt in unsere Richtung. Ich hoffe, Sie nehmen es uns nicht übel, dass wir hier so unverhofft eingedrungen sind, Doktor, aber Sie sehen ja, dass uns keine andere Wahl blieb.«

Ich presste mir eine Hand auf den Mund, denn ich wusste, was als Nächstes kam: Rafael. Rafael, eins fünfundsiebzig und passionierter Tänzer, konnte außerdem den lächerlichsten deutschen Akzent imitieren, den ich je gehört hatte. Falls du Charlie Chaplins *Der große Diktator* kennst: Rafael wäre ein perfekter Anton Hynkel gewesen.

Rafael krümmte die Finger Richtung Decke, obwohl niemand auf der *Pinta* ihn sehen konnte. »Ich weiß schon, was Ssie ssint – SPIOONE! Herrgekommen, um meine Geheimnisse zu STEEHLEN! Aberr ich habe eine Antworrt parrat! Kommen Sie mit!«

Ich biss mir auf die Zunge und hielt den Atem an. Er war einfach so lustig.

Keine Ahnung, wie Leonard seine nächste Zeile herausbekam. »Legen Sie doch die Waffe weg, Professor Zarkov.« Leonard kam näher ans Mikro und flüsterte: »Dieser Mann ist verrückt, Dale. Wir müssen ihn austricksen.«

»In Ordnung, Professor, in Ordnung.« Hoffentlich klang mein Bemühen, nicht loszulachen, atemlos und angespannt. »Wir folgen Ihnen ja.«

»Diese Leiterr herrunter! In diesen Turrm! Rrunter, sage ich, rrunter!«

Als Rafael zur Decke wies, klatschten Florence und ich die Schuhsohlen aneinander, um das Geräusch von Schritten zu imitieren. Irgendwie. Ich bin vieles, aber keine Geräuschemacherin. Rafael wedelte mit dem Finger. »Alsso nun! Wirr ssind in meinem Rraketenschiff, und in zehn Sekunden werrden wir aufbrächän zu einem neuen Planeten. Wirr werrden alle sterrben – stärrbän fürr die WISSENSCHAFT!«

Und dann lachte er manisch. »Muharharharharhar! Hahaaaaa! Ha!«

Ich krümmte mich im Versuch, mein eigenes Gelächter in mir zu behalten, und Terrazas schwebte ans Mikrofon. »Schalten Sie auch beim nächsten Mal wieder ein, wenn es heißt: *Flash Gordon* erlebt atemberaubende Abenteuer!«

Florence langte hinüber und schaltete das Mikro aus. »Und das war's.«

Mein Gelächter hallte durchs Comm-Modul und trug mich mit sich wie im »Lachgas«-Kapitel aus *Mary Poppins*. Ich wischte mir über die Augen und trieb zu Rafael hinüber, um ihm einen Kuss auf den Scheitel zu drücken. »Du wirst noch mein Ende sein.«

Seine Ohren wurden rot. »Ich war also gar nicht furchteinflößend?« Aber er grinste und zwinkerte mir zu.

»Was, ich fürchtete um mein Leben!« Ich sog meine Tränen mit dem Ärmel auf, bevor sie in den Raum davonschweben konnten. »Siehst du, ich weine sogar!«

Die Funkverbindung zwischen den Schiffen knackte. »Danke, Leute. Das war dufte.« Ich brauchte eine Weile, um die krächzende Stimme als Rubys zu identifizieren. »Wir lieben es alle.«

Florence nahm das Mikro entgegen. »Wie geht es euch da drüben?«

»Ach, alles gut. Sorgt euch nicht um uns.« Irgendwo hinter ihr ertönte ein würgender Laut. »Ich muss los. Vielen Dank! Es bedeutet uns viel, dass ihr an uns denkt.«

Damit wurde die Leitung still.

Florence seufzte und brachte das Mikro zurück in seine ursprüngliche Position. »Ich habe noch nie so eine dreiste Lüge gehört.«

»Noch nie?« Leonard hob eine Augenbraue. »Nicht mal, als ich dir ein Kompliment zu diesem Kuchen gemacht habe, den du gebacken hast?«

»Sei bloß still.« Sie schubste ihn, was ihn durch den Raum bis zur Decke trudeln ließ. »Das war ein japanischer Obstkuchen. Ein Rezept von meiner Mama.«

»Ist deine Mama Japanerin?«

»Ach, sei doch still.« Sie musterte die Lautsprecher, als könnte sie dadurch hindurch in die *Pinta* blicken. »Ich meine nur, dass ich mir Sorgen um sie mache.«

»Kamilah sagt, dass sie mittlerweile das Schlimmste überstanden haben müssten.« Ich machte mir natürlich auch Sorgen, aber wir konnten ja nichts tun. *E. coli* wurde durch Medikamente nur schlimmer, also mussten wir der Sache ihren Lauf lassen.

Florence trommelte mit den Fingern auf die Konsole und nagte an ihrer Unterlippe. »Es kommt mir nur so vor, als ob …«

Parkers Stimme grollte durchs schiffsinterne Interkom: »Wenn das Kaspertheater jetzt beendet ist, könnte die lustige Bande sich ja erbarmen und zu ihren Pflichten zurückkehren.«

Florence nahm das Mikro. »Ich weiß gar nicht, wovon du redest, ich bin auf meinem Posten.«

Der Rest von uns schwebte aus der Tür und zur Spindel. Vor mir fragte Terrazas Rafael: »Denkst du, Parker hat zugehört?«

»Na klar.« Er stieß Terrazas sanft mit der Schulter an. »Hast du gut gemacht.«

Beim Abendessen kam Parker mit einem Blatt vom Fernschreiber in der Hand herein. Wir lachten und waren alle noch ein wenig albern von der Hörspielaufnahme. Doch das Lachen verklang augenblicklich.

Es gibt eine Miene, die fest mit dem Überbringen einer Todesmeldung verknüpft ist. Als Astronautinnen, Überlebende des Meteors und Veteranen des Zweiten Weltkriegs hatten wir sie alle schon zu oft gesehen, um nicht zu wissen, was bevorstand.

Wir wussten nur nicht, um wen es ging.

Ich stellte den Tellerstapel ab, den ich in der Hand hielt. Die Luft im Raum schien nicht mehr zu zirkulieren, obwohl das hohe Sirren des Ventilators das einzige Geräusch war.

Parker ließ den Blick aufs Blatt sinken. »Ruby Donaldson ist tot. Sie hatte einen Anfall. Die Mission Control glaubt, dass es das von *E. coli* hervorgerufene hämolytisch-urämische Syndrom war.«

»Verdammt!« Kamilah setzte sich hin und ließ die Stirn auf die Fäuste sacken. »Wir hätten rübergehen sollen.«

»Wir hätten nichts …«

»Das ist eine gottverdammte Lüge!« Sie schlug mit den Händen auf den Tisch. »Ruby hat Medikamente gegen den Durchfall genommen, um den anderen helfen zu können! Wenn man das tut, bleiben die Shiga-Toxine im Körper. Dadurch kann eine Blutgerinnung entstehen. Dieser Anfall war keine Nebenerscheinung von *E. coli,* sondern eine Nebenwirkung unserer Entscheidung! Wir haben das bewirkt!«

Diese Wahrheit hallte im Raum wider und sandte mir einen kalten Schauder über den Rücken, zusammen mit all den Notfallszenarien, in denen ein Astronaut entscheiden musste, ob er eine Kollegin sterben ließ, wenn der Versuch, sie zu retten, zu ihrer beider Tod führen konnte. War das der Fall gewesen? Wäre das Risiko wirklich so groß gewesen, wenn wir hinübergegangen wären, um zu helfen?

Parker brach die Stille mit einem hörbaren Einatmen. Er durchquerte den Raum und hockte sich vor Kamilahs Stuhl. »Es tut mir leid. Und du hast recht.« Er legte ihr eine Hand auf die Schulter. »Es war trotzdem die richtige Entscheidung, als die Mission Control sie getroffen hat.«

»Ich gehe da rüber.«

Während er das Blatt weiterhin umklammerte, atmete Parker noch einmal langsam ein. »Ich gebe dir dafür Rückendeckung.« Er leckte sich über die Lippen und sah mich an. »York. Du bist als Sanitäterin ausgebildet, oder?«

»Nur Feldmedizin, im Krieg. Und was ich von meiner Mutter mitgekriegt habe.« Das klang, als wäre sie eine Hexe im Wald gewesen. »Sie war Ärztin.«

Parker nickte und verlagerte das Gewicht. Er sah zu Boden. »Würdest du die BusyBee rüberfliegen?«

Terrazas trat vor. »Das kann ich tun.«

»Das weiß ich.« Parker sah auf und spitzte die Lippen. Er seufzte erneut und drückte Kamilahs Schulter im Aufstehen noch einmal. »Aber es ist nun mal Tatsache, dass York und ich damit durchkommen, wenn wir die Befehle der Mission Control nicht befolgen, wie es keiner von euch kann. Wenn die Lady Astronaut Shamoun auf eine barmherzige Mission mitnimmt, werden sie ihr nach ihrer Rückkehr kein Verfahren anhängen.«

»Nun, zu irgendwas muss ich ja gut sein.« Ich zuckte mit den Achseln. »Gibt gute PR. So was lieben sie doch.«

Parker grinste schief. »Und bleibt im Anzug. Ich möchte nicht, dass irgendwas von drüben hierhergelangt oder dass ihr beide euch ansteckt.«

ACHTZEHN

Sprecher: Die American Broadcasting Company präsentiert *Headline Edition* mit Taylor Grant am 28. November 1962.

Grant: An Bord der ersten Marsexpedition kam es zum tragischen Tod von Lt. Ruby Donaldson aus Grand Haven, Michigan. Lt. Donaldson war Fliegerärztin an Bord der *Pinta* und erlag einer Infektion aufgrund eines kontaminierten Nahrungsmittels. Flaggen auf der ganzen Welt wehen heute auf Halbmast, um ihrem Opfer zu gedenken.

Der Atem zischte in meinen Ohren. Meinen Kopf umfing die harte Schale des Helms, der zum Marsanzug gehörte. Er war nicht für Außenbordeinsätze geeignet, sondern nur ein Druckanzug wie der, den ich bei meinem ersten Flug getragen hatte. Meine Hände in den steifen Handschuhen lagen klobig an den Steuerelementen der BusyBee. Neben mir hockte Kamilah in ihrem Anzug. Wir saßen im gleichen Raum, ohne dieselbe Luft zu atmen.

Ich behielt beim vorsichtigen Andocken das Schott an der Seite der *Pinta* zentral im Sucher der BusyBee. Selbst inmitten all dieses Chaos war ich ein wenig verzückt, dass man mir endlich erlaubte, allein anzudocken. Wie absurd! Und dennoch, als die Nase der BusyBee gegen die Hülle der *Pinta* stieß und die automatischen Klammern in die Halterungen fuhren, sah ich Kamilah an, als sollte sie stolz auf mich sein.

Sie war bereits mit ihren Gurten beschäftigt.

Ich aktivierte den Funk zwischen unseren Anzügen. »Lass mich erst die BusyBee sichern.«

»Brauchst du mich dafür?«

»Nein, aber …«

»Dann geh ich schon mal. Wir haben Luft für sieben Stunden.« Sie schob sich aus dem Sitz und schwebte nach hinten.

»Jetzt lass mich doch erst sichergehen, dass wir vernünftig angedockt sind.« Auf meiner Checkliste standen noch ein halbes Dutzend Bremsdüsen, die zu überprüfen waren.

»Die Deltadruckanzeige steht auf 0,34.« Sie war schon an der Tür.

»Kamilah.« Sie wusste es doch eigentlich besser! Überstürzung war der einfachste Weg, im All sein Leben zu verlieren. »Lass uns die Checkliste durchgehen. Langsam ist schnell.«

»Bei allem, was heilig ist, du klingst schon wie Parker!« Aber sie hielt inne, prüfte die Anzeigen und holte sich die visuelle Bestätigung mit einem Blick durchs Fenster.

»Nun, wir fliegen schon seit den Tagen ins All, in denen Raketen noch mit Alufolie zusammengehalten wurden.« Ich schaltete auf die Funkfrequenz zum Schiff um. »*Niña*, hier ist *BusyBee 1*. Wir haben angedockt, alle Systeme sind optimal.«

»Holt euch die visuelle Bestätigung, bevor ihr das Schott öffnet.« Parkers Befehl bewirkte, dass mich Kamilah über die Schulter angrinste. »Langsam ist schnell.«

Dass er dieses bestimmte Mantra genau jetzt rezitierte, wunderte mich nicht. »Jawohl, Sir. Genau das macht Kamilah gerade.«

»Wenigstens ist eine von euch noch bei Verstand.«

Ich knirschte mit den Zähnen und hoffte, dass das Mikrofon es übertrug. »Sobald ich die BusyBee gesichert habe, gehen wir an Bord.«

»Vergesst nicht, dass ihr nur Sauerstoff für sieben Stunden habt.«

Warum müssen Leute immer das Offensichtliche aussprechen? »Jawohl, Sir. Wir behalten die Zeit und die Anzeigen im Auge.«

»Ihr müsst genügend Zeit einkalkulieren, um zurückzukommen und abgespritzt zu werden.«

Ich bin mir recht sicher, dass mein Seufzer gut vernehmbar war. »Jawohl, Sir. Ich erinnere Kamilah an die Zeitbegrenzung. BusyBee 1 Ende.«

Als ich die BusyBee gesichert hatte, hatte Kamilah auch ihr Medikit bereit und öffnete die Luke. Auf der anderen Seite erwartete uns die Luftschleuse der *Pinta,* in der uns ein einzelnes Licht anzeigte, welche Richtung im Metallwürfel »oben« war. Durch das runde Fenster der Innentür war das Leuchten der Spindel dahinter zu erkennen.

In den frühen Tagen konnten Schotts nur von innen geöffnet werden, aber dann hatte die Simulation eines Außenbordeinsatzes zum »Tod« geführt, weil die Besatzung im Inneren außer Gefecht gesetzt war. Irgendwie witzig, wie offensichtlich manche Dinge rückblickend erscheinen. Das ist das Positive an der IAC und all ihren Simulationen: Wir können auch im Nachhinein Erkenntnisse aus Dingen gewinnen, die nur simulierte Todesfälle zur Folge hatten.

Ich nahm das zweite Medikit, das Kamilah eingepackt hatte, und schwebte hinter ihr in die Luftschleuse. Wir mussten die Zirkulation der Pumpen abwarten, um sicherzustellen, dass der Druck in beiden Bereichen derselbe war, bevor wir die Tür öffneten.

Es schien ein schlechter Zeitpunkt für eines der Luftschleusenspiele, auch wenn die uns normalerweise ganz gut die Zeit vertrieben. Und über was sollten wir schon sprechen? Wir hatten auf der *Niña* bereits alles ausgearbeitet und kannten den Schlachtplan. Wenn ich jetzt davon anfing, würde ich nur noch mehr wie Parker klingen.

Andererseits hatte er natürlich recht. Ich räusperte mich. »Erst der Sportraum?«

»Ruby meinte, dass sie sich dort einquartiert haben.« Kamilah warf einen Blick auf die Anzeige. »Hier drin vergeht die Zeit zäh wie Schleim.«

Es war vielleicht doch Zeit für ein Luftschleusenspiel. »So ist halt das Design.«

Kamilah schnaubte. »War das grad ein Reim?«

»Und das nicht mal geheim!«

»In der Luftschleuse beim Stelldichein.«

Ich kaute auf der Unterlippe. »Gemein, dieser Reim ist unrein!«

In ihrem Helm nickte Kamilah. »Aber er ist auch … endlich!« Die Anzeige für den Deltadruck stieg in die sichere Zone, und sie griff nach der Tür. »Dann geh'n wir mal hinein!«

Ich kicherte. Kamilah verankerte sich an einem der Handläufe und drückte die Tür auf. Wir schwebten mit den Medikits im Schlepptau in die Spindel der Pinta und fanden uns im hinteren Viertel des Schiffs wieder.

Die Lichter tauchten den langen weißen Tunnel in grelles Licht. Irgendwie hatte ich erwartet, dass alles grau und matt sein würde, aber die Elektrik funktionierte ganz normal. Ich blickte durch die Spindel zur Kreuzung, in die der Ringgang mündete, und sog den Atem ein. Eine braune, klumpig-wässrige Blase waberte langsam im Luftstrom.

Eine weitere trieb weiter spindelaufwärts. Jetzt, wo ich wusste, wonach ich Ausschau halten musste, entdeckte ich Dutzende kleinerer Sphären überall. »Mein Gott. Sie brauchen einen Staubsauger, keine Ärztin.«

»Sie brauchen beides.« Kamilah schob das Medikit voraus und schwebte die Spindel empor. »Ich mach mich auf zum Sportraum. Willst du mal schauen, ob du das hier sauber kriegst?«

Und ich hatte geglaubt, die verstopfte Toilette sei schlimm gewesen.

Obwohl ich in einem Anzug steckte, der mich vor der lebensfeindlichen Umgebung des Mars beschützen sollte, verspürte ich den Drang, mir die Hände mit Lauge zu schrubben. Tatsächlich wusch ich mir die Anzughände, nachdem ich die Spindel gesäubert hatte, wozu ich die Hälfte der veranschlagten fünf Stunden brauchte – und da war ich noch nicht bis zu den Quartieren der Besatzung vorgedrungen. Wir schliefen in Schwerelosigkeit, und ich ging felsenfest davon aus, dass dieser Bereich ein einziger Albtraum war. Es war schlau von Ruby gewesen, sie alle im Sportraum einzuquartieren, wo die Schwerkraft den Durchfall zumindest ein wenig kontrollieren würde.

Ich glitt die Leiter in den Ring hinunter und trapste zum Sportmodul hinüber. Der Marsanzug war nicht so schwer wie ein kompletter Außenbordanzug, aber trotzdem klobig. Ich hielt im Bad noch einmal kurz inne, um mir die Hände zu waschen, und fuhr beim Anblick eines braunen Streifens an der Wand zurück. Jemand hatte versucht, die Wand zu säubern, aber alles nur noch schlimmer verschmiert.

Was ich eigentlich wollte, war, zurück zur *Niña* zu gehen und mich in aller Bleiche einzuweichen, die wir an Bord hatten. Stattdessen wusch ich mir die Handschuhe und öffnete dann den Vorratsschrank, um das Lysol (»Stolzer Sponsor des Weltraumprogramms«) herauszuholen. Ich benötigte dreißig Sekunden, vielleicht eine Minute, um den Streifen wegzuwischen.

Seltsam, dass die sich drehenden Sphären aus Exkrementen nicht so laut »Krankheit« geschrien hatten wie dieser unzulänglich weggewischte Streifen. Die Blasen hätten auch durch eine Fehlfunktion aus Behältern entwischt sein können. Das hier ... das hier war ein Zeichen dafür, dass jemand an Bord gewusst hatte, dass die Verschmutzung unbedingt beseitigt werden musste, und zu krank gewesen war, um es tatsächlich zu tun.

Ich wusch mir abermals die Hände und spritzte großzügig Lysol über die Handschuhe.

Dann ging ich in den Sportraum.

Kamilah kniete bei Benkoski und wischte ihm mit einem feuchten Tuch über die Stirn. Ich hatte halb erwartet, dass sie in irgendeinem heroischen Versuch, den Kranken zu helfen, den Anzug ausgezogen hatte, aber das war nicht geschehen. Der Anblick erinnerte mich daran, wie weit wir seit dem Einschlag des Meteors gekommen waren. Ich weiß – man sollte annehmen, dass eine Reise durchs All mir das auch schon demonstriert hätte, aber die war alltäglich geworden. In diesem Kontext stach der Marsanzug jedoch hervor, und es war, als sähe ich ihn zum ersten Mal: silbernes Mylar, weiße Schläuche, Chrom, Stahl, Plastik. Wir hätten aus *Flash Gordon* oder *Buck Rogers* stammen können.

»Was kann ich tun?«

»Leg DeBeer einen Zugang. Er lässt nicht zu, dass ich ihn berühre.« Sie sah mich an, das Gesicht vom Helm eingerahmt, und ähnlich wie beim Marsanzug, den ich in anderem Licht sah, weil er in einem anderen Kontext stand, fiel mir nun auf, wie braun ihre Haut war. Ich hatte natürlich nicht vergessen, dass Kamilah Nordafrikanerin war, aber ausgeblendet, dass DeBeer nur diese Facette von ihr wahrnahm. Sie wies mit dem Kopf aufs Medikit. »Weißt du, wie man einen Zugang legt?«

»Ich kenne das Prinzip, hab's aber noch nie gemacht.« Ich ging zum Medikit hinüber, das auf der Hantelbank lag, und kniete mich daneben. »Er lässt nicht zu, dass du ihn berührst? Ernsthaft?«

»Er ist im Delirium.« Sie stand auf und stampfte zu mir herüber. »Oder zumindest rede ich mir das ein.«

»Er ist Schleim. Das ist natürlich wieder ein Reim.«

»Er hat einen Weltallkeim ...« Sie öffnete das Kit und zog einen Beutel mit Kochsalzlösung hervor, den sie eingepackt hatte. »Du musst ihm das hier subkutan injizieren, es sei denn, du traust dir zu, mit den verdammten Handschuhen eine Vene zu finden.«

»Ich hab's bisher noch nicht mal ohne Handschuhe probiert.« Faszinierend, dass mein Herz zwar etwas schneller schlug, aber der Gedanke, einen Zugang zu legen, war ansonsten weniger nervenzerreißend als der Moment, in dem Parker mein Jiddisch zerlegte. Das Hirn ergibt manchmal wenig Sinn. Meine Hände waren ruhig, als ich die Infusion entgegennahm. »Kannst du mir wenigstens Anweisungen geben?«

Sie zuckte mit den Schultern und grinste. »Wenn wir keine Vene nehmen, kannst du ihn eigentlich piksen, wo du willst. In der Hand ist es schmerzhafter, weil dort mehr Nerven sind, und wenn du den Alkohol zur Desinfektion an der Nadel nicht trocknen lässt, ist es noch schlimmer, weil der Alkohol dann mit der Nadel ins Gewebe eindringt. Das ruft ein Brennen hervor – nur so als Information, wie Parker zu sagen pflegt.«

Doch trotz ihrer implizierten Drohung ließ sie die Luft aus der Kanüle und ging mit mir zu DeBeer hinüber, der zusammengerollt auf einer der Turnmatten lag. Er war in eine fleckige Decke gehüllt. Was ich von seiner Haut sehen konnte, ähnelte vergilbtem Papier, und seine Lippen waren aufgerissen.

Als ich neben ihm niederkniete, öffnete er die Augen. Rote Äderchen umgaben das Blau seiner Iris wie Spinnweben, und Schleim klebte ihm an den Lidern. Er benetzte sich mit der Zunge die Lippen. »York.«

Er hustete einmal, dann schloss er wieder die Augen. Ich

starrte mit einer Intensität auf seinen Brustkorb, die ich normalerweise für den Raketenstart reserviert habe – um zu prüfen, ob er noch atmete.

Wie kann es sein, dass man jemanden so wenig mag und dennoch nicht will, dass er stirbt? Ich atmete recycelte Luft ein und schob dann die Decke herab, um seinen Arm freizulegen. Seine Augen öffneten sich schlagartig, und er packte die Decke.

Ich hätte beinahe die Nadel fallen gelassen. Oder mich selbst gepikst.

Sein Atem zischte, und er sagte etwas auf Afrikaans.

Ich bin mir nicht sicher, was er sagte, aber die Art und Weise, wie sein Blick zu Kamilah glitt, machte mir klar, dass er nicht fantasierte, sondern nur ein rassistisches Arschloch war. »Was, wenn ich mich auf ihn setze?«

»Ich möchte das Risiko nicht eingehen, dass er das Fenster in deinem Helm beschädigt. Obwohl …« Kamilah wandte sich von mir ab. »Hm.«

»Was?« Ich folgte ihrem Blick durch den Sportraum. Mit Ausnahme von DeBeer hatten nun alle saubere Decken und immerhin eine Katzenwäsche mit dem Schwamm bekommen. Zudem waren alle infundiert.

»Na ja. Es ist ja so … hier sind jede Menge Gewichte.« Sie hob ein Paar Zehn-Kilo-Handeln hoch. »Und er ist wirklich völlig kraftlos. Und braucht Flüssigkeit.«

»Und eine Wäsche täte ihm gut.«

»Oder er spürt meine Wut!«

Ich stand auf und lachte, als ich ihre Absicht erkannte. Wir konnten die Hanteln einfach auf die Decke stellen und ihn damit festpinnen. »Wenn es halt nottut.«

Die Hanteln hätten wegrollen können, daher nahm ich eine Langhantelscheibe. Mit den Handschuhen konnte ich nur eine auf einmal tragen, doch Kamilah sah, was ich vorhatte, und legte die Hanteln ab. Sie griff sich das zweite Gewicht, und wir näherten uns DeBeer von zwei Seiten wie Weltallwalküren.

Er hatte die Augen wieder geschlossen und sich die Decke bis zum Hals hochgezogen, mit beiden Armen darunter, als wollte er sich in einem Kokon einspinnen. Ich legte das Gewicht direkt neben seine rechte Schulter und pinnte die Decke darunter fest. Kamilah machte dasselbe auf der anderen Seite, womit wir seine Brust effektiv eingeklemmt hatten. Wenn er bei Kräften gewesen wäre, hätte ihn das höchstens verlangsamt, doch in seinem jetzigen Zustand hatte er gerade erst verwundert die Augen aufgeschlagen, als ich mich rücklings auf seine Beine setzte und ihn mit meinem ganzen Körpergewicht zu Boden drückte.

Er warf sich hin und her und grunzte, hielt aber abrupt und mit einem Stöhnen inne. Eine Seite der Decke hatte sich auf Hüfthöhe gelöst, und wässrig brauner Ausfluss rann über die Turnmatte.

Auf der anderen Seite des Raums lehnten sich Heidi und Dawn mit der Wand im Rücken aneinander. Dawn hatte einen Arm um Heidi gelegt, Heidi klatschte. »Niemand mag ihn.«

Die Sache an Notfällen ist ja, dass sich niemand mehr mit Schmeicheleien aufhält. Nach dem Meteor war einiges, was die Geflüchteten sagten … es »schroff« zu nennen, wäre noch zu harmlos gewesen.

Ich tätschelte sein Knie. »DeBeer. Du musst zulassen, dass Kamilah dir eine Infusion legt.«

»Du.«

»Ich weiß nicht, wie das geht. Ich kann höchstens subkutan spritzen, aber das ist nicht annähernd so effektiv.«

Er schüttelte den Kopf und presste ihn dann seitlich auf die Matte, sodass er von Kamilah wegsah. Das war doch dämlich. Wir hatten ihn festgeklemmt, also schaute ich Kamilah an und zuckte mit den Achseln – so gut es im Anzug eben ging.

Sie verzog das Gesicht und beugte sich zu mir. »Ich setze ihm den Zugang in die Beinvene, wenn du ihn ruhig halten kannst.«

Benkoski stützte sich auf einen Ellbogen. »Ach, Scheiße noch mal, DeBeer. Jetzt lass dir den gottverdammten Zugang legen wie ein Mann. Das ist ein Befehl.«

»Ich stecke in einem Marsanzug, meine Berührung wird dich also nicht ›beschmutzen‹.« Kamilah verzog beim Anblick der braunen Pfütze auf der Matte das Gesicht. »Entweder du lässt mich meinen Job machen, oder wir lassen dich hier in deiner eigenen Scheiße liegen.«

DeBeer presste das Gesicht weiter gegen die Matte, aber er widersetzte sich nicht länger. Er wurde vielleicht sogar ein wenig schlaffer. Kamilah bedeutete mir, ich solle von seinen Beinen aufstehen, dann schob sie die Gewichte beiseite und zog ihm die Decke vom Leib. »Wir waschen ihn erst.«

»Hoffentlich flippt er nicht wieder aus.« Ich stand auf und ging zum Badezimmer, um das Lysol zu holen.

Hinter mir sagte Kamilah: »Pff ... Er ist nicht das erste Arschloch, das ich pflege.«

NEUNZEHN

Sprecher: Hier sind die BBC-Weltnachrichten am Mittwoch, den 28. November 1962.
Berichte der ersten Marsexpedition nach dem Tod von Lt. Ruby Donaldson haben Besorgnis innerhalb der internationalen Gemeinschaft hervorgerufen. Einige Trauerwachen wurden von Protesten der Earth-First-Bewegung unterbrochen, die behaupteten, die Todesursache sei von der Regierung verschleiert worden, um sogenannte Weltraumkeime zu vertuschen. Diese Keime, so sagen sie, seien eine Bedrohung des Lebens auf der Erde, was zur Frage führe, welche weiteren Krankheitserreger von der Oberfläche des Mars bei uns ankommen könnten.

Als wir endlich damit fertig waren, DeBeer zu reinigen und ihm einen Zugang zu legen, kämpfte sich Benkoski auf die Füße. Er lehnte sich gegen den Stuhl, auf dem sein Infusionsbeutel lag.

»Hey!« Kamilah rannte zu ihm, was ich in den Anzügen bisher für unmöglich gehalten hatte. »Was tust du denn da?«

»Ruby.« Er zuckte mit den Schultern und sah zu Boden. »Ich hab sie in den Sack gesteckt.«

Der Sack. Das war eines der Szenarien aus den Notfallplänen für laufende Missionen, die Nathaniel damals auf der Erde gelesen hatte. Wobei »Notfall« für den Tod eines Besatzungsmitglieds stand. Bei den bisherigen Todesfällen im All hatte es nie einen Leichnam gegeben, der hätte bestattet werden können. Die anderen Toten hatten die astronautische Version eines

Wikingerbegräbnisses erhalten, allerdings ohne Vorwarnung und auch nur die Gelegenheit, vorher zu sterben. Das klingt morbide, aber solche Witze machen wir, um zu überleben.

Also, was passiert, wenn eine Astronautin während einer laufenden Drei-Jahres-Mission stirbt? Wir konnten die Leiche nicht in die Atmosphäre der Erde senden, damit sie dort verbrannte, weil wir mittlerweile Millionen Kilometer davon entfernt waren. Sollten wir sie aufbewahren, bis wir auf dem Mars ankamen? Oder bis zur Rückkehr zur Erde? Was macht es mit einer Besatzung, wenn der Leichnam einer Kollegin sie auf der ganzen Reise begleitet?

Im Falle der IAC entwirfst du als Antwort ein neuartiges System, das es erlaubt, die sterblichen Überreste auf kompakte und hygienische Weise mit nach Hause zu bringen. »Der Sack« war ein schwerer, körpergroßer Plastiksack, der die Überreste einer Astronautin aufnehmen und in eine Luftschleuse gelegt werden konnte, wo er dem Vakuum des Alls ausgesetzt war, bis der Körper darin gefror.

Wird organisches Material dem Vakuum des Alls etwa eine Stunde lang ausgesetzt, ist es äußerst zerbrechlich. Schüttle so einen Sack mit gefrorenem organischem Material, und der Inhalt zerfällt zu Staub, sogar die Knochen und die Zähne. Staub kann einfach in einer handlichen Schachtel aufbewahrt werden, um nach Hause transportiert und dort auf die gewünschte Weise bestattet zu werden.

Der Sack war bisher noch nie an einem Menschen erprobt worden.

Ich atmete langsam ein und wünschte mir, meine Luftversorgung enthielte ein wenig mehr Sauerstoff. »Ist sie schon in der Luftschleuse?«

Er nickte. »Nummer drei, von vorn aus gesehen. Ich konnte aber nicht … Ich konnte den Rest nicht erledigen. Ich hab's versucht, aber ich bin im Moment so verdammt schwach.«

Kamilah legte ihm eine Hand auf die Schulter. »Wir kümmern uns um sie.«

»Ich komme mit.« Er nahm den Infusionsbeutel und legte ihn sich auf die Schulter. »Und bevor ihr Nein sagt: Ich verspreche, mich nicht zu verausgaben und danach sofort hierher zurückzukehren.«

Kamilah funkelte ihn mit den Händen in den Hüften an. »Du wirst uns eh nicht helfen können.«

»Ich kann mich aber verabschieden.« Benkoski straffte sich. Ihn in so etwas wie einer militärischen Habachtstellung zu sehen, machte den Gewichtsverlust der vergangenen Woche umso sichtbarer.

Wir verließen den Sportraum zu dritt – Kamilah und ich trapsten voran, und Benkoski folgte uns mit einer Hand an der Wand. Ich hielt inne. »Stütz dich auf mich.«

Sein Mundwinkel hob sich zu einem schiefen Lächeln. »Danke. Ich fühle mich so nutzlos.«

»Das bist du nicht.« Ich legte ihm einen Arm um die Hüfte. »Du hast DeBeer dazu gebracht, sich zu benehmen.«

Sein Arm ruhte auf meiner Schulter und drückte den O-Ring meines Helms in meinen Nackenmuskel. »Wenn du es so nennen willst. Ich hätte ihn vorher schon in die Schranken weisen sollen, aber ich dachte, wenn ich ihm befehle, sich zu benehmen, hat er dadurch nur eine Ausrede, nie über seinen Rassismus nachdenken zu müssen.«

Ich sah ihn an, so gut es im Helm eben ging. Mit dem Gewicht auf dem O-Ring konnte ich eigentlich nur sein Kinn erkennen. »Es überrascht mich, dass er es überhaupt in die Besatzung geschafft hat.«

»Parker hat versucht, ihn rauszuschmeißen.« Benkoski seufzte und hustete dann.

Ich hielt inne, damit er zu Atem kommen konnte. »Das wusste ich gar nicht.«

»Clemons hat Nein gesagt. Budgetsache. Südafrika hat einen dicken Batzen Geld beigesteuert.« Benkoski richtete sich auf und ging weiter. »Aber meine Aufgabe ist es, das Schiff am Laufen zu halten, und er ist mein Co-Pilot. Eine super Sache.«

»Weiß die IAC, dass du immer noch Stress mit ihm hast?«

»Nee. Sie könnte eh nichts unternehmen und würde uns vermutlich eine Beratung aufdrücken oder so einen Scheiß. Mit Zeitverzögerung.« Er ließ mich los, als wir die Leiter hoch zur Spindel erreicht hatten. »Von hier aus sollte ich es allein schaffen.«

»Ich kann dich immer noch schieben, wenn du nicht hochkommst.«

Benkoski lachte und tätschelte seine Hüfte. »Genau. Die Windel ist noch nicht voll, also hau rein!«

Kamilah sah von oben zu uns herab. »Ich wische dir nicht noch mal den Arsch ab.«

»Das kann ich selbst.« Benkoski zog sich langsam die Leiter hinauf.

Ich folgte, nur für den Fall, dass er ausrutschte, obwohl ich nicht mal weiß, was ich dann getan hätte – meinen Anzug im Leiterschacht verkeilen? Als ich in die Spindel schwebte, hielt sich Benkoski bereits mit einer Hand an der Wand fest, und Kamilah war neben ihm und beäugte zweifelnd die Infusion.

»Ach, gottverdammt! Tut mir leid, daran hätte ich denken müssen. Ich war abgelenkt …« Sie schüttelte den Kopf. »Du musst wieder runter in die Schwerkraft.«

»Was? Warum?«

»Der Tropf funktioniert nur bei Schwerkraft. Gerade richtet er mehr Schaden als Nutzen an.« Sie packte ihn an den Schultern und drehte ihn zur Leiter herum. »Tut mir leid, aber so ist das nun mal.«

»Das geht schon in Ordnung.« Er sah mich nach Unterstützung heischend an. »Elma. Sag ihr, dass es in Ordnung ist!«

»Nein.« Ich schüttelte den Kopf. Es gibt viele Dinge, die ich gern ausdiskutiere, aber ich lege mich nicht mit einer Ärztin an. »Und wenn du dich weigerst, funke ich Parker an, damit er dir einen direkten Befehl erteilt.«

Er öffnete den Mund, als wollte er sich streiten, aber dann klappte er ihn wieder zu. »Na gut. Dann bin ich eben vernünftig und gehe wieder runter.«

Kamilah wartete, bis er die Leiter runterkletterte, bevor sie sich den vorderen Luftschleusen zuwandte, die sich in der Nähe der Besatzungsquartiere befanden. Während wir Seite an Seite hinaufschwebten, rang ich nach Worten. Die Bedeutung der Aufgabe, die uns erwartete, schien mich mit einer eigenen Schwerkraft niederzudrücken.

Selbst wenn Benkoski uns nicht gesagt hätte, um welche Luftschleuse es sich handelte, hätten wir es an der Deltadruckanzeige erkannte, die ein Vakuum auf der anderen Seite anzeigte. Kamilah drückte den Knopf, um die Außentür zu schließen, und als sie geschlossen war, öffnete ich das Ventil, um Luft in die Luftschleuse zurückströmen zu lassen. Mir fiel weder ein Reim noch ein ganzer Satz ein, um das Spiel zu beginnen.

Kamilah räusperte sich neben mir. »Ruby Donaldson war eine tolle Ärztin und skrupellos beim Bridge. Sie konnte Lindy Hop tanzen, dass es aussah, als wäre sie auch auf der Erde schwerelos. Wir waren in derselben Astronautenklasse, und ich werde nie vergessen, wie wir uns kennenlernten. Sie hatte diese beiden kurzen Zöpfe, mit denen sie aussah wie zwölf, und als ein Typ sie fragt, ob sie bei einem Schulausflug verloren gegangen sei, sah sie ihn an und sagte: ›Ja. Ich bin aus der verdammten Schule der schmerzhaften Kinnhaken und werde dich lehren, keine Annahmen über andere zu treffen.‹ Ich werde sie vermissen.«

Bis zu diesem Moment war mir nicht nach Weinen zumute gewesen. Jetzt drohten die Tränen Seen vor meinen Augen zu bilden, und ich blinzelte fest und schnell, um das zu verhindern. »Ruby Donaldson war eine passionierte Astronautin und eine mitfühlende Ärztin. Sie nahm jeden Teil ihres Jobs ernst, selbst die wenig glamourösen Aspekte. Ich habe nie gehört, dass sie sich über Überstunden beschwert hat, und sie hat oft angeboten, länger zu bleiben, wenn andere Hilfe brauchten. Als ich sie kennenlernte, war sie auf dem Mond und lernte dort, Rover zu fahren. Ich werde nie vergessen, wie sie ›Jii-ha!‹ schrie. Ich wollte ihr sogar ein Lasso kaufen.«

Das Zischen meines Atems füllte meine ganze Welt, während ich durch den Helm auf die Anzeige sah. Wir mussten noch zwei Minuten warten, bis der Druck hoch genug war, um das Schott zu öffnen. Ich sah durch das Fenster in den matt erleuchteten kleinen Raum, um mich zu vergewissern, dass die Außentür wirklich geschlossen war. Ein durchscheinender Plastiksack mit stabilen Griffen an beiden Enden schwebte in der Mitte. Er schmiegte sich an Rubys Hals, sodass ich ihre Schulter und die Seite ihres Kopfes sehen konnte.

Ich schluckte schwer, löste die Verriegelung und öffnete die Tür. Dann hielt ich mich an einem der Handläufe fest, und Kamilah folgte mir in die Schleuse. Sie legte eine Hand auf den Körper und drückte zu. »Fest.«

Ich sah auf meine Sauerstoffanzeige. Ein Teil von mir hoffte, dass sie zu niedrig sein würde, um noch länger zu bleiben, aber ich konnte darauf ablesen, dass ich noch genug Luft hatte, um das hier zu tun und zur *Niña* zurückzukehren. Ich biss die Zähne zusammen, nahm einen der Griffe und verhakte die andere Hand am Geländer. In Gedanken begann ich, das Trauerkaddisch zu rezitieren. *Yitgadal v'yitkadash sh'mei raba. B'alma di v'ra ...* »Auf drei?«

Kamilah nickte und nahm den anderen Griff. »Eins. Zwei. Drei.«

... chirutei, v'yamlich malchutei, b'chayeichon ...

Der Sack fühlte sich an, als würden wir eine Decke ausschütteln. Am oberen Ende des Bogens holten wir ihn mit einem Ruck zurück. Einen Moment lang zeigten sich die Umrisse von Rubys Gesicht, ihrer Brust, sogar ihrer Zöpfe. Dann zerfiel sie. Am unteren Ende des Schwungs erschütterten drei Schläge den Sack.

... uv'yomeichon, uv'chayei d'chol beit Yisrael, baagala ...

Wieder herauf. Der Sack bebte, als ihn eine Myriade scharfkantiger Splitter traf.

... uviz'man kariv. V'im'ru. Amen.

Wieder herab. Der Sack vibrierte in meiner Hand, als Dutzende Steine darin niederzufallen schienen.

Y'hei sh'mei raba m'varach, l'alam ul'almei almaya.

Rauf. Etwas Rundes drückte sich gegen den Sack wie ein konturloser Kinderkopf.

Yitbarach v'yishtabach v'yitpaar, v'yitromam ...

Runter. In der Luftschleuse hatte Atmosphäre das gesegnete Vakuum abgelöst, sodass wir die Kiesel im Sack trommeln und klappern hören konnten.

... v'yitnasei, v'yit'hadar v'yitaleh v'yit'halal ...

Rauf und runter und rauf und runter und gottverdammt ...

Nachdem wir fertig waren. Nachdem wir zur BusyBee zurückgekehrt waren. Nachdem ich den Helm abgenommen hatte, weil ich nicht genug sehen konnte, um zu fliegen. Selbst nachdem wir zur *Niña* zurückgekehrt waren, fühlte ich Rubys zerfallenden Körper noch in der nachhallenden Vibration in meiner Hand.

Das Einzige – das Einzige, was mich mit Dankbarkeit erfüllte – war, dass Benkoski nicht hatte dabei sein können.

ZWANZIG

Die Katastrophe wirkt noch nach

Psychiater berichten von Langzeitfolgen bei Meteor-Überlebenden

Von *EMMA HARRISON*

EXTRABLATT DER THE NATIONAL TIMES

TORONTO, Kanada, 29. November 1962 – Zehn Jahre nach dem Einschlag des Meteors in die Chesapeake Bay, bei dem Washington, D.C., und große Teile der Ostküste ausgelöscht wurden, zeigen Überlebende Zustandsverschlechterungen, wie zwei Psychiater am gestrigen Tag berichteten. Die Überlebenden klagten auch über körperliche Beschwerden, bei denen medizinisches Personal von psychosomatischen Störungen ausgeht.

Psychiater sind der Ansicht, dass die Persönlichkeit der Opfer vor dem Unfall einen entscheidenden Faktor bei den darauf folgenden mentalen Störungen darstellt, doch Dr. Robert L. Leopold und Dr. Harold Dillon beobachteten ähnliche Reaktionen in einer heterogenen Gruppe Männer, was die Vor-Unfall-Theorie infrage stellen könnte. Die beiden Psychiater untersuchten die Männer direkt nach der Katastrophe zum ersten Mal und fanden typische Verhaltensmuster nach einem Unfall. Viele waren verwirrt, ängstlich, berichteten von Schlaf- und Verdauungsstörungen. Einige schienen schlicht überwältigt.

Bei einer Untersuchung zehn Jahre später hatten sich die Störungen noch verstärkt. Die Patienten hatten viele neue Symptome entwickelt, fühlten sich isoliert oder beobachtet und litten unter einer solchen Erschütterung ihres Vertrauens in andere, dass einige von ihnen regelrecht Feindseligkeit und Misstrauen entwickelt hatten.

Ich brauchte Nathaniel. Rubys ... was auch immer das gewesen war ... hatte mir Albträume beschert. Ich hatte Kamilah nicht um eine Miltown bitten müssen, denn sie bot mir eine an, sobald wir zurück waren. Sie hatte natürlich meine Akte gelesen und das Medikament für den Fall, dass ich es brauchte, mit aufs Schiff genommen. Aber ich wollte nicht, dass mein Bedarf danach derart offensichtlich war.

Ich wollte es nicht brauchen.

Und ich weiß auch nicht, was Kamilah selbst nahm.

Wir redeten nicht über Ruby, obwohl ich in meinen Bericht schrieb, dass »der Sack« niemals wieder für eine Person genutzt werden sollte.

Aber ich brauchte Nathaniel. Also schleppte ich mich ins Comm-Modul, zusammen mit einem Ordner, in dem die verschiedenen Schubzündungen behandelt wurden, die wir auf der Reise benötigen würden. Die Zeitverschiebung bei der Übertragung war mittlerweile lang genug, dass ich etwas brauchte, um mich während der Wartezeit abzulenken. Außerdem würde ich auf diese Weise verbergen können, dass ich Nathaniels Antwort entschlüsselte.

Florence sah von einem Roman auf, als ich mich ins Modul schob. »Brauchst du was?«

»Hab gehofft, dass der Fernschreiber frei ist.« Er wartete dort, wo er immer war, festgeschraubt an der Seite des Comm-Moduls. »Ich wollte eine Nachricht von Nathaniel beantworten.«

Sie wedelte mit der Hand Richtung Maschine. »Mach es dir bequem, aber ich hoffe, es ist dir egal, wenn ich dich ignoriere – Valentine Michael Smith hat gerade gelacht.« Sie vergrub die Nase wieder im Buch.

Das war für mich nur gut, denn so würde ihr wahrscheinlich nicht auffallen, dass ich Unsinn niederschrieb. Der Caesar-Schlüssel befand sich auf Seite 30, Zeile 7, Wort 4: »Rhinozeros«. Also sah das Alphabet wie folgt aus: RHINOZESABCDF GJKLMPQTUVWXY.

30 7 4 – Vam ftppqog naopog Pric hogtqyog, tf Mthxp Doaiso yt yompqömog. Haqqo pre fam, nrpp nt gaisq ag nom Hopkmoistge vrmpq, hoa nom naopop emrtpaeo Nage yteodrppog vtmno. Ais cmaoeo op oagzris gaisq rtp nof Cjkz. Vrp nrisqo pais Idofjgp gtm nrhoa, pj vrp yt rtqjmapaomog? Tgn vom srq op eoqopqoq, jsgo pjzjmq nao Kmjhdofrqac yt hofomcog? Gaofrgn pjddqo nrp bofrdp hogtqyog füppog. Ais ftppqo oago Fadqjvg gosfog, tf pisdrzog yt cöggog.

(Übersetzt: Wir mussten diesen Sack benutzen, um Rubys Leiche zu zerstören. Bitte sag mir, dass du nicht in der Besprechung warst, bei der dieses grausige Ding zugelassen wurde. Ich kriege es einfach nicht aus dem Kopf. Was dachte sich Clemons nur dabei, so was zu autorisieren? Und wer hat es getestet, ohne sofort die Problematik zu bemerken? Niemand sollte das jemals benutzen müssen. Ich musste eine Miltown nehmen, um schlafen zu können.)

Lieber Nathaniel,

ich weiß nicht, was sie auf der Erde über Rubys Tod sagen, aber ich kann dir versichern, dass sie bis zu ihrem Ende gearbeitet hat. Ich wünschte, wir hätten früher hinübergehen können, aber ich verstehe, warum die Mission Control diese Entscheidung getroffen hat. Im Nachhinein ist man immer schlauer. Trotzdem. Ich frage mich immer wieder, ob wir sie hätten retten können.

Es geht allen auf der Pinta sehr viel besser. Aber das weißt du vermutlich schon, da sie ja wieder kommunizieren können. Benkoski sagt, allen ist noch etwas schwindlig, aber sie fühlen sich besser, wenn sie arbeiten können.

Und apropos Arbeit: Wie schön, dass Tommy dich in den

Herbstferien besucht hat. Ich denke, das ist eine gute Möglichkeit für ihn, sich ans Leben in Kansas City zu gewöhnen, bevor er mit dem Praktikum beginnt. Danke, dass du mit ihm beim Bowling warst und ihn den Leuten im Adler vorgestellt hast. Er redet jetzt schon so lange davon, dass er Astronom werden will. Bitte schieß ein paar Fotos, damit ich sie mir zu Hause ansehen kann.

Mit all meiner Liebe
Elma

Nrpp ais uompqoso, vrmtf naoFappajg Ijgqmjd nao Ogqpisoantge eozäddq srq, vrm eodjeog. Nrp qto ais gaisq. Rdpj, ais foago, ais srho op nrfrdp uompqrgnog, rhom rdp vam ag nog Frmprgyüeog nmühog vrmog, vtmno fam cdrm, nrpp vam nrp pisjg uaod zmüsom säqqog qtg cöggog. Rddo Napctppajgog nrmühom vtmnog hoognoq, houjm vam rtis gtm nao Föedaiscoaq srqqog, oago Döptge rtpytrmhoaqog. Ergy osmdais: Ais srdqo op züm oag Uomhmoisog, nrpp Mthx qjq apq.

(Übersetzt: Dass ich verstehe, warum die Mission Control die Entscheidung gefällt hat, war gelogen. Das tue ich nicht. Also, ich meine, ich habe es damals verstanden, aber als wir in den Marsanzügen drüben waren, wurde mir klar, dass wir das schon viel früher hätten tun können. Alle Diskussionen darüber wurden beendet, bevor wir auch nur die Möglichkeit hatten, eine Lösung auszuarbeiten. Ganz ehrlich: Ich halte es für ein Verbrechen, dass Ruby tot ist.)

Ich hätte noch weitermachen können, aber ich lehnte mich zurück und wartete auf eine Antwort. Oder vielmehr: Ich wartete darauf, dass die Signale vom Fernschreiber die Millionen Kilometer zur Erde zurücklegen würden. In fünf Minuten würde jemand die Nachricht erhalten und an Nathaniel weiterleiten. Er musste zu diesem Zeitpunkt im Büro sein, es sei denn, er saß in einer Besprechung. Wenn das nicht der Fall war, würde er sofort zur Maschine gehen können.

Insbesondere, da ich Miltown erwähnt hatte.

Er würde mir sagen, dass ich vorsichtig sein musste, und mich fragen, ob ich mit jemandem darüber geredet hatte, wie sehr mich die Sache mit dem Sack verstört hatte. Als gäbe es auf dem Schiff irgendeine Person, der ich mich anvertrauen konnte! Die einzige, bei der das Sinn ergab, war Kamilah, und sie hatte dasselbe durchgemacht. Bei ihr konnte ich mich wohl kaum beschweren.

Ich schnappte mir den Ordner und blätterte auf die erste Seite. Start. Das war eine Seite, die wir nicht mehr brauchten. Ich öffnete die Bügel, nahm die Seiten zum Start heraus und klemmte sie mir zwischen die Beine, damit sie nicht davonflogen.

Hatte irgendwer den Sack durch einen Astronauten erproben lassen? Das würde ich Nathaniel fragen, wenn er antwortete, denn in diesem Fall wollte ich ein ernstes Wörtchen mit dem Schweinehund sprechen, der das für eine gute Idee gehalten hatte. Und falls sie niemanden gefragt hatten, würde das noch eine ganz andere Art Schimpftirade nach sich ziehen.

Die nächsten Seiten im Ordner drehten sich um die Erdumlaufbahn und das Verlassen derselben. Auch die brauchten wir nicht mehr.

Ich riss sie so heftig heraus, dass ich dabei ein wenig auf Florence zutrieb und mich an der Decke abfing, um innezuhalten. Vorsichtig schob ich mich zum Fernschreiber zurück. Nathaniel müsste meine Nachricht mittlerweile bekommen haben. Es sei denn, er saß in einer Besprechung. Was, wenn er in einer Besprechung saß?

Einst hatte ich seinen Dienstplan auf die Sekunde genau gekannt. Nun wusste ich nur mit Sicherheit, dass er auf der Arbeit war, und nicht einmal das musste stimmen. Er konnte auch außer Haus sein – nein. Er hätte es mir gesagt, wenn eine Reise geplant gewesen wäre. Oder nicht? Außerdem würde er doch nirgends hingehen, wenn Tommy die ganze Woche in der Stadt verbrachte.

Ich nagte auf der Innenseite meiner Lippe und wandte mich wieder dem Ordner zu. TransMars-Eintrittszündung – die brauchten wir noch. In weiteren sechs Monaten würden wir den Einfluss der Erdgravitation hinter uns lassen und erstmals die Anziehungskraft des Mars spüren. Ich schloss die Metallringe des Ordners und blätterte ganz nach hinten, um die losen Seiten dort einzuheften. Im Grunde genommen brauchte ich sie nicht mehr, aber die IAC wollte immer alles zurück, selbst mit meinen handschriftlichen Notizen darauf. Für die Nachwelt.

Neben mir erwachte der Fernschreiber zum Leben.

Florence schrak beim plötzlichen Lärm auf, was sie nach oben treiben ließ, bevor sie sich an der Tischplatte festhielt. »Großer Gott! Das jagt mir jedes. Einzelne. Mal. Einen Schrecken ein.«

»Das kann ich nachvollziehen.« Ich klemmte den Ordner zwischen den Fernschreiber und die Wand.

Das Papier schob sich aus dem Gerät in die Höhe wie eine papierne Bohnenstange. Etwa eine halbe Seite voller zufälliger Buchstaben schraubte sich an mir vorbei, bevor ich 30 7 4 sah, was bedeutete, dass alles danach von Nathaniel kam, der dasselbe Verschlüsselungswort benutzte. Nun wurde die Maschine langsamer, weil sie auf menschliche Berührung reagierte.

In Filmen sind Fernschreiber manchmal diese schnellen, automatischen Dinger, aber so ist das eigentlich gar nicht. Nicht mal auf diese Entfernung. Sie senden sofort, was eingetippt wird, daher sind jeder Buchstabe, jede Pause und jedes Zögern, bei dem du überlegst, was du als Nächstes schreiben willst, am anderen Ende bemerkbar. Ich legte die Hand an die Seite der Maschine, die unter meiner Berührung summte.

Nathaniel tippte, und ich genoss die kleinen Schläge durch das Gehäuse, als würde er mit den Fingern gegen meine trommeln.

30 7 4 Op qtq fam doan, nrpp nt op nrfaq pj pisvom srpq. Ais srho noagog Homaisq eodopog, tgn nrmag cdrge op, rdp säqqo nom Pric pj ztgcqajgaomq, vao vam op horhpaisqaeq srhog. Haqqo sadz fam yt uompqosog, vrp gaisq ag Jmngtge vrm. Srpq nt gris naopom ompqog Grisq gjis oago voaqomo Fadqjvg eogjffog?

Hier gab es eine lange Pause, sodass ich mich schon halb fragte, ob die Übertragung unterbrochen worden war. Meine andere Hälfte stellte sich vor, wie Nathaniel sich über die Tastatur beugte, die Unterlippe zwischen die Schneidezähne geklemmt und eine steile Falte zwischen den Brauen.

Nt voaßq, nrpp ais fais tf nais pjmeo, rhom ais hag zmjs, nrpp nt fam pj oqvrp pismoahpq.

(Übersetzt: Es tut mir leid, dass du es damit so schwer hast. Ich habe deinen Bericht gelesen, und darin klang es, als hätte der Sack so funktioniert, wie wir es beabsichtigt haben. Bitte hilf mir zu verstehen, was nicht in Ordnung war. Hast du nach dieser ersten Nacht noch eine weitere Miltown genommen? [Da – das war die Pause.] Du weißt, dass ich mich um dich sorge, aber ich bin froh, dass du mir so etwas schreibst.)

Meine liebste Elma,

tief empfundenes Beileid an dich und die Besatzung. Wir sind hier alle am Boden zerstört wegen Ruby, besonders natürlich ihre Kolleginnen und Kollegen aus der Fliegerarztabtei-

lung, die sich persönlich dafür verantwortlich machen. Und sie kannten Ruby natürlich auch alle besser als ich und sprechen in den höchsten Tönen von ihr.

Es ist ein Segen, dass Tommy diese Woche hier ist. Seine Anwesenheit war eine gute Ablenkung und erinnert mich daran, regelmäßig etwas zu essen. Ich frage mich, ob ich auch diese Unmengen gegessen habe, die er bei jeder Mahlzeit vertilgt, als ich in seinem Alter war. Nein, eigentlich weiß ich es, denn unsere Haushälterin hat sich immer über mich beschwert. Sie sagte, ich hätte ihr ständig sämtliche Milch weggetrunken, und jetzt weiß ich, wie sie sich gefühlt hat. Das Gute daran ist, dass unser Kühlschrank nun immer blitzblank ist.

Er arbeitet gut. Ich freue mich darauf, wenn er im Sommer hier ist, auch wenn ich vielleicht eines dieser Ein-Schlafzimmer-Apartments für etwas mehr Privatsphäre miete. Es wäre dir doch nicht arg, wenn wir bei deiner Rückkehr etwas mehr Platz hätten, oder? Wir können ja noch mal umziehen, wenn es dir nicht gefällt.

Wie immer voller Bewunderung

Nathaniel

Ais nogco, nt pjddqopq faq Crfadrs nrmühom monog, vrp nais tfqmoahq. Ais voaß, nrpp Krmcom coag emjßom Qmjpq apq, rhom Crfadrs pjddqo op pisjg ytfagnopq rtzemtgn asmop fonayagapisog Sagqomemtgnp poag. Ais srho oagzris Pjmeo, nrpp nao Rgepqgotmjpo vaonom ytpisdäeq.

(Übersetzt: Ich denke, du solltest mit Kamilah darüber reden, was dich umtreibt. Ich weiß, dass Parker kein großer Trost ist, aber Kamilah sollte es schon zumindest aufgrund ihres medizinischen Hintergrunds sein. Ich habe einfach Sorge, dass die Angstneurose wieder zuschlägt.)

Es besteht tatsächlich ein großer Unterschied zwischen den Qualen, die einem das Pulverisieren einer Kollegin beschert, und einer Angstneurose. Ich legte schon die Finger auf die Tastatur, um ihm das mitzuteilen, als ich zurückfuhr. Das konnte ich ihm nicht offen schreiben – ich musste es erst codieren.

Ich atmete langsam ein und verschob die Buchstaben in meinem Geist. Um sicherzugehen, schrieb ich die Folge auf das alte Arbeitsblatt zum Start, und mein Bleistift schabte Furchen ins Papier. Dann ließ ich die geöffnete Mappe neben dem Fernschreiber schweben, während ich den Text kopierte.

Grqsrgaod. Nrp apq gaisq nao Rgepqpqömtge. Ais srho coago Rgepq ujm ameognoqvrp. Ais hag rhom hap agp Frmc uompqömq, voad vam Mthx Njgrdnpjg ktduomapaomog ftppqog. Nt srpq eozmreq, vrp »gaisq ag Jmngtge vrm«. Nom Pric ztgcqajgaomq vao eonrisq, frg crgg nrmag rddop, vrp eozmaomeoqmjicgoq apq, ktduomapaomog. Rhom väsmogn nop Kmjyoppop paosq frg vaonomomcogghrmo Qoado nom Uompqjmhogog, nao pais ntmis nog Pric rhyoaisgog. Bonom Pisdre apq ntmis nao Emazzo pkümhrm.

(Übersetzt: Nathaniel. Das ist nicht die Angststörung. Ich habe keine Angst vor irgendetwas. Ich bin aber bis ins Mark verstört, weil wir Ruby Donaldson pulverisieren mussten. Du hast gefragt, was »nicht in Ordnung war«. Der Sack funktioniert wie gedacht, man kann darin alles, was gefriergetrocknet ist, pulverisieren. Aber während des Prozesses sieht man wiedererkennbare Teile der Verstorbenen, die sich durch den Sack abzeichnen. Jeder Schlag ist durch die Griffe spürbar.)

Etwas verspätet fiel mir auf, dass ich nicht lediglich die codierte Nachricht schicken konnte, sonst würde es wie Datenmüll aussehen, an dem nichts dranhing. Worüber hatten wir noch mal »im Klartext« geredet? Ach ja, eine neue Wohnung.

Lieber Nathaniel,

ich finde, du solltest es dir so gemütlich wie möglich machen, während ich fort bin. Es ist ein bisschen paradox, dass du ohne mich mehr Platz brauchst als mit mir, aber es ergibt Sinn, dass du dich irgendwohin zurückziehen möchtest, wenn Tommy da ist. Außerdem musst du dich dann nicht jeden Tag mit dem Schrankbett abgeben, was bestimmt auch sehr angenehm sein wird. Ich werde jedenfalls nicht vermissen, es jeden Tag rauf- und runterzuklappen.

Ich werde die neue Wohnung erst in zweieinhalb Jahren sehen können. Das Einzige, was ich mir wünsche, ist ein Ausblick auf ein paar Bäume. Ich glaube, das Gartenmodul ist mein Lieblingsplatz auf dem Schiff. Der Duft von Erde und Pflanzen spendet mir Trost, jedenfalls bilde ich mir das ein. Aus dem gleichen Grund mochte ich auch unseren kleinen »Park« auf dem Mond. Es wird einem erst klar, wie wunderbar die Farbe Grün ist, wenn man so lange ohne sie auskommen muss.

In Liebe
Elma

Tgn vrp nog Pric hoqmazzq: Haqqo pqodd nam oagzris ujm, ais däeo nrmag tgn nt cöggqopq foag Eopaisq ntmis nao Zjdao omcoggog. Haqqo pqodd nam ujm, nt vümnopq Pqüico foagop Cömkomp eoeog nog Pric pisdreog posog, väsmogn nao Pisdäeo nrujg ntmis nog Emazz ag noagom Srgn uahmaomog. Haqqo pqodd nam ujm, nao Pqüico vümnog affom cdoagom tgn cdoagom, hap nt gtm gjis nog Prgn nrmag mrpisodg sömpq tgn voaßq: Nrp vrm oagpq ais.

(Übersetzt: Und was den Sack betrifft: Bitte stell dir einfach vor, ich läge darin und du könntest mein Gesicht durch

die Folie erkennen. Bitte stell dir vor, du würdest Stücke meines Körpers gegen den Sack prallen sehen, während die Schläge davon durch den Griff in deiner Hand vibrieren. Bitte stell dir vor, die Stücke würden immer kleiner und kleiner, bis du nur noch den Sand darin rascheln hörst und weißt: Das war einst ich.)

Ich nahm die Hände von der Tastatur und schwebte zurück. Meine Finger bebten noch vom Tippen, als hätte ich erneut Rubys Überreste geschüttelt.

»Werdet ihr euch heute wohl noch länger streiten?« Florence sah von ihrem Buch auf, den Kopf schräg gelegt.

»Warum ... warum denkst du, dass wir uns streiten?« Ich pflückte die Mappe aus der Luft und schloss sie.

»So, wie du auf die Tasten einhämmerst?« Sie schnaubte und schloss ihr Buch. »Was hat er angestellt?«

»Wolltest du nicht lesen?«

Florence klemmte das Buch in die kleine Netzablage an der Wand neben der Funkstation. Sie verschränkte die Arme und schürzte die Lippen. »Wenn ihr mit dem Streit aufhört, werde ich vielleicht auch weiterlesen, aber bei dem Radau, den du machst, ist das unmöglich. Was ist los?«

Wenn ich nicht so lange versucht hätte, eine gute Beziehung zu Florence aufzubauen, hätte ich mich vielleicht um die Frage herumgedrückt. So, wie es im Moment aussah, hatte ich jedoch den Eindruck, dass ich auf jegliches Interesse an meinem Privatleben reagieren sollte. Ich seufzte und drehte mich in der Luft herum, um sie anzusehen. »Die Säcke. Ich möchte, dass die IAC sie ausmustert und sich etwas anderes überlegt.«

Sie schauderte. »Ja. Kamilah hat mir davon erzählt. Jesus Christus!«

Eine bittere Portion Eifersucht pulsierte durch meinen Körper. Aber warum? Was für ein Recht hatte ich, eifersüchtig darauf zu sein, dass sich Kamilah Florence anvertraute? Sie kannten einander länger als mich und hatten das Recht, auch außerhalb der Arbeit befreundet zu sein. Aber ...

Es ist schon komisch, wie man manchmal neue Perspektiven gewinnt. Ich hatte ein kollegiales Verhältnis zu allen auf dem Schiff, aber kein freundschaftliches. Kamilah und Florence verbrachten ihre Freizeit miteinander. Ebenso wie Rafael und Terrazas. Parker und Terrazas. Leonard und Florence. Kamilah und Rafael. Paarweise erstreckten sich die Freundschaften durch das Schiff, aber ich war kein Teil davon. Nicht wirklich. Ich wusste nicht, ob es daran lag, dass sie immer noch Groll wegen Helen hegten oder weil ich mit dem leitenden Ingenieur verheiratet war oder einfach ...

Ich schluckte die Bitternis herunter. »Nathaniel ist der Ansicht, dass der Sack innerhalb der erwarteten Parameter funktioniert hat, und sieht kein Problem.«

»Warum sind Männer nur solche Idioten?«

»Das wüsste ich auch gern.« Ich wedelte mit dem Blatt mit seiner Nachricht. »Und Nathaniel ist ja noch einer von den Guten. Ich meine, er kocht, er spielt Gastgeber für meinen Neffen, er ... er ist in jeder anderen Hinsicht großartig. Aber manchmal hat er den Ingenieurshut so tief in die Stirn gezogen, dass er durch das Design hindurch die Leute dahinter nicht mehr sehen kann. ›Funktioniert wie beabsichtigt.‹ Gott!«

»Nun, dann sag ihm, wo er sich den Sack hinstecken kann. Und wenn ich sterbe, schießt mich einfach ins All. Ich würde lieber den Rest der Ewigkeit durchs Nichts schweben als zu einem Haufen Sand werden.«

Nicht, dass wir irgendetwas davon bemerken würden, aber auch mich ließ der Gedanke schaudern. »Geht mir auch so. Obwohl ...« Ich ließ den Blick auf der Suche nach Holz durchs Modul schweifen und klopfte dann aufs Papier in meinem Ordner. »Lass uns hoffen, dass wir uns darüber keine Sorgen machen müssen.«

»Ach, ich weiß nicht. Es gibt so ein paar Leute ...« Sie zuckte mit den Schultern und legte den Kopf schief. »Ich bin versucht, sie bei der erstbesten Gelegenheit aus einer Luftschleuse zu schießen.«

»Vielleicht sollten wir auf diese Weise auch ›aus Versehen‹ unsere Säcke loswerden.«

»Ja. Es wäre echt so schade, wenn damit was passieren würde.« Sie grinste. »Kam und Terrazas würden uns sicher helfen.«

Diesen Brief nach Hause zu schicken, würde mir wirklich Freude bereiten. *Lieber Nathaniel: Es tut mir ja so leid, aber wir haben irgendwie aus Versehen alle Säcke auf beiden Schiffen ins All geschossen. Ich weiß nicht, wie wir es geschafft haben, einen solch barbarischen Bestandteil der Ausrüstung zu verlieren, hoffe jedoch ...*

Der Fernschreiber ratterte wieder los. Wir erschraken beide und lachten dann auf.

»Jedes. Verdammte. Mal.« Florence drückte sich eine Hand auf die Brust und lachte immer noch. »Jedes Mal.«

Das Lachen half, mich zur Maschine hinübertreiben zu lassen. Als der tatsächliche Müll zu »Müll« wurde, beugte ich mich darüber und entschlüsselte ihn im Kopf.

(Übersetzt: Es tut mir leid. Du hast natürlich absolut recht damit, dass niemand von uns darüber nachgedacht hat, wie sich das auf die Besatzung auswirken würde. Es tut mir so leid. Darf ich dich bitten, mir noch einen weiteren Bericht mit den Details nachzureichen, damit ich das in der nächsten Besprechung auf den Tisch bringen kann? Wir finden eine andere Lösung, auch wenn Gott geben möge, dass ihr sie nicht brauchen werdet.)

Ich war so darauf vorbereitet gewesen, um sein Verständnis ringen zu müssen, dass mein Zorn nun einem Ball glich, für den ich kein Ziel hatte. Er war mit der Erleichterung und

Dankbarkeit gesprenkelt, dass ich das Glück hatte, mit einem verständnisvollen Mann verheiratet zu sein – und auch mit Scham, denn ich hätte wissen müssen, dass er es verstehen würde. Er war einfach der Beste.

Liebe Elma,

ich werde mich auf jeden Fall nach einer Wohnung mit Blick auf Bäume umsehen. Und danke dafür, dass du mich daran erinnerst, das Grün auf der Erde nicht als selbstverständlich zu erachten. Ich denke, das tun wir alle, allein schon aus dem Grund, dass wir die ganze Zeit von so viel Leben umgeben sind. Es ist schwierig, sich in Erinnerung zu rufen, welche Ausnahmeerscheinung unser Planet im Sonnensystem ist, und manchmal brauchen wir die Ermahnung, dass das Leben kostbar ist.

Ich schicke dir all meine Liebe.

Nathaniel

Und dann kam noch eine einzige Zeile »Müll«:

Ich denke jeden Tag an dich und wie du im All sterben könntest. Bitte tu das nicht.

Diesmal wartete ich nicht und musste auch nichts verschlüsseln, denn meine Antwort auf beide Teile war dieselbe.

Danke. Ich liebe dich.

Ich schob mich vom Fernschreiber zurück. Florence sah mich über ihr Buch hinweg an, immer noch mit schräg gelegtem Kopf. »Und?«

»Er hat sich entschuldigt und mich gebeten, meinen Bericht zu aktualisieren und Details bezüglich der Auswirkungen auf die Besatzung hinzuzufügen.« Ich faltete die Blätter, die er mir geschickt hatte, ließ die Finger über den Knick gleiten, als wäre es sein Handrücken. »Er bringt es im nächsten Meeting zur Sprache.«

»Aha.« Florence schüttelte den Kopf und schlug abermals ihr Buch auf. »Wunder gibt es immer wieder. Ein Mann mit Verstand.«

Und ich würde ihn erst in zwei Jahren, fünf Monaten, drei Wochen und vier Tagen wiedersehen. Nicht, dass ich mitzählte …

EINUNDZWANZIG

Cygnus-6-Gerichtsverhandlungen wieder aufgenommen

Von *ROBERT ALDEN*

EXTRABLATT DER THE NATIONAL TIMES

KANSAS CITY, KS, 14. Dezember 1962 – Heute wurde die Gerichtsverhandlung um die Entführung einer Rakete der International Aerospace Coalition im letzten Jahr fortgesetzt. Die Regierung der Vereinigten Staaten hatte aus Sicherheitsgründen die Verlegung der Verhandlung nach Kansas City beantragt.
Zweiunddreißig bewaffnete Sicherheitsleute, darunter sechs Soldaten mit Maschinenpistolen, standen im Gerichtssaal dicht an dicht. Truppen der Vereinten Nationen hatten das Gerichtsgebäude abgesperrt, und alle, die hineinwollten, wurden vorher durchsucht.

Der Mann, der beschuldigt wird, der Anführer der sechsköpfigen Gruppe zu sein, ist ein gut aussehender vierunddreißigjähriger Schwarzer Versicherungsvertreter. Er wurde von der Polizei als Schlüsselfigur identifiziert, sowohl für diese Verschwörung als auch für weitere terroristische Aktivitäten.

In einer Ecke der Observatoriumskuppel – die trotz ihres Namens eigentlich gar nicht kuppelförmig ist – spielte Rafael Gitarre. Die Facetten des Dodekaeders verformten die Töne und warfen sie zurück. Bis auf Parker und Kamilah hatte uns die Kuppel in dieser dienstfreien Zeit alle angezogen. Ich schwebte in der Nähe des höchsten Punkts mit einer Ausgabe von *Die Götter des Mars* aus der Schiffsbibliothek. Aus Gründen, die mir unklar sind, hatten wir das erste Buch der Reihe nicht – es befand sich an Bord der *Pinta.*

Manchmal durchblicke ich die Entscheidungen der Mission Control einfach nicht. Zum Glück muss man *Die Prinzessin vom Mars* nicht gelesen haben, um der Fortsetzung folgen zu können. Es war schwieriger, die seltsamen Ploppgeräusche zu ignorieren, die Terrazas mit den Lippen machte.

Irgendwie war es mir auf der Reise zum Mond nie aufgefallen, aber, Herrgott, er tat das ständig, wenn er nachdachte.

Ich sah über den Rand meines Buches hinweg. Er schwebte mit einem Klemmbrett durch den Raum und machte sich vermutlich Notizen für sein nächstes Hörspiel. »Du isst doch nicht mal was.«

»Was?« Er hob den Kopf.

»Könntest du das Geräusch sein lassen? Bitte?«

»Was für ein Geräusch?« Terrazas kratzte sich mit dem Bleistift an der Nase.

Rafael rettete mich, indem er mit den Lippen so etwas wie einen Zeitlupenfurz machte. »Du bist mir ja lieb und teuer, aber das nervt.«

Terrazas lachte und schüttelte den Kopf. »Aber das mache ich doch nicht … Mache ich das?«

»Ach, zur Hölle. Elma …« Leonard klappte den Mund so abrupt zu, dass seine Zähne klackten. Er hielt die »Zeitung« so fest, dass er die Blätter aus dem Fernschreiber in den Fäusten zerknüllte.

Ich ließ mein Buch sinken. »Was ist denn?«

»Nichts.« Er setzte ein falsches Lächeln auf und glättete die Seiten wieder. Diese Bewegung ließ ihn in einem lockeren Kreis treiben.

Florence sah von der Stickerei auf, an der sie gerade arbeitete. »Ist es der Artikel über den Marsch oder über die Gerichtsverhandlung?«

»Nichts. Ich … ich, ähm, mir fiel gerade ein, dass ich Elma noch bitten muss, mir im Labor bei einer Sache zu helfen, aber das kann warten.«

Nun, das war ganz offensichtlich Unsinn. Ich klappte das Buch zu, und Rafael hielt an der Gitarre inne. Ich schob mich etwas näher an Leonard heran. »Welche Gerichtsverhandlung?«

»Cygnus Sechs. Nichts Neues.« Er schnitt eine Grimasse und drehte die Seite um. »Hey, Florence, sieht so aus, als hättest du einen Fan auf der Erde. Gene Roddenberry sagt, du hast ihn zu einer Figur in seiner neuen TV-Serie inspiriert.«

»Was verschweigst du mir gerade?« Ich stopfte das Buch in eine Tasche meines Pilotenanzugs.

Leonard legte den Kopf zurück, um in die Sterne zu blicken. Florence hielt mit der Nadel über dem Stoff inne. »Du kannst es ihr auch gleich sagen. Du weißt doch, dass sie nicht lockerlässt.«

Er seufzte, senkte den Kopf wieder und drehte das Blatt herum, auf dem sich offensichtlich der Artikel über die Gerichtsverhandlung befand. »Zu den Fragen, die es noch zu klären gilt, zählt auch eine mögliche Verwicklung von IAC-Angestellten in den Absturz der *Cygnus-14*-Rakete. Obwohl die sogenannte Lady Astronaut für ihre Bemühungen als Heldin gefeiert wurde, haben Nachforschungen kürzlich ergeben, dass sie in der Vergangenheit an einer Geisteskrankheit litt.«

Eine Welle kalten Abscheus erfasste mich. Ich wünschte, ich hätte mich verhört, aber ich kannte die Erde gut genug, um zu wissen, dass ich jedes einzelne Wort grässlich richtig verstanden hatte. Ich tat, was ich immer tat, um meine Angstneurose zu kaschieren. Ich machte einen Witz. »Wenn man unsere Berufswahl bedenkt … kann man das wohl über uns alle sagen.«

»Also stimmt es.« Florence stach mit der Nadel auf den Stoff ein.

»Hey!« Terrazas ließ das Klemmbrett los, das vor ihm im Kreis trudelte.

»Es ist …« Ich schluckte und kreuzte die Arme vor der Brust. Gott, ich wollte sie so gern anlügen, und ich bin stolz darauf, dass ich es nicht getan hab. »Ich hatte eine Angstneurose.«

»Hattest.« Florence schnaubte.

Sie lag nicht falsch, aber ich sträubte mich dennoch. »Sie stellt kein Problem mehr dar.«

»Und die Mission Control wusste das. Oder nicht?«

»Nun, ich meine, ich bin mit dem leitenden Ingenieur verheiratet.« Obwohl ich das Schlimmste jahrelang vor Nathaniel verborgen hatte. »Also, ja. Und Parker und Kamilah wissen Bescheid.«

Florence starrte mich an, dann wandte sie sich abermals ihrer Stickerei zu. Die einzige andere Erwiderung war das Sirren der Ventilatoren.

Ich räusperte mich. »Nun.« Ich muss aufhören, das ständig zu sagen, aber meine Südstaatenwurzeln reichen manchmal tief. »Es ist doch gut, dass es die Aufmerksamkeit von Leonard ablenkt.«

»Den von vornherein niemand hätte verdächtigen dürfen.« Florence' Nadel schoss wie ein Pfeil durch den Stoff und blitzte im Licht jedes Mal silbern auf. »Muss schön sein, nicht die ganze Zeit perfekt sein zu müssen.«

Das entlockte mir ein schockiertes Lachen oder Schluchzen. »Du machst wohl Witze. Was denkst du denn, warum ich eine Angstneurose hatte? Ich bin Jüdin. Und eine Frau in der Wissenschaft. Es gibt keinen Moment, in dem ich nicht perfekt sein muss.«

»Miltown nehmen ist also ein Zeichen der Perfektion?«

»Woher weißt du …?« Ich schloss die Augen, als könnte mich das vor prüfenden Blicken bewahren. »Es steht in der Zeitung.«

»Florence …« Leonards Stimme war leise und drängend.

»Nein. Sie durfte einfach hier hereinwalzen und den Platz einer anderen einnehmen!«

1, 1, 2, 3, 5, 8, 13 … Ich musste mir keine Sorgen darüber machen, was andere dachten. Ich wusste es. Mein Atem kam in flachen Schüben, und ich zwang meine Lunge zu einem langen, zitternden Atemzug, als ich die Augen öffnete. »Ach, um Gottes willen, was muss ich denn noch tun, um dir zu beweisen, dass ich für die Aufgabe geeignet bin?«

Florence fuhr in der Luft zu mir herum, wobei der Faden hinter ihr einen Bogen formte. »Du kapierst es immer noch nicht. War ich sauer, weil Helen rausgeschmissen wurde? Ja. Aber frag dich mal, warum die Mission Control die taiwanesische Rechnerin rausgeschmissen hat und nicht die weiße.«

Ich öffnete den Mund zu einer Entgegnung, doch da war keine, also schwebte ich nur mit offenem Mund da. »Ich … ich weiß. Aber es gab auch Gründe abgesehen davon, dass Helen nicht weiß ist. Die PR wollte, dass Parker und ich im gleichen Schiff sind.«

»Klar. Lass uns das mal annehmen.« Florence nickte knapp.

»Hör mal, wenn es nur das gewesen wäre, hätten sie Leonard doch beim ersten Anzeichen von Schwierigkeiten aus dem Programm genommen.«

»Schwierigkeiten.« Florence warf Leonard einen Blick zu. »Hast du das gehört?«

»Hab ich.«

Vielleicht wollte ich nur von mir ablenken. Ich weiß es nicht. »Du weißt, dass es so ist. Ich meine, DeBeer hat wirklich alles versucht, damit das passiert.«

»Und warum nicht du? Hm?« Leonard faltete die Zeitung wieder und wieder und wieder und zog jedes Mal mit dem Fingernagel die Kanten nach. »Warum war ich ›Teil der Verschwörung‹ und du nicht?«

Ich kannte die Antwort natürlich: Er war Schwarz.

»Okay. Ich verstehe, was ihr sagen wollt.« Meine Hände schwitzten, also klemmte ich sie mir in die Achselhöhlen. »Aber Tatsache ist, dass ihr trotzdem an Bord dieser Mission seid. Ihr seid hier. Richtig? Also muss wohl niemand von uns perfekt sein.«

»Aber deine Mangelhaftigkeit liegt in deinem Hirn.« Leonard hielt die Hand hoch. »Und meine *hier.*«

»Ich bin nicht …« *… 21, 34, 55, 89 …* Hier ging es nicht um mich. Florence hatte mir das gerade mitgeteilt. »Das ist keine Mangelhaftigkeit. Du bist ein brillanter Astronaut und verdienst es, auf dieser Mission zu sein.«

»Und was lassen sie uns tun?« Florence legte den Kopf schief. »Wände putzen. Klos sauber machen. Kochen. Wäsche waschen.«

»Nun, das tun wir doch alle! Ich hab vor zwei Wochen eine Toilette repariert und …«

»Hör auf zu reden, Elma.« Leonard zerknitterte das Fernschreiberpapier. »Bei allem, was dir heilig ist, hör bitte auf zu reden.«

Mein Herz hämmerte nun auf Fluchtgeschwindigkeit, und Schweiß hing mir in warmen Tropfen im Nacken. Leonard war noch niemals auch nur laut geworden. »Ich wollte nur …«

»Ich versuche, daran zu denken, dass du es nur gut meinst. Aber ich kann die Rechtfertigungen einer gut meinenden weißen Frau nicht mehr ertragen. Ich hab einfach nicht die Kraft, dir zu versichern, dass ich glücklich und zufrieden mit allem bin. Oder es vorzutäuschen.«

»Es tut mir leid.« Ich bohrte die Finger in meine Seiten. »Es tut mir leid. Ich wollte nur helfen.«

»Helfen?« Florence faltete die Stickerei zusammen. »Du kannst helfen, indem du den Mund hältst, statt weiter deine Ahnungslosigkeit vom Stapel zu lassen.«

Terrazas schnaubte. »Ihr verhaltet euch, als wäre sie DeBeer. Falls ihr es noch nicht bemerkt habt, die Reinigung des Schiffs übernehmen wir alle.«

»Nicht du auch noch! Dann wirf nächsten Montag mal einen Blick auf den Dienstplan. Sag mir, dass er ausgewogen ist.« Sie stopfte die Stickerei in einen Beutel, der an ihren Gürtel gebunden neben ihr schwebte. »Und wenn ihr mich jetzt entschuldigen würdet, ich muss nach der Wäsche schauen.«

Das war doch lächerlich. Wir waren nur zu siebt auf dem Schiff, niemand räumte hinter den anderen auf. »Wir machen doch alle sauber – das gehört zur Instandhaltung.«

»Ja.« Leonard klatschte sich mit der gefalteten Zeitung auf die Hand. »Ja, wir machen alle sauber. Aber euch werden auch noch andere Instandhaltungsaufgaben zugewiesen. Florence und mir nicht.«

Rafael sagte: »Das stimmt. Leonard ist dazu ausgebildet, mir bei den Ingenieursarbeiten zu helfen, aber die Mission Control teilt mir immer Estevan zu, der nur halb so viel kann.«

Terrazas drehte den Kopf und hob die Brauen. »Ich dachte, du magst es, mich dabeizuhaben.«

»Tu ich auch.« Rafael bekam rote Ohren. »Aber darauf kommt es nicht an. Es sollte Leonard sein.«

»Danke.« Leonard starrte die Seiten in seiner Hand finster an.

Ich wandte mich Rafael und Terrazas zu, auch wenn ich nicht so richtig wusste, was ich von ihnen wollte. Die Rückversicherung, dass ich keine grässliche Person war? Die Bestätigung, dass ich doch eine war? Die Furchen in Rafaels Gesicht sahen so tief aus, als hätte er den ganzen Tag im Neutral Buoyancy Lab verbracht. Er presste die Lippen zusammen, drehte sich zu Terrazas um und lächelte. Irgendwie. Seine Mundwinkel schoben sich jedenfalls nach oben. »Was war das für ein Lied, das ich lernen sollte?«

Das Atmen tat weh. Ich biss mir auf die Innenseite der Wange, drehte mich um mich selbst, stieß mich ab und flog zur Tür in die Spindel.

Und weil ich ein verdammter Profi bin, schaffte ich es tatsächlich zur Schwerkrafttoilette im Zentrifugalring, bevor ich mich übergab.

Danach stieg ich wieder die Spindel hinauf zum Comm-Modul. Ich hatte mir ausgerechnet, dass es unwahrscheinlich war, Parker oder Kamilah dort vorzufinden, und tatsächlich lag es leer und dunkel vor mir. Ich kaute auf der Innenseite meiner Lippe und trieb eine Minute lang im Türrahmen. Der Fernschreiber hockte dort – meine Verbindung zu Nathaniel. Ich wollte ihm alles erzählen, gleichzeitig wollte ich vermeiden, dass er sich Sorgen machte. Aber … ich hatte ihm versprochen, ehrlich zu sein, und 97 Millionen Kilometer machten dieses Versprechen nicht zunichte.

Ich schob mich durch die Tür, schwebte zur Maschine und drehte mich in eine gute Arbeitsposition. Dann streckte ich mich und hakte die Füße unter das Geländer, um mich beim Schreiben zu verankern.

Ich hatte Kiplings Buch nicht dabei, also nahm ich ein Wort, das wir schon verwendet hatten: RHINOZEROS.

Ais srho fais eomrno ühomeohog. Ytf ompqog Frd rtz naopom Fappajg. Ais uomftqo, nt srpq nog Rmqacod ühom Ixegtp Poisp eoposog, ag nof ühom foag Rgepqkmjhdof homaisqoq vamn. Dojgrmn srq fais nrmrtz rtzfomcprf eofrisq. Ais nrisqo, nrpp rddop däeo sagqom fam, tgn vrm uöddae ühommtfkodq. Nrgg vrmog kdöqydais rddo prtom rtz fais. Op eosq fam boqyq vaonom etq. Ais voaß, nrpp nt fam gaisq edrthog vampq, rhom nao Qrqpriso, nrpp ais nam preo, nrpp op fam gaisq etq eage, pjddqo nais homtsaeog. Ytfagnopq oag vogae? Ais sjzzo, op krppaomq gaisq vaonom. Ejqq. Op apq pj drgeo som, nrpp ais fais pj sozqae ühomeohog ftppqo. Ais crgg erm gaisq edrthog, nrpp nrp zmüsom rg nom Qreopjmngtge vrm. Rhom op eosq fam vamcdais etq. Ais preo op nam gtm, voad ais op nam uompkmjisog srh.

(Übersetzt: Ich habe mich gerade übergeben. Zum ersten Mal auf dieser Mission. Ich vermute, du hast den Artikel über Cygnus Sechs gesehen, in dem über mein Angstproblem berichtet wird. Leonard hat mich darauf aufmerksam gemacht. Ich dachte, das alles liege hinter mir, und war völlig überrumpelt. Dann waren plötzlich alle sauer auf mich. Es geht mir jetzt wieder gut. Ich weiß, dass du mir nicht glauben wirst, aber die Tatsache, dass ich dir sage, dass es mir nicht gut ging, sollte dich beruhigen. Zumindest ein wenig? Ich hoffe, es passiert nicht wieder. Gott! Es ist so lange her, dass ich mich so heftig übergeben musste. Ich kann gar nicht glauben, dass das früher an der Tagesordnung war. Aber es geht mir wirklich gut. Ich sage es dir nur, weil ich es dir versprochen hab.)

Lieber Nathaniel,

manchmal sind die Nachrichten von der Erde ziemlich entsetzlich. Ich habe großes Mitleid mit den Menschen, die von den Taifunen im Indischen Ozean betroffen sind. Ich muss mir immer wieder in Erinnerung rufen, dass wir auf dieser Mission sind, um Menschen in unhaltbaren Situationen auf der Erde Hoffnung zu schenken. Während das Wetter schlechter wird, hoffen wir darauf, einen neuen Brückenkopf für die Menschheit inmitten der Sterne zu errichten.

Ich lese gerade Die Götter des Mars und genieße, wie absurd es ist. Das erste Buch der Reihe befindet sich an Bord der Pinta, und ich muss Kamilah noch bitten, es mir mitzubringen, wenn sie das nächste Mal auf ärztliche Visite hinübergeht. Gott sei Dank geht es allen weiterhin gut.

Wie läuft die Wohnungssuche?
Mit all meiner Liebe.
Elma

Op pqosq etq tf tgpomo cömkomdaiso Eoptgnsoaq, rhom tgpomo Gomuog pagn ytf Yommoaßog eopkrggq. Op eahq Yoaqog, yt nogog ais sjzzo, vam vümnog coago Grismaisqog ujg yt Srtpo cmaoeog, gtmnao Hmaozo ujg Zrfadao tgn Zmotgnog. Haqqo, pismoah voaqomsag. Ais uomfappo nais ergy zümisqomdais.

(Übersetzt: Es steht gut um unsere körperliche Gesundheit, aber unsere Nerven sind zum Zerreißen gespannt. Es gibt Zeiten, zu denen ich hoffe, wir würden keine Nachrichten von zu Hause kriegen, nur die Briefe von Familie und Freunden. Bitte, schreib weiterhin. Ich vermisse dich ganz fürchterlich.)

Es war schon spät in Kansas – und Wochenende. So gern ich Nathaniels Antwort lesen wollte, hoffte ich doch, dass er nicht mehr auf der Arbeit war, obwohl das, so wie ich ihn kannte, sehr wohl noch der Fall sein konnte. Nein, heute Abend spielte er Poker, fiel mir wieder ein. Ich seufzte und versuchte, damit etwas von dem Schmerz in meiner Brust loszuwerden. Dann machte ich mich auf die Suche nach Leonard.

Ich fand ihn im Gartenmodul. Er saß auf der Bank in der Mitte der hydroponischen Tomatenreihen. Im Originaldesign war vermutlich keine Sitzgelegenheit enthalten gewesen, aber sie hatten nicht lange gebraucht, um herauszufinden, wie sehr Menschen den Anblick von Pflanzen im Weltall wertschätzten. Als ich eintrat, rieb ich die Sohlen über das Metallgitter des Bodens, um seine Aufmerksamkeit zu erlangen.

Leonard sah mit verschränkten Händen auf und seufzte. »Elma ... es tut mir leid, dass ich dich angeschrien hab.«

Das ließ mich innehalten. »Du musst dich nicht … Ich wollte mich bei *dir* entschuldigen. Ich lag falsch.«

Er schnaubte. »Meine Mutter hat mir mal gesagt, dass es bei einer Entschuldigung nicht um richtig oder falsch geht, sondern darum zu zeigen, dass die Beziehung zueinander wichtiger ist als das Problem. Und du bist ja nicht einmal das Problem.«

»Aber ich habe dazu beigetragen. Und das war falsch. Und du bist mir wichtig.«

»Das weiß ich zu schätzen.« Er streckte die Hände aus und lockerte die Finger. »Aber ich war dabei, dir zu erklären, warum ich mich bei dir entschuldigt hab.«

»Oh.« Ich stand auf einem Fuß da und fühlte mich, als hätte ich meinen Vater enttäuscht. Die Blätter der Tomatenpflanzen bebten in der Brise und verbreiteten ihren erdigen Duft. Mit einem Finger fuhr ich die Adern in einem Blatt nach. »Möchtest … Damals auf der *Lunetta*, da haben du und Florence mich gebeten, mich nicht einzumischen, aber wenn du willst, kann ich Nathaniel anstupsen, damit er jemanden bezüglich des Dienstplans anspricht. Aber nur, wenn du willst.«

Leonard schüttelte den Kopf und stand mit einem Seufzen auf. »Danke. Ich weiß dein Angebot zu schätzen oder vielmehr den Gedanken dahinter. Aber nein. Ich vermute, Rafael wird mich jetzt einfach anfordern, und das wird mehr nützen als alles andere. Ich hätte vermutlich schon früher mit ihm reden sollen.«

»Und kann *ich* irgendwas tun?«

Leonard zuckte mit den Achseln. »Nein. Danke.« Er wollte das Modul gerade verlassen, hielt aber am Ende der Beetreihe eingerahmt von sattgrünen Pflanzen inne und wandte sich mit einem erhobenen Finger um. »Nur eins: Erklär mir nicht meine eigenen Erfahrungen. Das nervt total.«

Ich zuckte zusammen, denn genau das hatte ich getan,

und zwar mehrmals: Von der Erklärung, dass wir alle putzten, bis hin zu der Behauptung, dass er nicht gesondert behandelt würde. Und ich wusste, wie sehr das nervte, denn Parker machte es die ganze Zeit mit mir. »Verstanden. Keine Erklärungen.«

»Roger.« Er zwinkerte mir zu. »Wir sehen uns beim Abendessen.«

Sobald Leonard fort war, setzte ich mich auf die Bank, die er verlassen hatte. Erst nachdem ich mich im Grünen entspannt hatte, wurde mir klar, dass ich ihn aus dem Modul verjagt hatte.

ZWEIUNDZWANZIG

Aufwärtstrend bei Anzeigeblättern

Von *PETER BART*

27. Dezember 1962 – Vertreter für Anzeigeblätter, die nun monatelang sauertöpfisch dreinblickten, haben aufgrund des verzeichneten Aufwärtstrends Anlass zur Freude. Das Muster ist noch nicht einheitlich, aber viele Magazine sagen voraus, dass sie in der ersten Hälfte des Jahres 1963 mehr Werbeanzeigen schalten können als im ganzen Jahr 1961 und dass das vom Meteor hervorgerufene Zehnjahrestief vorbei ist.

Einige Wochen nach meiner … Diskussion mit Leonard und Florence glitt ich die Leiter hinunter ins Küchenmodul zur Montagsbesprechung.

Und ja, seit sie mich darauf aufmerksam gemacht hatten, behielt ich den Dienstplan besonders im Auge. Leonard hatte lediglich Putz- oder Küchendienst. Florence war zum Putzen, für die Wäsche, in der Küche oder an der Comm eingeteilt, also konnte sie immerhin in ihrem Tätigkeitsfeld arbeiten. Und erstaunlicherweise mussten die Männer niemals Kaffee für unsere Besprechungen kochen.

Die Weihnachtsdeko, die die Mission Control uns eingepackt hatte, hing noch, inklusive der silbernen Girlande, die sich unter der Decke kringelte. In der Ecke leuchteten sieben Glühbirnen an einer elektrischen Menora. Das kam nicht an Kerzen heran, aber ich war dennoch froh darüber.

Parker befand sich schon in der Küche und schrieb in seiner minimalistisch eckigen Handschrift die Tagesordnung auf eines der Whiteboards. Er nickte mir verhalten zu, um dann die nächste perfekte Linie zu ziehen. Ich hatte in meiner Karriere auf so manche Tafel geschrieben, und seine Handschrift war geradezu schockierend präzise.

»Warum hast du eigentlich so eine gute Handschrift?« Ich öffnete den Schrank und holte ein Paket Kaffee heraus.

»Testpilot.« Er linste auf den nächsten Punkt der Tagesordnung.

»Da kann ich nicht folgen.«

»Ich musste Berichte auf ein Klemmbrett an meinem Bein schreiben, während ich das Trudeln eines Flugzeugs stoppte ...« Er stupste die Tafel mit seinem Stift an. »Das hier bewegt sich wenigstens nicht.«

»Hm.« Ich schüttete die Reste des Kaffees von gestern in den Abfluss. »Darüber habe ich noch nie nachgedacht.«

»Nun, du denkst ja auch ...«

»Ich denke ja auch so gut wie nie nach«, sprach ich mit.

Parker sah schnaubend von der Tagesordnung auf. Für einen kurzen Moment blitzte sein Grübchenlächeln auf, und – ich schäme mich fast, das zu sagen – ich wollte ihn erneut zum Lächeln bringen. Wenn ich nur herausbekäme, wie ich Parker zufriedenstellen konnte, dann wäre diese ganze Reise so viel einfacher.

Ich starrte die glimmenden Menora-Glühbirnen an und wischte die Kaffeekanne aus. »Hör mal ... Parker. Ich wollte mich entschuldigen.«

Ich stand mit dem Rücken zu ihm, als ich die Kaffeekanne wieder in die Maschine schob. Hinter mir quietschte der Filzstift auf dem Brett. Natürlich. Natürlich antwortete er darauf gar nicht erst. Seufzend schüttelte ich den Kopf und nahm den Filter aus der Maschine.

Wieso versuchte ich mich überhaupt daran, Frieden mit diesem Mann zu schließen?

»Wegen …?«

Ich drehte mich schnell genug um, dass der Corioliseffekt mich aus der Balance warf und ich nach der Arbeitsplatte greifen musste. Altes Kaffeepulver verbreitete sich auf rostfreiem Stahl und auf dem Boden. »Gottverdammt!«

»Das ist keine Entschuldigung.« Er sah vom Klemmbrett auf. »Brauchst du Hilfe?«

»Nein. Danke. Ich bin nur eine Idiotin.« Ich warf den Filter in den Kompost und nahm mir einen Lappen. »Aber das wusstest du ja schon.«

»York.« Er ließ seufzend das Klemmbrett sinken. »Ich glaube, dass viele unschmeichelhafte Bezeichnungen auf dich zutreffen, aber Idiotin ist keine davon.«

»Immerhin ehrlich.« Ich wischte das Kaffeepulver vom Boden und faltete dabei den Lappen, um es darin zu sammeln. Etwas spät bemerkte ich, dass das für Parker ein Kompliment darstellte. Fast. Er glaubte nicht, dass ich eine Idiotin war. Mit einem weiteren Seufzer schob ich mich zurück auf die Hacken. »Das mit deiner Frau tut mir leid. Meine Vermutungen, die spitzen Bemerkungen und all das.«

»Ich hatte darum gebeten, dass du nicht über sie sprichst.«

»Ich …« Der Mund blieb mir offen stehen, so kalt war seine Stimme. »Ich weiß. Es tut mir leid. Ich wollte mich nur entschuldigen. Ich spreche nie wieder über sie.«

Warum hatte ich es überhaupt versucht? Mit dem zusammengelegten Lappen stand ich vorsichtig auf. Ich würde den Kaffee aufsetzen und dann erst zu Beginn der Besprechung wiederkommen. Mit einer sauberen Ecke wischte ich noch das Pulver von der Arbeitsplatte.

Hinter mir zog Parker die Bank hervor, die Metallfüße schabten über den Küchenboden. Er seufzte, als er sich hinsetzte, und das Klemmbrett klapperte auf dem Tisch. »Danke.«

Diesmal drehte ich mich nicht schnell um. Ich drehte mich tatsächlich gar nicht um. Ich konzentrierte mich auf den Lappen und schüttelte das Pulver daraus in den Kompost. Erst nachdem ich mir auf die Lippe gebissen hatte, war ich in der Lage, nicht zu weinen. Gott! Ich hasste die Tatsache, dass ich heulen wollte. Dieser Mann hatte mir so viel Kummer bereitet, dass mich das kleinste bisschen Freundlichkeit zum Weinen brachte. »Was kann ich tun, damit du mich nicht mehr hasst?«

»Ich hasse dich doch … Okay, ich habe dich gehasst. Lange Zeit. Aber ich hasse dich nicht mehr. Gott sei mein Zeuge, York, ich hasse dich nicht.«

Den Lappen wieder ordentlich zu falten, benötigte meine ganze Aufmerksamkeit. Die raue Baumwolle knitterte unter meinen Fingern, als ich die Ecken ausstrich. »Aber du magst mich auch nicht.«

»Das beruht ja wohl auf Gegenseitigkeit.« Parker räusperte sich. »Und, was kann ich tun, damit du *mich* nicht mehr hasst?«

»Kein Arschloch mehr sein?«

Er stieß ein bellendes Lachen aus. »Tut mir leid, Herzchen, aber das ist im Paket enthalten. Aber ich versuche, mich dran zu erinnern, dass du ein zartes Pflänzchen bist.«

»Genau das.« Ich klatschte den Lappen auf die Arbeitsplatte und drehte mich um. »Das ist genau das, wovon ich rede.«

Parker stand der Mund offen. Er blinzelte zweimal, bevor er die Kiefer wieder zusammenklappte und es noch einmal versuchte: »Das war ein Witz.«

»Das fühlt sich nicht an wie ein Witz.«

Er rang die Hände. »Um Gottes willen, deine Gefühle liegen doch nicht in meiner Verantwortung! Ich habe es als Witz *gemeint.*«

»Es ist nicht witzig, einer Frau zu sagen, dass sie zu zart ist für irgendwas. Wir kriegen das die ganze Zeit von allen möglichen Leuten – Männern – gesagt, die so versuchen, uns am zugewiesenen Platz zu halten. Das ist beleidigend.«

»Und mich Arschloch zu nennen ist nicht beleidigend?«

»Doch.« Mittlerweile zitterten meine Hände vor Zorn. »Aber das war kein Witz.«

»Dafür bräuchtest du ja auch Humor.« Parker nahm sein Klemmbrett und glitt von der Bank. »Danke für die Entschuldigung. Ich werde sie für immer wertschätzen.«

Als er erneut zum Whiteboard tigerte, kniff ich die Augen zu. Gott! Ich war wirklich eine Idiotin.

Als Florence in die Küche hinabglitt, lief der Kaffee durch, und ich hatte eine halbwegs ruhige Miene aufgesetzt. Meine Kollegin hingegen grinste. Sie nahm die Hand von der Leiter und wedelte mit einigen Papieren über ihrem Kopf. »Ich hab hier die Morgenzeitung!«

»Ich kann mich nicht erinnern, wann du dich zuletzt über eine Zeitung gefreut hast.«

»Oh, das hier wird euch gefallen.« Sie hob die freie Hand, als würde sie damit eine imaginäre Schlagzeile einrahmen. »Titelseite: DR. MARTIN LUTHER KING ERHÄLT FRIEDENSNOBELPREIS.«

»Mazel tov!« Ich klatschte in die Hände. »Ich bin so froh, dass sie seine Arbeit anerkennen.«

»Das ist toll.« Parker stand von seinem Stuhl beim Whiteboard auf und stellte sich hinter Florence, um über ihre Schulter zu schauen. »Ist er der erste?«

Florence schüttelte den Kopf und fragte nicht, was er mit »der erste« meinte. Verflixt, sogar ich wusste, was er meinte, und war froh, dass er gefragt hatte. Mir war das ebenfalls durch den Kopf gegangen, ich wollte Dr. King aber nicht auf sein Schwarzsein reduzieren. Ich war aber auch neugierig.

»Nee. Das war Ralph Johnson Bunche.« Sie reichte Parker die Hälfte der Blätter. »Elma, du hast Post. Ich schwöre, ich hab's nicht gelesen, aber du musst deinem Mann sagen, wenn er weiterhin solche Briefe schreibt, wird der Dampf meine Maschine beschädigen.«

»Ach ja, und du hast es nicht gelesen?« Die Röte stieg mir in die Wangen, doch sie ließ nach, als ich das Blatt entgegennahm. Sie hatte den oberen Teil mit dem »Müll« sauber abgetrennt.

Das ergab Sinn, aber der Müll enthielt doch immer das Beste! Dennoch – ein Brief von Nathaniel. Ich nahm ihn mit zum Tisch, setzte mich hin und wartete auf den Rest des Teams.

Liebe Elma,

ich kann es kaum erwarten, dir unsere neue Wohnung zu zeigen. Wie verlangt gibt es viel Grün – sie zeigt in einen Innenhof mit Apfelbäumen, Azaleen und einer Hecke, die uns Privatsphäre gewährt. Unser Schlafzimmer befindet sich im ersten Stock, hinter den Bäumen versteckt, sodass wir selbst mit offenen Vorhängen nicht gesehen werden können. Ich freue mich schon drauf, dir das Morgenlicht dort zeigen zu können.

Florence sah davon schon Dampf aufsteigen? Sie hätte mal den Müll sehen sollen!

Nun kam Kamilah die Leiter herab in die Küche, und Terrazas und Rafael joggten von der Röhre herein, die zum Trainingsraum führte.

Mit grapschenden Händen wie ein Kleinkind taumelte Kamilah auf die Arbeitsplatte zu. »Kaffee!«

»Hast du nicht neulich über die Giftstoffe darin geredet?«, fragte Florence über den Rand ihrer Tasse hinweg.

»Nichts ist so giftig wie ich, wenn ich keinen Kaffee hatte.« Sie goss sich mit einem kleinen Seufzer eine Tasse ein.

Parker schnaubte. »Wo ist Flannery?«

»Hier.« Er kam die Röhre hinab in die Küche. »Entschuldigt, hab so herumgewissenschaftlert.«

»Ich gebe zu, dass Englisch nicht meine Muttersprache ist, aber ist ›herumgewissenschaftlert‹ ein Wort?« Terrazas schwang ein Bein über die Bank gegenüber und faltete seine lange Gestalt über der Kaffeetasse.

»Absolut.« Leonard steuerte geradewegs auf seine Tasse zu. »Ich kann es dir konjugieren.«

Parker wandte sich wieder dem Whiteboard zu und schrieb eine hastige Liste neben die Tagesordnung. »Ich wissenschaftlere, du wissenschaftlerst, er/sie/es wissenschaftlert ...«

Die Gegenüberstellung der Wörter auf der Tafel ergab nun aus Versehen ganze Sätze, und mir entwischte ein lautes Lachen. Ich zeigte darauf und las laut vor: »Ich wissenschaftlere Dienstplan. Du wissenschaftlerst Mars. Er/sie/es wissenschaftlert Müllentsorgung.«

»Falsch, York.« Parker wies auf sich selbst. »*Ich* wissenschaftlere Dienstplan. Weshalb ... du Küche wissenschaftlerst.«

Florence klatschte. »Ich liebe es, wenn Elma Küche wissenschaftlert. Wirst du uns deinen Schachkuchen wissenschaftlern?«

»Ich werde ihn so was von wissenschaftlern!« Ich salutierte, und die Freude strömte durch meinen ganzen Körper. Bin ich Südstaatlerin? Jawohl. Und wenn jemand mir ein Kompliment für meinen Schachkuchen macht, werde ich der Person bis zum Ende aller Zeit Schachkuchen backen.

»Gut.« Parker grinste. »Du wissenschaftlerst außerdem die Berechnungen für die Kurskorrektur auf halbem Weg.«

»Terrazas und Avelino wissenschaftlern die Sauerstoffeinheiten und die Systemchecks der BusyBees. Shamoun, du wissenschaftlerst die Wasseraufbereitung hier und an Bord der *Pinta.*« Parker grinste, als er die Checkliste weiter durchging. »Flannery, du wissenschaftlerst die Abfallentsorgung. Grey wissenschaftlert die Wäsche und die Comms.«

Schon komisch, wie ein einziges Wort die Perspektive ändern kann. Leonard und Florence hatten zwar erwähnt, dass sie immer die Putzdienste abbekamen, aber das Wort »Wissenschaft« in diesem Zusammenhang verdeutlichte, dass Leonard nichts anderes mehr tat. All die Arbeit im Labor verrichtete er in seiner Freizeit.

Ich öffnete den Mund, um das anzusprechen, aber ich hörte Parker schon sagen, es sei nur ein Witz gewesen. Und ich war zu feige, um in diesem Moment schon wieder die Zielscheibe seines Abscheus zu werden. Außerdem hatten Leonard und Florence mich ja gebeten, nicht in ihrem Namen zu sprechen.

Aber nein, eigentlich hielten mich nur Feigheit und Erschöpfung zurück.

Ich schloss den Mund und sackte auf der Bank ein wenig zusammen. Auf der anderen Seite des Tisches stieß Rafael Terrazas an, der sich aufrichtete und räusperte.

»Kann ich die Sauerstoffeinheiten vielleicht mit Leonard tauschen?« Er tippte sich an die Nase. »Hab da was an den Nebenhöhlen. Möchte gerade keine Maske aufsetzen.«

Parker senkte das Klemmbrett. »Und das stellt kein Problem für die BusyBees dar? Da bist du doch auch in Null *g*.«

»Ähm.« Terrazas warf Kamilah einen Blick zu, die immer noch über ihrem Kaffee kauerte. »Na ja, es ist nur so, dass Leonard für die Sauerstofftanks ausgebildet ist, aber nicht für die BusyBees, also … wäre es einfacher, das zu tauschen. Ich meine … wenn Leonard mag.«

»Für mich ist das in Ordnung.« Leonard nickte zurückhaltend und versuchte, dabei sein Lächeln zu verbergen.

Parker blickte zwischen den drei Männern hin und her und dann wieder auf sein Klemmbrett. Er räusperte sich. »Nein.« Er legte das Klemmbrett beiseite und stützte sich auf den Tisch. »Denn sie sollen alle vergessen, dass Flannery sich auf diesem Schiff befindet, bis wir auf dem Mars ankommen. Wo ich ihn brauche. Wenn irgendwas schiefgeht, und seine Fingerabdrücke sind auch nur in der Nähe – was meint ihr, was die Mission Control daraus macht?«

»Komm schon.« Terrazas schüttelte den Kopf. »Wir machen doch alle mal Fehler.«

Das Grinsen war aus Leonards Gesicht gewichen, genauso wie die Freude aus dem ganzen Raum. »Ich krieg nicht mal die Gelegenheit, welche zu machen.« Er seufzte. »Ich bleibe bei der Müllentsorgung.«

Parker trat zurück und schüttelte den Kopf. »Du hast mehr Ahnung von den Sauerstoffsystemen als Terrazas, und ich weiß das auch.« Seufzend fuhr er sich übers kurz geschnittene Haar. Seine Hand blieb dort ruhen, wo es ihm als kreisrunde kahle Stelle ausgefallen war. »Aber es tut mir leid. Wir müssen uns an das halten, was die Mission Control verlangt.«

DREIUNDZWANZIG

Auf halbem Weg zum Mars

EXTRABLATT DER THE NATIONAL TIMES

28. März 1963 – Selbst in einer Ära, in der sich ein technischer und naturwissenschaftlicher Quantensprung an den nächsten reiht, sticht die Fernschreibernachricht der ersten Marsexpedition hervor, die nun die Hälfte des Wegs durch die Leere hinter sich gebracht hat. Diese Astronauten sind Pioniere in einem Reich, in dem es unseres Wissens noch nie irgendeine Art von Leben gegeben hat. Der menschliche Organismus ist das Ergebnis einer Evolution, die über Million von Jahren hinweg auf diesem besonderen Planeten stattgefunden hat – unter Einfluss der Schwerkraft, der Zusammensetzung der Atmosphäre, der Natur der Landmassen und der Ozeane der Erde. Doch im All herrscht Schwerelosigkeit, es gibt keinen Sauerstoff zum Atmen, kein Land, um darauf zu gehen, kein Wasser, um darin zu schwimmen. Dennoch kann der Astronaut in dieser bizarren Umgebung überleben, denn sein Raumschiff ist ein Kokon, der die lebensnotwendigen Elemente unseres Planeten simuliert. Der Tag wird kommen – und viele jüngere Leute werden dann noch am Leben sein, um es zu bezeugen –, an dem Raumfahrtlinien tägliche Flüge zum Mars anbieten, so wie Flugzeuge heute nach Chicago oder London oder Tokio aufbrechen. Wenn diese Zeit kommt, werden Menschen ohne Zweifel so blasiert darüber denken wie heute über einen Transatlantikflug. Aber in diesem Moment, während die erste trans-Mars-Reise unternommen wird und mutige Männer und Frauen Dinge tun und sehen, die kein Mensch zuvor getan und gesehen hat, muss man schon abgestumpft sein, um nicht von Begeisterung und Verwunderung übermannt zu werden.

Ich saß angeschnallt in meinem Sitz auf der Brücke und starrte hinaus ins All, als wäre dort eine Markierung des Streckenmittelpunkts sichtbar. Es schien mir fast, als müsste die Tatsache, dass wir uns einhundertundsechzig Tage sowohl von der Erde als auch vom Mars entfernt befänden, ein goldenes Tor oder irgendetwas anderes Extravagantes als Signal mit sich bringen. Stattdessen bekam ich einen Ausdruck von der Erde und einen Sextanten.

Parker schien den rechten Steuerhebel zu kalibrieren, denn er bewegte ihn methodisch in alle Richtungen und mahlte dabei mit dem markanten Unterkiefer. »Ich brauche die Sollwerte, um unseren Navigationsstatus zu aktualisieren.«

»Gib mir eine Sekunde zur Zapfenkalibrierung.« In den letzten drei Monaten hatte sich die Spannung zwischen uns zu so etwas wie einer Hintergrundstrahlung abgeschwächt, die manchmal ganz verschwand, wenn wir zusammenarbeiteten. Ich nehme, was ich kriegen kann. Ich richtete den Sextanten auf die Sterne aus, die die Mission Control festgelegt hatte. Die Lichtpunkte am Himmel waren uns im Laufe der Reise vertraut geworden. Ich musste nicht mehr »vom kleinen Wagen zum Arktur wagen« oder »zur Spica spicken«. Das blauweiße Licht der Spica sah mich an, ohne zu blinzeln.

Ich notierte den Winkel und bewegte den Zapfen um ein paar Grad, bevor ich ihn zurückschob, um erneut zu messen. Ich brauchte zwei Messungen in Folge innerhalb von 0,003 Grad. Dann las ich im Ausdruck nach, den die Mission Control uns mitgegeben hatte.

Die vorhergesagten Zahlen stimmten mit meinen überein. »Die Zahlen, die wir suchen, sind: Rollwinkel 8,37, Nickwinkel 61,33, Gierwinkel 339,87.« Er hielt einen Moment inne und wiederholte dann gemäß unserem alten Ritual meine Worte.

Einen Moment später knackte der Funk, und Florence'

Stimme war zu hören. »Bestätigt. Rollwinkel 8,37, Nickwinkel 61,33, Gierwinkel 339,87.«

Sie tippte alles in den Fernschreiber und sandte es zurück zur Erde. Aufgrund der Verzögerung waren wir trotzdem mehr oder weniger auf uns allein gestellt, aber die Mission Control würde dennoch noch mal alles überprüfen.

Parker fuhr mit der Zündvorbereitung fort. »Mach weiter und gib mir die komplette Kurskorrektur, York.«

»Okay ... SPS/G&N; 63059; plus 0,97, minus 0,20.« Noch während ich diese Aneinanderreihung von Zahlen und Wörtern herunterrasselte, lachte ein Teil meines Gehirns auf ob dieses Kauderwelschs. »GET Zündung 026:44:57,92; plus 0011,8, minus 0000,3, plus 0017,7; rollen, 277, 355, 015; Delta-VT 0021,3, 00:3, 0016,8.«

Es war mein Job, die Geschwindigkeit sowie die vertikale und horizontale Position der *Niña* im Verhältnis zur Erde herauszufinden. Im späteren Teil unserer Reise würde ich den Mars als Referenzpunkt nehmen.

Parker und Terrazas notierten abwechselnd Zahlen und legten Schalter am Kontrollpult um. Florence wiederholte meine lange Zahlenreihe. Ich hielt inne, damit sie alle zu mir aufschließen konnten.

Während ich das tat, blinkte die Leitung der *Pinta* auf – ihre NavComp hatte eine Frage. Heidis schweizerdeutscher Akzent durchquerte die Leere. »*Niña*, welche Sterne habt ihr benutzt?«

»Für die GDC-Ausrichtung Vega und Deneb. Und ihr?«

»Das hat die Mission Control ja auch empfohlen, aber ich habe Schwierigkeiten, sie ins Sichtfeld zu bekommen.«

Ich nickte und war plötzlich dankbar dafür, dass ich noch so kürzlich mit den Sternenkarten gehadert hatte, denn jetzt konnte ich ihr aushelfen. »Kannst du mir sagen, was du an Schaft und Zapfen ablesen kannst?«

»Schaft 331,2, Zapfen 35,85. Ich sehe Vega, aber Deneb ist nicht in meinem Blickfeld.«

Ich beugte mich vor und sah aus dem Fenster Richtung *Pinta*. Das andere Schiff fing das mickrige Licht der Sonne ein und schimmerte vor dem Sternenhintergrund. Wie bei uns wies das Kommandomodul nach innen, in unsere Richtung und mit Blick auf die *Santa Maria*, die etwas versetzt zwischen uns flog. Das Problem war sofort offensichtlich, ich erkannte jedoch auch, warum sie es nicht sahen. »Sieht so aus, als müsstet ihr rollen oder andere Sterne nehmen. Ich schätze, die *Santa Maria* ist im Weg.«

Einen Augenblick später hörte ich Heidi wieder durch die Comm mit der perfekten Ruhe einer Astronautin, die gerade mit ausgeschaltetem Mikro saftig geflucht hat. »Danke, *Niña*. Das hab ich nicht gesehen.«

»Von eurem Winkel aus seht ihr nur die Schattenseite. Das macht sie quasi unsichtbar.«

Ich konnte fühlen, dass Parker und Terrazas mich von der Seite ansahen. Sie unterbrachen mein Gespräch mit Heidi nicht, aber Parkers Finger streckten sich, als sehnten sie sich danach, etwas zu tun. Und ich schuldete ihnen mehr Zahlen. Ich schaltete das Mikro aus und wandte mich ihnen zu. »Rollausrichtung 007, 144, 068.«

Während er arbeitete, sah Parker aus dem Fenster. »Sieht ganz so aus, als würden unsere Köpfe bei dieser Zündung grob Richtung Erde zeigen.«

Nun, da Parker alles vorbereitet hatte, mussten wir warten. Trotz der Zeitverzögerung musste die Mission Control meine Zahlen bestätigen, erst dann konnte Parker die Triebwerke zünden. Drüben auf der *Pinta* warteten sie auf den gleichen Funkspruch, aber mit einem anderen CAPCOM und einem anderen Team aus Rechnerinnen.

Wer hatte in der Mission Control gerade Dienst? Ein Computerteam würde die Berechnungen durchgehen. Vielleicht Katherine Johnson oder meine alte Bürokollegin Basira. Helen gehörte nach wie vor dem Astronautenkorps an und wäre nicht an den Berechnungen für diesen Flug beteiligt, aber vielleicht sah sie in der Mission Control zu. Möglicherweise mied sie auch jegliche Neuigkeiten von uns.

Nathaniel würde dort sein. Ich reckte den Kopf zum Fenster, als könnte ich ihn dadurch irgendwie sehen. Der ernste Himmel mit den stetig funkelnden Sternen blickte zurück.

Florence' Stimme erfüllte das Kommandomodul. »Die Mission Control sagt: ›*Niña*, ihr habt das Go für eure Korrekturzündung. Go bestätigt und gute Reise.‹«

Parker nickte und legte die Hände an die Steuerung. Er stieß den Atem aus, als wäre er nervös, und mir stockte der Atem, als ich es bemerkte. »Terrazas, sag der Crew, dass eine einundzwanzigsekündige Zündung bevorsteht.«

»Roger.« Terrazas nahm das Mikro und war plötzlich im *Buck Rogers*-Modus. »Meine Damen und Herren, in dieser atemberaubenden Folge bereiten sich Captain Stetson Parker und seine waghalsige Crew auf eine einundzwanzigsekündige Zündung vor. Die ›zündende‹ Frage ist, wird sich die ganze Besatzung angeschnallt haben, wie befohlen, oder laufen einige noch herum, während sich seine Finger schon dem Zündungsknopf nähern? Und nähern. Und nääähern.«

»*Payaso.*« Parker schüttelte den Kopf, aber er grinste. »Auf mein Zeichen, in fünf, vier, drei, zwei, eins – los!«

Die *Niña* erbebte. *1, 2, 3, 4, 5, 6* … Das dumpfe Röhren der Triebwerke vibrierte durch Metall, Plastik und Glasfasern des Schiffs … *10, 11, 12, 13* … Die Sterne drehten sich, während wir wie geplant rollten, und ich umklammerte meinen Bleistift, bis sich seine hexagonalen Kanten in meine Fingergelenke schnitten … *16, 17* … Mein Sitz drückte gegen meinen Rumpf, als die Haupttriebwerke uns vorwärtsschoben … *18, 19, 20, 21.*

Die Stille sank auf uns herab, als der Antrieb deaktiviert wurde, und ich schwebte gegen meine Schultergurte. Parker nahm die Hände von der Steuerung. »Bericht?«

Terrazas sah auf die Anzeigen für Geschwindigkeit und relative Position inmitten seiner Instrumentenwand. »Genau aufs Ziel ausgerichtet.«

Mit einem Seufzen legte Parker den Kopf zurück und lächelte. »Seht hoch!«

Über unseren Köpfen schwebte eine kleine blaue Erbse in einem Meer aus Tinte. Und irgendwo auf dieser kleinen Kugel würde mein Mann noch weitere fünfzehn Minuten warten müssen, um zu wissen, dass alles in Ordnung war.

Man hätte annehmen sollen, die zweite Hälfte der Strecke würde irgendwelche Veränderungen auf dem Schiff mit sich bringen, aber wir arbeiteten einfach weiter wie gehabt. Aufgrund des rotierenden Dienstplans übernahmen wir immer wieder andere Aufgaben, aber der Himmel außerhalb des Schiffs blieb schwarz und unverändert. Ich hatte in dieser Woche meinen Lieblingsdienst erwischt – im Gartenmodul. Oh, klar, ich liebe auch den Küchendienst, aber die grüne, feuchte Luft im Gartenmodul vertrieb jegliche Anspannung aus meinen Muskeln.

Ich beugte mich über ein Radieschenbeet und zog eine kleine rote Knolle aus der Erde. Erdklumpen klebten an den faserigen weißen Wurzeln und verbreiteten irdenen Duft. Ich klopfte sie vorsichtig ab, damit die Erde im Beet blieb. Es hatte einmal eine Zeit gegeben, an der mich der Dreck unter den Fingernägeln und die schwarze Erde an meinen Fingerspitzen gestört hätten.

Kamilah hatte mit einem Buch im Schoß die Füße auf der Bank in der Mitte hochgelegt. »Kann ich dich danach mal ausborgen?«

»Klar. Wofür?«

»Ich denke, es ist Zeit, die Rosinen auszupressen, und ich brauche eine zweite Meinung.« Sie streckte sich. »Du hast das Zeug ja schon mal gemacht.«

Ich wedelte mit einem schmutzigen Finger. »Nee. Myrtle hat den Rosinenwein gebraut. Ich hab nur gekostet.«

»Trotzdem. Das ist am nächsten dran.«

»Ich hätte dir nie davon erzählen sollen.« Ich kräuselte die Nase bei der Erinnerung an das säuerlich herbe Getränk. »Myrtles Rosinenwein war echt nicht gut. Es war eigentlich nur Alkohol. Und du trinkst doch nicht mal.«

»Das dient medizinischen Zwecken! Und ... ich habe eine Geheimwaffe, die ihr nicht zur Verfügung stand.«

Ich legte ein weiteres Radieschen in den Korb und sah Kamilah prüfend an. Ihr Gesicht hatte einen glückseligen Ausdruck mit zusammengepressten Lippen und gehobenen Brauen angenommen. »Ach ja?«

»Ich hab ein Labor. Und, noch wichtiger, ich verfüge über einen Destillierapparat.«

»Oh, also machst du es schlimmer, indem du es konzentrierst?« Der Brandy, den sie auf dem Mond aus dem Rosinenwein gebrannt hatten, war ... eine Herausforderung gewesen.

Kamilah schüttelte den Kopf, klappte ihr Buch zu und stellte die Füße auf den Boden. »Ich kann Wodka brennen. Außerdem haben wir noch Wacholderbeeren im Gewürzschrank. Und Zitrusaroma.«

Ich starrte sie an und begriff immer noch nicht, worauf sie hinauswollte.

»Ich kann Gin herstellen!«

Ich brach in Gelächter aus. Gin. Hatten wir etwa auch Oliven auf dem Schiff? »Du bist ein Genie, und ...«

»Was zur Hölle, York!« Florence stampfte mit einem Blatt

Papier in der Hand ins Gartenmodul. »Ich fing langsam an, dich zu mögen. Du hast mir fast leidgetan. Du Stück Scheiße!«

Ich ließ das Radieschen fallen, das vom Rand des Beets abprallte und den Gang hinunterrollte. Mein Brustkorb krampfte sich zusammen. »Was?«

»Das hier!« Sie knallte das Papier ins Radieschenbeet und knickte dabei ein paar Blätter ab.

Kamilah sprang auf. »Hey! Pass doch auf!«

Natürlich. Sie machte sich Sorgen um die Radieschen, verteidigte mich aber nicht. Ich schluckte schwer und versuchte, mich zu räuspern, damit ich wieder atmen konnte. Florence stand zu nah, ich konnte sehen, wie sie die Kiefer so sehr aufeinanderpresste, dass es schmerzen musste. Ihr Blick war so fokussiert wie ein Laser.

3,14159…

Ich zwang mich, den Blick aufs Blatt zu senken, das sie mitgebracht hatte, damit ich mir den Hass in ihrem Gesicht nicht ansehen musste. Es war ein Brief von Nathaniel. Mein Brustkorb schien mir die Lunge einzuschnüren. Bleistiftstriche waren über die Zeilen aus Müll gewandert. Florence hatte ihn decodiert.

…26535897…

»Ich …« Ich hustete, versuchte, den Käfig zu sprengen, der meinen Atem gefangen hielt. Das trieb nur die Luft heraus, und ich keuchte beim Einatmen.

Kamilah trat an Florence vorbei und packte meinen Arm. »Elma. Atmen. Atme langsam. Zählen: 1, 2, 3, und anhalten …«

»Ach, sie ist doch kein Baby mehr!« Florence stieß mit dem Finger aufs Papier. »Sie spioniert uns aus! Sendet codierte Nachrichten.«

Kamilah schnaubte. »Bitte. Und dann sagt sie ihnen, dass man Parker in der Küche nicht vertrauen kann, oder was?«

Florence schnappte sich das Blatt wieder und las vor: »Ich

verstehe deine Bedenken hinsichtlich des Dienstplans, aber die Mission Control hat Gründe, alles so einzuteilen. Du hast ja keine Ahnung, wie schlimm es hier gerade steht. Ich bin froh, dass wir euch nur die rosigsten Nachrichten senden, um die Moral aufrechtzuerhalten. Vertrau mir einfach, wenn ich …«

Ich nahm ihr das Blatt aus der Hand. Es knisterte, als ich es mir an die Brust drückte. »Das ist privat.«

»Was zur Hölle tust du wirklich auf diesem Schiff?« Florence trat vor und zwang mich, einen Schritt zurück zu machen.

Kamilah ließ meinen Arm los, aber ihre Hand war immer noch ausgestreckt, als hielte sie einen Geist gepackt. Durch das Blatt hindurch spürte ich, wie holprig mir das Herz gegen die Brust hämmerte. Ich schüttelte den Kopf. »Das ist doch nur … Das ist doch nur, damit wir … Er ist mein Mann. Ich vermisse ihn. Das ist alles.«

»Er ist der leitende Ingenieur!« Florence bohrte ihre Finger in die Erde. »Denkst du, du kannst ihm einfach von unseren Streitereien erzählen und davon, wie sehr wir uns gegen ihre Befehle sträuben, ohne dass das zu irgendwem durchdringt?«

»Es ist nicht …« Zum ersten Mal in meinem Leben war ich froh, dass andere von meiner Angstneurose wussten. Das gab mir einen Ausgangspunkt, um es zu erklären. »Es ist … die Angstneurose. Er ist … er ist mein Sicherheitsventil. Nichts weiter.«

»Du hast doch gesagt, dass das kein Problem mehr darstellt. Was denn nun, York? Entweder du bist vollständig gesund und sendest grundlos codierte Nachrichten, oder du bist eine Neurotikerin, die sich an eine Rettungsdecke klammert.«

Meine Knie bebten so sehr, dass ich mich am Bettrand festhalten musste, um stehen zu bleiben. Ich sah Kamilah in der Hoffnung an, dass sie mir helfen könnte, es zu erklären, aber ihre Brauen waren zusammengezogen. Sie starrte mich an, als sähe sie mich zum ersten Mal. Ich schüttelte den Kopf. »Die Mission Control hat mich nicht geschickt … Ich meine, natürlich, doch, aber ich spioniere nicht. Nathaniel bricht mein Vertrauen nicht.«

»Ach nein?« Florence zog die Hand aus der Erde und verschränkte die Arme vor der Brust, was Schmutz auf ihrem blauen Overall verschmierte. »Warum zensieren sie dann die Nachrichten?«

»Was meinst du damit?«

»›Nur die rosigsten Nachrichten‹? Ist dir nicht aufgefallen, dass wir nur noch Sonnenschein und Licht geschickt bekommen? Denkst du, das ist ein Zufall?«

»Ich …« Ich sah auf das Blatt herab. »Ich weiß nicht.«

Aber ich wusste es. Denn natürlich hatte Nathaniel versucht, etwas zu ändern. Hatte er mir nicht zuvor schon gesagt, dass er alle an Bord dieses Schiffs opfern würde, damit ich in Sicherheit war? Und hatte ich ihm nicht geschrieben, dass unsere Nerven angespannt waren? Dass ich mir fast wünschte, keine Nachrichten von der Erde mehr zu erhalten? Er würde Dinge, die ich ihm vertraulich erzählte, nie mit anderen teilen.

Aber er würde dennoch versuchen, mir zu »helfen«. Zu helfen, so wie ich hatte helfen wollen und damit alles schlimmer gemacht hatte.

VIERUNDZWANZIG

9. April 1963

Liebe Elma,

es tut mir leid, dass dieser Brief »Klartext« sein wird, wie man so schön sagt. Ich hatte gerade eine interessante Besprechung mit Director Clemons, in der er vorsichtig vorschlug, dass Klartext angebracht sei. Ich denke, dazu gibt es nicht viel mehr zu sagen.

Die Wohnung ist ganz schön, wenn ich denn mal da bin. Nicole ist für einige Monate vom Mond zurück und hilft mir beim Einrichten. Sie und Myrtle sind fest entschlossen, dass es für dich so gemütlich wie möglich soll, wenn du nach Hause kommst. Ich vermute, sie machen sich Sorgen, dass ich mich aufführe wie ein Junggeselle. Myrtle hat mich schon gescholten – stell dir das nur vor! –, weil die Speisekammer nicht ihren Vorstellungen entsprach. Na ja, du weißt ja, dass trockenes Toastbrot alles ist, was ich morgens brauche.

Sie sind alle darauf erpicht, während deiner Abwesenheit auf mich aufzupassen. Hershel hat versucht, mich dazu zu überreden, zum Pessachfest vorbeizukommen, aber ich hab's nicht einrichten können, daher kommt er her. Scheinbar, um alles für Tommys – Thomas' – Besuch vorzubereiten. Ich hab ihm gesagt, dass das nicht nötig ist –, aber so ist Familie nun mal, nicht wahr?

Ich hoffe, es geht dir gut.
Mit all meiner Liebe
Nathaniel

Mir wurde erst jetzt bewusst, wie wichtig mir die privaten Nachrichten gewesen waren, als ich sie nicht mehr senden konnte. Irgendetwas stimmte nicht, aber Nathaniel konnte nicht sagen, was es war. Er kam gut mit Hershel klar, aber mein Bruder hatte keinen Grund, nach Kansas zu reisen, besonders dann nicht, wenn er das Pessachfest dadurch getrennt von seiner Familie verbringen musste.

Parker räusperte sich. »Soll ich eine Antwort für dich zurücksenden?«

Ich warf nicht mit dem Blatt nach ihm. Ich verdrehte nicht die Augen. Ich seufzte nicht. Ich legte das Blatt auf dem Küchentisch ab und versuchte mich am Todesblick meiner Mutter. »Ist das nötig? Die Mission Control wird sich alles ansehen, was ich schreibe. Wenn sich etwas Codiertes darin befindet, finden sie es.«

»Ich befolge nur Befehle.« Parker hob die Hände. »Versprochen. Ich kann Grey sagen, dass sie es senden soll, wenn dir das besser gefällt.«

»Sie hasst mich.«

Er zuckte mit den Schultern. Natürlich war ihm das egal. Dass Leute mich hassten, stellte vermutlich so etwas wie die natürliche Weltordnung für ihn dar. »Im Moment dürfen nur sie und ich den Fernschreiber benutzen. Also, wer von uns macht dir weniger aus?«

Unter dem Tisch hatte ich die Hände so verschränkt, dass ich mir die Nägel in die Handflächen bohrte. Die ganze Situation war so ungerecht, und ich wollte laut schreien – und zitterte nur beim Versuch, den Schrei in mir zu behalten. Mich frei ausdrücken zu können, hatte mich zu einem gesünderen und produktiveren Teammitglied gemacht. Das traf doch auf uns alle zu. Und sie waren jetzt wütend, weil ich mit meinem Mann über … was sprach? Sex? Ängste?

Aber nichts davon war eine gültige Rechtfertigung. Ich versuchte, tief Luft zu holen, doch mein Brustkorb ließ das nicht zu. Ich öffnete willentlich die Hände und presste sie flach in meinen Schoß. »Mir wäre es lieber, wenn du die Nachricht sendest.« Parker brummte mit erhobenen Brauen. Das war nur fair – ich war selbst überrascht. »Ich vertraue darauf, dass du es niemandem weitererzählst.« Das wiederum ließ mich vor Überraschung auf der Bank hin und her rutschen. Alles, was öffentlich bekannt war, nutzte Parker gegen mich, aber er hatte nie jemandem von meiner Angstneurose erzählt, nicht einmal, um Frauen vom Raumfahrtprogramm fernzuhalten.

Mit einem Nicken schob er mir das Klemmbrett herüber. »Ich zerreiße es nach dem Senden. Das wird es nicht vor der Mission Control geheim halten, aber du hast dann wenigstens auf dem Schiff etwas Privatsphäre.«

»Danke.« Ich nahm das Klemmbrett und den Druckbleistift, der daran festgebunden war, rollte ihn zwischen den Fingern und beugte mich über das Blatt.

Lieber Nathaniel,

es tut mir leid, dass ich dich in Schwierigkeiten gebracht habe. Ich bin allerdings froh, dass dir Myrtle und Nicole mit der Wohnung helfen, vor allem mit der Speisekammer. Und es ist gut, dass du übers Pessachfest nicht allein bist. Ich weiß, dass du morgens nicht so viel Appetit hast, aber um alle Ärzte inklusive meiner Mutter zu zitieren: Das Frühstück ist die wichtigste Mahlzeit des Tages! Ich erwarte natürlich nicht, dass du deine Gewohnheiten änderst, aber vielleicht solltest du es mal eine Zeit lang versuchen.

Ich hoffe, du hast nicht erwartet, dass ich deine Art zu frühstücken verteidige. Mama hat immer gesagt

Ich brach ab, der Bleistift verharrte auf dem Blatt. Mama hatte immer prophezeit, er würde davon krank werden. Und weil er so viele Überstunden machte, vergaß er oftmals, etwas zu essen, wenn er nicht daran erinnert wurde. Wer würde ihn nun ermahnen und dafür sorgen, dass er nach Hause ging? Oder etwas aß? Nun … Myrtle und Nicole versuchten es wahrscheinlich. Die Tatsache, dass Hershel zu Besuch kam, wirkte auf mich wie eine dunkle Vorahnung. Ich biss mir auf die Unterlippe und überlegte, wie ich am besten danach fragte.

Mama hat immer gesagt, dass du dir noch ein Magengeschwür zuziehst, wenn du nicht besser auf dich aufpasst. Es wäre eine Schande, wenn Hershel zu Besuch kommt und so etwas feststellen müsste. Ich erinnere mich noch gut daran, wie sie immer dafür gesorgt hat, dass du zumindest ein Glas Milch zu deinem Toast trinkst. Trink doch eins für mich mit. Das Milchpulver hier auf dem Schiff ist nur ein fades Echo davon. Mr Yoder im Amish-Markt hat Milch vom Bauernhof, von der ich manchmal nachts träume.

In letzter Zeit sind meine Träume lebhafte Erinnerungen an die Erde, aber nichts Dramatisches. Einfach so etwas wie ein Glas Milch trinken, an einer Ecke stehen und auf die Straßenbahn warten oder der Geruch deines Aftershaves.

Ich hielt abermals inne. Wenn ich noch länger an sein Aftershave dachte, würde mich das noch dazu bringen, davon zu schreiben, wie glatt und weich sich seine Haut nach der Rasur anfühlte und wie warm seine Wange war, wenn ich mich an seinen Hals kuschelte. Nichts davon konnte ich in einem Brief schreiben, den jemand anders lesen mochte. Wenn ich von ihm träumte, ging es ab und an mehr ... zur Sache. Aber indem ich banale Träume erwähnte, konnte ich ihm versichern, dass es mir gut ging.

Nicht perfekt. Wütend. Frustriert. Beschämt. Ja, all das, aber ich ertrug es besser, als ich gedacht hatte. Zumal Zorn schon immer einen zuverlässigen Ausweg aus der Angstneurose dargestellt hatte.

Ich habe herausgefunden, dass ich einen ganz guten Schoko-Schachkuchen hinbekomme, sogar ohne echte Eier. Zitronenbaiser hingegen kriege ich damit nicht hin. Vielleicht geben sie uns auf der nächsten Mission ein paar lebende Hühner mit.
In Liebe
Elma

Ich musste geseufzt haben, als ich fertig war, denn Parker sah vom Buch auf, das er las – es war auf Französisch –, und hob eine Braue. »Alles in Ordnung?«

Beinahe wäre ich pampig geworden. Ich hatte schon Luft geholt, um ihm zu sagen, dass mich seine mangelnde Gleichgültigkeit überraschte, doch ich hielt inne. Er hatte diesmal nicht spöttisch geklungen. »Ich bin frustriert.«

»Kann ich mir vorstellen.« Er klappte das Buch zu, beugte sich vor und stützte die Ellbogen auf den Tisch. »Ich für meinen Teil denke, dass sich andere in deiner Situation auch so was ausgedacht hätten.«

Mir erstarben die Worte auf der Zunge. Was war die richtige Reaktion darauf? Ich benetzte die Lippen und fischte nach der sichersten Antwort. »Vielleicht sollten wir der Mission Control vorschlagen, dass sie Paaren bei langen Reisen ein abgesegnetes Verschlüsselungssystem erlaubt.«

Parker schürzte die Lippen und nickte. »Das kann ich in meinem nächsten Bericht vorschlagen.«

»Warum lässt du es mich dann nicht selbst an Nathaniel schicken? Die Mission Control kriegt es doch eh noch mal zu lesen, bevor er es bekommt.«

»Ob du es glaubst oder nicht, ich befolge nur Befehle. Selbst wenn ich sie nicht gutheiße. Das ist mein Job.«

»Du hast die Regeln übertreten, als du Kamilah und mir erlaubt hast, zur *Pinta* rüberzugehen.«

»Das war ein ...« Parker fuhr sich mit den Händen durchs schütter werdende Haar. »Hör zu, die Chancen stehen ganz gut, dass das nur ein Sturm im Wasserglas ist. Zieh einfach ein paar Wochen lang den Kopf ein, dann lockern sie die Fernschreiberregeln garantiert wieder.«

»So, wie sie die Wäscheregeln gelockert haben?« Ich schob ihm das Klemmbrett zu.

»Wie meinst du das?«

»Ich meine, dass sie die Wäsche immer noch ausschließlich den Frauen übertragen.«

Er verdrehte die Augen. »York, da geht es doch nur darum, bereits bestehende Expertise zu nutzen. Die meisten Männer haben noch nie Wäsche gewaschen, und wenn, dann deutlich seltener als Frauen.«

»Willst du damit sagen, dass es Menschen, die ein hochmodernes Flugzeug steuern können, nicht lernen können, einen Trocknerfilter zu reinigen?« Ich rieb mir über das Gesicht. Es schien ganz so, als würde ich immer Streit mit Parker anfangen, egal, um welches Thema es ursprünglich ging. »Entschuldige. Ich bin ein bisschen durch.«

Er musterte mich einen Moment, seine blauen Augen bewegten sich wie bei einem Vorflugscheck. Schließlich beugte er sich vor und nahm das Klemmbrett an sich. »Ich nehme das mit den Wäscheschichten in meinem Bericht zur Kenntnis.«

Die Bitternis in meiner Stimme konnte ich quasi schmecken. »Danke.«

»Na ja, was das angeht, beschwerst du dich nicht als Einzige.« Parker schob den Stuhl zurück und stand auf. »Ich schicke das hier mal ab. Nutz die Zeit, um deine Arbeit zu erledigen.«

»Jawohlsir!« Was ich eigentlich tun wollte, war, in meinen Schlafsack im Crewquartier zu klettern und bis zum Mars nicht wieder herauszukommen.

Aber ansonsten ging es mir super.

»York ...« Parker stand am Fuß der Leiter und starrte auf den Brief, den ich geschrieben hatte. Ich wollte ihn ihm am liebsten aus der Hand reißen. »Ich weise dir heute Abend den Küchendienst zu. Und die ganze nächste Woche auch.«

»Wie bitte?« Es war Dienstag. Die Dienstpläne wechselten montags, und ich hatte in dieser Woche Putz- und Sanitärdienst.

»Expertise.« Er tippte auf das Klemmbrett. »Wer kann uns denn sonst einen Seder zubereiten?«

Ich war so schockiert, dass ich keinen Satz herausbekam, während Parker über die Leiter nach oben verschwand. Dieser Mann verblüffte mich immer wieder.

Was unterscheidet diesen Abend von allen anderen? Nur dieses eine Mal würde ich es nicht hinterfragen.

Etwa zwei Wochen nach dem Pessachfest sicherte ich gerade das Schott der BusyBee, damit Kamilah ihren zweiwöchentlichen Besuch auf der *Pinta* antreten konnte. Die Tür schnitt uns vom konstanten Summen der *Niña* ab. Ich stieß mich ab und schwebte zum Pilotensitz. Das raue Metall der *Niña*-Außenwände füllte das gesamte Sichtfeld aus. Seit unserer letzten Zündung flog das Schiff in einem Winkel, in dem Sonnenlicht über die Silhouette der BusyBee wandern und das Metall wie Sterlingsilber erscheinen lassen konnte.

»Angeschnallt?« Ich schwang mich in den Sitz und griff nach den Gurten.

»Bereit.« Kamilah nickte und räusperte sich dann. »Und … wie geht's dir?«

»Gut, danke. Und dir?« Sie hatte es auf eine Weise betont, die klarmachte, dass sie sich mehr Informationen wünschte, aber ich blieb lieber in einem unverfänglichen Bereich. »*Niña*, hier BusyBee. Habe ich Starterlaubnis?«

Terrazas antwortete mir. »Bestätigt, BusyBee. Es steht euch nichts im Weg.«

»Ich löse die Verankerung.« Ich legte den Schalter um, der die Verankerung an der Luftschleuse der *Niña* löste. Mit einem leisen *Klonk* trieben wir vom größeren Schiff fort. Ich ließ uns etwa zwei Meter treiben, bevor ich die Bremsraketen dazu nutzte, den Abstand zu vergrößern. Als wir weit genug draußen waren, wendete ich die BusyBee und steuerte sie auf die *Pinta* zu.

»Gute Reise, BusyBee. *Niña* Ende.« Mit einem Klicken verstummte das Rauschen von Terrazas Mikro.

Kamilah räusperte sich erneut. »Da du mich ja nicht im Medizinmodul besuchst, muss ich dich hier fragen. Und komm mir nicht wieder mit einer höflichen Antwort. Wie geht es dir?«

Bei den frühen Mondmissionen sprachen wir mit Fliegerärzten auf der Erde über unsere Gesundheit. Ihnen konnte man viel einfacher ausweichende Antworten geben als einer Ärztin, die sich auf demselben Schiff befand.

»Wie es mir geht? Ich fliege ein Schiff durchs All.« Ich aktivierte kurz die Bremsraketen, und der geringe Schub drückte uns bereits in die Schultergurte. Diese Unterhaltung wollte ich nirgends führen und schon gar nicht während eines Flugs. Nein. Das stimmte nicht. Beim Abendessen wäre es noch schlimmer gewesen. Aber Kamilah versuchte nur, ihren Job zu machen. »Ich bin sauer und frustriert, aber ich zerbreche nicht.«

»Das ist gut.« Kamilah drehte sich im Sitz um, damit sie mich ansehen konnte. »Wie sieht es denn aus, wenn du … zerbrichst?«

Meine Zähne mahlten fast ohne mein Zutun aufeinander. »Schlafstörungen. Übelkeit. Schweißausbrüche.«

Der Abstand zwischen der BusyBee und der *Niña* wuchs, bis lange Schatten und hartes weißes Licht die Außenseite trafen. Der Flug hinüber zur *Pinta* dauerte alles in allem etwa zwanzig Minuten. Das würden lange zwanzig Minuten werden.

»Wann hattest du diese Symptome zum letzten Mal?«

Wenn ich wirklich ehrlich war, hatte ich auch jetzt Schlafstörungen, aber nicht jede Nacht. Und ich hatte keine Albträume – es fiel mir nur schwer, das Rattern in meinem Hirn zum Schweigen zu bringen. Zufällige Gedanken sausten mir durch den Kopf, mal hierhin, mal dorthin. »Ist eine Weile her.«

»Heißt das, bevor oder nachdem wir die Erde verlassen haben?«

»Danach. Aber nur einmal.« Ich stellte fest, dass ich die ehrliche Antwort auf ihre Frage als Triumph betrachtete. Nahm ich sie ihr übel? Ja, ziemlich, aber ich gab mich nicht der Illusion hin, dass sie mir glauben würde, wenn ich log. Früher hätte ich das getan, aber wir lebten zu eng beieinander, um selbst kleine Verhaltensänderungen geheim halten zu können. Verflucht, sogar mir mit meinen altmodischen Scheuklappen war ziemlich klar, dass zwischen Terrazas und Rafael … etwas lief. »Ehrlich, Kamilah. Es geht mir gut. Nicht gerade toll, aber erträglich.«

»Was hältst du davon: Ich glaube dir, wenn du zu mir ins MedMod kommst, damit ich ein paar einfache Stresstests durchführen kann.« Sie legte den Kopf schräg. »Parker macht sich Sorgen.«

Mein Lachen prallte von der Sichtscheibe ab wie ein Stein.

»Oh. Nun denn, wenn Parker sich *Sorgen* macht!« Andererseits hatte er mir ermöglicht, einen Seder zu kochen, also war es vielleicht die Wahrheit. »Der Seder hat geholfen.«

»Gut. Gut ... Freut mich zu hören.«

Mit Verspätung ging mir auf, dass ich keine Ahnung hatte, welche religiösen Feiertage Kamilah hier oben verpasste. »Was ist mit dir? Was würde dir helfen? Können wir ... irgendwas beachten?«

Sie schüttelte den Kopf. »Warte. Eigentlich ... doch. Könntest du mich Kam nennen statt Kamilah?«

»Kam. Alles klar. Gibt es sonst noch ...?«

»Denk nicht, mir wäre nicht aufgefallen, dass du das Thema gewechselt hast.«

Ich beugte mich vor, denn ein weißer Sprühnebel in der Nähe der Treibstoffzellen hatte meine Aufmerksamkeit erregt. »Was ist das?«

»Elma ...« Doch Kam folgte meinem Blick und sog scharf die Luft ein. Etwas wurde in einem Dunstkegel aus der Hülle der *Niña* gesogen. Es gefror im luftleeren Raum und trieb wie Schnee auf uns zu.

Mit einem Faustschlag aktivierte ich die Comm der BusyBee. »*Niña*, hier BusyBee. Etwas strömt backbord in der Nähe der Treibstoffzellen aus. Ich fliege näher ran, um es unter die Lupe zu nehmen.«

»BusyBee, hier *Niña*. Was ist es?« Ich garantiere dafür, dass Terrazas sofort in höchster Alarmbereitschaft war, aber seine Stimme blieb ruhig.

»Weißer Dunst aus einer einzelnen Quelle. Gib mir eine Sekunde für die Annäherung.« Ich tippte die Schubdüsen sacht an und bewegte die BusyBee näher heran. Als ich bei den Treibstoffzellen ankam, hielt ich mich vom Dunst fern und schwenkte die BusyBee so herum, dass ich die entweichende Säule genau betrachten konnte.

Kam stemmte sich gegen die Schultergurte, um besser sehen zu können, und ich tat dasselbe. Es war schwierig, uns in Relation zur *Niña* ruhig zu halten, aber mir gelang es trotzdem, dabei per Funk zu berichten.

»*Niña*, hier BusyBee. Es sieht nach einem kleinen Loch in der Hülle aus. So klein, dass ich es nicht wirklich von hier aus sehen kann.«

»Bestätige, BusyBee«, antwortete Parker. Terrazas musste ihn in dem Moment gerufen haben, in dem wir das Problem bemerkt hatten. »Avelino läuft gerade hin und überprüft die Pegel, damit wir wissen, was entweicht.«

Ich änderte unsere Orientierung zum Schiff, sodass ich von vorn nach hinten daran entlangschauen konnte, in der Hoffnung, dass ich erkennen würde, was aus dem Schiff drang. Es konnte Wasser aus den Treibstoffzellen sein, Sauerstoff aus dem Modul oder Kühlflüssigkeit. Nichts davon war eine gute Option. Ein Gitterwerk aus Röhren umgab die Treibstoffzellen, um sie zu kühlen, wenn sie direktem Sonnenlicht ausgesetzt waren. Die Dunstwolke entwich als feiner Nebel direkt neben einer dieser Röhren, der ich zu ihrer Quelle folgte. Ach, Hölle und Verdammnis!

»Es ist das Kühlsystem. Wir haben ein Ammoniakleck.«

FÜNFUNDZWANZIG

Hurrikan-Saison versetzt Florida in Aufruhr

Vorbereitungen beim Wetterdienst unter Mithilfe der *Lunetta*

Von *R. HART PHILLIPS*

EXTRABLATT DER THE NATIONAL TIMES

MIAMI, FL, 7. Mai, 1963 – Starke Wetterunruhen auf den Französischen Antillen, fast 2500 km von Miami entfernt, lassen die Menschen in Florida erneut in der Hoffnung auf Hurrikan-Voraussagen zum Wetterdienst der Vereinigten Staaten blicken. In Zusammenarbeit mit der *Lunetta*-Raumstation sind die Wettervorhersagen in der Lage, diese ungewöhnlich frühen Hurrikane präzise vorauszusagen und zu beobachten.

Niemand brach in Panik aus. Das ist das Schöne, wenn man in der Raumfahrt und für die IAC arbeitet. Wir hatten so viel Zeit in Simulationen verbracht, dass von dem Moment an, in dem wir ein Problem bemerkten, alles Persönliche in den Hintergrund trat und wir einfach zusammen funktionierten.

Ich saß mit Papier, Stift und einem Stapel Referenzbüchern am Küchentisch. Rafael, Leonard und Parker standen am Whiteboard, auf das ein Diagramm des Kühlsystems geklebt war, neben das sie Notizen gekritzelt hatten. Im Comm-Modul hörte Florence uns über den schiffsinternen Funk zu, transkribierte die Unterhaltung für die Mission Control und gab uns die Antworten durch. Auch die Leitung zur *Pinta* war offen, sodass unsere Gegenparts zuhören konnten.

Terrazas saß im Kommandomodul für den Fall, dass wir eine Seite des Schiffs ins oder aus dem Sonnenlicht rollen mussten. Und Kam bereitete einen Anzug für den Außenbordeinsatz vor. Zum Glück hielten wir einen Druck von 0,34 bar auf den Marsexpeditionsschiffen, genauso wie in der Mondkolonie und in den EVA-Anzügen, sodass die Person, die sich auf den Außenbordeinsatz begab, nicht Stunden damit verbringen musste, sich zu entkomprimieren.

»Ich schätze, wir müssen dieses Rohrstück ersetzen.« Rafael markierte die Stelle, an der sich das Loch befand, auf der Risszeichnung. »Es zu flicken ist bei den Temperaturen nicht verlässlich genug.«

Leonard nickte und tippte auf dieselbe Stelle. »Aber um den Ausstoß zu stoppen, könnte flicken die beste Methode sein, bis wir genau wissen, mit welchem Problem wir es zu tun haben. Wenn es sich um eine Punktur durch einen Mikrometeoriten handelt, ist das ein anderes Problem als bei Materialermüdung.«

»Inwiefern anders?« Parker hatte eine Weile nichts gesagt und es den beiden Wissenschaftlern überlassen, die Lage zu sondieren.

»Ein Mikrometeorit ist eine einmalige Sache. Sicher, so was könnte uns noch mal passieren, aber das wäre schon ein großer Zufall. Materialermüdung hingegen könnte immer wieder auftreten und deutet auf ein größeres Problem im System hin.«

Die Worte »größeres Problem im System« sandten mir einen Schauer über den Rücken. Wenn die Kühlung versagte, würden wir die Mission abbrechen und nach Hause zurückkehren müssen. Nur … würden wir von hier aus möglicherweise den Slingshot-Effekt des Mars nutzen müssen, um die Erde zu erreichen. Ich stieß den Atem aus und begann Berechnungen aufzustellen für den Fall, dass sie nachhakten.

»Was ist los, York?« Parkers Ohren waren erschreckend gut für einen Mann, der sich sein ganzes Leben lang in der Nähe von Flugzeugen und Raketen herumgetrieben hatte.

»Ich arbeite nur den schlimmstmöglichen Fall aus. Falls wir abbrechen müssen.« Ich sah von meinem Blatt auf, obwohl ich die Gleichungen gerade erst zur Hälfte aufgestellt hatte. »Slingshot.«

Er nickte knapp, um zu zeigen, dass er verstand. Wir waren dieses Szenario in mehr als einer Simulation durchgegangen. »*Pinta,* hier *Niña.* Ist mit euren Systemen noch alles in Ordnung?«

»Positiv.« Benkoskis Stimme kam über Funk herein. »Ich setze auf das Szenario mit dem Mikrometeoriten.«

Die *Pinta* hatte sich gedreht, um uns mit dem Teleskop ins Visier zu nehmen, aber sie konnten nicht wirklich mehr sehen, als es mir gelungen war. Wir rieten nur, bis jemand rausging und aus der Nähe einen Blick darauf warf.

»Auf beides vorbereiten.« Parker studierte die Tafel mit in die Hüfte gestemmten Händen. »Avelino, such alles zusammen, was du brauchst, um das Rohr zu ersetzen. Flannery, ich möchte, dass du das Flicken vorbereitest, falls ihr da draußen etwas Unerwartetes vorfindet. Grey? Sag der Mission Control, dass wir uns auf einen Notfallaußenbordeinsatz vorbereiten.«

»Bin schon dabei«, schnaubte sie ins Mikro. »Unfassbar, dass ich meinen Doktortitel fürs Fernschreiben verwende.«

»Und die Wäsche!« Parker grinste Richtung Lautsprecher. »Lass mich wissen, wenn eine Antwort kommt.«

»Hältst du eigentlich jeden außer dir für saudumm?«

»Jepp.« Parker wandte sich mir zu. »York, einen Flugplan fürs Worst-Case-Szenario vorbereiten.«

Ich hätte auch einen Witz machen können, aber wir waren unter Zeitdruck, also nickte ich einfach und arbeitete weiter. Es war gut und schön, dass ich mich durch Berechnungen hindurchbewegen konnte wie durch Wasser, aber für so ein Manöver brauchte ich die Zahlen unverrückbar auf Papier.

Auf der Erde lagen sie etwa fünfzehn Minuten hinter uns. Mittlerweile würde Nathaniel zusammen mit der Mission Control und seinem Team an einer Lösung arbeiten. Er hielt den Bleistift fest in der Hand, hatte die Hemdsärmel bis zu den Ellbogen hochgekrempelt. Während er hin- und herging und sich der Problemlösung widmete, waberte Clemons' Zigarrenrauch um ihn herum.

Ich ließ den Stift übers Papier gleiten, arbeitete Kurskorrekturen aus und konnte mir fast vorstellen, dass Nathaniel hinter mir auf und ab lief. Manchmal fand der Geist Trost in seltsamen Erinnerungen.

»Hab eine Antwort.« Durch Florence' Stimme hindurch hörte ich das Rattern des Fernschreibers. »Bereit?«

Ich schaute vom Blatt auf, als könnte ich sie sehen. Während ich beschäftigt gewesen war, hatten Leonard und Rafael den Raum verlassen, sodass ich mit Parker allein war. Er stand da wie in Habachtstellung und musterte den Lautsprecher. »Ich höre.«

»Bobienski schlägt einen Außenbordeinsatz mit zwei Hauptzielen vor: um den Grund für den Riss zu diagnostizieren und diesen, wenn möglich, zu flicken. Falls das nicht gelingt, sollen die Astronauten versuchen, die beschädigte Sektion zu ersetzen. Wir wollen die Zeit draußen so kurz wie möglich halten, daher bitte zuerst den Flickversuch ansetzen.«

Ich runzelte die Stirn. Clarence »Bubbles« Bobienski war Nathaniels Assistent. Warum antwortete Nathaniel nicht selbst? Ich wusste natürlich, dass Clemons ihn nicht zu meinen Flügen hinzuziehen wollte, aber das hier war doch etwas anderes. Er hatte die Rakete entworfen und war immer noch der leitende Ingenieur.

»Gut, das bestätigt, was wir ohnehin vorhatten.« Parker

fuhr herum und schnappte sich das Klemmbrett. »Ich sage Avelino und Flannery, sie sollen die Anzüge anziehen.«

»Warte noch kurz, die Nachricht geht weiter.«

Parker hob eine Augenbraue, als könnte Florence ihn sehen. »Dann lies weiter.«

»Die Mission Control sagt, Rafael und Terrazas sollen raus. Sie wollen Kam im MedMod, dich auf dem Pilotensitz und Leonard und Elma als Anzughilfe.«

»Was sagt Nathaniel dazu?« Das war mir rausgerutscht, bevor ich auch nur den Hauch einer Chance hatte, die Nachfrage runterzuschlucken. Die Mission Control sandte alles über den CAPCOM, indem ich das infrage stellte, ging ich einfach nur allen auf die Nerven. »'tschuldigung. Vergiss es.«

»Nein …« Parker wandte sich um und sah mich an, wobei er die freie Hand in die Seite stemmte. Mit der anderen ließ er das Klemmbrett gegen sein Bein tippen. »Flannery sollte rausgehen, nicht Terrazas. Bitte klär den Grund für diese Besetzung und frag speziell nach Dr. Yorks Meinung. Sag ihnen, dass Flannery mehr Erfahrung mit Außenbordeinsätzen und Klebstoffen hat als Terrazas und meiner Meinung nach Teil dieses Einsatzes sein muss.«

Das war das Problem an der zeitversetzten Kommunikation: Du musst alles, was wichtig sein könnte, sofort miteinschließen, denn die Zeitverzögerung bedeutet, dass es nicht mehrmals hin und her gehen kann.

»Ach, verdammt!« Parker schüttelte den Kopf. »Ich komm hoch und schreib es selbst. Das geht schneller.«

»Da bin ich ja froh, dass du das auch begriffen hast. Rauf mit dir.«

Er verließ die Küche und ließ mich mit meinen Zahlen allein.

Kam betrat die Küche und hatte die Hände in die Taschen des Arztkittels gesteckt. »Was machen die Berechnungen?«

»Ich bin mit der letzten Überprüfung fast fertig …« Ich wanderte mit dem Bleistift die lange Gleichung hinab, die die Route zum Mars und zurück zur Erde beschrieb. Buck Rogers wäre in der Lage gewesen, einfach umzukehren, aber aufgrund der echten Schwerkraft führte der schnellste Weg zurück im Slingshot um den roten Planeten herum. Das Problem war nur die Zeit, die wir dazu brauchen würden.

»Kaffee?«, fragte sie.

»Danke.« Selbst im besten Fall waren wir noch ein ganzes Jahr von zu Hause entfernt. Abzubrechen war das Worst-Case-Szenario, aber wenn das Kühlsystem ausfiel, würden wir auf die *Pinta* überwechseln und die *Niña* ihrem Schicksal überlassen müssen. Und falls dann etwas mit der *Pinta* geschah, gäbe es keine Redundanz mehr, die uns retten konnte. Die *Santa Maria* war vollgestopft mit Dingen, die uns auf der Marsoberfläche helfen würden, und verfügte nicht über Lebensquartiere. Vielleicht würden Rafael und die Mission Control eine Möglichkeit finden, die *Niña* im Schlepptau zu behalten, damit wir sie zumindest als Lager nutzen konnten.

Kam stellte die dampfende Kaffeetasse mit einem Klappern von Plastik auf Metall vor mir ab. Der Kaffee roch übertrieben gut, mich umgaben all die herrlichen Bitteraromen, die ich mir wünschen konnte. Ich zog die Tasse näher an mich heran und genoss den Duft.

»Elma … Parker hat mich gebeten, mit dir zu reden.« Kam drehte ihre Tasse in den Händen.

Ich hob den Blick von meinen Gleichungen und sah ihr ins Gesicht. Eine Falte hatte sich zwischen ihren Brauen gebildet, und sie verengte besorgt die Augen. Ich legte den Stift hin. »Worüber?«

»Erst mal sollst du wissen: Es ist alles in Ordnung.« Sie

presste die Lippen aufeinander. »Aber laut Mission Control liegt Nathaniel im Krankenhaus. Er hat ein Magengeschwür und es zu lange ignoriert, und sie mussten ihn operieren. Es geht ihm gut – er nimmt sich nur eine Auszeit, was er auch tun sollte. Aber es geht ihm gut.«

2, 3, 5, 7, 11, 13, 17, 23 …

»Elma? Hörst du mich? Es geht ihm gut.«

»Er ist so ein … ein *Mann!*« Sein letzter Brief ergab nun plötzlich Sinn. Ich verstand, warum Hershel ihn besucht hatte. Warum Nicole und Myrtle seine Speisekammer aufgefüllt hatten. Warum er nicht zu Hause gewesen war. »Woher weißt du das?«

»Weil Parker die Mission Control nach Nathaniel gefragt hat, und sie haben diese Antwort zurückgeschickt, außerdem, wie ich anmerken möchte, die Anweisung, es dir nicht zu sagen.« Kam legte die Hände locker um die Tasse.

»Natürlich.« Unter meinem Overall spannte ich die Arme an, weil ich mich nur mit Mühe davon abhalten konnte, auf den Tisch einzuschlagen. *… 29, 31, 37, 41, 43 …* Ich schluckte schwer und versuchte, die Stimme ruhig zu halten. »Ich bin überrascht, dass Parker es mir trotzdem mitteilt.«

Kam hob eine Hand und wackelte mit dem Zeigefinger. »Hm-mm … Parker hat nicht gegen den Befehl verstoßen. *Er* hat es dir ganz sicher nicht gesagt.«

Ich schnaubte, was meine Mutter gewiss schockiert hätte. »Na, dann bedanke ich mich auch nicht bei ihm.« Ich ließ die Hände vom Tisch gleiten und versuchte, ganz aufrecht zu sitzen, obwohl ich mich zusammenfalten und den Kopf in den Armen vergraben wollte. »Er hätte es mir sagen sollen. Nathaniel, meine ich.«

»Warum? Was hättest du denn von hier aus tun können?«

»Ich … ich bin seine Frau!« Unter dem Tisch presste ich die Hände flach gegen die Knie. Wenn ich zu Hause gewesen wäre, hätte ich mitbekommen, dass er nichts aß. Allerdings hätte er dann ohnehin regelmäßiger etwas gegessen. Ich hätte es garantiert nicht so weit kommen lassen, dass er operiert werden müsste! »Ich kann von überall in der Galaxis an ihm herummäkeln.«

»Aber es geht ihm gut. Er sollte in etwa einer Woche wieder auf der Arbeit sein. Aber vorerst nur halbtags.« Sie streckte über den Tisch eine Hand nach mir aus, und eine dunkle Strähne fiel ihr in die Stirn. »Kann ich was für dich tun?«

Aus Kams Mund – oder vielmehr aus Kams Mund und an mich gerichtet – bedeutete das: eine Miltown. Und, Gott, ja, ich brauchte diese tröstende Watte, die die Ängste dämpfte, die unter meiner Haut waberten. Ich benetzte die Lippen und ließ den Atem so langsam heraus, wie ich konnte. »Nein. Dann kann ich schlechter rechnen.« Ich legte eine Hand auf die Gleichungen, an denen ich arbeitete. »Und das kann ich mir gerade nicht erlauben. Außerdem geht es mir gut. Danke. Aber es geht mir gut.«

Irgendwann in der zweiten Stunde des Außenbordeinsatzes, nachdem Terrazas und Rafael die Lampen so eingestellt hatten, dass sie das Leck sehen konnten, aber bevor sie sich daranmachten, das gebrochene Rohr zu ersetzen, räusperte sich Parker.

»Terrazas macht das doch ganz gut da draußen.« Er nickte Richtung Bullauge – nicht, dass wir die beiden hätten sehen können. »Ich ... Deshalb stelle ich die Mission Control nicht oft infrage.«

»Oh.« Eine tolle Antwort, ich weiß, aber ich war so überrascht davon, dass Parker eine tatsächliche Unterhaltung begann, und wollte ihn vermutlich nicht erschrecken. Oder etwas in der Art.

»Manchmal ist man dem Problem so nah, dass man nicht

alle Bestandteile sieht.« Er fummelte am Lautstärkeregler des Lautsprechers herum, obwohl die Atemgeräusche von Terrazas und Rafael klar zu hören waren. »Hat Shamoun mit dir gesprochen?«

Ich nickte, bevor ich begriff, dass er mich nicht ansah. »Hat sie.« Mehr zu sagen, schien mir wie ein Risiko, aber auch eine Notwendigkeit zu sein. »Danke.«

»Ich würde Clemons umbringen, wenn er versuchen würde, so was mit Mimi abzuziehen.«

»Wie geht …?« Ich hielt inne, bevor ich mehr sagen konnte. Nur weil er über seine Frau sprach, hatte er mir nicht erlaubt, dasselbe zu tun. »Okay. Das weiß ich zu schätzen.«

»Gut. Es geht ihr gut. Sie ist jetzt schon täglich eine Stunde außerhalb der Lunge.«

»Das ist toll!« In was für eine fremdartige Parallelwelt war ich übergetreten? Parker unterhielt sich freiwillig mit mir. Über seine Frau. Natürlich nur, weil Nathaniel im Krankenhaus lag. »Es ist hart … zu wissen, dass er krank ist und ich nichts daran ändern kann.«

»Ja.« Parker presste die Lippen aufeinander und machte diese steife Ruckbewegung mit dem Hals. »Ja. Aber die IAC hat Zugriff auf die weltbeste medizinische Versorgung. Sie passen gut auf ihn auf.«

Eine Frage drängte sich mir auf: Nahm Parker an dieser Mission teil, weil er sicherstellen wollte, dass seiner Frau die bestmögliche Behandlung zuteilwurde? Oder war das die Geschichte, die er sich selbst erzählte, damit er sich nicht schuldig fühlte, weil er sie zurückgelassen hatte?

War denn das, was ich mir einredete, glaubwürdiger? Oder wahrer? »Mein Bruder ist zu Besuch und kümmert sich um ihn.«

Nun drehte Parker sich doch um und sah mich an. »Der aus Kalifornien?«

Genau diese netten Momente machen mich so ratlos. Auch wenn ich weiß, dass jemand, dessen Frau in einer Eisernen Lunge lag, Hershel nie als »Der mit Polio« bezeichnen würde. Ich nickte und versuchte, die Unterhaltung am Laufen zu halten, als könnte ich damit den Rest unserer Reise angenehmer gestalten. »Ja … Nathaniel sagte, dass Hershel zu Besuch kommt. Mir war nur der Grund dafür ein Rätsel.«

Parker schnaubte. »Das kenne ich. Mimi hat mir mal erzählt, dass sie jetzt besser schläft. Erst nachdem ich nachgefragt hatte, kam raus, dass ein Bolzen an der Lunge gequietscht und sie wach gehalten hatte. Hat sie das erwähnt, während das Problem bestand? Natürlich nicht!«

Ich musste lachen, und er riss die Augen auf. Vielleicht hatte ich gerade zum ersten Mal in seiner Gegenwart gelacht. Ich war so versucht zu sagen: *Siehst du, ich habe doch Sinn für Humor,* aber ich bin eine Erwachsene, deshalb tat ich es nicht. Außerdem bin ich ein Angsthase, denn ich wollte nicht die Stimmung aufs Spiel setzen. »Ich wüsste zu gern, was sie an uns nervt!«

»Na ja.« Parker beugte sich über seine Armlehne. »Ich kann dir verraten, dass dein Mann es hasst …«

»*Niña,* hier EV1. Wir haben ein Problem.« Rafaels knappe, professionelle Stimme unterbrach uns.

Wie eine Maschine kehrte Parker in den Habachtzustand zurück und drückte den Knopf, damit Rafaels Stimme im ganzen Schiff gehört werden konnte, während er ihm gleichzeitig antwortete: »Wir hören, EV1.«

»Estevans Anzug hat sich an der Ammoniakröhre verfangen. Soweit ich das erkennen kann, hat sich der Verschluss zwischen der rechten Wade und dem Stiefel an der Klammer der 4F.37-Ammoniakleitung verhakt. Ich schaue mir das gerade an, weiß aber beim besten Willen nicht, wie das passieren konnte. Es sitzt fest. Irgendwelche Ideen?«

Ich packte mir das Referenzbuch über die Ammoniakleitungen, das wir aus der Ingenieursbibliothek mitgenommen hatten. Die großformatigen Schemata befanden sich noch dort, und ich hätte wetten können, dass Leonard sie bereits betrachtete.

»Bestätige, Avelino. Wir suchen hier drinnen nach Lösungen.« Parker warf mir einen Blick zu und nickte, als er sah, dass ich im Buch nach der richtigen Seite suchte. »Kannst du mir eure aktuellen Anzeigen durchgeben?«

»Mit CO_2-Ausstoß, O_2 und Akkus ... hab ich noch circa drei Stunden.«

»Terrazas?«

Es gab eine Pause mit statischem Rauschen. Ich sah zum Bullauge, doch alles, was es mir zeigte, war das harte Licht der Sterne und den fernen blauen Punkt der Erde.

Terrazas räusperte sich. »Eher zwei Stunden bei mir.«

»Verstanden.« Obwohl Parker nichts sagte, gingen ihm sicher dieselben Gedanken durch den Kopf wie mir: Der erhöhte Verbrauch war ein Anzeichen dafür, dass er nur wenige Außenbordeinsätze absolviert hatte. Unerfahrene verbrauchten selbst im Stillstand mehr. Parkers Stimme blieb jedoch vollkommen ruhig. »Was habt ihr bisher ausprobiert?«

»Drehen. Rütteln. Ziehen. Biegen. Fluchen.«

»Exzellente Technik. Wie viele Sprachen?« Er schaltete das Mikro um und sprach nun mit dem Labor. »Flannery, gib mir ein paar Optionen.«

Auf dem einen Kanal fragte Leonard: »Kann er die T-Klammer durchschneiden?«

Auf dem anderen sagte Terrazas: »Englisch, Spanisch, Portugiesisch. Weitere Empfehlungen?«

Parker schaltete zu Terrazas zurück, während Leonard noch sprach. »Latein eignet sich sehr gut zum Fluchen während des Herumwissenschaftlerns. Ihr habt die Notfallscheren dabei ... Flannery fragt, ob ihr die T-Klammer durchschneiden könnt.«

Rafael erwiderte: »Ehrlich gesagt ist mir der Aufbau der Rohre nicht ganz klar, und ich will auf keinen Fall ein Loch in Estevans Anzug schneiden. Können wir die Leitung abmontieren?«

»Verstanden, bleibt dran.« Parker schaltete zurück zu Leonard. »Flannery. Hast du das gehört?«

»Ja ... Dieser Teil ist fest verbunden. Leider ist der beste Weg, die Leitung zu kappen. Es ist kein Druck mehr drauf, also müssen wir uns keine Sorgen machen, mehr Ammoniak zu verlieren.«

»Sag mir, wie schwierig es sein wird, das zu reparieren.«

»Das wird nicht toll. Aber machbar.« Leonard seufzte. »Rafael hat sicher eine bessere Idee.«

Das ergab Sinn. Rafael war unser Ingenieur und kannte die *Niña* besser als wir alle. Ich blätterte weiter durchs Handbuch, aber alles, was ich sah, bekräftigte Leonards Anweisung, die Leitung zu durchtrennen.

»Verstanden.« Parker rieb sich mit der Hand übers Gesicht und wandte sich dann mir zu. »Du hast gesagt, wir müssen die *Niña* verlassen, wenn das Ammoniaksystem nicht wieder anspringt? Da gibt's keine andere Möglichkeit?«

»Wenn wir Kühlflüssigkeit verlieren, wird sich das Schiff sogar im besten Fall überhitzen, bevor wir den Mars erreichen.« Ich bewegte mich in den Gurten, die mir nur wenig Spielraum ließen. »Aber ich kenne natürlich auch nicht alle Notfallpläne, um das Ammoniaksystem wieder ans Laufen zu bringen.«

Er schaltete das Mikro wieder an. »Flannery, wenn sie die Leitung durchschneiden müssen, um Terrazas zu befreien, was bedeutet das für die Kühlung?«

»Die Leitungen sind gesperrt, also tritt nichts aus. Es

sollte … Ja, wir sollten zusammen mit der *Pinta* und der *Santa Maria* genug Ammoniak dabeihaben, um die ausgetretene Menge zu ersetzen. Gib mir eine Minute, damit ich das mit Wilburt Schnöhaus auf der *Pinta* durchsprechen kann.«

»Roger. Wir arbeiten dran, treffen die Entscheidung aber so, dass den beiden nach hinten raus noch mindestens eine halbe Stunde Zeit bleibt.« Parker lehnte sich im Sitz zurück und rieb sich wieder über die Stirn. »Verdammt! York, arbeite die Kurskorrekturen für den Fall aus, dass wir uns auf die *Pinta* begeben müssen.«

Ich nickte und wusste genau, welche Entscheidungen er gegeneinander abwägen musste. Da wir uns auf die *Pinta* zurückziehen konnten, hatte Terrazas' Überleben Priorität vor dem Ammoniaksystem. Die Mission Control und ihre Flugregeln hatten doch etwas Gutes. In den Flugregeln waren all diese Notfallentscheidungen schon für uns getroffen worden. Das heißt, ich konnte Emotionen und vorschnelles Handeln aus der Gleichung kürzen. Das gab uns den Plan B, den wir brauchten: Andere hatten bereits darüber nachgedacht, auf welche Weise Dinge schiefgehen konnten, bevor wir vor dem Problem standen. Und dennoch …

Es war schlimm genug, auch nur zu simulieren, dass man jemanden zum Sterben zurückließ.

Ich nahm mir ein anderes Referenzhandbuch – Band 44 B. »Die Mission Control hat schon einen Plan B für die Reise in einem gemeinsamen Raumfahrzeug … Ich verfeinere ihn.«

Er nickte angespannt und schaltete das Mikro wieder an. »Avelino und Terrazas? Wir brauchen nach hinten raus noch dreißig Minuten Sauerstoff. Ihr habt eine Stunde, um an dem Problem zu arbeiten, bevor wir auf Nummer sicher gehen und die Leitung durchtrennen.«

»Alles klar. Wir versuchen es hier draußen weiter.«

Terrazas erwiderte: »Bestätigt. In dieser nervenaufreibenden Episode wird unsere unerschrockene Abenteuerbande im All den ZORN DER WELTRAUMRÖHREN zu spüren bekommen! Noch während wir zuhören, versucht unser tapferer Held Rafael Avelino, seinen ungeschickten Kumpan aus dem Griff der gewieften Röhren zu befreien.«

Danach murmelte Rafael etwas auf Portugiesisch, das Parker auflachen ließ, doch sein Lachen verhallte augenblicklich, als er das Mikro abschaltete. Er streckte sich erneut nach dem Schalter aus, als wollte er eine andere Station kontaktieren, doch dann zog er die Hand zurück und ließ sie in den Schoß fallen. Mit zusammengebissenen Zähnen starrte er aus dem Bullauge und wartete, untermalt von Rafaels Gemurmel im Hintergrund.

Und ich? Ich rechnete, obwohl es nicht wirklich viel zu tun gab, daher nahm ich die Gleichungen noch mal unter die Lupe, um sicherzugehen, dass ich bereit war, jederzeit spezifische Werte einzufügen.

Leonards Stimme drang in den Raum. »Alles klar. Ich möchte das noch mal besprechen, wenn Rafael und Terrazas zurück an Bord sind, aber ich bin mir ziemlich sicher, dass ich weiteres Ammoniak herstellen kann, falls wir noch mehr verlieren. Wahrscheinlich. Aber das ist eher ein Worst-Case-Szenario, und wir können alle von Glück sagen, wenn mir das erspart bleibt.«

»Gute Arbeit. Und warum würden wir das nicht wollen?«

»Die Wahrscheinlichkeit, dass wir uns damit die Luft vergiften, ist nicht zu unterschätzen.« Es machte beinahe genauso viel Spaß, ihm beim Lösen eines Problems zuzuhören wie Nathaniel. »Es lässt sich vermutlich auch in der BusyBee und in einem Marsanzug durchführen. So müsste es gehen. Aber das wird ja wahrscheinlich nicht nötig sein.«

»Verstehe.« Parker schaltete das Mikro aus, setzte sich hin und starrte in die Leere, während die Minuten verrannen.

Seufzend griff er erneut nach dem Mikro und schaltete zum MedMod um. »Shamoun, halt mich auf dem Laufenden, was ihre Telemetrie angeht, okay? Wenn Terrazas Lithiumhydroxidkanister zu schnell leer wird, holen wir sie rein.«

»Ich hab ein Auge drauf. Ist alles innerhalb akzeptabler Parameter.«

Man sollte annehmen, dass Sauerstoff der wichtigste Faktor bei einem Außenbordeinsatz ist, aber er lässt sich tatsächlich am einfachsten verstauen. Kohlendioxidabscheider, Akku – darum musst du dir Sorgen machen. Der Sauerstoff ist gar nicht so kritisch. Bevor du erstickst, überhitzt du.

Ich hatte irgendwann einfach nichts mehr zu rechnen und schloss mich Parker in Sachen Weltallstarren an, während wir Rafael und Terrazas zuhörten. Die Versuche, den Verschlussring zu lösen, und portugiesische Flüche bildeten einen ewigen Kreislauf.

Schließlich setzte sich Parker auf. »Dreißig Minuten. Wir müssen jetzt eine Entscheidung treffen.« Seine Kiefer mahlten. »Ihr habt das Go zum Durchschneiden der Leitung.«

»Stehen die Rohre ganz sicher nicht mehr unter Druck? Sie fühlen sich an wie aus Stahl!«

Schon während Parker ins Ingenieursmodul umschaltete, meldete sich Leonard. »Die Anzeige hier steht auf null. Das Rohr ist Teil der permanenten Struktur und vermutlich deshalb so stabil.«

»Verstanden.« Parker warf mir einen Blick zu, und kurz fühlten wir einander auf ungewohnte Weise verbunden. Dieser Außenbordeinsatz war komplett falsch besetzt. Leonard sollte da draußen und nicht im Ingenieursmodul sein, da das gar nicht sein Fachgebiet war. Er war natürlich dafür ausgebildet, für Rafael einzuspringen, aber sein Schwerpunkt lag auf Außenbordeinsätzen. Ich konnte sehen, dass Parker bereits bedauerte, den Einsatz so zugeteilt zu haben wie von der Mission Control angewiesen. »Avelino. Leonard sagt, das Messgerät steht auf null. Er denkt, die Leitung ist deshalb so stabil, weil sie Teil der permanenten Struktur ist.«

»Verstanden.« Rafael lachte leise. »Ich hab nur Angst, mein Baby zu verletzen.«

»So sollst du mich doch nicht nennen. Ach – du meinst das Schiff.« Terrazas war so ein Komödiant!

»Dieses Baby können wir reparieren.« Parker seufzte und neigte den Kopf, als wäre es eher ein Gebet als ein Befehl. »Ihr habt das Go zum Durchschneiden der Leitung. Wiederhole. Go fürs Durchschneiden der Leitung.«

»Bestätige. Ich durchtrenne die Leitung und ...« Rafael fluchte auf einmal auf Portugiesisch.

Mit einem Hieb schaltete Parker das Mikro an und beugte sich darüber, als könnte ihn das näher ans Geschehen heranbringen. »Avelino. Bericht!«

Weißer Sprühnebel blitzte vor dem Fenster im Sonnenlicht so auf, dass er mich an den früheren Anblick der Sterne von der Erde aus erinnerte. Es war so schön, und doch blieb mir das Herz stehen, als ich mit dem Finger darauf wies.

»Parker! Ammoniak tritt aus!«

Diese Leitungen hätten leer sein sollen.

Größere Klumpen trieben vorbei, sie drehten sich und glänzten fast rot im Sonnenlicht. Dabei konnte das Licht hier draußen gar nicht farbig gebrochen werden – es gab ja keine Atmosphäre.

Das Rote war gefrorenes Blut.

SECHSUNDZWANZIG

Estevan Terrazas 1924–1963

KANSAS CITY, KS, 7. Mai 1963 – Der zweite Todesfall während der Marsmission ereignete sich etwas mehr als einen Monat, nachdem die Crew die Hälfte der Strecke zurückgelegt hatte. Kritiker sehen im Tod von Estevan Terrazas Inkompetenz vonseiten der IAC. Eine anonyme Quelle an hoher Stelle teilte mit, dass Captain Stetson Parker sich gegen die Teilnahme von Terrazas an der Außenmission aussprach, weil diesem die Erfahrung fehle, er jedoch von Director Clemons überstimmt wurde.

Der Director der IAC bezeichnet den Todesfall als tragischen Unfall. Berichten zufolge verhedderte sich Terrazas im Ammoniakkühlsystem, während er es zu reparieren versuchte. Bei dem Versuch, ihn zu befreien, durchtrennte die Besatzung die Ammoniakleitung. Tragischerweise zeigte ein fehlerhafter Pegelstand bereits entleerte Leitungen an, und beim Durchtrennen bewirkte der Druck, dass das scharfe Ende der metallenen Leitung den Anzug aufriss. Daraufhin kam Estevan Terrazas im Vakuum des Weltalls ums Leben.

Kam und ich schwebten vor der Luftschleuse. Schon wieder. Mir fiel kein einziger Reim ein. In meinem Kopf dröhnten die Laute, die Florence durchs ganze Schiff sendete. Es war Leonards Stimme, der Rafael zurück zur Schleuse dirigierte.

»Okay, greif mit der rechten Hand nach vorn, dann müsstest du den Handlauf an der Tür ertasten können.«

Das andere Geräusch war Rafaels abgehacktes Atmen, das Geräusch einer Person, die versucht, nicht zu schluchzen. Es klang abgehackt und zittrig, wurde zischend durch die Zähne gepresst, gefolgt von einer schrecklichen Stille, als er den Atem anhielt, bis er ihm dann wieder entwich und abermals stockte. Aber wenn er sprach? Gott, dann klang er so professionell und ruhig. »Bestätigt. Ich habe den Handlauf.«

»Gut. Du wirst jetzt meine Hand an deiner Hüfte fühlen, während ich dich sichere.«

»Verstanden.« Dann begann der Zyklus von Rafaels Atmen erneut.

Ich legte eine Hand ans kalte Metall der inneren Luftschleusentür und spähte auf der Suche nach den beiden Männern durchs Bullauge. Leonards Anzug war nur eine dunkle Silhouette vor dem dunkleren Himmel. Sein Gesicht wurde von Schatten verschluckt.

»Rafaels Anzugleine ist eingehakt, Verriegelungsschieber zu. Schwarz auf schwarz. Ich nehme jetzt unsere Sicherheitsleinen und trete in die Schleuse.«

Im Kopf ging ich mit ihm die Bewegungen durch. Ich hakte den Karabiner ein und verriegelte den Schieber, sodass die Anzeige eine gerade schwarze Linie zeigte.

»Ich rolle meine Sicherheitsleine ein, damit wir alles mit reinnehmen können.«

Neben mir bewegte Kam das Handtuch in den Händen. Wir hatten dank der Simulationen Übung darin, ein bewusstloses Teammitglied entgegenzunehmen, aber es gibt einen großen Unterschied zwischen einer Sim und der Realität.

Ich drehte mein Handtuch zu einem Seil, und der weiche weiße Frotteestoff fügte seine eigenen Geräusche zu denen des Schiffs hinzu. Um die Leere zu füllen, sagte ich das Offensichtliche: »Sobald Rafaels Augen frei sind, helfe ich Leonard, ihn aus dem Anzug zu bekommen.«

»Gut.« Sie schwebte neben dem Medikit, das sie auf einem Sockel an der Seite der Spindel befestigt hatte. »Wenn er sich wehrt, habe ich ein Betäubungsmittel dabei.«

Leonards Stimme setzte die Beschreibung seiner Vorgehensweise fort. »Wir sind jetzt beide gesichert, und ich führe dich jetzt rein.«

»Verstanden.«

Nichts in seiner Stimme ließ darauf schließen, dass sich Rafael wehrte. Das Betäubungsmittel war nur ein Notfallplan, wie alle anderen, die wir vorbereiteten. Durch das Bullauge konnte ich nun ihre Silhouetten im gedämpften Licht der Schleuse erkennen. Ohne die Streifen auf den Anzügen hätte ich die beiden nicht voneinander unterscheiden können – höchstens daran, dass Rafael nach den Wänden tastete und Leonard ihn mit präzisen Bewegungen führte.

»Wir sind in der Luftschleuse. Ich lasse dich kurz los, um das Schott zu schließen, aber du bist an den inneren Handläufen festgemacht.«

»Verstanden.« Die Anzüge waren so klobig, dass ich die Bewegungen von Rafaels Brustkorb nicht ausmachen konnte. Als er sich unserer Seite des Schotts näherte, glitt das Licht über die Wölbung des Helms und enthüllte die Schlieren auf dem Glas. Sein Gesicht war nur undeutlich dahinter zu erkennen.

Ich stellte mich neben die Tür, um ihnen Platz zum Eintreten zu lassen. Während Kam bei der IV-Druckanzeige wartete, faltete ich immer wieder mein Handtuch, als gäbe es eine optimale Art, es zu halten. Sicherlich hatte die IAC dazu eine Studie durchgeführt, oder irgendein Student hatte eine Abschlussarbeit zur »maximalen Kapazität von Frottee« verfasst.

Über meinem Kopf stieg die Nadel des Deltadrucks, als Kam über das IV-Schleusenventil Atmosphäre in die Luftschleuse ließ. Die Luft dröhnte durchs Ventil wie ein Güterzug, der durch die Spindel rauschte.

Beinahe ging Leonards Stimme darin unter. »Druck bestätigt. Wir sind fast da, Rafael.«

»Versta…« Seine Stimme brach, und er hustete.

Mein Herz tat einen Satz, als könnte es selbsttätig die Schleuse öffnen. Mein Training war jedoch noch schneller. Ich schob mir das Handtuch zwischen die Knie und betätigte den Ratschengriff. Fünfmal pumpen, um alle fünfzehn Klammern zu lösen, die die Tür versiegelten.

Leonard sah mich durchs Bullauge. Er griff nach Rafaels Helm und löste die Verriegelung.

All die Sicherheitsmaßnahmen hielten uns auf: Was den Helm verschlossen hielt, stand Leonard gleichzeitig im Weg.

Über die Lautsprecher hörten wir, wie Rafael an seinen Tränen zu ersticken drohte.

Ich hechtete nach vorn und stieß mich, weiterhin mit dem Handtuch zwischen den Beinen, hart von der Wand ab, um die innere Schleusentür aufzustemmen. Sobald sie einen Spalt offen stand, überließ ich den Rest der Trägheit und trieb mit dem Handtuch voran.

Rafael hielt Gott sei Dank still, obwohl seine Hände gequält zuckten. Er wehrte sich nicht gegen Leonard, der ihm den Helm vom Kopf riss. Im Training wurde behauptet, man könne nicht in den eigenen Tränen ertrinken, aber Perlen aus Salzwasser und Rotz schwebten in die Schleuse. Rafaels Augen, Nase und Mund waren von silbrigen Blasen bedeckt.

Ich schlug ihm mit dem Handtuch ins Gesicht. Dadurch wurde er ein Stück vom Wasser zurückgeschleudert, zudem begann das Handtuch alles aufzusaugen. Er hob eine Hand und stopfte sich eine Ecke des Handtuchs in den Mund.

Hustend und spuckend säuberte er sich, während Leonard ihn aufrecht hielt. Außerhalb der Luftschleuse sah Kam zum Lautsprecher auf. »Parker. Wir haben ihn. Rafael ist in Sicherheit.«

»Bestätigt.« Ich habe noch nie so viel Erleichterung in einem einzigen Wort gehört. »Gute Arbeit.«

Damit brach Rafaels mühsam aufrechterhaltene Selbstbeherrschung zusammen. »Gute Arbeit?« Er pfefferte das Handtuch beiseite. »Ich hab ihn verdammt noch mal umgebracht!«

Ich nahm seine behandschuhten Hände und drückte sie zusammen. Die Kälte des Weltallschattens durchdrang immer noch das Material und ging mir bis auf die Knochen. »Schätzchen … Ich weiß, es ist schwer. Ich weiß. Aber es ist nicht deine Schuld.«

»Nicht? Wessen dann?«

Über den Lautsprecher sagte Parker: »Die der Mission Control.« Er seufzte ins Mikro. »Und meine. Und Gottes. Und, ja, auch deine. Und du wirst diese Schuld mit dir herumtragen, da mache ich dir gar nicht erst was vor, aber es war nicht allein deine Schuld. Du hast dein Bestes gegeben, um Estevan in Sicherheit zu bringen.«

Als er Terrazas' Vornamen aus Parkers Mund hörte, brach Rafael zusammen. Frische Tränen sammelten sich um seine Augen und wölbten sich. Leonard schnappte sich das Handtuch und presste es auf Rafaels Gesicht. Ich ließ seine Hände los, und er krampfte sie ins Handtuch und schluchzte hinein.

Ich drehte mich um und schlüpfte aus der Schleuse, damit Kam eintreten konnte. Ihre Stimme war kühl und leidenschaftslos. Wenn man ihr nur zuhörte, wäre man nie auf die Idee gekommen, dass auch ihre Augen rot und verquollen waren. »Halt einfach still, dann holen wir dich aus dem Anzug.«

Falls Rafael etwas antwortete, sog das Handtuch auch das auf. Während wir ihm den Anzug auszogen, wurde er immer schlaffer und war schließlich nicht mehr ansprechbar. Kam murmelte beständig vor sich hin, als wäre ihre Stimme eine Leine, die ihn an uns band. Irgendwann kam Parker bei uns an und half Kam dabei, Rafael runter ins MedMod zu schaffen. Ich blieb mit Leonard zurück, um die Anzüge zu verstauen.

Seine Kiefer waren zusammengepresst, während ich ihm

aus dem Raumanzug half. Unsere einzige Unterhaltung betraf die Punkte der Checkliste, die die IAC für Außenbordeinsätze festgelegt hatte. Nachdem der letzte Stiefel verstaut war, schwebte Leonard vor dem Spind, in dem Terrazas Anzug hätte hängen sollen.

»Elma? Kann ich …« Er barg das Gesicht in den Händen. »Könntest du …?«

All die Tränen, die ich zurückgehalten hatte, brannten mir in der Kehle. Ich stieß mich ab und umarmte Leonard fest, und wir schwebten beide in sanften Kreisen umher, während unser Kummer Sternbilder um uns herum formte.

Rafael schlief im MedMod.

Wir saßen zu viert in der Küche und tranken heißen Kakao, den Florence für uns gemacht hatte. Leonard hatte sich neben Kam in eine graue Wolldecke gewickelt. Kam blickte in ihre Tasse, als würde diese mit ihr sprechen.

Ich umklammerte meine Tasse. Sie hätte meine Hände wärmen sollen, doch sie schmerzten immer noch – noch Stunden später taten mir die Hände weh, weil ich Rafaels Anzug berührt hatte. Oder vielmehr redete ich mir das ein. Tatsächlich schmerzte jeder Teil von mir, als hätte mein Kummer all meine Gelenke gefroren, so wie …

Ich schluckte schwer und hob die Tasse.

Parker kam die Leiter herab. Auch seine Augen waren gerötet, und er hielt eine Flasche unterm Arm. Mit gesenktem Kopf kam er zum Tisch und stellte den Brandy darauf ab.

Florence straffte sich und griff danach. »Wie hast du den denn an Bord geschmuggelt?«

»Was an Bord geschmuggelt?« Parker setzte sich neben mich auf die Bank. »Die Mission Control verbietet strikt alle Formen von Alkohol auf IAC-Schiffen, damit es nicht zu kulturellen Konflikten kommt.«

Kam schnaubte und schob Leonards Tasse in Florence' Richtung. »Ich hasse es, wenn Leute mich als Ausrede benutzen. Das hier dient einem medizinischen Zweck.«

Ich schob meine Tasse ebenfalls vor. »Wenn die Ärztin das sagt.«

Parker stützte den Kopf in beide Hände und sprach zur Tischplatte. »Wir müssen darüber sprechen, was wir mit dem Leichnam machen.«

»Nicht der Sack!« Kakao schwappte aus Kams Tasse.

»Die Mission Control möchte, dass wir ihn benutzen, weil Terrazas schon gefroren ist.«

»Nein.« Ich schüttelte den Kopf, Zorn ließ Hitze meine Wirbelsäule hinaufrasen, und ich war dankbar dafür. Gottverdammt, Nathaniel hatte doch gesagt, wir müssten nicht ... aber er war nicht im Büro, richtig? Ich biss die Zähne zusammen und schluckte, damit ich sprechen konnte. »Ich bin dagegen.«

»Ich auch.« Parker fixierte weiterhin den Tisch. »Basierend auf deinem Bericht würde das eine bereits traumatisierte Besatzung weiter traumatisieren.«

»Parker ...« Kam griff über den Tisch und berührte seinen aufgestützten Ellbogen. »Wir sind alle erschöpft und schockiert. Es wäre vielleicht ratsam, noch etwas zu warten.«

»Ich weiß.« Er straffte sich, und militärische Ruhe überzog sein Gesicht. »Aber ich möchte das erledigt haben, bevor Avelino aufwacht. Er soll keinesfalls mitbekommen, wie wir darüber reden, also lasst uns unseren verdammten Job machen und eine Lösung finden.«

Leonard zog sich die Decke enger um die Schultern. »Estevan hängt nach wie vor an der Ammoniakleitung, demzufolge müssen wir sie noch durchtrennen, bevor wir ihn da wegbekommen. Das Rohr sollte inzwischen leer sein.« Er schluckte. »Jetzt jedenfalls.«

»Es hätte auch vorher schon leer sein müssen.« Meine Stimme klang schärfer als beabsichtigt.

Leonard hob die Hände. »Die Anzeige stand auf null!«

»Halt!« Parker legte eine Hand flach auf den Tisch. »Wir werden jetzt niemandem die Schuld zuweisen. Wir versuchen herauszufinden, was wir mit Estevan machen. Zum jetzigen Zeitpunkt ist die Leitung durchtrennt und frei.«

»Und wir müssen ohnehin da raus, um das Kühlsystem zu reparieren.« Ich nickte und versuchte, die Ruhe zu imitieren, die die anderen ebenfalls nur vortäuschten, als wäre das hier eine weitere Sim. »Ich kann mit Leonard rausgehen, um … die Leitungen zu reparieren.«

»Und dann?« Florence stand auf und ging zum Herd. »Bringen wir ihn rein?«

Leonard sah über die Schulter zu, wie sie eine Tasse füllte. »Er hat einen Arm ausgestreckt. Wir können ihn nicht durch die Schleuse reinbringen. Und es wird dauern, die Leitungen zu entfernen … Ein Block Ammoniak ist um seinen Fuß gefroren. Das wird … das wird dauern.«

Leonard war der Einzige – abgesehen von Rafael –, der das … das Problem gesehen hatte. Wir konnten vielleicht mit der BusyBee einen Aufklärungsflug machen. »Was ist mit der BusyBee? Könnten wir ihn hineinladen?«

»Zu welchem Zweck?« Parkers Miene blieb ausdruckslos.

»Nun … dann könnten wir unter Atmosphäre weiterarbeiten.«

Leonard nickte. »Ja, ich schätze, er passt durch das größere Schott. Allerdings …« Er fuhr zusammen und legte den Kopf schief. »Das Ammoniak wird auftauen.«

Florence stellte die Tasse vor Parker ab. »Dann tragt einen Marsanzug, wie du Parker vorgeschlagen hast, als du meintest, du könntest Ammoniak herstellen.«

»Das hast du mitgehört?«

»Baby, ich hör alles.« Florence legte Parker eine Hand auf die Schulter, bis er reagierte und nach der Tasse griff. »Ich hab auf diesem Schiff ein einziges Spezialgebiet, und wag es ja nicht zu behaupten, das sei die Wäsche. Die mach ich nur, weil manche Leute behaupten, sie seien zu dumm dazu.«

Parker starrte in die Tasse. »Wir sollten entscheiden, was unser Ziel ist.« Er stellte sie ab, ohne zu trinken, und stand auf. Er nahm die Kappe von einem Filzstift und trat ans Whiteboard. »Ich denke, wir haben folgende Optionen.«

Und er schrieb an die Tafel:

Bestattung im All

Unterbringung für eine Bestattung auf dem Mars

Unterbringung für eine Bestattung auf der Erde

Der Sack

Den letzten Punkt strich er durch. »Wir haben uns schon gegen diese Option entschieden.« Parker musterte uns über die Schulter. »Fällt euch sonst noch was ein?«

Wir alle starrten die Tafel an. Ich hob halb die Hand und ließ sie dann wieder sinken. Die Idee war keine wirkliche Option. Ein halbes Dutzend Dinge konnte schiefgehen.

»York.«

»Nein, es ist nicht …« Aber jemand anders konnte vielleicht darauf aufbauen. Das war der Sinn der Übung. »Einäscherung.«

Parker schürzte die Lippen, bevor er nickte und auch das niederschrieb. »Sonst noch was?«

Leonard hob die Hand. Ich weiß nicht, warum wir uns wie Schulkinder verhielten. »Statt einem Begräbnis auf dem Mars – wie wäre es mit einer Wiedereintrittsbestattung über dem Mars?«

Parker nickte, schrieb es auf und darunter noch: *Wiedereintrittsbestattung über der Erde.* »Noch jemand?«

Die Ventilatoren summten im Chor mit dem Kühlschrank

und den leisen Geräuschen des im All rotierenden Ringsegments. Ich nippte am Kakao, der zu süß war und das Innere meines Munds wie mit Kleber überzog, setzte die Tasse ab und nahm mir den Brandy.

Parker starrte das Whiteboard an. »Hat jemand eine Idee, was ihm am liebsten gewesen wäre?«

»Du solltest Ra...« Kam hielt inne und starrte in ihre Tasse.

»Ich möchte ihn nicht mehr belasten als nötig. Es ist schlimm genug, dass er sich dafür verantwortlich fühlt, ohne dass ich ihm auch noch diese Last aufbürde.«

»Nein ... Es ist nur so, dass sie ... einander sehr nah standen.« Kam hob nicht den Kopf und klemmte die Unterlippe zwischen die Zähne.

Wie sehr die Welt sich seit dem Meteor verändert hatte, merkte man vermutlich auch daran, dass sogar ich es wusste, dass sie ihre gesamte Freizeit miteinander verbracht hatten. Die häufigen Berührungen, die ich mitbekommen hatte. Wie Rafael gesagt hatte, er wisse, wem das Kondom gehört ...

Ich schaute mich um und sah dieselbe Erkenntnis in den Augen der anderen, aber die Welt hatte sich noch nicht genug verändert, dass wir es laut hätten aussprechen können. Trotz Kams Versicherung, die Mission Control wisse, dass so etwas »nicht ungewöhnlich« war, hatten sie doch beide dem Militär angehört.

Parker seufzte und rieb sich den Nacken. »Okay. Dann lasst uns jedes Szenario ausarbeiten. Shamoun ... Darf ich dich bitten, Avelino nach seiner Meinung zu fragen? Es ist vielleicht besser, wenn du ...«

»Ja.« Sie nickte und schlang die Finger um die Tasse. »Bei solchen Gelegenheiten wünschte ich mir, ich würde auch trinken.«

Mit Ausnahme von DeBeer kam die gesamte Besatzung der *Pinta* für Terrazas Trauerfeier zur *Niña* herüber. Wir konnten kein Schiff unbemannt lassen, und ich war dankbar, dass Benkoski sich so entschieden hatte. Wir saßen in zwei unbehaglichen Reihen im Gartenmodul und lauschten, wie Wilburt und Graeham ein gespenstisches Duett auf Flöte und Geige spielten.

Florence und ich hatten die Bänke aus der Küche und die Stühle aus dem MedMod hergeschleift. Ich nahm hinten zwischen Benkoski und Florence Platz. Direkt vor mir saß Rafael zwischen Kam und Leonard. Seine Pose war so steif und korrekt, dass es mich schmerzte, ihn anzusehen.

Über dem Radieschenbeet vor ihnen war eine Art Podest aufgebaut. Nicht, dass wir irgendetwas darauf verbrennen würden. Oder jemanden. Aber wir hatten kleinere Kisten und eine Spindtür benutzt, um eine Bahre über den sanft wehenden grünen Blättern zu errichten.

Kam hatte Terrazas in ein Leichentuch gehüllt. Sein Körper lag beinahe wie eine Mumie da. Auf die Ecke, die sein Gesicht verbarg, hatte Florence mit blauem Faden von seiner Uniform ein einfaches römisches Kreuz gestickt. Ich hatte alte Lochkarten und Berichte zerschnitten und die Kanten gewellt und gefaltet, sodass sie einen Blumenstrauß ergaben, der ihm als bleiches Bündel auf der Brust lag.

So weit von der Erde entfernt klammerten wir uns an jedes Ritual und jeden Trost. Obwohl Terrazas Katholik war, hatte ich das Kaddisch-Gebet für ihn rezitiert. Andere verabschiedeten sich, wie sie es von Ruby nicht hatten tun können. Oder wie man es uns damals verboten hatte, sollte ich wohl sagen. So oder so, das hier war auch für uns wichtig, und ich war Parker dankbar, dass er die Mission Control ignorierte.

Graeham und Wilburt beendeten ihr Musikstück und ließen uns mit dem Wispern der Blätter und unseres eigenen Atems zurück. Parker stand von der vordersten Bank auf und trat neben Terrazas Leiche. »Es gibt keine gute Art, das Dahinscheiden eines Menschen zu betrauern. Aber wir können uns an ihn erinnern, und wir können ihn in guter Erinnerung behalten. Estevan Terrazas und ich sind uns im Krieg zum ersten Mal begegnet. Wir waren auf einer Basis in der Normandie und betankten die Flugzeuge. Ich flirtete mit einer jungen Frau, die sich als seine Schwester herausstellte. Obwohl ich der Ranghöhere war und sie sich als Flüchtlinge in Frankreich aufhielten … schlug er mir vor, dass ich das noch einmal überdenken solle.« Parker lächelte schief und sah mir kurz in die Augen. »Ich werde seinen ausdrucksstarken rechten Haken im Gedächtnis behalten. Und dass er furchtlos war, loyal und unter Freunden der totale *payaso.* Ich bin stolz, ihn zum Co-Piloten gehabt zu haben, und noch stolzer, dass er mir seine Freundschaft gewährte.«

Vor mir wurde Rafaels Rücken ganz starr. Seine Schultern bewegten sich nicht mehr, und ich glaube, er hielt den Atem an. Ich beugte mich vor und legte ihm eine Hand auf den Rücken. Einen Moment lang lehnte er sich dagegen, und sein Panzer bekam Risse. Er sackte nach vorn und presste sich beide Hände auf den Mund, doch selbst das konnte den Laut nicht vollständig unterdrücken.

Kam drehte sich um, doch bevor sie zu ihm gelangte, hatte Benkoski schon die langen Arme um Rafael gelegt. Sie umarmte einfach beide, und sie umgaben Rafael wie ein Kokon. Leonard glitt nach vorn und schloss sich ihnen an, und ich tat es ihm gleich. Kurz darauf umringten wir ihn zu zehnt, in unbehaglichen Positionen über Bänke, Stühle und übereinander getürmt, als würden wir mit unseren Körpern einen ablativen Trauerschild bilden.

Diese Zeit erfasst man nicht in Minuten oder Atemzügen,

sondern nur in den Wellen des Schmerzes, die wie eigene Gezeiten durch uns hindurchschwappten. Rafael war nicht der Einzige, der weinte.

Dafür bin ich der lebende Beweis.

In der Schwerelosigkeit ist die Aufgabe des Sargträgers leicht abgewandelt. Rafael und Leonard geleiteten Terrazas' verhüllten Körper hinunter in die Spindel und von dort aus in die Luftschleuse. Bis auf die Tränen im Gartenmodul hatte sich Rafael unter Kontrolle. Was in ihm vorging, war natürlich nicht offensichtlich, daher ließen wir uns alle nicht von seiner äußeren Ruhe täuschen.

Wahrscheinlich schickte uns Parker deshalb alle in die Observationskuppel, als sie die äußere Schleusentür öffneten. Er hätte vermutlich auch Rafael dorthin geschickt, wenn nicht von vornherein klar gewesen wäre, dass er sich dem Befehl widersetzen würde.

Wir standen alle am Backbordfenster – nicht, dass Backbord und Steuerbord im All wirklich relevant wären, aber die Nomenklatur ist hartnäckig. Heidi schwebte zu mir herüber. Sie hatte sich die Arme um den Körper geschlungen.

Bei einer Beerdigung zu Hause hätten wir uns nun unterhalten und über den Toten gesprochen. Seit zwei Tagen nagte nun schon der Drang an mir, Kuchen und Suppen zuzubereiten, aber mir wollte ums Verrecken nicht einfallen, wie man eine normale Unterhaltung führte.

Wobei »ums Verrecken« unter diesen Umständen nicht die angemessenste Formulierung war.

Die Observationskuppel ragte gerade weit genug aus der Hülle heraus, dass wir die gesamte Länge des Schiffs überblicken konnten. Wir befanden uns auf der Sonnenseite, und das Schiff glänzte vor der Tintenschwärze des Alls. Man gewöhnt sich einfach nicht daran, wie tief dieses Schwarz ist. Das Wort

»tief« ist durchaus angemessen, denn es fühlt sich wirklich so an, als könnte man hineinstürzen und für immer fallen.

Was genau das war, was wir mit Terrazas vorhatten.

Der Lautsprecher erwachte knackend zum Leben, und Rafaels Stimme schloss sich unserer Versammlung an. »Meine Damen und Herren.« Seine Stimme wurde rau, und er räusperte sich und setzte neu an. »Meine Damen und Herren, in dieser atemberaubenden Folge bricht unser furchtloser Abenteurer Estevan Terrazas auf, um die tiefsten Weiten des Weltalls zu erforschen.«

Achtern flatterten nun Papierblumen aus dem Schott, gefolgt von Terrazas' verhülltem Leichnam. Das festgesteckte Leichentuch verwandelte seinen Körper in einen Torpedo, der den Gesetzen der Massenträgheit gehorchte und neben uns herschwebte. Nach einiger Zeit wichen unsere Geschwindigkeiten voneinander ab, und er trieb zurück, fast so, als wollte er die Hülle inspizieren – o du tapferer, furchtloser Abenteurer!

Ich musste mich vom Fenster abwenden und die Augen schließen. Herrgott ... Wir waren zusammen auf dem Mond gewesen. Ich war zum ersten Mal mit diesem Mann ins All geflogen, vor so vielen Jahren, und doch erinnerte ich mich daran, als ob es gestern gewesen wäre.

»Warte ...« Terrazas legt mir eine Hand auf den Arm und zeigt aus dem Fenster. »Schau mal!«

Da ist nichts als endlose Schwärze. Auf intellektueller Ebene weiß ich, dass wir uns auf die dunkle Seite der Erde begeben. Wir gleiten in ihren Schatten, und dann füllt sich unser Sichtfeld wie auf magische Weise. Die Sterne kommen heraus. Millionen von ihnen, in scharfem, lebhaftem Glanz.

Schau mal. Ich öffnete die Augen wieder, um Zeugnis abzulegen. Auf der Sonnenseite waren keine sichtbaren Sterne am Himmel, aber meine Papierblumen fingen das Licht ein und wirkten vor der Schwärze des Alls unfassbar hell. Terrazas drehte sich, als würde er all die Schönheit um uns herum staunend betrachten.

»O nein …« Florence schwebte zum Fenster und presste die Hand dagegen. »Nein. Nein … Scheiße!«

Sie sah den Aufprall voraus. Wir anderen konnten nur zusehen, wie Terrazas' Körper die Antenne traf, die zurück zur Erde wies.

SIEBENUNDZWANZIG

Streiks und Unruhen: Militärische Übernahme des chilenischen Schienennetzes

SANTIAGO, Chile, 20. Mai 1963 – Tausende demonstrieren auf Chiles Straßen gegen die Nahrungsmittelknappheit. Die Proteste bewirkten die militärische Übernahme des Schienennetzes durch die Regierung sowie die Bewachung strategischer Punkte und die Erhöhung der Anzahl der in der Stadt mit Wasserwerfern patrouillierenden Polizeistreifen.

Die Mission Control beorderte uns alle aufgrund der Schäden an der *Niña* auf die *Pinta*. Nach sieben Monaten zu siebt hatten sich die vergangenen zehn Tage seltsam und klaustrophobisch angefühlt.

Ich drückte mich bei der Montagsbesprechung an die Wand, als sich die Besatzungen beider Schiffe in die Küche der *Pinta* quetschten. Parker und Benkoski standen an der rückseitigen Wand des seltsam verwirrenden Raums.

Beide Schiffe waren identisch, jedenfalls ab Werk, aber nun hatten zwei unterschiedliche Crews monatelang darin gelebt und vieles verändert. Einige der Unterschiede waren offensichtlich, wie das Alpenpanorama, das Heidi an die Wand gemalt hatte, an der sich in einer normalen Küche die Verkleidung befunden hätte. Das war einfacher hinzunehmen als die kleinen Änderungen. Die Kaffeetassen standen beispielsweise auf dem dritten Regalbrett im Schrank zur Rechten, nicht auf dem ersten zur Linken. In der Besteckschublade lagen die Löffel zwischen den Messern und den Gabeln statt ganz rechts – wo sie sein sollten. Warum legte man sie nicht genau so in die Schublade, wie man sie auch auf den Tisch legen würde?

Aber am schlimmsten war, dass sie das Whiteboard auf die gegenüberliegende Seite des Raums gehängt hatten. Das machte zwar keinen Unterschied, aber für mich fühlte es sich die ganze Zeit so an, als würde ich falsch herum sitzen. Parker streckte sich auch ständig zur falschen Seite nach einem Stift aus.

»Alles klar. Es ist für die Mission überlebenswichtig, dass wir das Kühlsystem der *Niña* zusammen mit der Antenne wieder ans Laufen kriegen. Ich weiß, dass das *Pinta*-Team uns so schnell wie möglich wieder loswerden möchte, aber wir werden alles schön langsam und ordentlich machen. Der Vorteil ist, dass wir beide Teams auf einem Schiff und damit unsere Kräfte vereint haben. Die Mission Control hat einen Plan zusammengestellt, der aussichtsreich erscheint. Demzufolge werden wir mit dem Kühlsystem anfangen.« Parker drehte sich zur Tafel um und schrieb zwei Namen auf. »York. Wir beide sind dabei auf der Brücke der *Niña*. Ich möchte, dass du meine Co-Pilotin bist, also fang mit den Vorbereitungen an.«

Der ganze Raum wurde heißer, als mir das Blut zu Kopf schoss. Es war, als wäre ich wieder in der Highschool, vier Jahre jünger als alle anderen, und würde ins Fußballteam gewählt. Und nicht als notgedrungene letzte Wahl, sondern zuerst.

Aber andererseits – wem wollte ich denn hier etwas vormachen? Alles Blut entwich wieder und ließ mich frierend zurück. Parker befolgte nur Befehle. Ich war die Wahl der Mission Control, und er akzeptierte das, weil er gehorsam war.

»Schnöhaus und Flannery, ihr zwei macht den Außenbordeinsatz. Avelino und Grey helfen euch bei der Vorbereitung. DeBeer, du und Stewman, ihr seid … ja, Sabados?«

Dawns scharfe Wangenknochen schienen ihre Haut erzürnt durchbohren zu wollen. »Laut der Mission Control sollen Wilburt und DeBeer den Außenbordeinsatz machen.«

»Danke. Das ist mir bewusst.«

Während Parker sich zur Tafel umwandte, verschränkte Benkoski die Arme über der Brust und erwiderte Dawns Blick. Er schüttelte sachte den Kopf, was ihre Erwiderung verstummen ließ, obwohl sie bereits den Mund aufgemacht hatte.

Auf der anderen Seite des Raums lehnte DeBeer mit verkrampfter Kieferpartie und gesenktem Kinn an der Küchenarbeitsplatte und musterte uns mit finsterer Miene. Leonard spitzte erstaunt die Lippen und riss die Augen auf.

»DeBeer, du wirst in der BusyBee sein, und wenn irgendetwas passiert, kannst du die beiden schnell reinholen und die sofortige medizinische Versorgung gewährleisten. Deine erste Aufgabe heute ist es, die BusyBee zusammen mit Shamoun in eine fliegende Krankenstation zu verwandeln.«

Diese Zusammenarbeit machte mir Sorgen. Bei unseren regelmäßigen Visiten auf dem anderen Schiff war DeBeers Rassismus nie wieder so offensichtlich hervorgetreten wie während seiner Krankheit, aber Kleinigkeiten rutschten ihm immer heraus. Nichts davon hatte ausgereicht, um es der Mission Control zu melden, höchstens als so etwas wie »suboptimale Kommunikationen zwischen Co-Pilot und medizinischer Spezialistin«.

»Avelino, du, Schnöhaus und Flannery sind dafür zuständig, die Pläne der Mission Control mal gründlich unter die Lupe zu nehmen. Wir sind seit sieben Monaten hier draußen, und sie kennen unsere gegenwärtigen Bedingungen nicht. Sucht nach jedem Loch. Jedem möglichen Fehler. Wenn ihr irgendwelche Zweifel habt, verlasse ich mich darauf, dass ihr sie meldet. Alles klar?«

»Ich bin mir nicht sicher, ob jemand meinem Urteil trauen

sollte.« Rafael zuckte leicht mit den Schultern und starrte zu Boden.

»Stellst du meinen Befehl infrage?«

Er sah ruckartig auf. »Nein, Sir.«

»Dann sitz gerade und sei aufmerksam!« Parker stieß den Stift in seine Richtung. »Du hast hier einen Job zu erledigen, und ich erwarte verdammt noch mal, dass du ihn gut machst.«

Das war nicht fair. Der Mann stand noch unter Schock und trauerte. Es war zwar nicht sein Fehler gewesen, aber er durfte all den Schmerz und die Selbstzweifel ... Oh. Parker gab ihm eine Aufgabe, um ihn zu beschäftigen. Gottverdammt! Ich war lieber auf ihn sauer – aber ich musste zugeben, dass es eine gute Strategie war.

Parker tippte mit dem Stift in die Handfläche und starrte uns alle an. »Wir sind Millionen Kilometer von zu Hause entfernt. Wir haben uns nicht mehr alle im selben Raum befunden, seit wir den Erdorbit vor sieben Monaten verlassen haben, also lasst mich euch ein paar Details in Erinnerung rufen. Erstens: Ich bin der Commander dieser Mission. Zweitens: Benkoski ist mein Stellvertreter. Wenn mir etwas passiert, gehorcht ihr ihm. Und ihr gehorcht ihm noch vor der Mission Control, denn obwohl die da drüben all die Hochleistungsgehirne in einem Raum versammelt haben, sehen sie nicht, was wir hier vor uns haben. Sie kennen keine Einzelheiten über unsere Situation, das heißt, sie werden Fehler machen. *Ich* habe beim letzten Außenbordeinsatz einen Fehler gemacht. Ich wusste, dass Leonard besser qualifiziert ist, und habe mich nicht dafür eingesetzt, ihn rauszuschicken. So. Wenn ihr einen möglichen Fehler seht, erwarte ich von euch, dass ihr ihn ansprecht. Ich erwarte von euch, dass ihr daran arbeitet. Aber ich weiß auch, dass keiner von uns ein Fehler *ist*. Wir zwölf hier in diesem Raum, wir sind alles, was wir haben. Also macht euren gottverdammten Job und lasst mich meinen machen.«

Ich war seltsamerweise drauf und dran, Parker zu applaudieren.

22. Mai 1963

Lieber Nathaniel,

ich fühle mich wie eine schlechte Ehefrau, denn man hat mich über deinen Zustand informiert, aber ich habe jetzt trotzdem mehrere Tage gebraucht, um dir zu schreiben. Es tut mir sehr leid, dass es so lange gedauert hat, aber ich hoffe, dass du den Grund dafür verstehst. Wir hatten so viel zu tun, und ich wollte Florence oder Dawn nicht darum bitten, noch mehr Zeit am Fernschreiber zu verbringen. Florence hat mich nun überredet, und ich bin IHR SEHR DANKBAR DAFÜR.

Du weißt vermutlich bereits, dass Wilburt und Leonard das Ammoniaksystems zum Teil repariert haben. Wir freuen uns alle darauf, dass es wieder auf voller Kapazität läuft, weil wir dann zum einen alle Systeme wieder einschalten können und zum anderen nach Hause kommen. Die Pinta-Crew war mehr als gastfreundlich, aber wir stolpern ständig übereinander, da wir uns alle in einem Schiff drängen. Man hätte erwarten sollen, dass wir nun weniger zu tun haben, da mehr Leute zur Verfügung stehen, aber irgendwie scheinen wir nur noch mehr Arbeit zu erschaffen.

Ich vermute, dich erwartet nach Thomas' Ankunft etwas Ähnliches. Bitte sag mir, dass er immer noch sein Praktikum bei dir machen kann. Vor allem, weil das bedeuten würde, dass es dir gut geht – und auch, weil ich hoffe, dass du durch ihn regelmäßiger etwas isst.

Ich sehe deutlich vor mir, was du gerade für ein Gesicht machst. Ja, selbst aus Millionen Kilometern Entfernung. Erinnere dich daran, dass ich von jedem Punkt der Galaxis an dir herummäkeln kann.

Andere Aspekte einer Ehe hingegen erfordern Nähe, also

freue ich mich sehr darauf, mich wieder mit dir im gleichen Gravitationsfeld zu befinden.

Mit all meiner Liebe

Elma

Irgendetwas ist extrem befriedigend daran, Streusel zu machen. Du nimmst drei Zutaten, und sie verbinden sich zu etwas Magischem. Ich hätte natürlich echte Butter vorgezogen, aber die Margarine mit Buttergeschmack, die sie uns mitgegeben hatten, hielt sich ewig und war gar nicht so schlecht. Andererseits hatte ich nun schon so lange Weltallmahlzeiten gegessen, dass meine Ansprüche für »gar nicht so schlecht« sehr viel niedriger geworden waren.

Zum Glück galt das auch für alle anderen, daher funktionierte mein Schoko-Schachkuchen nach wie vor als Bestechung. Mit etwas Glück würde er alle aufheitern. Wir befanden uns nun schon seit zwei Wochen auf der *Pinta,* und die Stimmung war aufgrund der Enge angespannt.

Ich stemmte die Schüssel in die Hüfte, um sie zu stabilisieren, während ich die Margarine mit einer Gabel ins Mehl gab. Ich hatte die Füllung schon zubereitet, die als schokoladige Suppe auf der Arbeitsplatte stand. In mühsamen Versuchen hatte ich herausgefunden, dass ich bessere Ergebnisse erzielte, wenn ich das Milchpulver vor dem Backen kurz ruhen ließ – eine der vielen Anpassungen an das Leben im All, die die IAC nicht vorhergesehen hatte.

Ebenso wie sie nicht vorhergesehen hatte, wie belastend es sein würde, wenn beide Besatzungen sich auf einem Schiff befanden. Hinter mir nutzten einige aus der *Pinta*-Crew die Küche als Rückzugsort. Wahrscheinlich hatten sie diesen Raum statt der Observationskuppel gewählt, um einander ein wenig aus dem Weg zu gehen. Zuletzt hatte ich gesehen, dass Florence und Kam zur Kuppel gingen.

Dawn und Heidi hatten einen provisorischen Tisch aus dem Deckel einer Frachtkiste und einer Box errichtet und puzzelten darauf die Teilansicht eines venezianischen Kanals. DeBeer trank eine Tasse Kaffee, während er sich über eine alte Zeitung von zu Hause beugte.

Witzig, was wir tun, um es uns gemütlich zu machen. Nach einer Weile werden die Teile der Zeitung, die du sonst nie gelesen hast, zur Quelle der Behaglichkeit. Ich selbst erging mich oft in den Baseball-Seiten, einfach, weil da Wörter drinstanden wie »Chicago« und »San Francisco«.

Als ich Mehl und Butter zu Streuseln geformt hatte, stellte ich die Schüssel wieder auf die Arbeitsfläche. Daneben hatte ich vier Esslöffel Wasser abgemessen. Zu Hause brauchte ich nur drei, aber die Luftfeuchtigkeit auf den Schiffen war so niedrig, dass eine gute Festigkeit etwas mehr erforderte.

Rafael glitt die Leiter herab in die Küche. Er hatte den Boden kaum berührt, als er sich schon wieder abstieß und den Drall nutzte, um direkt neben DeBeer zu landen. Er klatschte dem größeren Mann ein handgeschriebenes Schild an die Brust. »Ich nehme an, das warst du?«

»Das hätte jeder gewesen sein können.« DeBeer schob Rafaels Hand beiseite und offenbarte mir damit die Aufschrift.

WC für Farbige.

Ich knallte den Löffel auf die Arbeitsplatte. »Du Arschloch.«

»Das hing über der Null-*g*-Toilette.« Rafael riss DeBeer die Zeitung aus der Hand. *»Vai pentear macacos.«*

DeBeer sprang auf und stieß den Stuhl zurück. Er war gute sieben Zentimeter größer als Rafael und nutzte den Größenunterschied, um sich vor ihm aufzubauen. »Wag es nicht, mich noch mal anzufassen!«

»Wieso? Bin ich dir zu dunkel?« Rafael stemmte beide Hände gegen DeBeers Brust und stieß zu. »Bist du jetzt schmutzig?«

DeBeer schubste zurück. Und dann brach ein Damm, und Fäuste und Beleidigungen flogen nur so hin und her.

Ich stürmte vorwärts. »Jungs! Stopp. Stopp! Das ist kein …«

Ich musste ausweichen, als sie auf mich zustolperten. Dawn entschied, einen hilfreicheren Weg einzuschlagen, rannte zur Wand und knallte die Handfläche auf den Funkknopf. »Parker. Benkoski. Streit in der Küche. Brauchen so schnell wie möglich Hilfe!«

Heidi und ich umkreisten die beiden Männer. DeBeer rann Blut aus der Nase. Rafael boxte ihn in den Bauch, kam ihm aber zu nah, und DeBeer packte ihn. Sie balgten sich wie zwei wütende Katzen.

Ich schnappte mir die Schüssel mit der Schokofüllung und warf sie ihnen an den Kopf. Die sirupartige Masse traf sie beide und lief ihnen zäh in die Augen und über die Wangen.

Spuckend entfernten sie sich gerade so weit voneinander, dass Heidi und ich uns zwischen sie quetschen konnten.

Ich legte Rafael die Hände auf die Brust und versuchte, zwischen ihm und DeBeer zu bleiben. Dabei spürte ich, wie Rafaels Herz gegen seine Rippen schlug, als stünde es kurz vor dem Explodieren. Aus dieser Nähe konnte ich sehen, dass er nicht nur wütend war, ihm liefen außerdem Tränen über die Wangen und vermischten sich mit der Schokolade.

»Bitte.« Ich grub die Finger in seinen Overall und versuchte, ihn festzuhalten. »Bitte nicht!«

»DeBeer!«, knurrte Heidi und taumelte in mein Sichtfeld.

Kurz danach fiel er Rafael von der Seite an. Meine Hände waren so in seinen Fliegeranzug verkrallt, dass ich mit in den Kampf hineingezogen wurde.

»Was zum Teufel ist hier los?« Parker packte DeBeer, schlang ihm einen Arm um den Hals und riss ihn zurück.

Benkoski zog Rafael nach hinten. Ich ließ ihn los. Klebrige Schokolade bedeckte meine Hände.

Nun spürte ich das ganze Adrenalin mit voller Wucht. Meine Hände zitterten, und mein Puls hämmerte in den Knien und im Hals.

»Ich wiederhole: Was zum Teufel ist hier los?« Parker hatte DeBeer irgendwie den Arm verdreht und zwang ihn damit in die Knie. Schokolade tränkte die Vorderseite seines Overalls.

Beide Männer starrten zu Boden, aber ihre verdammte »Militärehre« ließ sie verstummen. Sie mochten sich schlagen, aber Gott bewahre, dass sie jemanden verpetzten! Dass sie gekämpft hatten, war jedoch nur zu offensichtlich, selbst wenn ich sie nicht mit Schokolade beworfen hätte.

»York. Status.« Parker starrte nun mich an.

Ich habe anscheinend ebenso viel Pilotenehre im Leib wie sie, denn ich wollte nicht, dass Rafael Ärger bekam. Wäre die Aggression von DeBeer ausgegangen, hätte ich nicht gezögert, aber das Militär würde wegen des Schilds einfach ein Auge zudrücken. Letzten Endes zählte nur, dass Rafael die Schlägerei begonnen hatte.

»York, du warst mittendrin, als ich reinkam, und jetzt bin ich voller Schokolade. Statusbericht. Sofort.«

Ich beugte mich seufzend vor und hob das Schild vom Boden auf. »DeBeer hat das hier über der Null-*g*-Toilette angebracht.«

DeBeer zuckte zusammen. Erst dachte ich, es läge daran, dass er mit seinem Schild konfrontiert wurde, aber er stieß zischend den Atem aus: Parker hatte ihm den Arm stärker verdreht. »Warst du das?«

Hinter Rafael verdrehte Benkoski die Augen. »Großer Gott, Van!«

Warum zur Hölle war DeBeer für diese Mission zugelassen worden? Er gab einfach nicht nach, nicht mal ein bisschen. Er wies mit dem Kinn auf Rafael. »Außer ihm hat es niemand gesehen. Vielleicht hat er es selbst angebracht.«

Parker wechselte ins Afrikaans und kam ganz nah an DeBeers Ohr. *»Begin met 'n verskoning en laat my glo dit, of jy sal nie aan Mars raak nie.«*

Was immer das hieß, DeBeer wurde ein wenig blass. Er benetzte sich die Lippen und blinzelte verwundert, als er dabei Schokolade schmeckte. »Krieg ich von ihm auch eine Entschuldigung?«

Ich hätte ihn schlagen können, aber das wäre nutzlos gewesen. Wenn auch verlockend. Was mich überraschte, war, dass Rafael der Versuchung nachgegeben hatte. Er war von uns allen vielleicht der am wenigsten Launenhafte. Andererseits hatte er natürlich gerade einen guten Grund, etwas instabil zu sein. Der Arme.

Rafael sackte in Benkoskis Griff zusammen, sodass es aussah, als würde er mehr aufrecht als zurückgehalten. Er hob den Kopf. »Es tut mir leid, dass ich dich geschlagen habe. Ich hätte mich mit meinen Bedenken an meinen S. O. wenden sollen. Ich entschuldige mich für die Probleme, die ich verursacht habe. Und für die Verschwendung von Elmas Kuchen.«

Man konnte beinahe spüren, wie sich nun alles auf DeBeer konzentrierte. Ich hätte all diese Blicke nicht ertragen können. Parker hielt den Mann noch immer mit eiserner Hand fest, sodass sich DeBeer aufgrund des Drucks leicht nach vorn beugen musste.

Vielleicht hatte Parker DeBeers Arm noch weiter verdreht, vielleicht sah er aber auch einfach ein, dass niemand glauben würde, jemand anders hätte das Schild angebracht. Aus welchem Grund auch immer, er stieß den Atem aus und seine freie Schulter sackte etwas herab. »Es war nur ein Witz.«

»Sehr witzig.« Parker beugte sich über DeBeers Schulter, starrte mich aber dabei an. »Tatsächlich können auch Witze beleidigend sein. Außerdem war das keine Entschuldigung.«

Mir stockte der Atem. DeBeer hatte sich nicht entschuldigt – aber hatte Parker mich gerade um Vergebung gebeten?

»Ihr steht beide unter Arrest, bis ihr euch beruhigt habt.« Parker ließ DeBeers Arm los. »Benkoski, erledigst du das?«

»Jawohl.« Er ließ Rafael los und trat mit den Händen in die Hüften gestemmt zurück, um die beiden zu mustern.

Heidi, Dawn und ich standen unbehaglich herum, als Benkoski Rafael und DeBeer abführte. Ich trat zur Arbeitsplatte und nahm mir ein Küchentuch. Hinter mir sagte Parker: »Und beim nächsten Mal bewirfst du sie nicht mit Teig, York.«

»Das war das Erste, was mir in die Finger kam!«

»Mag sein. Aber du hast damit verdammt guten Kuchen verschwendet.« Parker räusperte sich. »Sabados … Sende das nicht an die Mission Control. Ich will nicht, dass es das zu Hause in die Nachrichten schafft. Wir regeln das intern.«

Ich starrte den Brief an, den ich Nathaniel geschrieben hatte, und nagte auf der Unterlippe. So gern ich ihm vom Streit gestern erzählen wollte, stimmte ich doch mit Parkers Wunsch, das geheim zu halten, überein.

Die Ecke des Papiers hob sich in einer Ventilatorbrise der Observationskuppel. Leonard schwebte auch hier herum und las die neusten Daten vom Mars-Orbiter, der den Planeten umkreiste, seit er die Friendship-Sonde abgesetzt hatte. DeBeer stand nicht mehr unter Arrest, und ich wollte Leonard nicht allein lassen. Aber ich wollte auch noch während Florence' Schicht zur Comm gehen. Und Leonard war erwachsen.

Ich räusperte mich und schwebte vom Boden ein wenig näher zu ihm hin. »Ich geh mal zur Comm. Ruf, wenn du mich brauchst.«

»Alles okay, Elma.« Er hob den Kopf und steuerte der Bewegung mit einem Wedeln der Hand entgegen, um sich nicht zu drehen.

»Ich weiß. Ich wollte …« Die Tatsache, dass wir beide befürchteten, es könnte etwas passieren, wirkte wie ein rotes Alarmsignal. Ich hatte dieses Problem allerdings bisher nicht lösen können. Noch nicht.

Ich drehte mich in der Luft und stieß mich Richtung Schott ab. Eine Maßnahme, die wir beim Mischen der Crews ergriffen hatten, war, dass Florence die Nachrichten für die *Niña* aussandte und Dawn die für die *Pinta*. Das wiederum bewirkte, dass ich nur noch widerwillig schrieb und mich kurzfasste, weil ich wusste, dass Florence alles eintippen würde. Ich wollte ihr nicht noch einen weiteren Grund geben, mich nicht zu mögen, indem ich ihr mehr Arbeit aufhalste. Ich nahm an, dass Nathaniel mir aus ähnlichen Gründen knappe Nachrichten sandte. Unser rasanter Austausch war zusammen mit dem Datenmüll abgeschnitten worden.

Ich trieb die Spindel zum Comm-Modul herab. Der Brief befand sich zusammengefaltet in meiner Overalltasche. Vor mir hing Parker in der Tür des CommMods. Als ich zu ihm aufschloss, drehte ich mich, um mich parallel zu ihm auszurichten. Er beachtete mich gar nicht.

Die Anspannung in seinem Gesicht … gefiel mir nicht. Ich packte einen Handlauf und hielt in Parkers Nähe inne. Drinnen beugten sich Dawn und Florence über die Comm-Einheit, während Rafael und Wilburt daneben den Fernschreiber aufgeschraubt hatten.

»Was ist …?«

»Wir haben den Kontakt zur Erde verloren.«

ACHTUNDZWANZIG

Logbuch der ersten Marsexpedition, Cmdr. Stetson Parker:
29. Mai 1963, 11:47 – Kontaktprotokolle vollständig. Haben auch nach zwei Tagen keine Kommunikation mit der IAC herstellen können.

»York.« Parkers Stimme ließ mich auffahren. Erde prasselte auf den Boden des Gartenmoduls, in das ich mich zurückgezogen hatte, um aus dem Weg zu sein. »'tschuldigung. Ich wollte nicht … Hast du eine Minute?«

Mit einer Hand am Busen wie so eine Blondine aus dem *Flash Gordon*-Serial wandte ich mich zu Parker um. Ich war mir recht sicher, dass meine Hand meinen Herzschlag erkennen ließ, aber immerhin blieb meine Stimme ruhig. »Klar.«

»Ich brauche deine Meinung bezüglich einer Besatzungsfrage.«

Ich trat zum Werkzeugregal, um mir den Besen zu schnappen. Die Erde musste aufgefegt werden, bevor wir sie überall hinschleppten, aber ich nutzte die Gelegenheit auch, damit er nicht sah, wie mir der Mund offen stand. Parker wollte meine Meinung hören. Meine! Wind schien in meinem Mund zu pfeifen, bevor ich ihn zuklappte und schluckte. »Worum geht's?«

Als ich mich wieder umwandte, wirkte er erleichtert. Wer war dieser Mann? Mit einem Nicken kehrte er zu seinem Thema zurück, und der zuversichtliche Pilot trat wieder an seine Stelle. »Sie finden einfach nicht heraus, was mit dem Comm-System der *Pinta* nicht stimmt. Wir können nach wie vor die Fernsteuersignale auffangen, die die *Santa Maria* an uns weitergibt, aber nichts von der Erde.«

In der kurzen Pause begriff ich, warum Parker so besorgt war, obwohl er es ganz gut überspielte. Wir hatten nun seit zwei Tagen keinen Kontakt mehr zur Erde. »Das Problem könnte aufseiten der IAC bestehen.«

»Sie haben fünf Satellitenschüsseln auf uns gerichtet und Ersatzsysteme für die Ersatzsysteme.«

»Richtig.« Seltsam, dass wir hofften, etwas an unserem Schiff könnte defekt sein, während wir Millionen von Kilometer von zu Hause entfernt waren, doch die Alternative wäre, dass etwas Grässliches auf der Erde geschehen war. Einen weiteren Meteor hätten sie doch früh entdeckt, oder? Bei all den Satelliten im Orbit und der *Lunetta?* Es ging sicherlich allen gut, und der Fehler lauerte irgendwo in den elektrischen Systemen des Schiffs.

»Also ist es immer noch am wahrscheinlichsten, dass es an uns liegt, und die beste Weise, das auszuschließen, ist, die *Niña* wieder ans Laufen zu kriegen und ihre Funkverbindung zu überprüfen. Denkst du, Avelino schafft einen Außenbordeinsatz?«

Ich packte den Besen und fegte die Erde zu einem Häufchen zusammen. Er hatte sich mit niemandem sonst gestritten, aber seine Trauer saß tief. Andererseits war er ein Profi, und er kannte die *Niña* besser als jeder andere. »Ja … Aber vielleicht mit einem Team aus drei Personen, wie beim Anbringen der Solarpanels. Wenn er dann Probleme bekommt, können ihn zwei Leute wieder zurückbringen.«

Parker nickte. »Das war auch mein Gedanke. Also du und Flannery.«

Diesmal machte ich tatsächlich ein Geräusch, irgendwas

zwischen einem Lachen und einem Japsen, als wäre ich in den Bauch geboxt worden. Ich kniete mich hin und schob die Erde auf die Kehrschaufel. »Woher kommt denn das plötzliche Vertrauen in mich?«

»Tut mir leid.« Schon wieder eine Entschuldigung. Ich umklammerte den Besen, nur für den Fall, dass er sich als Außerirdischer in Parkers Körper erwies. »Mir ... mir ist klar, dass wir ... dass wir in der Vergangenheit nicht wirklich gut miteinander ausgekommen sind. Aber jetzt, wo Terrazas tot ist, bist du die erfahrenste Astronautin. Ich funktioniere einfach besser mit einem Co-Piloten.«

Er starrte zu Boden und lehnte sich an eins der Hochbeete. Es ging mir mit Verspätung auf, dass er Terrazas länger gekannt hatte als wir anderen. Parkers militärische Maske der Ruhe saß so fest, dass ich mich tatsächlich gefragt hatte, ob er überhaupt trauerte. Er hatte einfach weitergemacht.

Ich straffte mich, ließ die Erde wieder ins Radieschenbeet rieseln und stellte Besen und Kehrschaufel ab. »Ich vermisse ihn auch.«

Die Muskeln in Parkers Kiefer standen im Kontrast zur entspannten Pose. Er hielt den Blick gesenkt, nickte aber auf seine charakteristisch zackige Art.

»Gut. Ich rede mit Flannery und Avelino, und dann arbeiten wir alle zusammen an den Plänen für den Außenbordeinsatz.« Parker wandte sich zur Tür um, ohne mir in die Augen geblickt zu haben. »Weitermachen.«

In meinem Helm wetteiferte mein Atem mit dem Zischen des Anzugventilators. Ich heftete den Blick auf die Deltadruckanzeige, bis wir die Schleuse ins All öffnen konnten. Die Schleuse nahe der Antenne war für den gleichzeitigen Ausstieg dreier Personen nicht groß genug. Selbst ohne Material für die Reparatur hätten wir in unseren steifen, unter Druck stehenden EVA-Anzügen nicht gleichzeitig hineingepasst, darum nutzten wir eines der größeren Schotts weiter vorn, die dazu gedacht waren, Fracht in die BusyBees zu laden.

Mit uns in der Schleuse schwebte die an Kabeln befestigte Ausrüstung. Metall klapperte gegen Metall. Die Deltadruckanzeige sank, während die Luft abgesaugt wurde, und schließlich trieben wir in unheimlicher Stille dahin. Ich schwebte vorwärts und arbeitete bei jeder Bewegung gegen die steifen Gelenke des Anzugs an. Ich entriegelte das Schott, öffnete es und hängte meine Sicherheitsleine in einen der Handläufe ein, die die Oberfläche der *Niña* bedeckten. *Karabiner geschlossen. Verriegelungsschieber zu. Schwarz auf schwarz.* Als Nächstes schob ich meinen Ausrüstungssack hindurch und sicherte ihn. Ein Ruck mit den Fingern sandte mich durch die breite Öffnung. Ich nutzte die Handläufe und schob mich zum anderen Ende durch, um Platz für Rafael zu machen. Dort hakte ich mich an der lokalen Leine fest.

Beide Kabel zogen mich sanft Richtung Schiff. Das passiert im NBL-Pool aufgrund des Wasserwiderstands nicht, aber im All üben die Raumfahrzeuge eine stetige Anziehungskraft aus. Als bräuchte ich die Erinnerung, dass dies keine Übung war. Meine Nägel kratzten gegen die Innenseite des Handschuhs, als ich den Ausrüstungssack am Anzug befestigte, damit ich ihn an der Außenseite der Spindel mit mir ziehen konnte. Erst als alles gesichert und doppelt überprüft war, hielt ich inne und schaute hinaus.

All der zusammengepresste Kummer und Zorn lockerten sich ein wenig, als ich im All schwebte. Ein Teil von mir erwartete nach all den Stunden im NBL-Pool mit der Nachbildung der *Niña*, dass es blau sein würde. Aber das All war aus sattem Schwarz. Wenn die Lichter im Schiff erloschen waren und wir zur Nachtseite hinaussahen, konnten wir die Sterne sehen, doch es gab immer etwas zwischen uns und ihnen. Auch beim Außenbordeinsatz sah ich durch Glas ins All, aber es gab keine Begrenzung meines Sichtfelds mehr.

Egal, wie viele Weltraumspaziergänge ich unternehme, die Sterne werden nie aufhören, mich zu faszinieren. Vor diesem grenzenlosen Schwarz schienen sie zu lodern. Unser Schiff bildete die einzige Begrenzung und wurde von der Sonne golden und silbern verfärbt.

Als Rafael herauskam, hielt ich den Atem an, bis er sich festgehakt hatte. Er hatte sich von mir abgewandt und sah ebenfalls in einem der wenigen Momente, die wir uns während dieses Einsatzes nehmen konnten, hinaus in die Weite.

Während wir auf Leonard warteten, starrte ich in die Unendlichkeit. Ich glaube nicht, dass der Anblick der Sterne für mich je etwas anderes als heilig sein wird. Ganz leise murmelte ich: *»Baruch ata Adonai, Eloheinu, melekh ha'olam, she'hekheyanu v'kiy'manu v'higi'anu la'z'man ha'ze ...«*

Ich hörte Parkers Stimme übers Mikrofon. »Bitte wiederholen, York.«

»Ich hab nur ...« *Gebetet.* »Mit mir selbst geredet.«

»Auf Jiddisch?«

»Auf Hebräisch.« Bei all seiner Liebe zu Sprachen – diesen Augenblick wollte ich ihm nicht erklären. »Ich kann dir was beibringen, wenn wir zurück sind.«

»Blockier bis dahin aber nicht den Kanal.« Als wäre er nicht derjenige gewesen, der mich danach gefragt hatte!

Aber wir unternahmen einen Außeneinsatz, ohne uns mit Mission Control beraten zu können, und Parker stand unter Druck. Ich würde ihn dafür nicht anschnauzen. »Jawohl, Sir.«

Leonard hakte sich ebenfalls ein und drehte sich, um den Hitzeschild über der Luftschleuse anzubringen. Die Schleuse würde für den Notfall offen bleiben, falls wir schnell wieder hineinmussten. Ich betete zu Gott, dass dieser Plan B nicht nötig sein würde.

Dann wandte sich Leonard von der Schleuse ab. »*Niña*, hier EV1. Alle drei Spacewalker sind in Position und bereit.«

»Bestätigt, EV1. Wir haben euch im Sichtfeld.«

»Dann bringen wir's hinter uns.« Die Dringlichkeit in Rafaels Stimme schob mich geradezu voran.

Ich folgte Leonard vorsichtig Hand um Hand das Geländer entlang. Während wir uns die Spindel hinabarbeiteten, schwebten meine Beine hinter mir her, als wäre ich Superwoman. Natürlich musste sie sich nicht irgendwo festbinden, um nicht ins Weltall abgetrieben zu werden. Dass der Karabiner sich lösen könnte … das ist meine größte Angst. Sosehr ich diesen Ausblick auch liebe, habe ich doch stets im Hinterkopf: Wenn man fällt, fällt man für immer. Aber die Angst davor bewirkt, dass ich sehr, sehr vorsichtig bin, wenn es darum geht, die Leine zu befestigen und das Protokoll zu jeder Zeit zu befolgen. *Karabiner geschlossen. Verriegelungsschieber zu. Schwarz auf schwarz.*

»Mein Neffe hält mich deswegen für Superman.« Leonard wurde von Parker nicht fürs Quatschen gescholten.

Ich sicherte meine Leine am nächsten Geländer und zog mich weiter. Wenn Tommy mich so sehen könnte, hätte er vor Begeisterung gejubelt. Ein Kloß bildete sich in meiner Kehle. »Meiner auch.«

Vor mir erreichte Leonard den Stumpf der Antenne. Er hakte den Fuß in einen Fußhalter und holte den Ausrüstungssack ein. Der Behälter aus Mylar war schmal und fast so lang wie Leonard selbst. Darin befand sich ein Ersatzmast für die Antenne, mit der sie mehr Abstand zum Schiff haben würde.

Rafael und ich hielten bei Leonard an. Ich spulte ein Kabel aus dem Fuß des Anzugs und stöpselte es in einen der WIF-Mechanorezeptoren, die überall auf der Außenseite der *Niña* angebracht waren. Die Manschette am Bajonettverschluss der Fußverankerung schloss sich und zeigte die schwarze Linie zur visuellen Bestätigung an. Ich zog und drehte trotzdem noch einmal daran, um sie zu überprüfen. Dann schob ich den Fuß vorsichtig in die Schlaufe und drehte die Ferse nach innen, um sie in den Verankerungsschlitz zu haken. Als beide Füße gesichert waren, befestigte ich meinen Sack an einem Handlauf an der Hülle.

Rafael schwebte neben mir. Sein Sack trudelte ein wenig im Vakuum. Es war schwierig, durch seinen Helm zu sehen, doch er betrachtete vermutlich die Stelle, wo Terrazas Leichnam die Antenne getroffen hatte.

»Alles okay?«

»Klar.« Rafael fing an, sich wie ein lebendig gewordener Roboter zu bewegen. »Ich überprüfe nur, ob wir bei der angedachten Reihenfolge bleiben. Nichts, was ich hier sehe, veranlasst mich, sie zu ändern. Wir fangen also damit an, dass wir die beschädigte Stelle entfernen und sichern.«

Ich zog den »Müllsack« aus meiner Ausrüstung. Er war ziemlich clever designt und verfügte über Bürstenlagen, die sich in der Mitte trafen. Man konnte einfach etwas durch die Borsten hindurch reinschieben, und es würde nicht wieder von allein rauskommen. Das war in der Schwerelosigkeit sehr nützlich, wenn du deine Hände für etwas anderes brauchst. Ich klippte die Auszugleine ans Geländer und sicherte den Müllsack an einem WIF, damit Rafael und Leonard ihn leicht erreichen konnten.

Leonard hatte seine Fußverankerung so gedreht, dass er sich dem gebrochenen Schaft zuwenden konnte, an dem die Antenne befestigt gewesen war. Rafael hatte in der Zwischenzeit damit begonnen, die Kabel zu inspizieren, die von der Antenne wegführten. Einige waren sauber abgetrennt, während andere noch mehrere Meter ins Leere flatterten.

Leonard zog einen mit einem Kabel befestigten Steckschlüssel vom MWS auf seiner Brust und machte sich am ersten Bolzen zu schaffen. Als seine steifen Handschuhe von der Knarre abrutschten, fluchte er in irgendeiner Sprache. Die Knarre war am MWS befestigt und flog nicht weit, aber das Herz stockt trotzdem jedes Mal, wenn man denkt, man verliert ein Werkzeug an den Weltraum.

Ich grinste ihn durch den Helm an. »War das Latein oder Griechisch?«

»Griechisch.«

Ich half ihm, indem ich den Antennenstumpf festhielt, während er den Steckschlüssel wieder anbrachte. »Das übersetzt du vermutlich nicht für mich, oder?«

»›Fahr zu den Krähen.‹« Leonard drehte die Knarre und verlagerte seinen Stand. Erneut glitt er ab, doch diesmal verlor er das Werkzeug nicht. »Ich mag es aus verschiedenen Gründen. Zum einen ist es aus dem Mund eines Schwarzen Mannes paradox.«

Ich starrte ihn an und versuchte, das zusammen zu puzzeln. »Weil ... es Griechisch ist?«

Er lachte. »Du bist manchmal echt süß. Nein. Wegen Jim Crow. ›Fahr zu den Krähen‹ bekommt so eine moderne Konnotation, die es im alten Griechenland nicht hatte. Es ist so ein ›Wirf mich nicht in den Dornbusch‹-Ding.« Er nahm den Bolzen heraus und gab ihn mir. »Bitte sag mir, dass du die Anspielung verstanden hast.«

»Aber klar, Br'er Astronaut.«

Leonard lachte so tief aus dem Bauch heraus, dass das Mikrofon es verzerrte.

Ich wurde vor Erleichterung rot, denn diese Anspielung auf Br'er Rabbit aus den afroamerikanischen Fabeln, der unter anderem in einen Dornbusch geworfen werden sollte, kam mir ein bisschen grenzwertig vor. So etwas konnte ich zu Eugene sagen, aber ich war mir nicht sicher, ob Leonard und ich schon derart vertraut miteinander waren. Ich schob den Bolzen in den Müllsack. »Aber was war denn die Konnotation im Alten Griechenland?«

»Dort spielte die Bestattung eine entscheidende Rolle.« Er setzte die Knarre am nächsten Bolzen an und nahm sich einen Moment Zeit, um zu überprüfen, ob sie richtig saß. »Also bedeutet ›Fahr zu den Krähen‹, dass jemand hofft, dein Körper würde einfach verrotten und von Krähen gefressen.«

Neben uns hatte Rafael wieder aufgehört, sich zu bewegen, und ein Kabel drehte sich lose in seinem Griff.

»Nicht beerdigt zu werden, bedeutete, dass sie im Nachleben nicht …«

Ich legte eine Hand auf Leonards Arm, damit er aufhörte. Durch den Anzug sah er die Bewegung vermutlich mehr, als dass er sie spürte. »Willst du meinen liebsten jiddischen Fluch hören?«

»Aber klar!«

Plötzlich war ich um eine Antwort verlegen. Ich hatte eine Menge ganz wunderbarer Optionen, doch alle drehten sich um Tod oder Beerdigung. Oder waren auf andere Weise zu nah dran, wie *Probleme sind für Menschen, was Rost für Eisen ist.* Bei anderen wäre meine Mutter kreidebleich geworden, wenn sie gewusst hätte, dass ich sie kannte. Ich schob den Müllsack an seiner Leine etwas näher, um mein Dilemma zu überspielen. Was würde Tante Esther sagen? Der Gedanke löste unverhofft einiges aus. *»A yid hot akht un tsvantsik protsent pakhed, tsvey protsent tsuker, un zibetsik protsent khutspe.«*

Parkers Stimme erscholl in unseren Helmen. »Ich habe ja versucht, mich rauszuhalten, aber was heißt das?«

»Ich dachte, wir sollen den Funkkanal frei halten?«

Gegenüber öffnete Rafael die Augen und begann das Kabel einzurollen, als hätte er nie innegehalten.

Parker schnaubte. »Ihr führt mich doch mit Sprachen in Versuchung!«

»Das hat meine Tante Esther immer gesagt: ›Ein Jude besteht zu achtundzwanzig Prozent aus Angst, zu zwei Prozent aus Zucker und zu siebzig Prozent aus Chuzpe.‹«

»Na, das erklärt einiges.«

»Grundgütiger. Bedenke, dass ich eine Südstaatenjüdin bin, da ist der Zuckeranteil höher.«

Leonard gab mir den nächsten Bolzen zum Verstauen. »Du meinst, all der Zucker ist auf der Außenseite. Glaubt dir niemand nich', dass der bis ganz nach drinnen geht.«

Als Leonards Stimme den informellen Tonfall annahm, den ich von Eugene und Myrtle kannte, grinste ich mit so etwas wie Triumph. So nah daran, Teil des Teams zu sein, hatte ich mich ewig nicht gefühlt. Apropos Team ... »Rafael. Was ist ein guter portugiesischer Fluch?«

Er knipste ein Kabel ab, und machte sich daran, das nächste zu befreien. »In Brasilien machen wir nichts einfach nur, um ›anzugeben‹, sondern *›para inglês ver.‹*«

Parker pfiff leise. »Autsch!«

»Was heißt das?«

»Wir tun es, ›damit die Engländer es sehen‹.«

Genau genommen mussten wir uns natürlich nicht alle im oder zumindest in der Nähe vom CommMod der *Niña* aufhalten, als Florence die Systeme zwei Tage nach den Reparaturen hochfuhr. Tatsächlich hätten alle bis auf Florence und Rafael an Bord der *Pinta* bleiben können. Stattdessen war jedoch die gesamte Besatzung herübergekommen. Vordergründig, weil wir auf diese Weise Treibstoff sparen konnten, da die BusyBee nur einen Transfer machen musste.

Das Gartenmodul brauchte Pflege. Kam wollte sichergehen, dass im MedMod alles in Ordnung war. Leonard benötigte das Paper, das er gelesen hatte, und ich die Referenzbücher für meine Berechnungen.

Parker genehmigte all diese Lügenmärchen.

In der Spindel herrschte Zwielicht, nur jede dritte Lampe brannte. Der Ursprungsplan hatte vorgesehen, dass wir das Ammoniaksystem vor dem Funk reparierten, aber Parker und Benkoski hatten herausfinden wollen, ob der Kommunikationsblackout nur an der *Pinta* lag. Und dafür brauchten wir ein zweites Langstreckenfunksystem.

Als alle Panels grün leuchteten, sprach Florence ins Mikrofon. »Okay, *Pinta.* Schickt ein Testsignal.«

Im CommMod der *Pinta* sagte Dawn: »Bestätige, *Niña.* Ich schicke euch ein Testsignal.«

Ich schwebte direkt über Leonards Kopf, sodass ich geradewegs auf die Anzeigen und Pegel blicken konnte, die sich als Antwort auf unsichtbare Wellensignale bewegten.

Es ist witzig, wie man zwei unterschiedliche emotionale Reaktionen auf denselben Reiz haben kann.

Einerseits war ich erleichtert, denn das bedeutete, dass unsere Reparaturen erfolgreich gewesen waren.

Andererseits sank mein ganzer Körper herab, als wäre Verzweiflung eine Gravitationskraft. Wenn die Signale der *Niña* ankamen, musste das Problem auf der Erde liegen.

Eine Woche war nun ohne jeglichen Kontakt verstrichen. Eine Stunde, zwei, vielleicht einen halben Tag – das hätten wir alles mit einer Fehlfunktion erklären können. Aber angesichts all der IAC-Ressourcen – verdammt, all der Ressourcen eines ganzen Planeten – überlief es mich eisig bei dem Gedanken, dass wir immer noch keine Verbindung herstellen konnten.

Nathaniel … Was passiert nur zu Hause?

NEUNUNDZWANZIG

Logbuch der ersten Marsexpedition, Cmdr. Stetson Parker:
10. Juni 1963, 23:13 – Reparatur des Ammoniaksystems auf der *Niña* abgeschlossen. Kommunikation mit der IAC auch nach vierzehn Tagen nicht wiederhergestellt.

Dass ich Südstaatlerin und Jüdin bin, merkt man besonders an meinem starken Drang, andere durchzufüttern. Die Montagsbesprechung auf der *Pinta* fand nicht wie zu Hause – auf der *Niña*, meine ich – beim Frühstück statt. Ich weiß auch nicht, warum nur Kaffee auf dem Tisch stand! Vielleicht versuchten Dawn und Heidi, ihren Rollen als Wissenschaftlerinnen gerecht zu werden und vermieden Hausarbeit. Möglicherweise kochte niemand aus dieser Crew sonderlich gern.

Aber wir hatten jetzt zwei Wochen lang keine Nachrichten von der Erde bekommen, und ich musste etwas kochen.

Es gibt wenig Befriedigenderes als den Geruch frisch gebackener Kekse. Dafür, dass sie aus Milchpulver, Eipulver und künstlicher Butter bestanden, waren sie gar nicht schlecht. Mama wäre entsetzt gewesen, dass sie kaum aufgegangen waren und leicht kalkig schmeckten, aber das war für uns zum Normalzustand geworden.

Parker und Benkoski glitten die Leiter herab und in die Küche, als würden sie Karussell fahren. Benkoski hob den Kopf und sog die Luft ein. »Ich weiß nicht, Stetson … Vielleicht ändere ich meine Meinung noch, was die Aufteilung angeht.«

»Du kriegst sie nicht.« Parker trat ans Whiteboard. »Aber wir schicken euch Care-Pakete.«

»Die Aufteilung?« Ich wusch in der Spüle die Rührschüssel aus.

»Das diskutieren wir in der Besprechung.« Parker nahm einen Lappen und warf ihn mir zu. »Machst du mir den nass?«

Der Lappen traf auf der sauberen Arbeitsplatte auf und hinterließ graue Schlieren auf rostfreiem Stahl. »Klar.«

Ich stellte die Teigschüssel beiseite und widmete meine Aufmerksamkeit voll und ganz den Bedürfnissen meines geschätzten Mission Commanders. Ich wrang das Wasser aus dem Lappen und schaffte es, meine Gedanken nicht laut auszusprechen, ging jedoch vielleicht etwas zu heftig zu Werke. »Bitte schön.«

Heimlich hoffte ich, Parker zu treffen, als ich den Lappen zurückwarf, aber er schnappte ihn aus der Luft wie eine Abfangrakete. Er wandte sich der Tafel zu und wischte die Notizen darauf weg. »Benkoski, plane nach der Besprechung für alle ein Piloten-/NavComp-Meeting ein.«

»Bin ich deine Sekretärin, oder was?«

»Du bist mein Flügelmann.«

»Ich könnte jetzt darauf hinweisen, dass du auf meinem Schiff bist und daher *mein* Flügelmann sein solltest.«

»Zweiter in der Kommandokette? Co-Pilot? Meine rechte Hand? Egal.« Parker warf ihm einen Stift zu. »Du bist jedenfalls für den Schreibkram zuständig.«

Deshalb also brauchte Parker einen Co-Piloten. Ich schüttelte den Kopf und wandte mich wieder dem Spülwasser zu. Das Quietschen meines Lappens wetteiferte mit dem des Filzstifts auf Plastik. Nachdem ich die Schüssel ins UV-Sterilisierungsregal gestellt hatte, wischte ich die Arbeitsplatte ab. Man fühlt sich einfach viel besser, wenn die Küche sauber ist!

Ich öffnete die Ofentür und sah nach den Keksen. Obwohl die Öfen theoretisch identisch waren, wurde der zu Hause auf der *Niña* ein bisschen heißer, und ich musste mich an die Feinheiten von diesem hier noch gewöhnen. Dampf wölkte in den Raum und trug den Duft braun werdenden Teigs und butteriger Köstlichkeit mit sich. Die Kekse waren oben wunderbar goldbraun. Ich musste mir merken, dass ein langsamerer, weniger heißer Ofen meinen Keksen offenbar sehr guttat.

Ich schnappte mir den Topflappen und zog das Backblech aus dem Ofen. Entweder aus Großzügigkeit oder aus dem Wunsch nach Lob heraus drehte ich mich mit den Keksen zu Parker und Benkoski um.

Parker hatte eine Liste aller Teammitglieder an die Tafel geschrieben. Mein Name fiel mir als Erstes auf. Daneben stand »NavComp-/Co-Pilot«.

Irgendwie schaffte ich es, die Kekse nicht fallen zu lassen. Ich quietschte allerdings auf.

Benkoski sah sich um. »O Mann ... Du bist ein Engel.«

»Ähm. Danke.« Ich trat etwas näher heran, starrte aber immer noch auf die Tafel. Sie teilten die Besatzungen wieder auf, und es machte ganz den Anschein, als würden wir zu unserem Schiff zurückkehren. »Vorsicht. Das Blech ist heiß.«

Parker steckte sich das Klemmbrett unter den Arm und nahm sich einen Keks. »Danke schön, Ma'am.«

»Ma'am? Seit wann gehe ich denn als Ma'am durch?«

»Nur wenn du backst.« Er zeigte mit dem Keks auf mich, führte ihn dann unter seine Nase und atmete mit Genuss ein. »Der Platz einer Frau und so weiter und so fort.«

Ich verdrehte die Augen. »Na klar. Das habe ich mir ja selbst eingebrockt.«

»Na ja, die meiste Zeit bist du Rechnerin.«

Ich wies mit dem Kinn auf die Tafel. »Oder Co-Pilotin ...?«

Benkoski schlug mir mit einer Hand auf die Schulter und

nahm mit der anderen einen Keks. »Glückwunsch zur Beförderung.«

»Moment … Das ist für immer?«

Parker zuckte mit den Achseln, als wäre es keine große Sache. »Oder wäre dir die Variante lieber, bei der wir die Crews mischen und DeBeer als Co-Pilot mit Flannery und Grey ins selbe Schiff stecken?«

Er konnte mich nicht ernsthaft als Co-Pilotin wollen. Frauen wurden noch nicht einmal in den Raketen, die von der *Lunetta* zur Erde steuerten, als Co-Pilotinnen eingesetzt. »Was ist mit Avelino?«

Parker betrachtete mich, biss vom Keks ab und kaute langsam. Er schluckte und wischte sich mit dem Daumen einen Krümel von der Lippe. »Über ihn schreibe ich nur Gutes ins Logbuch. Denkst du, das ist momentan korrekt?«

Nachdem wir die Antenne repariert und die Anzüge ausgezogen hatten, waren Rafaels Augen wieder voller Tränen gewesen. Er hatte nichts dazu gesagt. Abgesehen von seinem Schweigen und dem gelegentlichen Erstarren verhielt er sich ruhig und zuverlässig. Aber ein Co-Pilot durfte nicht erstarren, nicht einmal einen Moment lang.

Aber was war mit meiner Angstneurose? Ich stellte das Blech auf der Arbeitsplatte ab. Die anderen würden jeden Moment hereinkommen. »Kann ich kurz mit dir sprechen?«

Parker seufzte und gab Benkoski das Klemmbrett. »Schreib den Rest davon ab.«

»Ich bin nicht dein Sekretär!«

»Muss ich dir etwa erst einen Befehl erteilen, Flügelmann?« Er kam zu mir und lehnte sich gegen die Arbeitsplatte, um erneut vom Keks abzubeißen. »Und?«, fragte er mit vollem Mund.

»Ich verstehe deine Bedenken in Bezug auf Rafael, aber … du weißt, was in meiner Akte steht.«

»Denkst du, irgendwer auf diesem Schiff hat gerade keine Angst? Unser letzter Kontakt zur Erde ist zwei Wochen her.«

Ich richtete das Backblech parallel zur Arbeitsplattenkante aus, um ihn nicht anzusehen. »Ich meinte damit nur, wenn du mir vertrauen kannst, kannst du auch ihm vertrauen.«

»Was soll das? Was ist aus ›Frauen sind genauso fähig wie Männer‹ geworden und aus ›Meine Angstneurose stellt kein Problem dar‹ und ›Raketen sind auch für die Damenwelt sicher genug‹? Sagst du mir jetzt, dass du dich geirrt hast? Dass du doch nur zum Kochen und Waschen taugst?«

»Nein.« Gott, er war so ein Arschloch, dass er mir meine eigenen Argumente auf diese Weise unter die Nase rieb. »Ich stelle nur infrage, ob du mich Rafael vorziehen solltest.«

»Also stellst du mein Urteil infrage. Na, das sollte mich ja nicht überraschen.«

»Siehst du!« Ich fuhr auf dem Absatz zu ihm herum. »Wir streiten uns doch die ganze Zeit! Warum solltest du mich als Co-Pilotin haben wollen?«

Er beugte sich vor. »Weil du dir nichts von mir gefallen lässt. Weil ich dich schon in Krisensituationen gesehen hab, und du hast eine höllische Disziplin. Weil du eine verdammt gute Pilotin bist. Weil ich der Mission Commander bin und es so sage. Also, hast du noch mehr gottverdammte Fragen?«

Mein ganzer Körper bebte, als wäre mein Herzschlag aus dem Takt geraten. Es ist mir ein Rätsel, wie ich den Kopf heben konnte, doch ich tat es. »Ja: Waren das Komplimente?«

Parker lachte, und verdammt noch mal, er schien das tatsächlich urkomisch zu finden. Dann brach er abrupt ab und straffte sich. »Nein. Das war eine kritische Beurteilung.« Er hielt den Keksrest hoch. »Das hier ist ein Kompliment: verdammt leckerer Keks.«

Er warf sich das letzte Stück in den Mund und trat wieder ans Whiteboard, als hätte er gar nichts gesagt.

Bevor ich die Chance hatte, den Schock zu verarbeiten, kamen DeBeer und Heidi vom Gartenmodul in die Küche. Ich schüttelte den Kopf, um ihn klarzubekommen, und öffnete eine Schublade, um einen Pfannenwender herauszunehmen – aber ich erwischte die Schublade mit den Geschirrtüchern. Warum bewahrte man die Geschirrtücher denn auch neben dem Herd auf? Da ich sie aber einmal offen hatte, nahm ich eins heraus und legte es in eine Schüssel, um die Kekse darin zu servieren. Hinter mir trudelten die anderen Crewmitglieder zur Besprechung ein. Unterhaltungsschnipsel flatterten hin und her. »... Rossinis beste Oper ...« »... und dann stirbt in der Mitte des Buchs die Hauptfigur ...« »... ich denke, der Gin könnte fertig sein.«

»Gin? Ich melde mich freiwillig als ...« Ich sah über die Schulter und zu Kam, die neben Leonard stand. »Du hast dir die Haare geschnitten!«

Dumm, ich weiß. Aber sie hatte sich das lange dunkle Haar, das ihr bis unter die Schulterblätter ging, zu einem militärischen Kurzhaarschnitt geschoren, und das war alles, worauf ich mich gerade konzentrieren konnte.

Sie wurde rot und strich mit der Hand über den dunklen Samt an der Seite ihres Kopfs. Ohne das volle Haar wirkten ihre Augen riesig. »Ich bin es einfach leid, in der Schwerelosigkeit damit zu kämpfen.«

»Vielleicht sollte ich darüber auch mal nachdenken.« Obwohl ich mir nicht vorstellen konnte, dass Nathaniel das gefallen würde. Bei dem Gedanken tat mein Magen einen kleinen Satz. Alles, selbst Kleinigkeiten, erinnerten mich daran, dass wir keine Ahnung hatten, was auf der Erde geschah. Es gab nicht genug Kekse im Universum, um sich davon abzulenken. Ich öffnete die Schublade, in der sie ihre Kochutensilien aufbewahrten, nahm einen Pfannenwender heraus und überführte die Kekse in eine Schüssel.

Als ich fertig war, waren alle eingetroffen und hatten für die Montagsbesprechung Platz genommen. Der Geruch von Kaffee und Keksen ließ den Raum beinahe wie ein Zuhause erscheinen. Ich setzte mich neben Leonard, der grinsend nach einem Keks griff.

DeBeer hatte ebenfalls die Hand nach der Schüssel ausgestreckt und hielt nun mit heruntergezogenen Mundwinkeln inne. Er saß nur mit einer Tasse Kaffee neben Heidi. Pech für ihn.

»Alles klar, Leute.« Parker tippte gegen die Tafel. »Euch wird auffallen, dass wir die Besatzungen wieder so aufteilen wie zuvor, jedoch ein paar Anpassungen vornehmen. York wird auf der *Niña* als Co-Pilotin eingesetzt, und Voegeli wird bei Shamoun ihre medizinischen Kenntnisse aufpolieren. Shamoun wird in ernsten Fällen weiterhin Hausbesuche machen, aber wir werden die Ausflüge mit der BusyBee hoffentlich runterschrauben können.«

Graeham hob die Hand.

Parker wies mit dem Kinn auf ihn. »Ja?«

»Ich frage mich nur, warum wir die Besatzungen überhaupt wieder aufteilen, wenn das Ziel ist, die Anzahl der BusyBee-Flüge zu reduzieren? Würde es nicht mehr Sinn machen, wenn ihr hierbleibt, besonders unter diesen Umständen?«

»Das Ziel ist, uns alle sicher zum Mars und wieder zurück zur Erde zu schaffen.« Parker tippte gegen die Tafel. »Bevor wir den Kontakt verloren haben, wollte die Mission Control die *Niña* einsatzbereit und bemannt, und das werden wir hiermit wieder gewährleisten.«

DeBeer rutschte auf seinem Sitz hin und her, und Dawn berührte ihn am Knie, bevor sie die Hand wieder hob. Sie wartete jedoch nicht darauf, dass Parker sie aufrief. »So wollte die Mission Control uns aber nicht besetzen. DeBeer sollte zur *Niña* und sich der Marslandungscrew anschließen.«

Ah. Darum ging es also. Ein kalter Krampf erfasste meinen Nacken. Ich nahm schon wieder den Platz eines anderen ein, und DeBeer hatte keinen Grund, ihn aufzugeben.

Benkoski trat vor und fuhr mit der flachen Hand durch die Luft. »Zu diesem Zeitpunkt hat die Mission Control einfach nicht alle Fakten zur Hand, also teilen wir die Besatzungen auf.«

»Richtig.« Parkers Haifischgrinsen kam zum Vorschein, und er wandte sich DeBeer zu. »Wir machen anschließend noch ein Piloten-/NavComp-Meeting, um die kommende Kurskorrektur durchzusprechen. DeBeer, ich möchte, dass du dabei Protokoll führst. Jetzt weiß ich ja, wie gut deine Handschrift ist.«

Ich stieß mich ab und schwebte mit einem Beutel mit einem Stück Schachkuchen in der Hand die Spindel hinauf zur Brücke der *Niña*. Als ich im CommMod ankam, packte ich das Geländer und nutzte den Drall, um mich zur Tür hineinzuschwingen. Florence schwebte dort in ihrem Schlafsack, mit dem sie hierher umgezogen war für den Fall, dass wir auch nur einen Piep von der Erde hörten. Was jetzt seit drei Wochen und einem Tag nicht der Fall war.

Sie saß an ihrer Stickarbeit und war mittlerweile so weit, dass ich Orion in einem Panorama aus Sternen erkennen konnte. Sie steckte die Nadel in eine Ecke. »Womit hab ich denn das verdient?«

»Ich hab dir Kuchen mitgebracht.« Ich ließ den Beutel durch das Modul auf sie zuschweben.

Florence schnappte ihn sich grinsend aus der Luft. »Du bist mein Lieblingsmensch.«

Ich schnaubte.

»Jetzt gerade zumindest.« Sie blinzelte. »Versorg mich nur weiter mit Kuchen.«

»Irgendwie muss ich's ja versuchen.«

»Ich werde bestimmt nicht fluchen ...« Sie öffnete den Beutel und atmete tief ein. »Aber ernsthaft. Ich bin schon überzeugt. Was willst du?«

»Nichts.« Ich hielt inne, und sie bedachte mich mit *Dem Blick*. »Erwischt. Hast du meinen Plan für die Zündung durch den mechanischen Computer laufen lassen?«

»Jedes Mal, protokollgemäß. Aber er hat deine Ergebnisse bisher doch immer bestätigt.« Sie verengte die Augen. »Warum?«

»Ich wollte mich nur ... rückversichern? Ich arbeite hier ohne die Zahlen, die ich hätte, wenn die Erde ...«

»Alles in Ordnung, Elma. Keine Fehler.«

Ich schluckte schwer. »Danke. Gibt es irgendwas, was ich für dich tun kann? Ich meine, du sitzt hier ja mehr oder weniger fest.«

Sie zuckte mit den Achseln, als wäre es keine große Sache, dass die CommMods auf beiden Schiffen nun rund um die Uhr besetzt waren. »Ach ja. Immerhin muss ich keine Wäsche mehr machen. Und Parker schickt mir Rafael und Leonard als Ablösung.«

»Trotzdem ... brauchst du irgendwas?«

Florence tätschelte das Interkom neben sich. »Ich rufe dich, wenn ich was brauche. Und auch, sobald ich was von ihnen höre.«

Je länger die Stille andauerte, desto besorgter wurden wir alle. Doch je mehr die unterbewusste Angst zunahm, desto herzlicher wurde auch unsere Beziehung zueinander, fast so, wie es nach dem Meteor gewesen war.

Bitte, Gott. Mach, dass es kein zweiter Meteor ist!

»Gut. Dann geh ich mal wieder auf die Brücke. Ich wollte nur auf dem Weg mal vorbeischauen.«

»Danke dir.« Sie befestigte den Beutel an der Wand. »Ich

werde mich dem Kuchen widmen, sobald ich diese Kleinigkeit hier fertig gemacht hab.«

Mit einem Winken ließ ich mich wieder aus dem Comm-Mod treiben und schob mich am Handlauf zur Brücke hinauf. Ich wollte vor Parker dort ankommen, damit er sich nicht beschweren konnte, ich sei zu spät.

Als ich durch das Schott des CM schlüpfte, zögerte ich und kaute auf meiner Lippe. Es sollte keine große Sache sein, auf dem Co-Piloten-Sitz der Brücke zu sitzen – er befand sich sogar direkt neben der NavComp-Station –, und doch machte es mir schmerzlich Terrazas' Abwesenheit bewusst. Ich packte die Rückenlehne seines Stuhls. Was würde er dazu sagen? »In dieser Folge werden unsere waghalsigen Abenteurer ...«

Hinter mir seufzte Parker. Ich erstarrte und lief rot an, denn er hatte mich bei einer Albernheit erwischt! Er räusperte sich. »... werden unsere waghalsigen Abenteurer ihren Anflug zum Mars beginnen ... Er war ein Guter.«

»Ja.«

Parker legte mir eine Hand auf die Schulter. »Du wirst das gut hinkriegen, York.«

Gottverdammt, mir kamen die Tränen. Ich wischte sie mit dem Ärmel fort, bevor ich nichts mehr sehen konnte. »Aber ich habe nicht seine radiotaugliche Stimme.« Ich schob mich um den Stuhl herum und setzte mich dann hinein. Einen Meter von meinem üblichen Platz und eine ganz andere Welt entfernt. »Hast du dir die Zündungspläne angesehen?«

Natürlich hatte er das. Es war eine Beleidigung, das zu fragen, aber ich musste die Stille einfach mit irgendwas füllen. Parker glitt in seinen Sitz und schnallte sich fest. »Sehen gut aus. Die Abweichung von den Originalplänen ist gering.«

Was den Erwartungen entsprach, und doch ... Ich war es einfach nicht gewöhnt, mich wegen meiner mathematischen Fähigkeiten zu sorgen.

Rafael hatte das CM ein wenig rekonfiguriert, damit sich meine NavComp-Instrumente in Reichweite des Co-Piloten-Sitzes befanden. Ich konnte nun den Kardanarm meines Sextanten in einen WIF-Adapter stecken, damit ich ihn nicht entweder verstauen oder festhalten musste. Das diente eher der Bequemlichkeit als allem anderen, denn Heidi und ich hatten die Zündung ja bereits berechnet, und Florence und Dawn hatten diese Informationen in die mechanischen Computer auf der *Santa Maria* eingespeist, die automatisch zünden würde.

Aber was, wenn ich von einem falsch berechneten Ausgangspunkt ausgegangen war? Ich könnte uns wie damals, als ich den Alkaid in der Sim falsch identifiziert hatte, in den sicheren Tod schicken. Ja. Ja, ich weiß, es gab Sicherheitsvorkehrungen, aber ich hasse es, so etwas zu berechnen, ohne dabei auf all die gewohnten Informationen zurückgreifen zu können. »Okay ... bereit für Rollwinkel 198,6, Nickwinkel 130,7, Gierwinkel 340.«

Parker legte Schalter auf dem Steuerungspanel um und gab die Einstellungen währenddessen durch. »198,6, 130,7, 340.«

Als Co-Pilotin bestand mein Job einfach darin, sicherzustellen, dass alles korrekt durchgeführt wurde. Das war alles, zumindest im Moment, daher beobachtete ich seine Vorbereitungen mit Adleraugen.

Der Timer bewegte sich auf die Marke für die Zündung zu. Ich leckte mir über die Lippen und zog das Mikro zu mir. »Zündung einleiten in zehn, neun, acht ...« Alle standen bereit. »Sieben, sechs, fünf ...« Neben mir hielt Parker den Steuerknüppel locker in der Hand. »... vier, drei, zwei, eins ...«

Zündung! Die Sitzlehnen rammten uns in den Rücken, und draußen blühte eine feurige Blume hinter der *Pinta* auf, als auch sie die Zündung starteten.

Ich sog die Luft an dem Gewicht vorbei ein, das mir auf der Brust lastete. Wenn ich noch einmal den Beweis brauchte, dass auch die drehende Sektion der *Niña* gerade einmal Marsschwerkraft hatte, dann war es dieser. Zehn Sekunden – eine Ewigkeit: Manchmal ist das ein und dasselbe. Zehn Sekunden, und alles hatte sich verändert. Die Verlangsamung für den Marsanflug begann.

DREISSIG

Logbuch der ersten Marsexpedition, Cmdr. Stetson Parker:
19. Juni 1963, 01:05 – Die Teams der *Niña* und *Pinta* haben die Vorbereitungen für den Eintritt in den Mars-Orbit abgeschlossen. Tag 53 des Kommunikationsblackouts mit der IAC.

Zuerst hielt ich es für einen Traum. Ich schwebte im Dunkel der Crewquartiere, als ich Florence ganz ruhig sagen hörte: »Parker bitte ins CommMod. Wiederhole, Parker ins CommMod.«

Sie war so ruhig, dass ich beinahe wieder eingeschlafen wäre. Es gab keine Alarmsignale. Keine Sirenen. Es war kein Notfall, und sie hatte so sanft geklungen. Kam flüsterte: »Ist das die Mission Control?«

Das fuhr meinen Adrenalinspiegel ruckartig hoch. Ich drehte mich im Schlafsack, um aus meinem Kabäuschen herauszuschauen.

Parker schwebte bereits in der Mitte zwischen den Crewquartieren und zog sich einen Overall über die Unterwäsche. »Weiß ich noch nicht. Bleibt hier.«

Ich hatte die Gurte schon gelöst, die meinen Schlafsack verschlossen, aber ich hielt inne, als ich ein wenig wacher wurde. Richtig. Es mussten sich jetzt nicht alle dort hineindrängen. Nicht, dass ich noch hätte weiterschlafen können, während ich mich fragte, was los war. Es konnte sich auch einfach nur um einen Funkspruch von der *Pinta* handeln, obwohl das mitten in der Nacht ungewöhnlich war.

Parker zog den Reißverschluss seines Anzugs hoch, während er sich zu mir abstieß. »York«, flüsterte er. »Komm mit.«

Das weckte mich vollständig auf. Er brauchte mich als Co-Pilotin, um das Schiff zu bewegen oder Gott weiß was zu tun.

Ich öffnete den Schlafsack vollends und schlüpfte heraus. Dann schnappte ich mir den Fliegeranzug und nickte. »Bin direkt hinter dir.«

Er wartete nicht auf mich, sondern drehte sich in der Luft zum Schott herum, das zur Spindel führte. Als ich mich in meinen Overall gezwängt hatte, steckte der Rest der Besatzung die Köpfe aus den Abteilen und erinnerte ein bisschen an Erdhörnchen.

Leonards Zähne blitzten im schwachen Licht auf. »Hast du eine Ahnung, was los ist?«

»Ich weiß nur so viel wie du.« Ich zog den Reißverschluss hoch und blickte zum Schott. »Parker wird uns einen SitRep geben, sobald er einen hat.«

SitRep – einen Situationsreport. So viel Spannung lag in diesen Silben. Ich flog die Spindel herunter zum CommMod, wo Parker gerade um die Ecke bog und darin verschwand. Als ich mich näherte, schien das konstante Summen der Ventilatoren Platz zu machen für das Rattern des Fernschreibers, als würden Engel ein Hosianna singen.

»*Baruch ata Adonai, Eloheinu, melekh ha'olam, hagomel lahayavim tovot, sheg'molani kol tov.*« Das Dankesgebet rutschte mir so raus, obwohl die Liste meiner Sorgen immer noch so lang war wie mein Arm.

Als ich die Luke erreicht hatte und mich ins CommMod schwang, gab Florence' Miene mir einige der gesuchten Antworten. Oder stellte mir noch mehr Fragen. Oder beides. Sie lächelte, aber ihre Augen waren gerötet, als hätte sie geweint. »Ja, es ist die Mission Control. Ja, Nathaniel ist bei dem Team, das uns diese Nachricht schickt.«

»Gott sei Dank!« Ich presste mir die Hände an die Brust wie eine Jungfer in einem Kitschfilm. Aber ich fühlte mich offen gesagt, als wäre ich auf Gleise gefesselt gewesen und wäre gerade losgeschnitten worden. Ich wusste immer noch nicht, warum wir fast zwei Monate lang keinen Kontakt zur Erde gehabt hatten, aber mein Mann war am Leben, und es ging ihm gut! Ich schluckte die Tränen der Erleichterung herunter und versuchte, mich auf meine Aufgabe zu konzentrieren. »Was ist passiert?«

»Proteste.« Parker beugte sich über den Fernschreiber und las die Seiten ab, während sie herauskamen. »Earth First hat die Satelliten ausgeschaltet.«

»Mein Gott!«

Florence stieß sich vom Tisch ab, um sich dem Fernschreiber zu nähern. »Wie in aller Welt haben sie das geschafft?«

»Offenbar war die Theorie, dass jemand innerhalb der IAC zur Earth-First-Bewegung gehört, doch nicht so … beknackt. Jemand im Rechenzentrum hat einen Code hochgeschickt, durch den beide Satelliten aus der Umlaufbahn gebracht wurden. Jesus!« Er rieb sich mit einer Hand durchs Haar, und sie blieb auf der kahlen Stelle liegen. »Sie haben außerdem das Stromnetz in Kansas ausgeschaltet.«

»Warte – wer war es?« Ich schob mich nun auch näher an den Fernschreiber heran, der losplapperte wie ein kleines Kind, das den ganzen Tag darauf gewartet hatte, dass Daddy nach Hause kommt.

»Ähm …« Er überflog die Zeilen. »Curtis Frye, Jennifer Lynn und Tyler Richter.«

»Kenn ich nicht.«

»Offenbar neu angestellt …« Parker erstarrte. Die Seiten glitten ihm durch die schlaffen Finger. Er sog die Luft ein und drehte sich mit einer durch und durch sachlichen Miene zu Florence um. »Sag der Crew, dass der Kontakt zur Erde wiederhergestellt ist. Ich bezweifle, dass sie wieder eingeschlafen sind. York, hilf mir, die persönlichen Nachrichten zu verteilen, und aktualisiere die Dienstpläne. Ich schau sie mir an, bevor wir sie rausgeben. Bitte entschuldigt mich.«

Parker drehte sich per Salto und schwebte geschmeidig aus dem CommMod.

Die Sache ist die: Ich weiß, wie Parker aussieht, wenn er schlechte Nachrichten erhält. Ich erinnere mich gut an sein Gesicht, als die Taubheit in seinem Bein schlimmer wurde. Er wird ganz kalt und professionell, und ein Grünstich steigt ihm in die Wangen.

Als Florence die Tischkante packte und sich näher zum Fernschreiber zog, löste mein Gehirn die Informationen wie eine Gleichung auf. Persönliche Nachrichten. Das Stromnetz in Kansas. Seine Frau in einer Eisernen Lunge.

Ich war schon halb draußen, bevor ich das zu Ende gedacht hatte. Er würde mich umbringen, wenn ich ihn bemitleidete. Warum folgte ich ihm denn überhaupt? Ich weiß es nicht. Oder, nein … ich weiß es. Es gibt Dinge, die kannst du niemanden allein durchmachen lassen – nicht einmal deinen größten Feind. Und ich war seine Co-Pilotin.

Die Spindel war leer. Er hatte sich in irgendein Eckchen zurückgezogen, während mir ein Licht aufgegangen war.

Ein Eckchen – ich hielt an der Luftschleuse zur BusyBee inne. Schalldicht.

Durch das Bullauge sah ich, dass das Innere nur vom von der *Pinta* reflektierten Sonnenlicht erhellt wurde. Parker schwebte in der Mitte wie ein regloser Ball.

Ich versuchte, das Schott so lautstark zu öffnen, wie es nur irgend möglich war, um ihn ausreichend vorzuwarnen. Doch dabei ging mir bereits auf: Er konnte meine Geräusche gar nicht gehört haben.

Ich sagte, ich wüsste, wie Parker aussieht, wenn er schlechte Nachrichten erhält, doch da hatte ich mich geirrt. Ich wusste bloß, was er der Öffentlichkeit zeigte. Das hier ... Jeder Schluchzer schüttelte seinen ganzen Körper und hallte von den Wänden der BusyBee wider. Er schwebte in der Mitte des Gangs und machte sich ganz klein, als könnte er so seinen Kummer in sich behalten.

Einen Moment lang zögerte ich, weil er nicht wusste, dass ich da war, und mir wohl kaum dankbar sein würde. Aber wen sollte ich sonst holen? Kam vielleicht. Benkoski, doch er war auf der *Pinta*. Egal: Ich war jetzt hier, ich hatte mich entschieden, ihm zu folgen.

»Parker?«

Er fuhr zusammen und hob den Kopf. Obwohl er mir den Rücken zuwandte, konnte ich sehen, wie er versuchte, sich eine Maske überzustreifen. Sein Atem verlangsamte sich zu Husten und abgehackten Atemstößen. Parker wischte sich mit dem Arm über die Augen, was Wasserkügelchen durch die Kabine sandte. »Braucht mich die Mission Control?«

Ich schüttelte den Kopf, dann wurde mir klar, dass er mich nicht sehen konnte. »Nein.« Ich biss mir auf die Lippe und schob mich näher heran, bis ich direkt hinter ihm schwebte. Beinahe hätte ich ihn gefragt, doch ich hatte nicht die Erlaubnis, über seine Frau zu sprechen. »Das Stromnetz ... Es tut mir so leid.«

Er brach zusammen.

Diese dünne Schutzschicht aus Kontrolle zerbrach beim Wiedereintritt, und er konnte nur noch gequält schluchzen. Ich legte die Arme um ihn, als könnte ich ihn damit zusammenhalten oder vielleicht auch nur die Stücke zusammensuchen, und er hing in meiner Umarmung. Eine Hand schlang sich um meinen Unterarm und grub sich hinein, als müsste er sich daran hochziehen. Wir trieben in dieser Dunkelheit wie ein von seiner Trauer gedrehter Kreisel.

»Tut mir leid.« Parkers Stimme war rau und belegt. Er rieb sich mit dem Ärmel über die Augen. »Jesusmaria, ich ...« Seine Stimme brach wieder, und einen Moment lang bebte sein Brustkorb, als er still weinte.

Er hustete und räusperte sich. »Scheiße! Tut mir leid.«

»Was kann ich tun?«

»Mir Deckung geben?« Er streckte sich ein wenig, und ich ließ ihn los. »Ich bin sicherlich eine Weile nicht zu gebrauchen.«

»Klar.« Ich ließ zu, dass die Fliehkraft uns auf Abstand brachte. »Soll ich jemanden holen?«

»Auf gar keinen Fall. Erzähl es niemandem!«

»Okay.« Ich biss mir auf die Lippe, und mir wurde bewusst, dass ich Florence mit all dem Papier allein gelassen hatte, das sich aus dem Fernschreiber ergoss. »Vielleicht hat Florence es den anderen erzählt.«

Parker trieb langsam durch die BusyBee, und sein Gesicht war so rot und geschwollen, als wäre er von Wespen gestochen worden. Er schüttelte den Kopf. »Sie kann es nicht wissen. Da ist eine Nachricht ›von‹ Mimi bei den anderen persönlichen Nachrichten. Aber ... hey, du warst nicht die Einzige mit einer privaten Verschlüsselung. Du bist nur die, die erwischt wurde.«

»Oh!«

»Ich wette, du hast eine Menge Fragen.«

»Zum Beispiel, wie man nicht erwischt wird.«

Er lachte, doch das Lachen kippte wieder ins Weinen. Er wischte sich übers Gesicht. »Ich wusste, dass die Mission Control so vorgehen würde. Sie würden nicht wollen, dass ich mich aufrege, wenn sie stirbt, sondern eher einen Brief von ihr fälschen. Also gab es einen Code. Immer. Selbst in der kürzesten Nachricht. Und er stand nicht drin.«

»Vielleicht haben sie sie raus...«

»Nicht.« Er streckte sich und wies mit dem Finger auf mich. »Wag es nicht, mir falsche Hoffnungen zu machen, York. Sie konnte nicht länger als eine, höchstens zwei Stunden außerhalb der Eisernen Lunge überleben. Der Sicherheitsgenerator hält vierundzwanzig Stunden. Sie waren anderthalb Wochen ohne Strom. Wenn sie das irgendwie überlebt hätte, wäre dieser Code auf jeden Fall in ihrer Nachricht zu finden gewesen. Mimi ist …«

Sein Gesicht fiel in sich zusammen, und er klappte den Mund zu, um sein Stöhnen zu ersticken.

Ich näherte mich ihm, doch er schüttelte den Kopf, also hielt ich inne. »Ich … ich gebe dir Deckung.«

Er nickte. »Ich komme, sobald ich kann.«

»Lass dir Zeit.«

Er lachte halb und entließ mich mit einem Winken. Es fühlte sich falsch an, ihn allein zu lassen, was ein neues Gefühl war – normalerweise wollte ich einfach möglichst schnell von ihm weg. Ich legte eine Hand auf einen der Sitze der BusyBee und richtete mich zum Schott aus. Mit einem Druck der Fingerspitzen ließ ich mich zum Ende der Kabine treiben.

»York?« Das Summen der Ventilatoren übertönte fast seine Stimme.

»Ja?« Ich nutzte den Rand der Luke, um mich zu ihm umzudrehen.

»Würdest du … heute Abend … Würdest du mir helfen, das Kaddisch für sie zu beten? Ich … ich kann es nicht, und …« Parker presste sich beide Handflächen gegen die Augen und knirschte mit den Zähnen.

»Ja. Natürlich.«

Er nickte, die Kiefer hart zusammengepresst. Ich schlüpfte aus der Tür und ließ die Geräusche in der BusyBee zurück.

EINUNDDREISSIG

Zwei Satelliten zu neuem Leben erwacht

KANSAS CITY, KS, 19. Juli 1963 – Zwei Kommunikationssatelliten, von denen angenommen wurde, dass sie durch die Terrorakte von Earth First im Mai unwiederbringlich beschädigt wären, wurden durch herkulische Bemühungen der IAC wieder zum Leben erweckt. Diese Satelliten, die die Telefonkommunikation auf der Erde ermöglichen, waren außerdem Teil des Kommunikationsnetzwerks mit der Marsexpedition. Die Astronauten und Astronessen waren fast zwei Monate lang vom Rest der Menschheit abgeschnitten, während ihre Schiffe durch die unermesslichen Weiten des Alls reisten. Ein Aufatmen ging um die Welt, als bekannt wurde, dass sie ihre Mission fortsetzen und kurz vor dem Eintritt in die Marsumlaufbahn stehen. In einem Interview per Fernschreiber sagte Mission Commander Stetson Parker: »Die Völker der Erde haben uns ihr Vertrauen geschenkt, und ich freue mich darauf, ihnen den erhabenen Anblick unseres Schwesterplaneten im Tausch dafür zeigen zu können.«

Der Brief von Nathaniel brannte ein Loch in die Tasche meines Overalls, aber ich war entschlossen, ihn noch nicht zu lesen. Parker hatte die BusyBee meines Wissens noch nicht verlassen, und es gab eine Menge Arbeit.

Ich stand vorn in der Küche neben dem Whiteboard. An Parkers Platz. Ich dankte Gott für das Klemmbrett, denn es verbarg, wie sehr meine Hände zitterten. Meine Angstneurose ist wirklich furchtbar dumm. Sie bewirkte ausgerechnet jetzt – noch dazu vor vier Personen, die ich gut kannte –, dass ich keinen Laut hervorbrachte.

1, 1, 2, 3, 5, 8, 13 …

Ich räusperte mich. Oder versuchte es zumindest. Zum Glück hab ich Erfahrung darin, um den Klumpen in meinem Hals herumzusprechen. »Hier ist der Dienstplan der Mission Control, aber Parker schaut ihn sich gerade noch mal an, bevor wir ihn umsetzen.« Nicht, dass ich wirklich glaubte, dass etwas »Zeit mit dem Dienstplan« Parker irgendwie wieder in einen präsentablen Zustand bringen würde. »Bis wir so weit sind, dass wir den Lander runterschicken können, gibt es keine Änderungen zu dem, was wir auf der Lunetta geprobt haben, also werden wir diese Woche vor allen Dingen mit Materialprüfungen verbringen.«

Parker kam die Leiter hinunter in die Küche. »Danke für die Einführung, York.« Er hatte offensichtlich gebadet, und der Geruch seines Aftershaves wehte durch die Küche. »Ich habe gerade mit Benkoski gesprochen, und es gibt ein paar Updates.«

Ich hielt ihm das Klemmbrett hin. Er nahm es mit einem Nicken entgegen, mied aber meinen Blick. Er ließ den Arm und das Brett in der Hand scheinbar lässig an der Seite herabbaumeln, aber seine Fingerknöchel traten weiß hervor.

Ich versuchte, mich in die Sicherheit der Runde um den Küchentisch zu begeben, aber er hielt mich auf. »Bleib hier.« Und dann machte er das, was er immer tut, bevor er an die Arbeit geht; er bewegt den Hals, bis der Nacken knackt. »Alles klar, Leute. Ihr habt viele Fragen, und ich habe Grey und York gesagt, sie sollen euch hinhalten, bis ich direkt mit der Mission Control reden konnte. Es gibt Informationen, die sie uns nicht gradeheraus sagen konnten, und, ganz ehrlich, es wäre ihnen vermutlich auch lieber, wenn ich sie euch nicht mitteile, aber scheiß drauf. Hier kommt der SitRep.«

Das Team war ganz still und aufmerksam. Leonard hatte die Ellbogen aufgestützt und die Finger vor dem Gesicht verschränkt. Rafael hob den Kopf. Florence legte ihren schief und verengte die Augen. Und Kam beugte sich vor und entkreuzte die Beine.

»Earth First war nicht allein. Es gab einen Kollaborateur aus dem IAC-Rechenzentrum. Sie haben zeitgleich einen Anschlag auf den Flughafen in Kansas verübt und das Stromnetz ausgeschaltet, mithilfe von Waffen aus der ehemaligen Sowjetunion – wir sind nicht sicher, ob Russland aktiv beteiligt war, aber es scheint im Bereich des Möglichen zu sein.«

Kam hob die Hand. »Was ist mit der *Artemis*-Basis und der *Lunetta?* Ist da alles in Ordnung?«

Parker nickte. »Die Transits konnten von den brasilianischen und europäischen Raumfahrtzentren aus durchgeführt werden, aber die gesamte Kommunikation lief über Kansas und die Satelliten. Kurz und bündig: Die Mission Control kann jetzt wieder mit uns reden, aber sie können uns nicht sehen. Was den Eintritt in den Marsorbit angeht, müssen wir uns komplett auf unsere NavComps verlassen.«

Auf mich. Auf Heidi. Fand auf der *Pinta* gerade genau die gleiche Besprechung statt?

»Mag sein, dass das auch für die Heimreise gilt, denn neue Satelliten baut man nicht so eben, und um ehrlich zu sein, stehen wir gerade nicht ganz oben auf der Prioritätenliste.« Parker wendete das Klemmbrett in den Händen. »Das heißt: Unsere NavComps sind gerade zu unseren wichtigsten Crewmitgliedern geworden.«

Hallo, Angstneurose! In meinem Mund sammelte sich Speichel als altbekannte Ankündigung einer Kotzattacke. *3,14159...* Ich schluckte schwer und atmete langsam durch die Nase ein.

»Benkoski und ich haben entschieden, dass ihr euch am nächsten Entschluss alle beteiligen solltet, also werde ich euch diesmal um eine Abstimmung bitten. Sicher nach Hause zu kommen ist signifikant wahrscheinlicher, wenn wir nur ein

Slingshot-Manöver um den Mars herum durchführen und nicht landen.«

»Auf gar keinen Fall!« Rafael zerhackte die Luft mit der Handfläche. »Nicht nach all dem, was passiert ist! Ihr könnt mich aus der Luftschleuse werfen, aber ich werde da runtergehen.«

»Jo.« Leonard nickte. »Denkt ihr, die lassen es mich noch mal versuchen? Niemals.«

»Dann seid ihr schon zu zweit.« Parker wandte sich zur Tafel um und markierte beide mit einem Haken, als wären wir so viele, dass wir zählen müssten. Oder vielleicht suchte er nur nach einem Grund, dem Raum den Rücken zuzukehren. »Was sagen denn unsere Damen?«

»Ich bin auf Leonards Seite, aus demselben Grund.« Florence zuckte mit den Achseln. »Ich bin doch nicht den ganzen Weg hergekommen, um jetzt einfach wieder heimzufliegen.«

»Das gilt auch für mich.« Kam lachte auf. »Ich glaub's ja nicht, dass ihr echt dachtet, irgendwer von uns könnte einfach nach Hause wollen!«

»York?« Er hielt einen Finger hoch. »Warte: Bevor du antwortest, solltest du wissen, dass aufgrund der neuen Gegebenheiten … Voegeli und du nicht Teil des Landungsteams sein werden.«

Florence schnaubte. »Moment mal – wozu hab ich denn gelernt, wie man mit dem verdammten mechanischen Ding umgeht, wenn nicht, damit es an Yorks Stelle hier an Bord bleiben kann?«

»Dieser Aspekt steht nicht zur Abstimmung.«

»Das ist okay … So bin ich auch zum ersten Mal zum Mond geflogen. Hab den verdammten Felsen einfach nur umkreist.« Ich hatte Nathaniel versprochen, dass ich sicher nach Hause kommen würde, und wenn mir das auf diese Weise gelingen konnte, dann war es eben so. »Zum Mars oder zur Hölle.«

Parker schien die fünf Haken auf der Tafel einen Moment lang anzustarren. Weil ich neben dem Whiteboard stand, konnte ich jedoch sein Gesicht sehen: Er hatte die Augen zugekniffen. Er hakte sich selbst nicht ab, doch er atmete sehr langsam aus. »Na, das war ja einfach.«

Sein Gesicht sah keinesfalls so heiter und zuversichtlich aus, wie sein Tonfall vermuten ließ.

Als Parker die Augen wieder aufschlug, wischte er etwas vom Dienstplan weg, den ich auf die Tafel geschrieben hatte. »So, und was den Dienstplan angeht. Da wird sich einiges ändern. York braucht Zeit, um sicherzugehen, dass unsere Flugroute hundertprozentig korrekt ist, also werde ich ihre Dienste auf uns andere verteilen.«

Na toll. Ich begutachtete die Abnutzungsspuren auf dem Küchenboden, damit ich nicht den Groll in den Augen der anderen sehen musste. Rafael rutschte auf dem Stuhl hin und her. »Ich kann ... Soll ich als Co-Pilot für sie einspringen?«

Parker wandte sich mit geschürzten Lippen um und musterte Rafael. »Lass uns nach der Besprechung darüber reden. Momentan müssen Stewman und du den Fokus auf die Überprüfung der Lander legen.«

Ich schob die Hände hinter den Rücken, damit niemand sehen konnte, wie sie zitterten. »Es macht mir nichts aus, auch noch andere Aufgaben zu erledigen. Ich werde eine Pause von den Berechnungen brauchen.«

»Dann mach eine gottverdammte Pause, oder weißt du nicht, wie das geht?«

Er trauerte. Oder zumindest konnte ich mir einreden, dass die Schärfe in seiner Stimme nur dazu diente, seinen Kummer zu verbergen. Es ging nicht um mich.

Der Gedanke ließ mich den Kopf heben und Parker ansehen: Es war nie um mich gegangen.

Es war, als würde sich der Knoten aus Angst in meinem

Magen ins All verflüchtigen – sich von einer wabernden Kugel in Wasserdampf auflösen. Er entkam mir als eine Art Lachen. Sollte er doch denken, ich hätte meinen Sinn für Humor entdeckt! Ich hob das Kinn. »Ich mache eine Pause, indem ich koche. Also setz mich verdammt noch mal auf den Küchendienstplan, sonst backe ich Kuchen, ohne dir was davon abzugeben, so wahr mir Gott helfe!«

Florence lachte los. »Eins zu null für sie, Parker. Eins zu null für sie.«

»Okay.« Er krachte mit seinem Nacken und drehte sich, diesmal mit einem Grinsen, wieder zur Tafel um. »Solange du eingestehst, dass dein Platz in der Küche ist.«

»Jawoll.« Ich klatschte mit der flachen Hand gegen die Tafel. »Und zwar direkt neben dir.«

Liebe Elma,

ich liebe dich. Gott sei Dank geht es dir gut. Nein, ich hab nicht genug geschlafen – das haben wir alle nicht –, aber Thomas hat sich wacker geschlagen. (Und ja, er hat dafür gesorgt, dass ich genug esse.) Ich weiß nicht, was ich ohne ihn gemacht hätte. Später mehr, wenn die offizielle Kommunikation aufgeholt hat. Fürs Erste: Sei dir gewiss, dass es mir gut geht, dass ich dich liebe, dass ich so stolz auf dich bin.

Ich sage es noch mal: Ich liebe dich.

Nathaniel

Parker saß schon auf der Hantelbank, als ich den Sportraum betrat. So spät am Abend traf man hier nur selten jemanden an, und während die BusyBee zwar schalldicht war, benötigten wir für diesen Zweck Schwerkraft.

Er sah auf, als ich eintrat, und winkte kurz. »Danke. Fürs Deckung geben.«

»Ich mache nur meinen Job.« Ich setzte mich vor ihm auf

den Boden. »Was hast du zusammen mit Rafael entschieden?«

»Er landet mit Flannery auf dem Mars. Ich sollte nicht fliegen, und um die *Niña* in den Marsorbit zu bringen, muss ich nur deinen Anweisungen folgen.«

»Bloß kein Druck.«

»Ach, bitte.« Er schnaubte und zupfte sich einen losen Faden vom Overall. »Ich hab damals am Anfang versucht, dich zu brechen. Hat keinen Sinn, du bist unerschütterlich. Kein Sinn für Humor, aber bestehst einfach aus Eisen.«

Ich starrte ihn mit offenem Mund an. Ich? Unerschütterlich? »Du weißt schon, dass ich mich fast jeden Tag übergeben musste?«

Parker hob abrupt den Kopf. »Du verarschst mich doch.«

»Warum sollte ich denn sonst Miltown nehmen?«

»Keine ... Ich dachte, das ist so ein Frauending.« Parker zuckte mit den Schultern und rieb sich mit der Hand über den Nacken. »Hör mal. Es tut mir leid.«

Ich riss mich am Riemen und fragte nicht, ob er sich für das »Frauending« entschuldigte oder dafür, dass ich mich seinetwegen übergeben hatte. Für den Moment war das auch einfach egal. »Entschuldigung angenommen.«

Parker verzerrte auf einmal das Gesicht, krümmte sich und bedeckte den Mund mit beiden Händen. Ich schoss vorwärts, als er von einer Reihe Schluchzern geschüttelt wurde. Obwohl er die Hände auf den Mund presste, hörte ich es in seiner Kehle. Ich kniete mich neben ihn und zog ihn in eine Umarmung. Er legte den Kopf an meine Schulter.

Das dauerte nicht lange. Dann schüttelte er den Kopf und wich zurück. »Entschuldige! Verdammt!« Er zog ein Taschentuch aus der Tasche und schnäuzte sich mit feuchter, ekliger Entschlossenheit. »Ich weiß nie, wovon es ausgelöst wird.«

Ich nickte und hockte mich auf die Fersen. »Es ist schrecklich und erwischt einen immer kalt. Am schlimmsten in glücklichen Augenblicken.«

Er schluckte, biss die Zähne zusammen und starrte nach links, als wären die Hanteln gerade das Allerwichtigste auf dem Schiff. Nach dem Meteor, als meine Eltern – eigentlich fast meine gesamte Familie – gestorben waren, war es mir genauso gegangen. Ich hatte zeitweise fast vergessen, dass sie tot waren. Das geht mir manchmal immer noch so. Und dann kehrt die Erinnerung zurück wie ein Schlag ins Gesicht: dass ich Mama nie wieder etwas erzählen kann und dass Daddy niemals erfahren wird, dass ich Astronautin bin.

»Wie alt sind deine Söhne jetzt?«

»Sechzehn. In ihrem letzten Brief schrieb Mimi, dass sie sich schon darüber streiten, wer mich mit dem Auto abholen darf, wenn ich nach Hause komme.« Sein Gesicht verkrampfte wieder, und er schloss die Augen und schnitt eine Grimasse, als könnte er all diesen Schmerz wieder in sich verschließen.

Sechzehn ... Er würde ihre Abschlussfeier verpassen. Sie würden schon auf dem College sein, wenn wir zurückkehrten, aber ihn daran zu erinnern, kam mir grausam vor.

Einige kurze Atemstöße später öffnete er die Augen wieder. »Selbst in der Lunge war sie eine gute Mutter.«

Das schien mir eine gute Gelegenheit, tatsächlich über sie zu sprechen. »Neben dem Kaddisch tun wir etwas, das man ›Schiwa sitzen‹ nennt. Das ist ... das ist eine Trauerphase, die damit beginnt, dass wir einander Geschichten über den Menschen erzählen, den wir verloren haben.«

»Wie eine Totenwache.«

»Vermutlich.«

Parker straffte sich ein bisschen und strich sich durchs Haar. »Mimi war ein zurückhaltender Mensch.«

»Redest du deshalb nie über sie?«

»Mehr oder weniger.« Er streckte die Hände aus, und sein Ehering funkelte im Licht. Es ist schon seltsam, wie wir mit der Trauer umgehen. »Nach der Polioerkrankung … Sie hasste es, sich wie eine Bürde zu fühlen. Das konnte sie nicht leiden. Sie hasste es, dass Leute sie anstarrten. Aber sie saß in der Falle. Und sie war unheimlich schlau. Ich wäre nie ins Raumfahrtprogramm aufgenommen worden, wenn sie mir nicht beim Lernen geholfen hätte. Aber dann war ich der erste Mann im All, und plötzlich schnüffelten überall Reporter herum.«

Ich zuckte zusammen und erinnerte mich daran, wie sie mich zur Lady Astronaut gemacht hatten. »Diese Blutegel.«

»Und sie wäre ja die ›Geschichte des Jahrhunderts‹ gewesen.« Er betrachtete seine Hand. »Ich hörte auf, meinen Ehering zu tragen. Ich bestach Leute. Ich nahm jeden hoch bezahlten Job an, damit ich sie privat pflegen lassen konnte. Ich ließ sie aus dem Haus bringen. Alles nur, damit sie nicht im Rampenlicht stand.«

Die Ventilatoren flüsterten um uns herum. Wir saßen einander gegenüber. »Welche Musik mochte sie?«

»Ragtime.« Seine Mundwinkel zuckten in ein halbes Lächeln. »Sie hatte ein Pianola und sammelte Notenrollen. Sie hatte sogar eine, die von Scott Joplin signiert war.«

»Menschenskind!«

»Sie hat auch komponiert. Sie konnte wegen der Polioerkrankung nicht mehr Klavier spielen, aber sie fand heraus, wie ich es ihr ermöglichen konnte, Notenrollen zu stanzen. Hab ja gesagt, sie war unheimlich schlau.«

»Das klingt spektakulär.« Ich war neugierig, so ungemein gespannt, wie er seine Affären rechtfertigte, wo er sie doch ganz offenbar sehr liebte. Es ging mich nichts an, aber oh, war ich neugierig. »Ich würde so gern etwas von ihr hören.«

»Wenn wir zurück auf der Erde sind.« Er verlor beinahe wieder die Fassung.

Ich sprach das einzige Thema an, das ihn nun zurückholen konnte: die Sprache. »Bereit, etwas Aramäisch zu lernen?«

»Nicht Hebräisch?«

»Dafür nicht.« Er hätte eigentlich zur Rezitation aufstehen sollen, aber ich würde ihm nicht meine komplette Kultur anerziehen. *»Yitgadal v'yitkadash sh'mei raba. B'alma di v'ra ...«*

Parker legte den Kopf schief. *»Yigtadel yigkadesh* – nein, das stimmt nicht, oder?«

Es stimmte nicht, aber er war näher dran als die meisten jüdischen Menschen beim ersten Versuch. Ich wiederholte es langsamer. *»Yit-ga-dal v'yit-ka-dash.«*

»Yitgadal v'yitkadash.« Diesem Versuch gab ich grünes Licht und hasste ihn auch nur ein bisschen dafür, dass er es so schnell meisterte.

»Gepriesen und geheiligt sei Gottes großer Name.«

Er nickte, als kenne er die Bedeutung schon. Wie ich ihn kannte, war dem vielleicht auch so. »Das sagte sie jedes Jahr am Jahrestag des Meteors.«

»Das tun viele von uns.« Ich tat es auch. Jedes Jahr. Für meine Mutter und meinen Vater, meine Tanten, Cousins und Cousinen und die vielen Hunderttausend Menschen, die gestorben waren. *»Yitgadal v'yitkadash sh'mei raba. B'alma di v'ra ...«*

Er rieb sich mit dem Handrücken über die Augen. »Glaub ja nicht, du müsstest mir jetzt kein Jiddisch mehr beibringen.«

»Das machen wir, während die anderen alle auf dem Mars sind.«

Er nickte, und dann begann Stetson Parker, Witwer von Miriam Parker, geborene Kaplan, erneut mit dem Kaddisch. Wir brauchten eine ganze Weile, bis wir durch waren.

Ich denke, es hat geholfen.

3. September 1963

Lieber Nathaniel,

falls ich nicht alles vermassle, werden wir uns morgen um diese Zeit in der Marsumlaufbahn befinden. Ich mache mir eigentlich nicht wirklich Sorgen wegen der Berechnungen, denn Heidi und ich haben einander doppelt und dreifach überprüft, und Florence und Dawn haben alles durch den mechanischen Computer gejagt – oder vielmehr hat Dawn das getan. Florence' Gerät hat sich zweimal verkeilt, als sie die Lochkarten einführen wollte, aber Rafael versucht, den Schacht zu reinigen.

Aber dafür bin ich ja da, das ist der Grund, warum die Mission Control mich nicht runter zur Oberfläche lässt. Oder Heidi. Wir nehmen das beide nicht persönlich, obwohl ich zugebe, dass es schwer ist, dem Mars so nah zu sein. Aber logisch betrachtet ergibt es Sinn.

Ich wünschte, du könntest den Mars sehen. Leonard hat das große Teleskop schon seit einem Monat darauf ausgerichtet, er sucht nach möglichen Landeplätzen. Aber diese Entscheidung treffen wir erst in der Umlaufbahn. Das weißt du. Ich weiß gar nicht, warum ich dir überhaupt Kram erzähle, den du schon weißt, außer vielleicht, weil ich dich vermisse.

Der Mars ist wunderschön. Auf ganz andere Weise als die Erde. Wir nennen ihn immer den roten Planeten, aber es ist eher ein sanfter Lachston mit rauchigem Grau und gelegentlichem Umbra. Sobald wir Bilder zurückschicken, werden das ganz bestimmt die neuen Modefarben fürs Frühjahr.

Bitte bestell Thomas ganz liebe Grüße; ich bin sehr stolz darauf, dass er dir hilft.

Mit all meiner Liebe
Elma

Der Mars füllte das Sichtfenster aus. Rot und Ocker und Umbra und ein Fleck aus weißem Eis am Pol, doch ich konnte alldem erst die volle Aufmerksamkeit schenken, wenn wir uns im Orbit befanden.

Parker saß im Pilotensitz, seine Hände waren ganz ruhig. Gott sei Dank! Ich vermutete, dass er immer noch regelmäßig zusammenklappte, aber er riss sich in der Öffentlichkeit zusammen. Er war im vergangenen Monat ruhiger als sonst gewesen. Stichelte seltener. Aber am Steuer war er zuverlässig wie immer.

Parker schaltete das Mikro an. »Bereit für die Zündung.«

Aus dem Ingenieurs-Mod sagte Rafael: »Deine waghalsigen Abenteurer warten schon darauf.«

»Waghalsigkeit bestätigt.« Parker schaltete das Mikro aus. Seine Stimme war heiser. »Zählst du runter?«

»Roger.« Vielleicht war er doch nicht so ruhig, wie ich dachte. Ich schaltete mein Mikro an, schielte auf die Uhr und unser Höhenmessgerät. »Auf mein Zeichen. Zehn, neun, acht, sieben ...« Die Zahlen ließen meine Anspannung steigen. »Sechs, fünf, vier ...«

»Ich starte die Triebwerke.«

»Drei, zwei, eins ... los!«

Die gigantischen Antriebe der *Niña* zündeten und drückten uns in den Sitz. Die Backbordseite leuchtete auf, als die *Pinta* und die *Santa Maria* es uns gleichtaten. So rasch, wie sie erfolgt waren, so rasch waren Zündung und Schub auch wieder vorüber.

Parker nahm die Hände von der Steuerung und atmete lang gezogen aus. So viel zur ruhigen Fassade. »Zündungsbericht. DELTA-TIG null, Zündungszeit 557, Schaftwert auf den Winkeln, VGX minus 0,1, VGY minus 0,1, VGZ plus 0,1, kein Abgleich, minus 6,8 auf DELTA-VC, LOX 39,0, plus 50 auf Ausgleich.«

»Bestätigt.« Ich schaltete das Mikro aus und zog meine Unterlagen näher an mich heran. »Nur fürs Protokoll, das war wohl eine perfekte Zündung.«

»Und dafür hast du das Mikro ausgeschaltet?« Parker beugte sich im Sitz vor und sah aus dem Sichtfenster. »Da ist unser möglicher Landeplatz, oder nicht?«

Unter uns erstreckten sich rote Hügel. Es gab wieder ein »Unten«. Leonard hatte Bilder davon mit in die Besprechung gebracht, aber es war wie der Unterschied zwischen einem Radioprogramm und einer Live-Aufführung. Die Texturen und das grelle Licht der untergehenden Sonne ließen alle Kanten in rötlich goldenem Licht erstrahlen.

Parker lehnte sich im Sitz zurück und grinste zum ersten Mal seit Tagen. »Höhe ... 204 Kilometer. Ich bin *gut!*«

»Ich dachte, du musstest nur meinen Zahlen folgen.«

»Aber mit welcher Präzision!«

Ich schnaubte und arbeitete weiter an den Daten, die hereinkamen. Wir nutzten den früheren Lander und die Orbitalsatelliten, die die IAC uns vorausgeschickt hatte, um unsere Position zu bestimmen. Parkers Zündung mochte perfekt gewesen sein, doch bevor wir nicht die Bestätigung dafür hatten, waren mir die Zahlen immer noch suspekt.

Mein Bleistift flog über das Papier, und ich berechnete unsere Umlaufbahn, während sich der Mars unter uns drehte.

Alles sah gut aus. Ich biss mir auf die Lippe und wiederholte die Berechnung.

Dasselbe Ergebnis. Ich kringelte es ein. »Die vorläufigen Daten der Positionsbestimmung in den ersten Minuten zeigen, dass wir uns in einem Orbit von 61,6 zu 169,5 befinden. Wir sind stabil.«

Parker zog das Mikrofon näher und beschwor von irgendwoher eine Moderatorenstimme, auf die Terrazas stolz gewesen wäre. »Waghalsige Abenteurer, die Lady Astronaut hat gerade verkündet, dass wir uns in einem stabilen Orbit befinden. Willkommen auf dem Mars!«

ZWEIUNDDREISSIG

Umfrage ergibt: Öffentlichkeit unterstützt Marslandung

In einer Umfrage von Louis Harris in der gestrigen *Kansas City Post* zur morgen geplanten ersten Marslandung kam heraus, dass die Mehrzahl der US-Amerikaner mit 51 zu 41 Prozent eine Landung befürwortet. Die öffentliche Meinung hat sich im vergangenen Jahr rasant verändert, vor allen Dingen als Reaktion auf die Anschläge der Earth-First-Bewegung.

Vielleicht hatten wir die Angewohnheit von der *Pinta*-Crew übernommen, oder vielleicht lag es nur daran, dass in der Küche einfach der beste Tisch stand – jedenfalls saßen Rafael, Leonard und ich dort und arbeiteten. Vermutlich lag es am Tisch, denn Leonard hatte eine Reihe von Fotos an einem Ende ausgebreitet und bereitete eine Karte der Landezone vor. Rafael vertiefte sich mit zusammengekniffenen Augen ins Handbuch des Mars-Landers.

Ich hatte so viel auf Zahlen gestarrt, dass ich schon zu schielen begann. Ich klappte die Mappe zu und streckte mich. »Kuchen oder Pie?«

»Pie.« Leonard hob die Hand.

Rafael pikste ihn mit seinem Stift. »Kuchen.«

»Also darf ich machen, was ich will. Ist notiert.« Ich schob die Beine über das Bankende und stand auf. Tatsächlich war es schwieriger, mit den vorhandenen Zutaten Kuchen zu backen, aber ich hatte Appetit auf Mamas Käsekuchen. Auch wenn ich mir nicht sicher war, wodurch ich Quark ersetzen würde …

Rafael legte den Kopf lautstark auf seiner Mappe ab. »Ich könnte auch eine Pause brauchen.«

»Das sieht eher nach einem Nickerchen aus.« Leonard prüfte ein unsichtbares Klemmbrett. »Hm … das steht heute aber nicht auf der Tagesordnung.«

»Lass ihn in Ruhe. Diese Lander haben eine Konsole, die auf den ersten Blick furchtbar kontraintuitiv ist.« Es war eine Qual gewesen, mir die Bedienung dieser Konsole für den Mond anzueignen, aber danach war der Rest ein Kinderspiel. Ich ließ meine Rechenmappe auf dem Tisch und wanderte zur Küchenzeile. Konnte man Milchpulver mit Zitronensaft ansäuern? Vielleicht sollte ich doch wieder Schachkuchen machen …

Rafael grunzte hinter mir. »Was du nicht sagst …«

»Du solltest Parker mal fragen, ob du den Lander auf der *Santa Maria* von Spinnweben befreien darfst.« Andererseits wäre auch ein simpler Schokoladenkuchen eine nette Sache. Ich könnte etwas Zimt dazutun. »Es ist einfacher, sich die Abschaltsequenz zu merken, wenn man dabei die Konsole anschaut.«

»Du klingst, als würdest du aus Erfahrung sprechen.«

Ich schnappte mir eine Schüssel aus dem Schrank und warf Rafael einen Blick über die Schulter zu. »Der Lander hat dieselbe Konsole wie die Fahrzeuge auf dem Mond.«

Ihm fiel die Kinnlade herunter. »*Puta que pariu.* Das weiß ich doch eigentlich! Ich hatte nur … Warum zum Teufel bin ich denn dann der Pilot bei dieser Landung?«

Ich stellte die Schüssel auf die Ablagefläche und wandte mich zu ihm um. »Das ist nicht dasselbe. Ich bin nicht in Atmosphäre geflogen.«

»Ja, aber … du hast trotzdem mehr Flugstunden damit als ich im Simulator.«

Als Pilotin war mein Drang, ihm zuzustimmen, sehr groß. Ich hatte mehr Flugstunden, und mein Bedürfnis, auf dem Mars zu landen, war so groß, dass ich es beinahe schmecken konnte. Aber ich wusste auch, warum ich es nicht tat. Ich wies auf die Mappe auf dem Tisch. »Schlag sie auf.«

Rafael verdrehte die Augen. »Komm schon, Elma …«

»Ich mein es ernst. Kannst du eine dieser Gleichungen lösen?« Genau so hatte Helen die Sache betrachtet, als sie ihren Platz für mich aufgab. Nicht, dass die Gründe dieselben gewesen wären, aber wir beide beugten uns einer Welt, die wir nicht ändern konnten. Sie war damit nicht glücklich, und ich werde nicht so tun, als wäre ich damit glücklich gewesen, aber so sieht die Realität nun mal aus. »Ich bleibe hier und rechne. Aber erst mach ich Pie.«

Leonard lächelte. »Ich mag Pie.«

»Ich mag Pi – 3,14159265…« Ich zwinkerte ihm zu, aber ich würde ihm auch einen Pie machen. »In der Zwischenzeit … Hast du darüber nachgedacht, werter Pilot, wie du den Lander nennen willst?«

Rafael sah in die Mappe und glättete die Seiten mit der Hand. »Die *Terrazas.*«

Erinnerst du dich daran, wo du warst, als die ersten Menschen auf dem Mars landeten? Ich saß auf der Brücke der *Niña* im Co-Piloten-Sitz, Stift und Papier gezückt und bereit zu rechnen. Parker saß neben mir und hatte nichts zu tun. Wir starrten aus dem Fenster und lauschten dem Funkverkehr, während die *Terrazas* in die Marsatmosphäre eintrat.

Alle anderen Mitglieder unserer Crew waren an Bord. Sie würden zuerst landen, und wenn alles gut ging, würde ihnen die Crew der *Pinta* in zwei Wochen folgen.

Leonards Stimme war klar und deutlich. »Unser Radar zeigt 15,24 Kilometer periMars an. Die visuellen Höhenmesser pendeln sich bei 16,15 Kilometern ein.«

Ich trug das in die Gleichung für die Landung der *Terrazas* ein. »Bestätige. Ich empfehle einen Gierwinkel von 10 nach rechts. Dann habt ihr das Go für den gedrosselten Abstieg. Over.«

»Bestätige: Go für gedrosselten Abstieg.«

Sie hatten noch fünf Minuten, um die Landung einzuleiten. Bis zu diesem Zeitpunkt befanden sie sich einfach nur in einer niedrigeren Umlaufbahn als wir. Neben mir bewegte Parker die Hände auf den Knien, als wollte er selbst nach der Lander-Konsole greifen. Rafaels Stimme kam schwach durch Leonards Mikro. »Stabilisierungs- und Kontrollschutzschalter. DECA Kardan-AC geschlossen. Command Override aus. Kardan ein. Rate Scale 25.«

Wäre nicht der rote Planet durch das Sichtfenster zu sehen gewesen, hätte es sich beinahe so angefühlt wie in einer Simulation. »Auf mein Zeichen noch 3:30 bis zur Zündung.«

»Bestätigt.«

Ich überprüfte die Uhrzeit und ihre Position. »Ab jetzt. 3:30 zur Zündung.«

»Bestätige. Schubtranslation, vier Düsen. Balancekupplung an. TCA-Schub auf Minimum. Auslastung Auto-CDR. Treibstoffschalter, Reset. Treibstoffschalter.« Leonards Stimme war ruhig, als er Rafael die Checkliste vorlas. »Alles klar. Abbruch/Abbruch-Zustand, Reset. Att.-Kontrollen, drei davon auf Mode Control. AGS zeigt vierhundert plus eins an.«

In meinem Kopf sah ich das Cockpit der *Terrazas.* Sie flogen mit dem Antrieb voraus, sodass sie ihn zum Bremsen nutzen konnten. Die Fenster zeigten zum Planeten, damit sie die Trajektorie nachvollziehen konnten. Sie würden um hundertachtzig Grad gieren, um den Radar auf die Oberfläche auszurichten. Danach hing alles von Rafaels Flugkünsten ab.

Ich behielt trotzdem den Bleistift in der Hand.

Als Rafael »Zündung« sagte, hob Parker beide Hände mit gekreuzten Fingern.

Ich beobachtete sie auf dem Radar. »Sinkrate sieht gut aus.«

Parker murmelte: »Gott, ich hab keine Ahnung, wie Mimi das ausgehalten hat …«

Mein Blick blieb auf den Radar geheftet, aber mit der freien Hand griff ich nach ihm und drückte kurz seinen Arm. »Sie wusste, mit wem sie verheiratet war.«

»Ha!«

Wie in einem Hörspiel ohne Erzählstimme sagte Leonard: »Schubdrosselung … sechs plus fünfundzwanzig, Schubdrosselung.«

Ich biss mir auf die Lippe. Sie würden den Schub sechs Minuten und fünfundzwanzig Sekunden nach Beginn der Zündung drosseln, was Sinn ergab. Ich wollte einfach irgendetwas tun. Es waren die längsten sechs Minuten und fünfundzwanzig Sekunden meines Lebens.

»Schub gedrosselt. Fünfzehnhundert Meter Höhe. Dreißig Komma fünf Meter pro Sekunde. Fluglage ist gut.«

Endlich Zahlen, mit denen ich etwas anfangen konnte. Es war einfach genug, um es im Kopf zu rechnen, aber ich schrieb es sicherheitshalber nieder. »Ihr habt das Go für die Landung. Over.«

»Bestätige. Neunhundertvierzehn bei 21,3.«

Ich nickte, auch wenn er mich nicht sehen konnte. »Bestätigt. Go für die Landung. Neunhundertvierzehn Meter.«

»Sechshundertzehn Meter. Sechshundertzehn Meter.«

Parker beugte sich vor, als könnte er sie da draußen erspähen. Weiten aus Rot und Ocker dehnten sich unter uns aus.

Theoretisch befand sich die *Terrazas* direkt unter uns. Da die Marsatmosphäre derart dünn war, konnten wir den feurigen Streifen ihres Eintritts jedoch nicht annähernd so hell sehen wie auf der Erde.

»Fünfunddreißig Grad. Fünfunddreißig Grad. Zweihundertneunundzwanzig Meter. Wir kommen mit sieben Metern pro Sekunde runter.« Leonard hätte auch Börsenkurse durchgeben können statt der Landung auf einem anderen Planeten. »Einhundertdreiundachtzig Meter, runter mit 5,8.«

Ich verfolgte ihren Weg mit Zahlen auf dem Blatt, nicht, weil ich damit hätte helfen können, sondern einfach nur, um meine Hände zu beschäftigen. Ich verfolgte den Bogen ihres Sinkflugs so nach, wie ich es damals bei Parkers Aufstieg in die Umlaufbahn getan hatte.

»Einhundertsieben Meter, runter mit 1,2. Wir haben einen Schatten.«

Es war anders, in Atmosphäre zu landen, selbst in einer so dünnen, doch den Schatten kannte ich. Dann waren sie fast unten. »Dreißig Komma fünf Meter, 1,1 runter, 2,7 vorwärts.«

Kam und Florence mussten gerade aus dem Rückfenster des Landers starren.

»Zwölf Komma zwei Meter, runter mit 0,76. Wir wirbeln etwas Staub auf.«

Ich hielt den Atem an und gehe fest davon aus, dass Parker das auch tat. Tatsächlich schien das ganze Schiff zu schweigen, als wären selbst die Ventilatoren während der Wartezeit verstummt.

»Leicht aufgesetzt.«

Zum ersten Mal seit zehn Minuten hörten wir Rafaels Stimme, die seelenruhig klang. »Abschaltung.«

»Antrieb stoppt.«

Parker ließ einen Jubelschrei los, als hielte er ihn seit der Erde in sich gefangen. Ich warf meine Unterlagen in die Luft, und sie kreisten um uns wie in einer Schneekugel für Mathe-Fans.

Ich konnte durch die Lautsprecher hören, wie Florence im Hintergrund vor Freude lachte. Rafaels Ruhe verbarg sicherlich nur ein Grinsen von Ohr zu Ohr. »*Niña*, hier ist die Bradbury-Basis. Die *Terrazas* ist gelandet.«

Bei der Erwähnung ihres neuen Rufzeichens brannten mir Tränen in den Augen. Gott! Sie hatten es tatsächlich geschafft!

Parker griff nach dem Mikro. »Bin froh, das zu hören, Bradbury. Gratuliere zur erfolgreichen Landung.«

»Bradbury, hier *Pinta.*« Hinter Benkoskis Stimme konnte ich die Besatzung der *Pinta* jubeln hören. »Wir sind alle … Glückwunsch! Kann's gar nicht abwarten, zu euch zu stoßen.«

»Danke. Die Aussicht ist ganz schön. Sieht ja von oben eher rot aus, aber einige der Steine sind fast blau.« Rafael lachte. »Leonard hat gerade die Augen verdreht ob meines Herumwissenschaftlerns. Wir machen uns mal an die Arbeit, sonst startet er den Außenbordeinsatz ohne uns.«

»Macht hin! Und schießt Fotos.« Parker schaltete das Mikro aus und sah mich grinsend an. Immer noch trudelten Blätter zwischen uns herum. Er schnappte sich eines aus der Luft und betrachtete die Gleichungen darauf. »Gut gemacht, York.«

»Das ist mein Job.«

Parkers Grinsen verwandelte sich in etwas … beinahe Freundschaftliches? »Es tut mir leid, dass du nicht mit da unten sein kannst.«

Ich zuckte mit den Schultern und blickte auf den Mars hinab, der sich langsam unter mir drehte. Ich wollte, dass Nathaniel ihn sah – und Rachel und Thomas und Hershel und Helen und alle … »Diesmal nicht. Aber das hier wird nicht meine letzte Chance gewesen sein.«

Zurück auf der Erde, würde ich alles in meiner Macht

Stehende tun, damit sich Kolonieschiffe hierher auf den Weg machten, voller Menschen mit ganz unterschiedlichen Lebenswegen. Ich war lange genug die Lady Astronaut gewesen, um das Spiel zu kennen. Von jetzt an war ich die Lady Astronaut vom Mars.

EPILOG

Der erste Mann auf dem Mars wendet sich an die Vereinten Nationen

Heute hielt Dr. Leonard Flannery eine Rede zur bevorstehenden zweiten Marsexpedition vor den Vereinten Nationen. Dr. Flannery wird die Expedition zur Errichtung der Marskolonie leiten. In seiner Rede bat er alle Nationen eindringlich um die friedliche Zusammenarbeit bei der Errichtung einer neuen Heimat für die Menschheit auf unserem Schwesterplaneten. Dieses Heim sei nicht als Ersatz für die Erde gedacht, so betonte er, sondern solle neue Möglichkeiten schaffen und die Grenzen etwas weiter ausdehnen. Als Schwarzer Mann sei er der lebende Beweis dafür, dass im All alle Menschen gleich sind. Er hoffe, zukünftige Generationen zu inspirieren.

Begleitet wurde er von seiner Co-Pilotin Dr. Elma York, die in den frühen Tagen des Raumfahrtprogramms als die »Lady Astronaut« bekannt wurde. Sie trug ein schickes blaues Kostüm mit einer Perlenkette.

Heute lande ich auf dem Mars. Die *Esther* bebt um mich herum, als die Atmosphäre über die Hülle unseres Landers streift. Im NavComp-Sitz hinter mir gibt Helen Anweisungen für unsere Annäherung an die Marsoberfläche. »Auf mein Zeichen 3:30 bis zur Zündung.«

»Bestätigt: 3:30.« Mein Mund ist trocken, doch meine Hände liegen ruhig am Steuerknüppel. Der Rest der Crew im Lander ist ganz still, doch sie sehen dasselbe wie ich: Die rote Oberfläche kommt näher, als wollte sie uns begrüßen. Ich reiße den Blick los und schaue stattdessen auf die Missionsuhr, damit ich bereit bin, wenn Helen das Zeichen gibt.

»3:30 ab jetzt.«

»Bestätige.« Die digitalen Ziffern zählen nun herab.

Zu meiner Linken im Co-Piloten-Sitz liest Leonard die Checkliste vor, wie er es bei seiner ersten Landung mit Rafael gemacht hat.

»Schubtranslation, vier Düsen. Balancekupplung an. TCA-Schub auf Minimum. Auslastung Auto-CDR. Treibstoffschalter, Reset. Treibstoffschalter … okay.«

Ich reagiere darauf, indem ich die entsprechenden Schalter umlege. Es ist wie bei der Landung auf dem Mond und doch komplett anders. Ich lande auf dem Mars. Die Abfolge ist ähnlich, aber die Marsatmosphäre verändert alles. Sie ist zu dünn, um lebenserhaltend zu sein, aber zugleich könnte sie auch innerhalb einer Sekunde unser Ende bedeuten.

»Alles klar. Abbruch/Abbruch-Zustand, Reset. Att.-Kontrollen, drei davon auf Mode Control. AGS zeigt vierhundert plus eins an.«

Die verbleibenden Ziffern auf der Digitalanzeige schmelzen dahin. »Zündung!« Ich drücke den Schalter und zünde damit vier unserer Düsen.

Sie erwachen brüllend zum Leben. Einer der Kolonisten hinter uns schreit erschreckt auf, vermutlich wegen des Lärms, denn dass wir in den Sitz gedrückt werden, ist nicht neu. Die Schwerkraft rammt mich schier gegen die Lehne, und ich spanne die Bauchmuskeln an, damit das Blut in meinem Kopf bleibt. Vorsichtig schere ich mit dem Schiff so aus, dass der Antrieb zum Planeten zeigt, und wir beginnen nun ernsthaft mit dem Landeanflug.

Der Mars versteckt sich unter uns. Außerhalb der Sichtfenster zuckt Plasma über das Glas. Ich schaue zwischen dem Horizont und dem Höhenmesser hin und her. »Schub gedrosselt.«

Leonard nickt. »Fünfzehnhundert Meter Höhe. Dreißig Komma fünf Meter pro Sekunde.«

Ich beginne zu rechnen, aber dann reiße ich mich davon los – ich habe auf diesem Schiff eine Aufgabe, und Rechnen gehört nicht dazu. Ich lande heute auf dem Mars.

»Neunhundertvierzehn bei 21, 3.«

Hinter uns sagt Helen. »Bestätigt. Ihr habt das Go für die Landung.«

Was gut ist, denn zu diesem Zeitpunkt wäre ein Abbruch für alle die Hölle – auch wenn ich es hinbekommen würde. Ich nehme noch etwas Schub raus, lasse uns tiefer Richtung Marsoberfläche sinken. Bei 305 Metern hebt sich das Glitzern der Bradbury-Basis von der rostfarbenen Landschaft ab.

Ich bin also auf Kurs. Gott sei Dank. Ich zentriere die Basis auf dem Liniengitter, das in die Scheibe geätzt ist. Horizont gerade. Wir werden langsamer, aber im Moment sieht es immer noch so aus, als würde ich abseits der anvisierten Stelle landen.

»Zweihundertneunundzwanzig Meter. Kommen mit 7,6 Metern pro Sekunde runter.«

Wir sind immer noch etwas zu schnell. Ich drossle weiter, und unter uns nimmt die Landschaft Gestalt an. Raue Spitzen und weiche Sanddünen. Der Übertragungsturm der Bradbury lockt, aber die Landebahn ist unter Staub verborgen. Es war ein bisschen vermessen zu hoffen, dass sie frei bleiben würde.

Die Landschaft zieht unter uns hinweg, und eine dunkle Form wellt sich darüber. Ich grinse, als sähe ich einen alten Freund. »Wir haben einen Schatten.«

»Dreißig Komma fünf Meter, gehen mit 0,9 runter, mit drei vorwärts.«

Ich lecke mir über die Lippen und bugsiere uns voran, bis die Landefläche unter uns sein sollte. Vor dem Fenster steigt aufgewirbelter ockerfarbener Staub auf, als sagte der Mars Hallo.

»Zwölf Komma zwei Meter, 0,73 runter. Wir wirbeln etwas Staub auf.« Leonards Stimme ist so ruhig, als machte er das jeden Tag. »Da ist ja die Landefläche.«

Tatsächlich haben die Schiffsdüsen den Staub davongepustet und uns ein schönes flaches Quadrat hinterlassen, rot wie der Rest der Landschaft. Ich nehme den Schub weg und

Setze.

Uns.

Ab.

Die Füße des Landers berühren den Boden, und die *g*-Kräfte verändern sich. Ein Licht blinkt auf dem Armaturenbrett, als wäre uns unser Zustand noch nicht klar. »Leicht aufgesetzt.«

»Abschaltung.« Ich nehme die Hände vom Steuerknüppel und stelle ihn auf neutral. Ich atme außerdem wieder. Nachdem ich vier Schalter auf dem Kontrollpanel umgelegt habe, sage ich die beiden wunderbaren Worte: »Antrieb ausgeschaltet.«

Wir müssen noch eine ganze Checkliste durchgehen, aber wir sind am Leben. Wir sind auf dem Mars. Hinter mir bricht Jubel aus. Nathaniels Stimme ist klar und deutlich durch das Stimmengewirr zu hören. *»Baruch ata Adonai, Eloheinu …«*

Und er sagt, er sei ein furchtbarer Jude!

Grinsend gönne ich mir eine ganze Sekunde, um durch das Fenster zuzusehen, wie der Staub unter dem rauchigen orangefarbenen Himmel dahinzieht, und dann ruft die Pflicht. Ich schalte das Mikrofon an und funke das Mutterschiff an. »*Goddard*, hier Bradbury-Basis. Die *Esther* ist gelandet.«

»Glückwunsch, Bradbury!« Halim Maloufs Stimme klingt nach einem breiten Grinsen. »Eine perfekte Landung.«

»Danke.« Er hat recht. »Bin froh, unten zu sein.«

Mein Gesicht schmerzt, als ich mich losschnalle. Ich grinse wie eine Idiotin. Der Mars. Ich bin auf dem Mars. Leonard steht schon auf und klopft mir auf die Schulter. »Gut gemacht, Elma.«

»Danke.« Ich wirble aus meinem Stuhl, aber ich bin im Marsanzug etwas ungeschickt.

Helen lehnt sich mit der Hand an der Gurtschnalle vor. Ihr Mund steht ein wenig offen, als sie aus dem Fenster schaut. Als ich aufstehe, schüttelt sie den Kopf und blinzelt sich Tränen aus den Augen. Sie bemerkt meinen Blick, zuckt mit den Schultern und tätschelt ihre Mappe mit den Berechnungen. »Ich hab die ganze Zeit hier reingeguckt.«

Ich beuge mich über ihren Stuhl und umarme sie. »Jetzt hast du Zeit dafür. Die Mission Control plant fünfzehn Minuten fürs Starren ein.«

Fifteen minutes for kissing … Das Lied mag ich immer noch nicht, aber es beinhaltet einige gute Vorschläge. Ich gehe nach hinten, wo das Kolonieteam sich aus den Sitzreihen schält und eigene Checklisten durchgeht. Nathaniel blickt auf, als ich den Gang hinunterkomme, er hält den Helm in der Hand.

Sein Lächeln könnte den ganzen Planeten mit Strom versorgen. Okay, es befinden sich im Moment nur etwa zwanzig Menschen darauf, aber dennoch. »Gut geflogen, Dr. York.«

»Oh, danke, Dr. York. Bevor du den da aufsetzt …« Ich lege ihm eine Hand aufs Handgelenk, damit er den Helm sinken lässt, und dann küsse ich ihn.

Es ist mir ehrlich egal, dass der ganze Planet zusieht.

Wir sind nicht das einzige verheiratete Paar auf dem Schiff, und offenbar löse ich damit so etwas wie eine Knutschorgie aus. Helen und Reynard sind einfach süß. Ich bin mir nicht sicher, ob die Mission Control Küsse im Sinn hatte, als sie uns diese Pause gönnte, aber das hätte sie bedenken sollen. Immerhin gestehen sie uns zu, nach einer Reise von mehreren Millionen Kilometern etwa fünfzehn Minuten lang einfach nur Menschen zu sein.

Und dann gehen wir alle wieder an die Arbeit, wir sind schließlich Profis. In kurzer Zeit haben wir den Lander gesichert, unser Gepäck ist zum Ausladen bereit, und all unsere Anzüge sind versiegelt und dreimal überprüft.

Leonard steht am Schott und entriegelt es. »Meine Damen und Herren ... Willkommen auf der Bradbury-Basis!«

Er öffnet die Luke, und eine Brise weht bernsteinfarbenen Staub in den Innenraum. Ich wünschte, ich könnte ihn riechen. Meine Hand liegt in Nathaniels, und ich drücke zu.

Mein Mann beugt sich zu mir herüber, um meinen Helm mit seinem zu berühren. Da er sein Mikro abgeschaltet hat, kann nur ich ihn hören. »Mein Anzug passt plötzlich an einer bestimmten Stelle nicht mehr. Da brauche ich vielleicht gleich mal deine Hilfe.«

Bei diesen Worten scheint die Temperaturregulierung meines Anzugs zu versagen, denn plötzlich wird mir ganz heiß. »Ich werde als Wissenschaftlerin und als deine Frau mein Bestes tun, um das Problem zu lösen.«

»Elma?« Leonard winkt mich nach vorn. »Möchtest du?«

»Oh ...« Ich bin immer noch rot vom Gedanken an Nathaniels ... Problem. »Aber du bist doch der Mission Commander!«

Er blinzelt. »Ich bin doch schon der erste Mensch auf dem Mars. Und du bist die Lady Astronaut vom Mars.«

Ich blinzle gegen die Tränen an, die hier genug Gewicht haben, um mir die Wangen herabzulaufen, ducke mich durch das Schott und balanciere auf der ersten Leitersprosse. Der Mars. So weit das Auge sehen kann, ergeht sich die Landschaft in staubigem Lachsrosé, in Ocker, Pink und Flecken aus tiefem Blauviolett. Drei Schritte die Leiter herab. Der vierte Schritt, und mein Fuß steht auf dem Mars.

Meine Füße stehen auf der Marsoberfläche. Ich bin auf dem Mars.

Ich bin auf dem Mars!

Und noch einige andere warten darauf, auf dem Mars sein zu können, also mache ich ihnen Platz. Irgendwie hat ein Teil von mir erwartet, dass es sich wie auf dem Mond anfühlen würde, aber der Mars hat eine höhere Schwerkraft. Der Staub bildet Wolken, die von der Atmosphäre eingefangen werden, statt nur einen Bogen im reibungslosen Vakuum zu beschreiben. Sosehr ich einfach nur rumstehen und starren möchte, es liegt Arbeit vor mir.

Arbeit auf dem Mars.

Ich umrunde den Lander auf dem Weg zum Frachtabteil. Reynard schließt sich mir an, und wir öffnen die Luke. Nathaniel winkt, als er eine Kiste zur Bradbury-Basis vorbeiträgt, aber mehr Zeit haben wir an diesem Nachmittag nicht füreinander.

Das All klingt immer so glamourös, wenn sie im Fernsehen oder Radio darüber reden, aber in Wirklichkeit putzen wir die ganze Zeit nur oder machen Instandhaltungsarbeiten. Heute tun wir das auf dem Mars.

Wir tragen Kisten über den Mars. Wir befestigen Dinge auf dem Mars. Wir wecken eine Basis auf, die vier Jahre auf dem Mars geschlafen hat.

Die Sonne kriecht über den Horizont, als wir die letzte Kiste in der kleinen Kuppel der Bradbury verstauen. Nathaniels Team hat Blaupausen und Pläne dabei, um die Basis zu erweitern, auf der zwanzig Personen nun eng, aber noch gemütlich zusammenleben können. Unsere erste Amtshandlung wird darin bestehen, ein zweites Habitat zu errichten, damit sich uns die Kolonieteams von der *Goddard* anschließen können.

Meine Arbeit bestand darin, auf der Marsoberfläche zu landen. Morgen beginnt Nathaniels Aufgabe. Wir haben diese eine Nacht, in der unsere Karrieren aufeinander abgestimmt sind.

Ich klettere in die *Esther*, um zu überprüfen, ob alles ausgeschaltet ist. Um mich herum ist alles still. Dies war ihr erster Flug, aber ich werde sie sicherlich noch fünfmal hinauf- und wieder herunterbringen, bis alles auf der Oberfläche angekommen ist. Ich lege eine Hand auf den Pilotensitz und kann nicht mit dem albernen Grinsen aufhören.

Ich tätschle den Sitz, als würde ich meiner Tante Gute Nacht sagen, und trete wieder zum Schott. Ein Astronaut wartet auf der Marsoberfläche auf mich. Die Sonne ist hinter dem Horizont verschwunden, und ich kann sein Gesicht nicht sehen, aber ich erkenne Nathaniel an der Körperhaltung.

Obwohl ich es eilig hab, nehme ich mir die Zeit, das Schott gründlich zu verschließen und die Vorschriften ordnungsgemäß zu befolgen. Den Ratschengriff fünfmal pumpen, um alle fünfzehn Riegel zu schließen. Warten, bis die Deltadruckanzeige eine gute Versiegelung anzeigt. Dann steige ich die drei Leitersprossen herab und setze wieder einen Fuß auf den Mars.

Auf den Mars. Irgendwann werde ich wohl aufhören, ständig zu staunen, aber das passiert heute nicht mehr. Ich bin auf dem Mars.

Wir sind auf dem Mars. Nathaniel streckt mir beide Hände hin. Ich nehme sie strahlend und strecke mich nach ihm aus, als würde ich ihn küssen, dabei berühren sich jedoch nur unsere Helme. »Ich liebe dich.«

Ja, wir könnten auch den Funk benutzen, aber dann könnten andere sich einfach einklinken.

»Ich liebe dich auch.« Er hat Tränenspuren auf den Wangen. »Hast du schon mal hochgeblickt?«

»Nein, ich …« Ich sehe auf, und es verschlägt mir die Sprache.

Sterne.

Über dem sanft gewellten Horizont des Planeten funkelt der Nachthimmel. Die Sterne sind nicht die perfekten Kristalle, als die ich sie auf dem Weg durchs All gesehen habe. Sie leuchten in der Atmosphäre blau und rot, silbern und golden und tanzen gegen das tiefe Violett an. Vor diesem Hintergrund malen die blinkenden Lichter der *Goddard* einen Bogen an den Himmel. »Mein Gott, ich habe …« Ich hatte die Sterne seit dem 3. März 1952 nicht mehr von einer Planetenoberfläche aus gesehen.

Erinnerst du dich daran, wo du warst, als die Sterne herauskamen?

Ich war mit meinem Mann auf dem Mars.

DANK

Zuallererst möchte ich Mom und Dad danken, die mich in einer Nacht im Jahr 1969 aufgeweckt und vor den Fernseher gesetzt haben, damit ich sagen konnte, dass ich zugesehen habe, wie der erste Mensch einen Fuß auf den Mond setzte. Ich war sechs Monate alt. Ich erinnere mich nicht daran, aber meine Eltern haben mir stets die Geschichte erzählt, wie ich live dabei war. Das war vermutlich der erste Funke, der meine Liebe zum All und zur Raumfahrt erwachen ließ.

Seitdem habe ich mir diese frühen Flüge im Fernsehen angeschaut. Ich war vor Ort bei einem Shuttlestart dabei. Ich bin zur NASA gegangen, wann immer ich konnte, und es wäre ein Versäumnis, mich nicht bei der NASA und all den Menschen dort zu bedanken. Alle, mit denen ich dort geredet habe, von den Leuten bei #NASAsocial über die Anzugtechniker*innen, Astronaut*innen bis hin zu den Leuten in der Buchhaltung, waren stets unfassbar nett zu mir. Sie scheinen alle zu wissen, dass sie einen der coolsten Jobs auf diesem Planeten haben, und freuen sich, wenn sie ein wenig von diesem Staunen mit Außenstehenden teilen können. Besonders bedanke ich mich bei Benjamin Hewitt, Tom Marshburn, Kjell Lindgren und den Leuten vom Neutral Buoyancy Laboratory. Eure Hilfestellungen finden sich überall in diesem Buch.

Robin Fergason ist Wissenschaftlerin und studiert die Marsoberfläche. Sie hat mir geholfen, die Landeplätze für den

Phoenix-Lander, die Mars Exploration Rover, den Mars Science Laboratory Rover, den *InSight*-Lander und den Mars 2020 Rover zu finden. Ihre Daten und Interpretationen sind nötig, um die Bedingungen auf den Landeplätzen zu bestimmen – und sie hat mir dabei geholfen, Elma und ihr Team auf dem Mars landen zu lassen. Sie hat außerdem wirklich nützliche Informationen zum Finden von Wasser auf dem Mars bereitgestellt, damit ich eine Ahnung von Leonards Aufgabe bekam.

Derek »Wizard« Benkoski hat meinen Figuren die richtige Air-Force-Mentalität verschafft. Er ist Kampfpilot, und ich verdanke ihm gute Einsichten, dank derer ich seinen Namensvetter im Buch und Parker charakterisieren konnte.

Stephen Granade ist ein waschechter Raketenwissenschaftler. Seinetwegen sind die Passagen zur Allnavigation so akkurat: Er hat oft Improvisationsspiele zum Thema Orbitalmechanik mit mir gespielt. Ich habe ihm dann so etwas geschickt wie »Ich fand Alkaid und Spica, bewegte mich von dort Richtung Erde und hatte in null Komma nix die Koordinaten, die ich für unseren Zustandsvektor benötigte. [Hier Jargon einfügen]«

Und dann schickte er Dinge zurück wie »Was, wenn sie jetzt die Zustandsvektoren wie die *Apollo*-Astronauten ohne Kommas oder Einheiten runterrasselt? ›Plus 0771145, plus 2085346, minus 0116167, minus 15115, plus 04514, minus 19587‹«. Fürs Protokoll, das sind die x/y/z-Positionen in Fuß und x-Punkt/y-Punkt/z-Punkt-Geschwindigkeit in Fuß pro Sekunde (mit begrenzter Genauigkeit) des M50 kartesischen Zustandsvektors der ISS an dem Tag, an dem ich die Frage gestellt habe.

Sheyna Gifford ist Fliegerärztin UND hat außerdem ein Jahr in einem simulierten Mars-Habitat verbracht. Sie hat mich in Bezug auf die Krankheit mit lauter anschaulichen Details versorgt. Ihr könnt euch bei ihr für die schwebenden

Durchfallkugeln bedanken, obwohl *bedanken* hier vielleicht nicht der richtige Ausdruck ist … Sie hat mir auch Details zum Leben auf dem »Mars« verraten, die ich bereitwillig geklaut habe, und darunter auch das Rosinenweinexperiment und wie man sich wegen zwanzig Minuten Verspätung streiten kann.

Kjell Lindgren hat nicht nur dafür gesorgt, dass ich an einem simulierten Weltraumspaziergang im Neutral Buoyancy Lab teilnehmen konnte, er und Cady Coleman haben mir außerdem dabei geholfen, die NBL-Szene und die Außenbordeinsätze dramatischer zu gestalten. Sie sind Astronaut*innen. Was, wie ich immer wieder betone, ein ziemlich cooler Job ist. Kjell hat tatsächlich eine Reparatur am Ammoniaksystem der ISS durchgeführt, und ich habe mir das Video davon angeschaut, während ich dieses Buch schrieb – noch bevor wir uns getroffen haben. Aber es macht einen großen Unterschied, ob man nur ein Video sieht oder tatsächlich dabei ist. Ohne ihn hätte ich nie gewusst, dass die Leitungen hart sind, wenn sie unter Druck stehen, oder dass dich die Kabel sanft Richtung Schiff ziehen. Cady hat mich mit all den großartigen Details versorgt wie beispielsweise der Luftblase, die sich sammelt, wenn du einen Raumanzug trägst, der für größere Menschen gedacht ist. Beide hatten eine endlose Geduld und waren sehr großzügig mit ihrer Zeit. Die ganzen coolen Sachen verdanke ich ihnen. Die Fehler hingegen habe ich selbst gemacht.

Kari Love ist Raumanzugdesignerin, und sie hat einige Fehler ausgemerzt und mir außerdem Einsichten in Konstruktionsentscheidungen gewährt. Um es mal ganz grob zusammenzufassen: Das Raumanzugdesign orientiert sich an vergangenen Katastrophen, weshalb die amerikanischen vor allen Dingen feuerresistent sind und die russischen vor allem darauf ausgelegt sind, keine Löcher zu bekommen.

Amorena Noblis, Robin und Eric Quakenbush haben mir mit dem Portugiesisch geholfen, Yung-Chiu Wang und Vicky

Hsu (und Vickys Eltern) mit allem rund um Taiwan. Mein Bruder, Dr. Stephen K. Harrison – oder Affengesicht, wie ich ihn gern nenne –, unterstützte mich dabei, die globale Landschaft nach dem Meteor zu entwickeln.

Chanie Beckman stand mir bei allen Themen rund ums Judentum zur Seite, besonders, was ein Pessachfest im Weltall angeht. Sie hat sich außerdem große Mühe gegeben, die hebräischen, jiddischen und aramäischen Passagen aufzuzeichnen, damit ich sie als Referenz fürs Hörbuch benutzen konnte.

Meine *Writing Excuses*-Truppe – Brandon Sanderson, Dan Wells und Howard Taylor – ist eine unfassbare Unterstützung. Meine Assistentin Alyshondra Meacham ist außerdem NASA Solar System Ambassador und hat noch eine ganze Menge Fehler gefunden. Meine Lektorin Liz Gorinsky und meine Agentin Jennifer Jackson haben mir geholfen, diese Bücher zu strukturieren und damit viel besser zu machen.

Und dann waren da natürlich noch meine Testleser*innen, die exzellente Arbeit machen: Alyshondra Meacham, Catherine Brennan, Chanie Beckman, Derek Benkoski, Kier Salmon, Stephen Granade und Tracy V. Wilson.

Und mein Mann Robert, der spült, Cocktails macht und, wenn ich auf Reisen bin, das ausgleichende Rad zu meinen siderischen Rotationen bildet.

HISTORISCHES

Ich habe mehr vom realen Geschichtsverlauf geklaut, als ihr vermutlich bei einem Buch erwartet, in dem 1963 zum Mars geflogen wird. Aber tatsächlich haben die Sowjets 1962 den *Mars 2MV-3 No. 1* gestartet. Die Rakete hatte beim Start eine Fehlfunktion, wodurch der Satellit nur in den niedrigen Erdorbit gelangte, wo er schließlich zerfiel und abstürzte. Aber sie verfügten über die Technik, um es zu versuchen – in unserer Welt.

Die Eröffnungsszene, in der Elma der Sondenlandung auf dem Mars lauscht, basiert auf dem Start der *Viking 1*, die 1975 zum Mars aufbrach. Es gab in den dreizehn Jahren dazwischen eine ganze Menge anderer Versuche und viele Explosionen. Das ist vermutlich die größte Abweichung in meiner Alternativweltgeschichte – es müsste weit mehr Fehlschläge geben. Es ist sehr schwer, der Schwerkraftquelle zu entkommen.

Es gibt zahlreiche Stellen in diesem Roman, in denen ich mich auf historische Transkripte aus verschiedenen Missionen der Apollo-Ära beziehe. Damit meine ich vor allem den Start der ersten Marsexpedition von der Erde, wo ich das Transkript von Apollo 8 eingefügt und Beschreibungen ergänzt habe, um mit minimalen Änderungen davonzukommen. Ich muss ganz ehrlich gestehen, dass es mir immer noch ein bisschen schleierhaft ist, was mit »Plus Y, plus Z-Richtung« gemeint ist. Ich habe die Szene zwei Kampfpiloten, mehreren Raketenwissenschaftler*innen und einigen Astronaut*innen gegeben und darum gebeten, anzumerken, welche Änderungen keinen Sinn ergeben. Zurück kamen … eine Menge Anmerkungen.

Das astronautische Trockenfutter wurde übrigens wirklich von einem Ernährungswissenschaftler vorgeschlagen, der in Wirklichkeit Tierarzt war.

Und wo wir gerade bei Dingen sind, die gruselig, aber wahr sind: Der »Sack«, den Elma und Kam mit Rubys Leichnam benutzen, wird tatsächlich entwickelt, allerdings soll in unserer modernen Welt ein Roboterarm das Schütteln übernehmen.

Die *Flash Gordon*-Folge, die die Besatzung aufführt, ist übrigens die tatsächliche Pilotfolge. Ich habe früher im Hörspielbereich gearbeitet, und die Explosionstechnik mit dem Ballon und dem Reis ist echt und überraschend effektiv. Sehr witzig!

The Tonight Show war unter Jack Paar ganz anders als heute. Das Set sah ein bisschen nach *Mod Squad* aus, und ich habe fast erwartet, dass ein Bond-Girl in Plateaustiefeln hindurchmarschieren würde. Wenn ihr neugierig seid, gebt »Jack Paar Tonight Show« bei YouTube ein und schaut euch die Folge mit Judy Garland an.

Im einundzwanzigsten Jahrhundert vergisst man leicht, wie allgegenwärtig Polio vor der Impfung war. Die WHO schätzt, dass es noch heute 10 bis 20 Millionen Polio-Überlebende gibt. Noch 1988 gab es 350 000 Polio-Neuinfektionen. 2016 waren es nur noch 37. Dank Impfstoffen ist es möglich, diese Krankheit komplett auszurotten. Aber in den 1950ern und 1960ern, in denen diese Bücher spielen, war Polio eine häufige und gefürchtete Krankheit. Es gibt nach wie vor keine Heilung, nur die Symptomlinderung. Die Krankheit trifft Menschen unterschiedlich stark, manche bekommen lediglich leichtes Fieber. Am anderen Ende dieses Spektrums steht die Eiserne Lunge. Es gibt eine Handvoll Menschen, die heute noch leben und seit der Apollo-Ära in Eisernen Lungen gelegen haben. Diese Maschinen nutzen Unterdruck, um Luft in die Lunge zu ziehen. Es gibt keine Ersatzteile mehr für diese Maschinen. Ihr könnt auf YouTube »iron lung interview 1956« eingeben, um ein Interview mit Betty Grant zu sehen, einer Hausfrau, die an Polio erkrankt war.

Die jüdische Bevölkerung in Charleston gehört zu einer der ältesten in Nordamerika. Der Großteil der frühen Siedelnden ist vor der Spanischen Inquisition nach London und in die Niederlande geflohen und von dort in die USA emigriert. Charleston erwies sich als gastfreundlich, nachdem die Carolina-Charta 1669 »Juden, Heiden und Andersdenkenden« Glaubensfreiheit zusicherte. Der Charleston-Einwohner Francis Salvador war der erste Jude, der in den USA ein politisches Amt bekleidete. Er wurde 1774 und 1775 in den Provinzkongress gewählt und diente bis zu seinem Tod 1776 im Revolutionskrieg. Charleston blieb noch bis Mitte des 19. Jahrhunderts die Stadt mit dem höchsten Anteil an jüdischen Menschen. Elmas Familie wäre um 1780 herübergekommen, als sich vor allen Dingen Ashkenazi aus Deutschland dort ansiedelten.

Wirklich interessant ist die Schnittstelle zwischen traditioneller Südstaatenküche und traditioneller jüdischer Küche. Ich empfehle das Kochbuch *Matzoh Ball Gumbo: Culinary Tales of the Jewish South* von Marcie Cohen Ferris. Der Sour Cream Pound Cake (übersetzt mit Käsekuchen), den Elma aus Quark backen möchte, ist jedoch ein Rezept meiner Mutter. Ihr findet das Rezept auf meiner Website, sucht einfach nach »MRK's mom's pound cake recipe«.

Wenn Elma sagt, dass sie nicht wirklich Jiddisch spricht, spielt sie ihre Kenntnisse herunter, weil es eine Sprache ist, die sie nur mit ihrer Familie spricht. Deshalb habe ich diese Sprache anders als die anderer Figuren nicht kursiv gesetzt. Es ist ihre Herzenssprache und ihr so vertraut wie Englisch.

Wie es bei vielen bilingualen Menschen der Fall ist, die eine Sprache nur innerhalb des eigenen Zuhauses sprechen, nutzt auch Elma immer noch die Satzstruktur und das Vokabular aus ihrer Kindheit. Ich habe ihren Hintergrund auf dem einer Freundin aus Chattanooga aufgebaut, deren Großeltern zu Hause Jiddisch mit Südstaatenakzent sprachen.

Der Großteil der Zeitungsartikel ist echt und oft am angegebenen Datum erschienen. Ich habe sie für die Post-Meteor-Timeline angepasst, doch die Aufstände, die Tornados und auch die sozialen Anliegen sind real. Ich habe jedoch ein Ereignis signifikant verschoben, und das ist die Auszeichnung von Martin Luther King Jr. mit dem Nobelpreis. In unserer Zeit hat er ihn erst 1964 erhalten. Meine Begründung, die Auszeichnung zwei Jahre vorzuverlegen, ist, dass sein Marsch auf Washington – oder in diesem Fall auf Kansas – wegen des Meteors ebenfalls zwei Jahre früher stattgefunden hat. Er hat ihn in beiden Geschichtsschreibungen für seinen gewaltlosen Feldzug gegen Rassismus erhalten. (Anmerkung der Übersetzerin: Ich habe bei den Zeitungsartikeln entschieden, das englische N-Wort nicht mit dem deutschen N-Wort zu übersetzen, sondern Wörter wie »Schwarz« und »afroamerikanisch« zu verwenden.)

Das Gefühl einer bestimmten Zeitperiode aufrechtzuerhalten ist oft ratsam, aber es beinhaltet auch die Gefahr, Probleme dieser Ära zu reproduzieren. Die ersten Transgender-Organisationen entstanden in den 1950ern und 1960ern. Der Cooper-Do-nuts-Aufstand im Mai 1959 war einer der ersten LGBT-Aufstände in den Vereinigten Staaten. Kam hätte diese Ereignisse mitbekommen … wäre jedoch zu dieser Zeit beim Militär gewesen und hätte den Traum gehegt, ins All zu fliegen, was nach einem Outing nicht mehr möglich gewesen wäre. Ich konnte mir nicht vorstellen, dass er darüber eine Unterhaltung mit Elma oder irgendwem anders an Bord führen würde, deshalb misgendere ich Kam im ganzen Roman. Aber das Nachwort ist nicht aus Elmas Sicht geschrieben, daher kann ich hier die korrekten Pronomen für Kam benutzen, und ihr könnt das auch.

Ich möchte mit ein paar Anmerkungen zu Miltown abschließen. Miltown wurde 1955 auf den Markt gebracht und war das erste weitverbreitete Psychopharmakon der amerikanischen Geschichte. 1957 wurden allein in den USA über 36 Millionen Rezepte ausgestellt, ein Drittel davon allein für Miltown. Es wurde als mildes Beruhigungsmittel mit »Wunderwirkung« angepriesen. Bis 1960 hatte 1 von 20 Amerikaner*innen es ausprobiert. Zum ersten Mal war es in den USA möglich, über Angststörungen zu sprechen und Medikamente dagegen zu erhalten. Mehr Informationen über Miltown gibt es im empfehlenswerten Buch *The Age of Anxiety: A History of America's Turbulent Affair with Tranquilizers* von Andrea Tone.

Aber ich möchte euch um eines bitten: Die Unterhaltung, die Elma in *Die Berechnung der Sterne* mit ihrem Arzt hat, ist dieselbe, die ich mit meinem Arzt führte, als ich zum ersten Mal über meine Depression sprach. Ich habe den Termin gemacht, weil ich mich selbst in den Beschreibungen von Depressionen in Büchern wiederfand – oder, wenn Freund*innen über ihre Probleme sprachen. Ich habe nicht die Sozialphobie, mit der Elma kämpft, aber einige meiner Freund*innen sind davon betroffen. Solltet ihr euch selbst in Elmas Symptomen wiederfinden und noch nicht mit jemandem darüber gesprochen haben, tut das bitte. Bittet um Hilfe. Es ist sehr schwer, allein aus der Schwerkraftquelle zu entkommen.

BIBLIOGRAFIE

Chaikin, Andrew: *A Man on the Moon: The Voyages of the Apollo Astronauts*. Penguin Books, 2007.

Collins, Michael: *Carrying the Fire: An Astronaut's Journeys*. Farrar, Straus and Giroux, 2009.

Hadfield, Chris: *Anleitung zur Schwerelosigkeit: Was wir im All fürs Leben lernen können*. Heyne Verlag, 2014.

Hardesty, Von: *Black Wings: Courageous Stories of African Americans in Aviation and Space History*. Smithsonian, 2008.

Holt, Nathalia: *Rise of the Rocket Girls: The Women Who Propelled Us, from Missiles to the Moon to Mars*. Back Bay Books, 2017.

Nolen, Stephanie: *Promised the Moon: The Untold Story of the First Women in the Space Race*. Basic Books, 2004.

Roach, Mary: *Was macht der Astronaut, wenn er mal muss?: Eine etwas andere Geschichte der Raumfahrt*. Rowohlt, 2011.

Scott, David Meerman und Jurek, Richard: *Marketing the Moon: The Selling of the Apollo Lunar Program*. The MIT Press, 2014.

Shetterly, Margot Lee: *Hidden Figures: Unerkannte Heldinnen*. Harper Collins, 2017.

Sobel, Dava: *Das Glas-Universum: Wie die Frauen die Sterne entdeckten*. Berlin Verlag, 2017.

Teitel, Amy Shira: *Breaking the Chains of Gravity: The Story of Spaceflight before NASA*. Bloomsbury Sigma, 2016.

von Braun, Dr. Wernher: *Das Marsprojekt. Studie einer interplanetarischen Expedition.* Umschau Verlag, 1952.